民国趣读

老·城·记

老杭州

中国文史出版社

本书编辑组

主　　编：韩淑芳

本书执行主编：张春霞

本书编辑：牛梦岳　高　贝　李军政　孙　裕

目录

第一辑　遇见杭州·人间天堂烟雨中

第二辑　杭城旧事·唤起尘封的民国记忆

第三辑　熙熙攘攘·西湖畔的老行当与老字号

第四辑　前所未见·老城里上演着新鲜事儿

第五辑　文教江南·探秘杭州的精神世界

第八辑　杭州味道·尝一口江南的鲜清脆嫩

第九辑　屐痕处处·来过便不曾忘记

第一辑

遇见杭州·
人间天堂烟雨中

❖ 倪锡英：上有天堂，下有苏杭

"上有天堂，下有苏杭。"这是中国民间的两句俚语。这两句话，把苏杭比作了人间的天堂。苏州是江苏南部的一座名城，那里充满着古色古香的意味，以生活的悠闲舒适见称。以衣食住三项生活要素而论，在苏州，是十分满意的，会使人如同在一位年老的慈祥的母亲的怀里一般，感着温存的安慰。而杭州，除了生活上的享受和苏州一般悠适外，更以湖山的景色见称。那里，终年如同生活在一幅美的图画中，使人们忘掉了烦愁，与自然的美景相融合。如果以天堂来比拟苏杭，那末苏州是近于古典式的，而杭州却是一个新鲜明快的现代型的乐园。如果以苏州比作慈祥的母亲；那么，杭州的确堪称是一位可爱的情人。

每年，有几百万的游客，在四季中，纷纷投向这位自然的情人的怀里去，有的来自喧繁的都市，有的来自荒僻的乡村，有的来自海外各国，大家同样地怀着欢愉的心情，来游览湖山的胜景。有许多人曾玩过了瑞士日内瓦的湖山，而称赏着杭州的美丽，把杭州比作中国的日内瓦。因此，杭州非但是被人目为中国的风景区，简直可以与世界的公园——日内瓦——相媲美。

杭州，非但是一个风景美丽生活舒适的天堂，而且还是一块著名的佛地；那里，有许多著名的寺院，香火之盛，是堪称全国第一的。每年春季，游人中的大半都是为进香而去的香客，年老的、年轻的，他们都背着黄布袋，在六桥三竺间摩肩接踵地来往着。这样，使杭州在美丽中，又增加了几分宗教的色泽。

这天堂佛国的杭州，在历史上，也曾几经盛衰的变易。当春秋时，杭州属于越国的领土，越王勾践建都会稽（就是现在的绍兴），离杭州只八十三里地。到战国时候，楚国兼并了越国的领域，杭州遂属于楚国；那时候，文化的中心在黄河流域两岸，吴越一带是被中原人士目为荆蛮不开化的地方。因此那时候，杭州不过还是江左的一片荒野而已，直到秦始皇并吞六国，统一了中原以后，这位抱着极大野心的君主，开始把周朝的封建制度完全打破，而采取中央集权制，在全国各地分置郡县，杭州因为形势和交通的冲要，便被建为县治，并且正式命名曰钱唐县，这可说是杭州开始具有了县城的规模。秦朝灭亡以后，西汉仍旧照秦制，设钱唐县。到后汉时，把县治废掉，归并入余杭。汉朝末年，王政渐渐衰微，魏、蜀、吴三国鼎立，争霸中原，东吴的孙权统有了江浙两省的地域，而建立小朝廷在南京；因此，杭州又恢复了从前的钱唐县治。

从西晋朝建国以后，匈奴向汉族的领域侵袭进来，在公元317年，晋元帝从洛阳迁都到南京，江浙的文物又渐渐兴起，自东晋而传了宋、齐、梁、陈四朝，在历史上统称为六朝，汉族的君王都偏安在江左一隅，任异族占有了中原的土地。而昔日目为荆蛮的江浙各地，因为帝都的接近，便渐渐地繁盛起来。在陈朝把钱唐县改为钱唐郡；到隋朝，又把钱唐扩大，正式改称为杭州府，把钱唐做了杭州府的属县。在这种制度的变更下，杭州无异升了格，从这些变革中，可以猜想到当年杭州在文化建设上的长足进步。

唐朝统一了天下，中原地方又恢复为汉族的领域，京城也从偏僻的江左移到了全国的中心长安城去。杭州，仍旧保有了府治的制度，中间虽曾一度的为余杭郡，但不久，又改为杭州。不过当时的钱唐县，因为钱唐的"唐"字和唐朝的国号相同，这照例是犯忌讳的，便在"唐"字的左面加上了一个"土"字边，而称曰"钱塘"。这钱塘二字，传到后世，常常被一般文人学士们保存在他们的记述里，作为一个含有历史性的名词。直到现在，还有许多杭州人，在他们称述自己的姓氏时，好把钱塘二字放在头上，称作"钱塘某氏"。这样，是显得这姓氏也染上了古色古香的气味。

唐朝统治中国，先后凡299年（618—907），唐朝灭亡以后，历史上一个最混乱的割据时代便开始了，这便是五代。五代先后凡43年，中间却经过了梁、唐、晋、汉、周五个小朝代，就在这么短的时期中，这么混乱的朝代更替中，有许多英雄们用武力割据了全国的土地。那时杨行密占有淮南，李昇占有江南，王审知占有福建，王建、孟知祥占有四川，刘隐占有广州，刘崇占有山西，马殷占有湖南，高季兴占有荆南，钱镠占有两浙，这十个英雄先后的互相吞并中，各自建立了吴、南唐、闽、前蜀、后蜀、南汉、北汉、楚、南平、吴越十个国家。这便是史家通称的五代十国。

在中国历史上有两个最混乱而难记的时代，一个便是六朝时五胡乱华的事件，一个便是五代十国争雄的史实。五胡乱华是异族扰乱中原的一个时期，而五代十国，却是汉族自相火并的时期，在这两个时期中，中原烽火连天，所谓汉族的帝王，都在军士的锋镝之下逃生，或是偏安在一隅享乐，五代虽然有五个朝代，十一个君主，但他们的命运大半都很乖戾，在位不几年便去职。十国的领袖，都自相称王，连年征战，人民流离。而杭州在这个时期，非但没有受到兵燹的影响，反而得从事建设，把一个历来被人忽视的荒城，一旦建成了一个东南文物的名都。这不得不归功于吴越王钱镠。在当时，吴越也是十国之一，而杭州，便是吴越的京城所在，因为钱镠的治国有方，外御强敌，内修政治，把杭州从荒乱中建设起来。虽然那五代是这样的乱，中原是这样的糟，而吴越国却因为有了一个贤明的君王，反而变成了一个和平的世界乐园，这一个政治上的建设，可说是杭州繁盛的大关键。

吴越建国84年，共传七个君主，自唐朝末年一直到宋朝统一后，才取消封号，钱镠在位41年，杭州便得了一个长时期的建设。在以前，杭州的城域本来是很小的，因为靠近钱塘江边的缘故，海潮时常挟着盐质向杭州冲来，杭州城郊的土地，常常被海潮冲去，而且地土含了盐质，不利种植，便使杭州变得很荒芜。吴越建国后，第一个大工程便是建筑海塘，梁开平四年（910），在钱塘江边上，建起百里的长堤，把咸水隔断，从此钱江的怒潮，不再浸蚀杭州的土地，而海里的盐质，也不再为害；因此，杭州便在人工的建设之下，变成了一片膏腴的沃野，使后世永享其利。这可说是杭州地理上的一个大更革，也是杭州在历史上从荒落转入繁盛的时代。所以我们可以这样说："有钱镠而有今日之杭州。"钱镠是历史上创造杭州的人物，怪不得，现在杭州地方，还处处留着纪念钱武肃王的遗迹。

宋朝建国以后，结束了五代的混乱局面，在开封建都，杭州，仍为杭州余杭郡，不过当日的繁盛，已经渐渐衰落下去。而杭州的风景，却经过唐朝和五代的整理，已经是很可观了。在宋徽宗政和五年（1115），阿骨打在黄河以北建立了金国，和宋朝对立，这个从沙漠里崛起的异族，在建国后十年（宋徽宗宣和七年，即公元1125年），便大举入寇，明年（1126）便攻陷汴京，把徽钦二帝都掳到北地去。于是宋室便不得不南渡，把中原的地盘放弃，而觅定了杭州为都城，过这暂行偏安的局面。这便是史家所称的南宋。

▷ 杭州西子湖畔

宋室南渡以后，便正式把杭州更名为临安，定为首都，于是新都临安又复兴繁华起来，比诸五代钱镠时，还要鼎盛。这因为五代时杭州虽定为吴越都城，而全是致力于建设方面，政府人民，都勠力同心地为创造新都效劳。宋室南渡后第二次定都时，因为帝王的习俗奢靡，朝廷的偷安苟乐，又处于这样美丽和平的景域中，还怎能想到去复兴宋室的河山呢？然而金人的侵袭，仍相迫而来，那时历史上为后人所敬仰的民族英雄岳飞便担起了恢复宋室的重担，屡次击退金兵，几乎把敌兵驱逐到黄河北面去，收复了宋室大半的河山，而结果因为朝廷的昏聩，听信了奸人秦桧的谗言，把岳飞召归秘密处死，和金人议和，坐使十年复兴之功，废于一旦，宋室仍旧偏安杭州，没有伸展的机会。

这偏安政府的新都杭州，在当时确是达于穷奢极侈时代，宫室寺庙，都大事兴建，湖山的景色，也经巧心布置，南北两山间，竟有三百六十所寺院，把杭州西郭城外，造成了一个极乐世界。皇帝朝臣以及百官贵绅，整天坐着官船在西湖里荡漾，把国事丢在脑后，后谓"南渡君臣轻社稷"，足为当时的朝廷写实。那时有一个士人林升，曾这样感慨地写着：

山外青山楼外楼，西湖歌舞几时休。
暖风熏得游人醉，便把杭州作汴州。

但这宴安享乐的生活，总是维持不久的，正在宋室君臣极端的享乐时期，北方的蒙古族兴起了，先灭了金，武力伸展到北欧各国，在宋度宗咸淳七年（1271），蒙古族便正式建国，国号元。那时，南宋的国势日蹙，在元朝建国的第四年（1274），元将伯颜举兵南侵，进攻临安，在1276年，破临安，把宋恭帝掳到北地去，于是重立了端宗做皇帝，在端宗立后的第四个年头（1279），南宋便亡国了，首都临安也随着灭亡了。

元世祖一统了中国，在欧亚间建立了一个大帝国，定都北平。临安便改为杭州路，汉族的河山，又为外人统治。杭州在当时，虽然没有往昔都城的繁华，然而因为风景的幽胜，仍旧成为江南的一个繁华之区，游人毕集，盛况不减宋室当年。元代的马哥孛罗曾到过杭州，他毫无疑义地称杭州为"世界最美丽最华贵之城"，这可以想见元代的杭州，还是很繁华的。

元朝共传十主九十一年，在元顺帝时，群雄割据，朱元璋据有了江浙一带，自称吴王，15年后便推翻了元朝，建立了大明帝国，杭州仍改称杭州府，到清朝，仍照明制，并且把杭州定为浙江的省会。

民国以后，政治经过了一个极大的改革，废杭州府而改称杭县，仍旧定为浙江的省会。到现在，杭州还是浙江省政府的所在地，为浙省政治的中心点。

杭州，自古以来是一个太平的乐园，很少经过兵燹的灾祸，这正因为它是一个风景城的缘故。历来的帝王兵将，都不忍用兵力去破坏。因此使杭州形成了一个局外中立的局面，正和现在欧洲的和平之邦瑞士一样。另一方面，也是由于杭州僻居在江海的一隅，兵力常常是达不到的。因这缘故，使杭州得保有了珍贵的历史上的建筑与古迹，而同时，新的建设不断地继续进行，便把杭州建成了一个包蕴古今、新旧兼备的名城。

关于杭州的城区，在历史上也有几度变动，秦汉时钱唐县的县城，是连在武林山麓，就是现在灵隐山的下面，那时西湖和钱塘江相通，随潮出没，潮涨时便没成一片水波，潮落时便现出一湖泥沙，西湖是在若有若无之间。自汉至唐，一千年来，钱塘江的泥沙，赖水力的冲积，堆积在武林山下，渐渐使杭州近旁的土地变成一片膏腴的沃野，因此唐时的钱塘县，便搬到现在钱塘门的遗址下面。到五代时，吴越王钱镠修筑海塘，隔断江水以后，杭州的城域便更加广大，渐渐地移向钱塘江边去。到宋朝建都杭州时，便把宫城建筑在凤凰山东麓；明清以后，又搬到西湖的东岸。民国肇兴，便拆除了涌金钱塘二门间的大城垣，把城西靠近湖滨的一片，辟为新市场，建起广大的洋楼。所以在现世的杭州，又把精华集中在湖滨一带了。

杭州虽然经过如许的变更改革，但是每次的更革，只会使杭州更形繁华，这是可以相信的，无论是现在以至将来，杭州将永远成为中国及世界的一个风景的名区。

《杭州》

❖ 陈宪清：杭州城站的来历

清朝末年做过两江总督，后来又做沪杭铁路总办的汤寿潜是马一浮先生的岳丈。那一年马一浮刚从美国回来，农历新年，到丈人家去拜年。翁婿对饮，十分相得。汤寿潜把沪杭铁路工程设计图给马一浮先生看，他看了一阵，当着丈人的面把图样撕破。因为他是娇客，汤寿潜一时不便发作，问他为什么撕图。马一浮先生指出，图上把艮山门作为杭州的总站，还有一条支线通向拱宸桥。他问老丈人："是给中国人造铁路，还是给日本人造铁路？"汤一时无以为答。又说："拱宸桥是日本租界，再造一条支线，这样，杭州的市场及商业中心必然集中到艮山门一带，就会使杭州城市经济萧条，西湖风景冷落。"汤寿潜听他这么一说，颜色转和，问他"依你说该如何办"？马一浮先生认为沪杭铁路必须穿城而过，总站设在城内中心地

▷ 民国初年的杭州城站

区，再延长支路到钱塘江边。这样不但杭州经济繁荣，而且可以使浙东水陆交通衔接。如果考虑以后要造桥，最好沿江造到江面最狭处。

汤寿潜完全接受了他的建议，虽然艮山门总站站房已经完工，但重又勘测决定以城站为终点站，支线延长过南星桥，直到闸口。我小时候（1928年前），曾到艮山门外亲戚家拜年，亲戚指给我看，并说艮山车站规模比城站大，说原来以艮山为总站，后来突然改变，不知何故。这个问题，我一直印在脑里。1943年我因病在乡休养，当时日寇炸毁了临浦水利枢纽茅山闸，地下党员葛但庸发起重修，我被聘为修闸监察委员，常去工地得与汤寿潜的外甥地方士绅叶长法先生相晤。上述情况，是叶先生亲见亲闻，并亲口告诉我的。

《杭州城站的来历》

❖ 倪锡英：东门菜，西门水，南门柴，北门米

"东门菜，西门水，南门柴，北门米。"

这四句话，是宋朝时杭州本地人的谚语。在这四句谚语里，把所有杭州城区的大概情形，全都包括进去了。我们如果以这四句历史上的谚语和现在的杭州城作一个对证，那末虽然有些地方因为历史变迁、社会递嬗的关系，而有些不同，就大体的意义上看来，这四句话，还是可以作为现在杭州概况的一个缩写。

所谓"东门菜"，并不是说东门完全种着菜，意思是指东门一带，商业衰落，很是荒凉。我们坐着沪杭火车沿杭州东城驶过时，向西可以看见一列古老的城墙，倒映在护城河上，孤荒冷落，谁也想不到城西会有那繁华的市场和艳丽的湖山胜景。如果在车窗里向东一望，那一带的确是菜畦如云，竹篱茅舍，散布在田野间，看去是一个乡村景象。所以杭州的东城，虽有沪杭铁路经过，但实际上是很荒凉的。

杭州城西，便是西子湖，那一片的水光山色，是吸引游人最胜的地方，所以"西门水"一句话，是指着西子湖而说的。杭州的著名，全赖着城西的一湖水和水面上的一群山，因为有了这一幅美丽的山水，使杭州城西也繁华起来了。

城南靠近钱塘江，桐庐和富阳的土产，都堆积于此。同时沪杭路以闸口为钱塘江边的中止站，许多靠着铁路运输到浙东浙西的货物，也都以此为临时屯集处。所以"南门柴"的柴字，应该是象征着屯聚的货物而言。在杭州南城的商业很繁盛，而货栈也很多。因为有钱塘江和沪杭路的关系，城南一带便变成了一个货物运输的中心。

杭州是浙西的一个大米市，自从运河开凿以后，杭州城北便常常屯集着千百号米船，这些船都是江浙两省产米的县份来的。一直到现在，虽然有铁路和汽车道的筑成，然而米业还是以北门外为中心。

因为米的运输，全靠船只，走火车和汽车的简直很少。而杭州和江浙两省产米区域的交通，完全以运河为要道。运河的终止点便在杭州城北，因此米市便集中在城北。"北关夜市"，也是杭城胜景之一。每到夕阳西下的时分，运河两岸边停泊着各式的船，帆樯影里，熙熙攘攘的商人，忙着把货物搬运上岸。在灯火照耀中，那些工人们是劳动着，错杂的人影在灯火下来来往往，真好像元宵灯节一般的热闹。

我们如果明白一点来说明杭州城区的概况，那末可以这样说："城东是农野，城西是花园，城南是货栈，城北是商场。"

《杭州》

❖ **倪锡英：** 三面云山一面城

"三面云山一面城"，这是杭州形势的一个概型。如果你坐着飞机将杭州的山水作一度鸟瞰，那末你可以看见南北西三面仅是山峰，好像一块马蹄铁，三面环抱着。在山围的中间，却是一湖明镜似的静水，湖水东面，是一个缺口，一片平原上高矮耸立着杭州城区的房屋。钱塘江一湾广阔的水流，横在南边，这可以想见最早的杭州，是海滨的一个沙屿，那马蹄形的山冈，便是一个海湾，因为日久受着钱塘江水的冲积，把海里的泥沙，冲入山麓，才堆积成杭州城区的一片平陆。

　　杭州在历史上又称武林，武林素以山水的形势见胜。而环绕着杭州的这些山，虽然够不上称为"宏伟""高峻"，而却堪当"秀丽"两字，明朝的徐霖曾经写过这样的诗，可为杭州的山水写照：

　　　　西湖如明镜，诸山如美人。
　　　　美人照明镜，形影两能真。

　　这一群美人似的山峰，是从赣浙交界的仙霞岭山脉衍支而来。在杭州城三面打成一个半圆形的屏垒。在这些山中，以南北两高峰和江边的五云山为最高，五云山高377米，北高峰高355米，南高峰高302米，如果爬上上五云的最高峰去，那末杭州诸山的全型，尽入眼底，横在西湖北岸的一列平整的山冈，便是葛岭，葛岭向西南便是北高峰。靠近西湖的西岸有一座不甚高耸的丁家山，南高峰雄立在群山间，与北高峰遥相呼应。东南角上，除了五云山以外，其余峰峦虽多，都不甚高；南屏山在西湖的南岸，和九曜山、玉皇山相连接，这一支山脉向东北去，便是凤凰山。凤凰山入城的一支，称作吴山，在吴山上，可以俯瞰西湖及杭州城区的景色；远望钱塘江一带的江水，在美丽中带着雄伟。这便是金人所咏诵着的"立马吴山第一峰"的奇景。

　　这许多山，外表固然秀丽，而内含更是蕴富，到处的山谷间，都有深邃的古木，修绿的篁竹，在这些绿丛深处，藏着宏伟的寺院，当傍晚暮霭缭绕时，山谷间发出一阵阵清远的钟声，好像一首幽静的歌，令人神往。

　　除了这些山以外，杭州还有许多清秀的水流，西湖的水终年是静得如同镜子般的，映照着周围的山色，成为杭州风景的焦点。西湖里的水，都是从周围的山间泻泄下来的；因此清澄得可爱。湖水和流入城周的河道相接处，设有水闸，以保持西湖水准的平衡。遇着水涨时便启闸，水落时便闭闸，因为湖东的平原比西湖低的缘故，所以只要西湖的水闸一启，便自然能灌溉附近的田地。所以这西湖的水，非但是可供风景的点缀，同时还是杭州水利的调剂所。

西湖的水是以静止的美见称。如果以雄奇而论，那末要推南面的钱塘江了。钱塘江自杭州湾向西奔流，经过澉浦海宁，再由杭州折向西南，溯桐庐而上，流入浙西及安徽境。从杭州城到钱塘江边，大概有五六里路程；这钱塘江可说是杭州出海的一条要道，孙中山先生曾经在他的《实业计划》中，要把钱塘江口的乍浦城建筑为东方大港，使海外的大商轮，都能往来于杭州湾中。如果这计划实现，那末杭州将更加繁盛起来。

杭州城区的四周，除了西面滨湖，其余三面，都有护城河环绕着，在城里也有几条河流，可是狭小淤浅得可怜。这护城河在附郭绕了半个圈儿，到城北和运河相接通。这运河，便是贯通中国南北的一条大水道，这条水道的终止点便在杭州，经过浙、苏、鲁、冀四省，而通到河北省的通县，长凡1130公里，在中古时代，这运河是南北商业交通上的要道，南方的粮食，全赖运河运输到北方去，而行旅商贾，也都打运河里来往。到现在虽然已有铁道和公路的建筑，但运河仍旧占有很重要的地位，内地的货物，大半仍走运河运到杭州去。因此，运河对于杭州，可称为杭州商业的生命线。

在城北，除了运河以外，还有上塘河及备塘河，流入杭州东邻各县；有一条南渠河直通余杭，这些河流，都是杭州与邻近各县的交通线。

《杭州》

❖ **倪锡英：**细说杭州城

人们形容西湖的形势，都爱说"三面云山一面城"。如果我们把拆城以后的杭州城区来做一个同样的比喻，那末该说"三面城垣一面湖"了。这"三面城垣一面湖"的杭州城内，就它天然的形势来分，可以划作四个区域，一个是城南的商业古迹区，一个是城中的政治经济区，一个是城北的教育住宅区，一个便是城西的风景游戏区。

杭州南门以内一带，从前称作上城，那里商业是相当繁盛。街上有许多规模很大的商店。在西南角上，还有吴山的古迹。吴山俗称城隍山，因为山上有许多城隍庙的缘故。至于吴山名称的由来，是起于春秋时候，这一带是吴国和越国南部的接界处，恐怕混淆的缘故，因此题名曰吴山。

吴山顶上全是庙宇，没有风景可言，最大的便是省城隍庙，左右有东岳庙、太岁庙、药王庙、关帝庙、白衣庙、府城隍庙、鲁班庙、火神庙等，此外还有雷祖殿、财神殿、圣帝殿，可说是集庙殿之大成，同时也可说是道教的大集团。这些殿庙里，全供奉着许多中国历史上的名人，以及神话上的人物。在道教的想象之下，又塑造了许多奇形怪状的神将和鬼卒，望之令人生畏。所以游吴山各庙和灵隐韬光做一个比较，两者是处于极端相反的地位，在灵隐韬光之间，游人们感着的是景色的清幽和佛光的慈祥，令人有飘然出尘之想。而吴山上到处是黑黝黝的，一望进去便是许多森严可怕的鬼神，形成了一个极其恐怖的场面，这两个相反的现象，一个是代表了印度型的清虚和平的景象，一个却是中国型威灵显赫的气概。人们在游过了灵隐三竺再来登临吴山各庙，无异是从清虚中掉到浊世上来，内心间会记出各种矛盾的想念，所谓"释"与"道"之争，佛教是粉饰着一个和平的乐园，来引人出世。道教却是暴露着众生的丑相，虚构着鬼神的权威，来禁止人们作恶。在旧历正月里，吴山上的香火很盛，有的是来求子的，有的是想发财的，还有的想祈求神明替他消灾降福的。各人都存着一个利己的虔诚的心，到各庙宇里去烧香。因此在正月里的吴山便特别热闹。愚夫愚妇们都想来求求神灵，碰碰命运，闲着的人们便来赶热闹。那些占卜的、星相的、卖耍子的、变戏法的，也都从四处会集拢来，吴山上便充满了形形色色的事物，三教九流的人们，一直要闹过一个正月方罢。

吴山，本身虽没有什么幽胜的去处，但是从吴山顶上向四周瞭望，却有江海湖山的奇伟之观，金人所谓"立马吴山第一峰"，景色的确是很伟大的。在吴山的前后左右，还有许多小山，像螺蛳山、宝月山、伍公山、宝蓬山、瑞石山、七宝山、清平山、云居山等，都是杭州南城角上富有历史古迹的山头。

杭州城区的中部，称作中城。中城是杭州政治和经济的中心。浙江省政府和省党部等各机关，都在中城一带。除了那些省市的机关以外，握着全浙江省经济权力的银行，也都分布在中城的各条街上。

城市的北区，称作下城，下城一带全是大家户的住宅，以及学校机关，浙江的最高学府浙江大学，便在学士路。此外各中等学校虽然散布在全城各处，但是因为城北地方很清静，大多数的学校都开办在这一带。

城西的新市场，自开辟以后，已经有20余年的历史。那一带街道很广阔，建筑物以旅馆饭店及游戏场为最大。可以说完全是一个供应游人们歇宿享乐的区域。大多数的旅馆都面临着西湖，推窗一望，湖山的景色尽入眼底。每年除了冬季以外，新市场一带是常常在热闹的氛围中的。那纵横交叉的沥青大道上，行驶着各色的车辆，如果是在夜间，那"霓虹灯"灿烂地放着光，把大街上染成红一团绿一团，行人的影子错乱地来来往往，非常热闹。倘若是坐了船在湖上轻荡过来，湖面上倒映着各色的光波，曲折荡漾，仿佛置身在神仙的境界里一样。

新市场完全是一个近代都市型的市场，和杭州城中的大街不同，道路的建筑都是合乎现代的需要的，纵横排列，很是整齐。南北有两条最大的路，靠西的一条便是湖滨路，那里一面临湖，一面是街市，风景很好。路旁还有一个狭长的湖滨公园，因此湖滨路非但是交通的要点，并且成了游人们散步的好地方，如果住在湖滨附近而想逛马路去，那末一走便会走上湖滨路去的。湖滨路随着湖岸的形势，略带一些曲折，所以散步起来，更饶兴趣。湖滨路东首一条大路，便是延龄路，俗称延龄大马路，自南到北，一直线地贯串了全个新市场。所有的茶楼、戏馆、吃食店，大半都集中在延龄路两旁，可以说是新市场的游乐中心。

新市场上除了南北有这两条纵道以外，东西的横路也不少，著名的如仁和路、迎紫路、花市路、平海路等，最近辟了一条广阔的新民路，凡是从城站到湖滨去，都以新民路为必经之要道。路的两旁，有许多伟大的建筑，可说是杭州全城最主要的干道。

除了新市场以外，杭州还有一条七八里长的大街，北自城北武林门起，南至凤山门上，这大街又可分成好几个段落。以穿过新民路向南的三元坊、保佑坊、清河坊、太平坊等处为最热闹，商业也最为繁盛，完全是中国旧式的商店。所有的银楼、南货店、当铺、书坊、百货公司，差不多全会集在这条大街上。在那里，终日可以看见不断的行人，摩肩接踵地来往着。街道在从前是很狭小的，近来已从事拓宽，可以行驶公共汽车。

在杭州东城一带，商业虽然不甚振兴，然而在交通上，却很便利，沪杭铁路自杭州城东北的笕桥过来，沿着城墙一直到城南钱塘江边的闸口，一共设有四个站台。在城区东北角上有一个小站叫艮山门，清泰门内的叫城站，凤山门外的叫南星桥站，钱塘江边的叫闸口站，中间以城站为最大，旅客们到杭州去都在城站上下，自艮山门向西北去，另外有一条铁路，直通到拱宸桥的，叫作江墅支路。

提到拱宸桥，又是杭州城北的一块"国耻地"。当甲午之战以后，在中日所订的《马关条约》上面，规定开杭州为商埠，因此拱宸桥便在条约的支配下开放了，日本人并且在那里划出一部分的地方做租界，虽然至今那租界上还是冷清清的，可是几十年来，日本人的经营可说是不遗余力，用了种种的方法，想繁荣拱宸桥的市面，但事实上因为离城有十五里的路程，而和西湖风景区隔得太远，结果便无人去过问了，只有往来于运河中的船只，有时在那里停泊着。

离拱宸桥二里路，有一个大市集叫湖墅，位在大运河的最南端，这便是上面所说浙西最大的米市所在地。除了米业以外，因为浙江各地盛产竹子，因此所有的纸业也在此集中，尤以卖鱼桥和松木场一带的商业为最发达。

杭州城区的概况，大概如此。在杭州城的西北乡，还有一个新兴的地方，便是笕桥。笕桥位在艮山门西北，那里是中央航空学校的所在地，校址很是广大，在一片平旷的田野间，建筑着黄色的许多房舍，平常时候，成群的飞机常常从这里起飞，那嗡嗡的机声，有时也常常到湖山的上空去盘旋。这，使杭州城具有湖山的美丽外更增添了几分威武的气概。

《杭州》

❖ 徐宝山：西湖十景

西湖在杭州以西，居钱塘江的下游。最初的时候，不过是钱塘江口一个小湾罢了，后来钱塘江的沉淀积厚，日积月累，慢慢地把湾口塞住，这才变作一个礁湖。在六朝以前，史籍上都无从查考。唐代李泌和白居易，先后做过杭州的刺史，他们把湖水蓄泄起来，灌溉田野，农民都称便利。宋朝初年，湖里渐渐淤塞，及至苏轼来守杭州，便取葑泥积湖中，筑长堤以便通行，复又雇工，种菱生息，拿来预备修湖的费用，从此西湖便大大地发展。后来南宋建都，户口一天繁盛一天，于是湖山表里，梵宇仙居，把个偌大的西湖，点缀得天仙一般，益增妩媚了。

出武林门向西走，看见保俶塔突兀在层崖上面。这时候小小的一颗心，早已飞往湖上。在湖边唤了一只小船，荡漾到湖的中央，只见山色如笑，湖光如镜，温风如酒，水纹如鳞。才一举头，便不知不觉地眼也眩了，神也醉了。湖山景色最奇的有十，现在一一分述在下面：

苏堤春晓。堤的两边，尽种着桃树柳树，二三月里的时候，青青的柳丝、红红的桃花，夹杂得如霞如锦，游客们车马填塞，也以这时候为最多。宋苏轼开浚西湖，才筑为长堤，时人命名苏堤，想见是表彰他的盛德。这一条长堤，从南山到北山，横截在湖面，绵亘数里，颇觉蜿蜒可爱呢！

曲院风荷。原来南宋时代，有个"曲院"，在九里松行春桥的南首，是引用金沙涧里的水，造曲以酿官酒的。其地多种荷花，风声起处，荷香扑面而来，一股清凉的香味，一直透到丹田，真有一种说不出的愉快！

平湖秋月。平湖是指整个的湖说，湖心亭上，三面临水，全湖的千态万化，四周一览无遗，如在秋高气爽、皓魄高悬的夜里，看一镜平湖，简直分不出是月色呢，还是水色？这时候的游客，宛如置身在广寒宫里，哪里还晓得有人间世呢！

断桥残雪。断桥是白堤的第一桥，界在前后两湖的中间。严冬天气，山巅的积雪还没有融化的时候，凡是到孤山去探梅的，都要从这桥上过。满眼的琼林瑶树，明晃晃、亮晶晶，好像是在玉山上走的一般。

柳浪闻莺。清波门和涌金门的中间，有一条柳浪桥，桥旁种柳极多。暮春三月的光景，绿柳随风飘拂，犹如水浪起伏一般！枝头黄莺儿婉转的歌声，极其清脆可听。

花港观鱼。花港是在苏堤望仙桥下的水便是。港里的水，悉从湖中引得来，清澈可以见底，港里面养着几十种异样的鱼，凭栏细数，历历不爽。

雷峰夕照。雷峰塔是在净慈寺以北、南屏山以西。塔影横空，层峦纵翠，每当夕阳西照的时候，光辉灿烂，恍如一座火城！可惜于民国十三年九月廿五那一日，此塔竟全部塌倒。如今湖上十景，少了一个，后来的游者，未免要唏嘘凭吊吧！

南屏晚钟。南屏山的峰峦挺奇，石壁横披，好像屏障模样。山脚便是净慈寺，傍晚的时候，寺里的钟声一动，满山满谷同时响应起来，历时久久不息，煞是可听。

双峰插云。南高山和北高山的两座山峰，便叫作双峰。从湖上看起来，南北互相对峙，相隔约十余里的样子。两山的山势很高，上面又多奇怪的彩云，尤其是两个山峰，高出云表，所以有"双峰插云"的一景。

三潭印月。是湖中的一个小洲，树木扶疏，栏杆曲折，风景极好。前面还有三个石塔，浮在湖水的上面，如果月明的夜里，月光从塔窦穿出，便分作三个影子，空明朗映，好像湖里面别有一湖，实在可叹为奇观呢！

《西湖风光》

▷ 平湖秋月

▷ 三潭印月

❖ 徐宝山：杭州的胜迹

以上所述的西湖十景而外，还有冷泉亭、飞来峰、灵隐寺、天竺山、莲花洞、法相寺、烟霞寺、龙井、孤山等胜迹，索性再一一地略说一下：

冷泉亭。是宋太上内禅以后散居的地方。闲来没事，散步冷泉亭上，俯槛看游鱼，真是潇洒欲绝！时人有"泉是几时冷起？峰从何处飞来"之句，颇觉兀突可喜。

飞来峰。湖上山峰很多，要推飞来第一。峰石高至几十丈，石的上面，生着奇异的树木，树根不着泥土，完全生出石外，真是奇极怪绝！前后大大小小的洞，有四五个，都是玲珑剔透；峰的上下，刻着许多佛像，相传是胡髡杨琏真珈所创，并且把自己的像，也刻杂在里面，后来某刺史断其头，投诸江中，真是一大快事！

▷ 飞来峰石刻

灵隐寺。北高峰的下面，有个灵隐寺，寺极奇胜，寺门外的风景尤佳。晋朝和尚名慧理的，创建山门，题上"绝胜觉场"四个字的匾额。历代不少的名儒贤者，住在寺里，所以杭州山寺，莫过于灵隐寺的宏敞。每年西湖香泛期内，烧香的男女们，真是弥山被谷而来的呢！

天竺山。天竺因为两山相夹，回旋得好像迷谷一般！山石骨立，石的上面，松竹尤多。下天竺寺已经荒落不堪，中天竺寺也相仿佛，唯有上天竺寺，是在天竺山顶，四面的山峦环抱，风景极其古雅。寺里的小朵轩，周围都是峻峭的石壁，松萝的垂荫从上面掩映下来；天香室远对乳窦白云诸峰，如同屏障一般地拱在前面！极尽幽邃净绝的神致。三寺相去都各一里多路，晨昏钟鼓的声音，此响彼歇，所以有"曲径通幽处，禅房花木深"的诗句。寺里道德高尚的僧徒，也颇不少，他们啤经念佛，相聚焚修，如同生在佛国一样！

莲花洞。莲花洞的前面，有座居然亭，亭上极其开豁，登临一览，西湖的水光，透出一层层的光辉，整个湖的形影，犹如落在镜里一般！六桥的杨柳，一路上牵风引浪，疏疏落落地极其可爱！洞里的石块，玲珑如活，它的细巧，胜过雕刻，真是奇奥不可言状。

法相寺。法相寺的庙貌，并不奇丽，可是香火极盛。寺里有个定光禅师的长耳遗蜕，相传妇人见了，可以多养儿子，所以她们都去争摩顶腹，光可鉴人。从寺右几十步，度过小石桥，再折向上去，便是锡杖泉，看去好像点点滴滴的细流，其实旱天也不会涸竭。寺僧们在泉水流过的所在，摆下一口砂缸，把泉水挹注起来，以供饮用。这口砂缸，看来年代好久，青绿的蒲苔生在上面，足足有几寸多厚，连缸质都看不出来，所以就叫作"蒲缸"。如果把它铲来，制造砚池和炉足，古董家一定要说秦汉以上的东西了。

烟霞寺。烟霞寺在烟霞山的上面，土人们在寺后开岩取土，石骨尽可看得出来。从寺的右首上去，三两个转弯，经过象鼻峰，再向东走几十步，就是烟霞洞。洞里极其幽古，洞顶石钟乳的乳汁，从上面涔涔地滴了下来。石块天然的屋，又开阔，又光亮，好像一片云霞，斜侧地立在那里；又像一个院落，可以安摆几筵。洞外面有一小亭，踞望钱塘江，宛如一条雪白的带练。

龙井。走过风篁岭，就可以看见龙井，便是从前苏端明、米南宫和辩才和尚往来的地方。山寺朝北向，寺门外种着许许多多的修竹，龙井就在殿的左侧，有泉水从石罅里流了出来，旁边凿成一个小小的圆池，下首更有一个方池承着。池里都养着很大的鱼，可是池水一些也没有腥臭的气味。池水淙淙地向下面泻来，绕过寺的前门出走。山泉的色味俱清，以烹龙井茶，甘洌爽口；龙井的山岭，叫作风篁；山峰叫作狮子；山石如一片云、神运石，都是奇伟可观。

孤山。孤山横绝在湖西，它的东首山脚下有座放鹤亭，便是宋朝处士林和靖的故址。林处士以梅为妻，以鹤为子，心怀淡泊，常常做得几首绝妙的梅花诗，如"疏影横斜水清浅，暗香浮动月黄昏"等句，都是高雅绝伦。他住在西湖二十年，从来足迹未曾到过城市一步。放鹤亭的旁边，有个巢居阁，阁之后面便是先生的坟墓。孤山之阳，有文澜阁，建筑得非常高敞，阁里藏着《四库全书》，洪杨的时候曾经损失几册，如今也都搜补完整了。阁的西首，有座俞楼，就是俞曲园先生读书的地方。

《西湖风光》

❖ 张恨水：西湖的园林

西湖苏堤以内，人家园林，左右蝉联，树木参差，亭亭相望。古人所谓五步一楼，十步一阁者，于此乃可微信焉。此项园林，杭人统称之曰庄。其间如刘庄宋庄高庄，为三尺孺子所能道。花木泉石，极铺张之能事。然大半楼阁皆空，幽花自落。客欲有游者，毋须通谒，坦然径入。间有三五名庄，由一班侍役看护，就花设案，烹茶享客。客行则出资掷案，恍如官僚制度。问之，则庄主人经年不一到。侍役于薪资外，藉博蝇头之利耳。

盖此中主人，皆一时显宦。偶然兴到，遂在西子湖边，经之营之，为他年终老之计。然年复一年，名缰利锁，终不能脱。祖如是，父如是，子仍如是，有传之数代，而主人翁未尝在其所营之庄中，曾有十天半月之勾留者。故其所置别墅，名曰自娱，实为西湖游人，多谋一歇足之所耳。

▷　西湖园林

有人咏西湖某庄曰：红装楼阁碧栏干，锦绣湖山簇一园。偏是主人千里外，年年只展画图看。此真道破世情，令人首肯不置，使其主人一读此诗，将悔置此庄之多事欤？抑叹有福之不能享欤？是亦局外人无法为之解释者耳。

盛宣怀在苏州营留园，名驰江南。而盛犹以为未足，有思补楼之设。楼上绘画二十四轴，预计留园将如图以扩充之。然无缘如吾人，犹得居园中半年，盛则未一日居也，果如计补成，又何用哉？窃叹人心之不易足，而又叹园林之享，亦须有几分清福也。

《西湖园林》

❖ 郁达夫：城里的吴山

不管是到过或没有到过杭州的人，只须是受过几年中学教育的，你倘若问他："杭州城里有什么大自然的好景？"他总会毫不思索地回复你一声"西湖"！其实西湖却是在从前的杭州城外的，以其在杭城之西而得名。真正在杭州城里的大观，第一要推吴山（俗名城隍山），可是现在来杭州的游客，大半总不加以注意；就是住在杭州的本地人，也一年之中去不得几次，这才是奇事。我这一回来称颂吴山，若说得僭一点，也可以说是"我的杭州城的发现"，以效 My discovery of London 之颦；不过吴山在辛亥革命以前，久已经是杭州唯一的游赏之地，现在的发现，原也只是重翻旧账而已。

吴山，春秋时为吴南界，以别于越，故曰吴山。或曰，以伍子胥故，讹伍为吴，故《郡志》亦称胥山，在镇海楼（即鼓楼）之右。盖天目为杭州诸山之宗，翔舞而东，结局于凤凰山；其支山左折，遂为吴山；派分西北，为宝月为蛾眉，为竹园；稍南为石佛，为七宝，为金地，为瑞石，为宝莲，为清平，总曰吴山。……

这是田叔禾《西湖游览志》卷十二记南山城内胜迹中之关于吴山的记载。二十余年前，杭州人说是出游，总以这吴山为目的；脚力不继的人，也要出吴山的脚下，上涌金门外三雅园等地方去喝茶；自辛亥革命以来，旗营全毁，城墙拆了，游人就集中在湖滨，不再有上城隍山去消磨半日光阴的事情了。

吴山的好处，第一在它的近，第二在它的并不高，元时平章答剌罕脱欢所甃的那数百级的石级，走走并不费力。可是一到顶上，掉头四顾，却可以看得见沧海的日出，钱塘江江上的帆行，西兴的烟树，城里的人家；西湖只像一面圆镜，到城隍山上去俯看下来，却不见得有趣，不见得娇美了。还有一件吴山特有的好处，是这山上的怪石的特多；你若从东面上山，一直的向南向西，沿岭脊走去，在路上有十几处可以看到这些神工鬼斧的奇岩怪石。假山叠不到这样的巧，真山也决没有这样的秀，而襟江带湖、碧天四匝、僧庐道院、画阁雕栏、茂林修竹、尘市炊烟等景物，还是不足道的余事。

还有一层，觉得现在的吴山，对于我，比从前更觉得有味的，是游人的稀少。大约上吴山去的，总以春秋二节的烧香客为限；一般的游人，尤其是老住在杭州的我所认识的许多朋友，平时决不会去的。乡下的烧香客，在香市里虽则拥挤不堪，可是因为我和他们并不相识，所以虽处在稠人广众之中，我还可以尽情地享受我的孤独。

自迁到杭州来后，这城隍山的一角，仿佛是变了我的野外的情人；凡遇到胸怀悒郁，工作倦颓，或风雨晦暝，气候不正的时候，只消上山去走它半天，喝一碗茶两杯酒，坐两三个钟头，就可以恢复元气，爽飒地回来，好像是洗了一个澡。去年元日，曾去登过，今年元日，也照例的去；此外

▷ 吴山小径

凡遇节期，以及稍稍闲空的当儿，就是心里没有什么烦闷，也会独自一个踱上山去，癫坐它半天。

前次语堂来杭，我陪他走了半天城隍山后，他也看出了这山的好处来了，我们还谈到了集资买地，来造它一个俱乐部的事情。大约吴山卜筑，事亦非难，只教有5000元钱，以1000元买地，4000元造屋，就可以成功了；不过可惜的，是几处地点最好的地方，都已经被有钱有势、不懂山水的人侵占了去，我们若来，只能在南山之下，买几方地，筑数椽屋；处境不高，眺望也不能开畅，与山居的原意，小有不合而已。

不久之前，更有几位研究中国文学的外人来游，我也照例地陪他们游过吴山之后，他们问我说："金人所说的立马吴山第一峰，是什么意思？"他们以为吴山总是杭州最高的山，所以金人会有这样的诗语。我一时解答不出，就只指示了他们以一排南宋故宫的遗址。大约自凤山门以西，沿凤凰山而北的一段，一定是南宋的大内，穿过万松岭，可以直达湖滨的。他们才豁然大悟地说："原来是如此，立马吴山，就可以看得到宫城的全部，金人的用意也可算深了。"这一个对于第一峰三字的解释，不知究竟正确不正确。但南宋故宫的遗址，却的确可以由城隍山或紫阳山的极顶，看得一望无遗的。

原载于《创作》，1935 年 10 月 15 日

❖ **倪锡英**：湖上的保俶，江上的六和

到钱塘江边去，第一个印象，便是看见那矗立在江北岸的六和塔。这是一座六角形，远望上去有十三级的宝塔，镇压在江边上，显得它是这样的雄伟。我们可以打个比方来说，如果以保俶塔比作一个湖上的美人，那末六和塔堪称是一位江上的英雄。保俶塔和六和塔在外形结构上，刚好完全是一个相反，保俶是瘦而青丽，六和是壮而雄伟。保俶含着青黛的颜色，

▷ 保俶塔

▷ 六和塔

令人一看便会引起垂怜的意念。六和却全身髹着朱漆,望而生畏。所以湖上的有保俶,和江上的有六和,同样的是很相宜地点缀着两个不同境域里的景色,如果把这两座塔对调一下,把六和塔移到湖上去,那才便会显得臃肿而讨厌,如同一个莽夫闯进了美人的闺房,是极不相称的。反过来若是把保俶塔移到钱塘江边去,它那孤瘦的塔影会显得更孤瘦,一眼望去便会感到弱不禁风似的,压不住下面的江汐潮流。由此看来,建筑物与风景点缀,是具有密切的关系,六和塔是只能造在江边,才能与钱塘江的景色相协调。

六和塔的塔基,是位在月轮山的山顶。那月轮山恰巧沿着钱江北岸,下面便是杭富汽车道,从远处望去,有山、有塔、有翠绿的树、有浩渺的江水,真是一个极雄壮的画面。关于六和塔建筑的经过,中间也曾有几度兴废的历史,最早的六和塔是建在宋朝开宝年间,有一个知觉禅师延寿,在钱姓人家的南果园里开山建塔,原先的意思是用来镇压钱塘江的潮水的。共造了九级,高五十多丈,塔内藏着舍利子,后来毁掉了,到绍兴十二年,重行修建,经过十四年,由一个和尚叫智昙的,方始把它重建完成。只造了七级便完工。那时六和塔的样子造得很讲究,里面都是开敞的窗户,有盘梯可以通到塔顶。四壁上刻着佛经和佛像,以镇山川。元明两朝间曾经过几次的修理。到清朝雍正十三年,又重建了一次,就是现在所看见的六和塔的样子,里面是七层,外观却好像有十三层,因为它每层都是取重檐式的。乾隆十六年,清高宗南巡时,曾御书塔记,并且在每层塔上题着匾额,游人们从下层爬登上去,可以看见那塔内的圆柱,都是几个合抱般粗,不亚于灵隐寺正殿上的柱木。循着曲折盘旋的楼梯上去,到达塔顶时,两脚又酸又软,从南面的窗棂间望出去,可看见脚底下的钱江,是显得那末小,像一匹透明的白布,曲折地流向东去,和云天相连接。北部,南北两高峰周围的山峦重叠嵯峨,煞是壮观。那江上吹来一阵阵的劲风,传来江潮的余音,静观着脚底下天地的一角,悠然使人神往。

《杭州》

❖ 章达庵：拱宸桥与大运河的故事

拱宸桥在杭州北面，是京杭大运河南端的终点，小火轮可直达上海、苏州，直至北京。在封建时代，这条运河是专门供统治者南粮北运的，因此，拱宸桥的地理位置非常重要。拱宸桥被划为日本租界后，实施"五馆"政策，即设立戏馆、茶馆、烟馆、菜馆、妓馆，后来又兴起赌场。商业畸形发展，四方来客，充斥境内；交通方便，华洋杂处，渐渐形成一个特殊的区域。三教九流，便乘时而入。为了南粮的及时北输，乃有青帮组织出现。用帮会拜祖师的方式来控制运粮。运粮船工，本来良莠不齐，很难驾驭。得青帮祖师潘某等人的精心策划，订定帮规，制成"切口"，并用"大通"班辈，形成家长式组织。以"先进山门为大"，统称祖师、爷叔、弟兄，把乱七八糟的人物纳入"轨道"，自成一帮。后来者也按照祖师方法，

▷ 拱宸桥

另立"山门"，招收歹徒，结伙行凶，遂为社会一大祸害。流弊所及，官厅王法已难控制，青帮乃成为另一世界的人物。有犯法者无路可走时，只需投帖拜师，出一笔见面礼，官府即另眼相看，法不加身。于是此辈乃得逍遥法外，鱼肉良善，人民疾苦，如水深火热，哪怕有千条理由，亦不敌祖师一语。青帮的形成虽早于雍正死后，"血滴子"的帮徒离开宫廷，流散山东道上、太湖流域开始，及进入拱宸桥控制运粮船工后乃得到加强。日本租界开辟后，又与日本浪人相勾结，其恶势力乃达到高峰。之后因人数愈聚愈众，仅拱埠一处，已嫌无法继续开展，于是这股污流慢慢向城区扩散，如后来的朱承德、钱镜西、王孝先等均能各开"山门"，招收弟佬，自立一派。祸患因之愈演愈烈，人民受害乃愈陷愈深。朱承德还借势爬上政治舞台，充当"国大代表"，显赫一时，流毒之深，于此可见。幸杭州解放，首恶剪除，才抑止这股邪气。从此，"青帮"成为历史遗迹。

《拱宸桥旧事二则》

❖ 储裕生：在西溪感受风花雪月

从杭州到西溪，可以走杭州到莫干山的公路。只要八公里的路程，就到留下；再从留下雇舟入溪。另一路为由杭州松木场雇舟，直驶西溪，其实松木场的这一条水，一直通到余杭，水的名称就叫西溪。她曲折盘旋，在空中俯览，犹同一条舞动的彩带。

西溪中的舟楫，是用薄薄的木板制成，底尖，娇小而又玲珑，划船的人坐在船艄上，划动板桨，船头高高地翘起，轻盈而又迅捷。在溪的附近的农家，男男女女都会划船，每家人家也几乎都有一条船，真是以船代步。从杭州松木场溪端前进，愈进则愈到幽深之处，那里桑槐遍地，竹林丛丛，溪水碧绿澄清。有一姑娘划船经此，拨水生波，在波中，辨出她垂在胸前的双辫和清秀的面庞。再前进则为一片片芦草，零星堆置在溪中，小舟转弯曲折地徜徉其间，犹如盘绕十数曲翡翠所铺，千万细玉柱所围的画廊。芦草深处，有时有一只翘得高高的船头，缓缓地自由自在地前来。一声高歌，百数只小雀鸟在芦草中飞起，划破了寂寞的长空。

这大片大片的芦草丛中，有秋雪庵，有正等庵（亦名交芦庵），有曲水庵。秋雪庵旁，有历代词人祠，祠内营屋二三间，堂屋内供有"两浙词人""两浙宦游词人""流寓词人""闺阁词人"及"方外词人"之位凡五，堂前有石板庭园一小方，中置荷花缸一，庭外有一楼，为弹指楼，如在秋深时节，凭栏遥望，则一片秋雪，呈露眼底。

交芦庵也有许多名人诗画，曲水庵则已坍败无存了。据说从前就在这西溪幽境，有很多梅花，香雪数里；有心人可以从初秋住到初春，不断地欣赏这秋雪冬雪与春天的香雪海。

当西北风传来了足音的时候，在农历十四五六的夜晚，是个晴朗星稀的天气，驾一叶扁舟，缓缓地循着这翡翠的回廊漫步，看到大的月亮从芦草深处升起，灿烂的月华跟着爬了上来，微微的西北风吹到了芦草的梢头，她硬把芦花一朵朵摘下来。嘘一口气向月亮吹去，漫天飘泊天空的芦花，舞着，舞着；像飞絮，像皑皑的雪，充满在太空，飘落在绿波上，被绿波送到不知名的地方。而风，又摇动了芦秆，让歇在顶点的芦花，又四野飞散了。

当早晨与傍晚，不论是漾漾细雨或是万里晴空，都可以散步到花坞，那是一条羊肠小径，两边夹着青葱的林木。一抹山，远近地挂在前面与两旁，一簇簇竹林，一树树艳丽的花，杂立在绿树丛中，有一条丝带一样的溪流，偶然飘落了一两瓣花朵，让溪流拥着，奏着好听的音乐流下来了。原来还是留香溪。再进，复有一条溪流，从上面滑下，水滑过乱石，作梅花状，因名梅花溪，溪傍林畔，有许多家庵设在那里。这里静静地只听见琤琮流水的声音，只听见枝头雀鸟的歌唱。

在这样清静的时日中，大可反省一生的过失，进而眼见这涵容美丽的大自然，忘却了人间的名利。

《风花雪月话西溪》

❖ 林纾：记九溪十八涧

过龙井山数里，溪色澄然，迎面九溪之北流也。

溪发源于杨梅坞。余之溯溪，则自龙井始。溪流道万山中，山不峭而塉，踵趾错互，苍碧莫辨途径。沿溪取道，东瞥西匿，前若有阻，而旋得路。水之未入溪，号皆曰涧。涧以十八数，倍于九也。余遇涧即止。过涧之水，必有大石亘其流。水石冲激，蒲藻交舞。溪身广四五尺，浅者沮洳，由草中行；其稍深者，虽渟蓄犹见沙石。其山多茶树，多枫叶，多松。过小石桥，向安理寺路，石尤诡异。春箨始解，攒动岩顶，如老人晞发。怪石折迭，隐起山腹，若橱，若几，若函书状。即林表望之，瀹然带云气。杜鹃作花，点缀山路。岩日翳吐，出山已亭午矣。

时光绪己亥三月六日。同游者，达县吴小村、长乐高凤岐、钱塘邵伯绢。

❖ 钮金莉：名店林立清河坊

提起"清河坊"三个字，杭州的老百姓几乎妇孺皆知，且备感亲切。它不仅是杭州城内中山中路传统商业街区的重要组成部分，在杭州人的心目中也是传统文化的一个缩影。据《西湖游览志》卷十三记载：清河坊，与兴礼坊对，宋有张循、王俊赐第在焉。俊封清河郡王，故称清河坊。清河坊位于杭州城南老区，旧属中山中路第一段，东起中河路，西至华光巷，南自鼓楼、吴山脚下，北到高银巷，河坊街横跨中山中路。民国期间

▷ 民国时期的杭州街市

更名的中山路，原称御街，自南宋以来，这条上通江干、下连湖墅，依山靠水的交通主干线，一直是杭城商业的中心地区。旧时杭城很少有工厂企业，只是在下城和艮山门一带，有一些用脚踏木机织绸的小机户，故市场经济发展，最主要就体现在商业。清末民国初，随着沪杭铁路的建成，洋广商货大量进入杭城，杭城人口亦不断增加，商品需要量与日俱增。为适应市场的需要，清河坊一带凭借着深厚的商业底子和便利的水陆交通，更是商贾云集、百业俱兴。曾几何时，大井巷内除赫赫有名的胡庆余堂之外，还曾有过朱养心膏药店、保大参号、张小泉剪刀大井记、王老娘木梳店以及伞铺、南货房等等，中山中路与河坊街的"四拐角"地段更是名店林立，方回春堂、万隆火腿店、张允升百货店、天香斋食品店、孔凤春香粉店、宓大昌烟店都是杭城百姓购物逛街的必到之地。中国传统的白墙黑瓦，前铺后坊商业特色店堂与欧风西式三五层的洋楼参差间隔，凝聚成清河坊浓重的历史文化色彩。

《杭州清河坊历史街区的保护》

❖ 朱尧阶、杨克昌：皮市巷

最早皮市巷仅有裕号、叶正茂两家手工土制皮厂。另有沈德顺制皮，兼造钉靴、钉鞋，以厂带店一家。那时所用雨鞋，只有钉靴、钉鞋两种，后因销路渐广，陆续又开出同茂丰、信昌两家皮厂和数十家钉靴、钉鞋店。店多成市，因市成名，皮市巷就因此而得名。那时巷内皮厂与钉靴鞋店的废水都流入街心，虽晴燥天气，街道也是泥泞不堪，行人苦不堪言，因此大家都叫它"烂皮市巷"，巷内有一座元帅庙，供奉四个菩萨，其中一个叫皮元帅。

《杭州的制革业》

❖ 宋宪章：百井坊巷的传说

延安路北段东面，有百井坊巷，是目前杭城尚存的南宋古巷之一。巷以井名，而井之数字竟以百计，可谓杭城传奇。一条古巷之中，为何存百井之多？

百井坊巷所在之地，原为一古寺，始创于南朝萧梁之初，至唐时称龙兴寺（至今灯芯巷口尚保存着唐代留下的龙兴寺碑）；吴越时，于此立戒坛院，故又有戒坛之名；到北宋初，又改名为大中祥符寺。相传此寺周围广袤达九里之多，寺僧众多，再加上这一带人口稠密，故钱王下令在此凿眼打井，以解决当地百姓的吃水、用水问题。

杭城本江海故地，吴越时杭城东北部大约还是成陆不久的咸卤之地，要找淡水比较困难。当时钱王所开之井大多在杭城南部近山之处。据《永乐大典》记载：大中祥符寺"有钱王所凿九十九眼井"，这个记载和其他有关文献一样，都没有提到钱王为何在这么一个并不大的范围内开凿九十九眼井（号称百井）的原因。南宋名人楼钥有诗云："吴越大筑缁黄庐，为穿百井以厌之。"说是吴越国在此大兴寺宇、凿百井的目的是为了镇压邪气，这是一种说法。但我以为，钱王凿百井比较可信的原因是为了寻找淡水，由于所凿之井大多苦咸，不得不凿了又凿，以至眼数达到九十九眼之多（并非九十九口井，如吴山大井，一口井有六眼之多）。

现在，延安北路西侧行人道上，还有一口名为"钱王井"的古井，就是当时所凿的。盖龙兴古寺，旧有九里之方圆，故此井当时大约也在寺中。据专家所言，此井原名"铁甲泉"，水质甘醇，久旱不涸，实为难得。其水质之美，大概与杭城北部地区后来咸卤消退，土质淡化有关。

《巷名百井千古谜》

❖ 劳志鹏：逝去的东园

历史总是在变迁中前进。

老底子的城墙与东街路（建国北路）基本平行走向，依定香寺、东岳庙、机神庙、小天竺庵、报国寺、金衙庄拉条线，东为荒芜的城墙脚边，再东为城墙、外为城河（贴沙河）；西为民居小巷里弄，再西就是东街上（路）了。可见寺庙庵堂多建在城郊之间，既清静又方便。入世寸步，出尘咫尺，享受天上人间两边烟火。

明清时，东街两侧有景有园，东街上统称为东园。《秋籁轩事》东园诗曰："城曲东园里，庵多俗舍稀。地宽都种菜，巷隘总鸣机。野雀窥僧饭，村犬吠客衣。隔尘无半里，风景已全非。"老一辈人说东园有三多：水荡多，尼姑庵多，机坊多。

水荡是元末张士诚扩城筑城墙时所挖，据说按天罡地煞排列，参差有致，大小不一。杭谚："东园有七十二荡、七十二庵"，其实是绝对保守之说，无名小荡、坑洼、沟渠星罗棋布；古庙、荒庵到处都有。随着时间的延伸，荡边渐渐有了菜地、桑麻茅屋。于是鸡鸣犬吠，相依为邻。巷弄依荡蜿蜒，曲曲弯弯，纵横交错。民宅往往前门是巷，后门临荡，用石坎驳起筑墙，留一门并建一踏淘埠，前后门一开就来穿堂风，可纳凉；踏淘埠上可以洗菜汰衣。

民国前后，杭州丝绸业又生契机而勃兴。艮山门外建了浙江原蚕种制造场，东街上成了蚕丝集散地，丝织零机户如雨后春笋破土而出，大的有七八张织机，雇六七个工人；二三人并一张织机亦算是个豆儿老板，差不多每条小巷都有机杼声传出。丝织业的发展带来市场繁荣，东街上的经济日新月异，形成商贾云集、百业竞逐的市面。人丁一兴旺，巷弄居屋新增，自然而然地向空旷的城墙脚边延伸；读书儿童骤增，可政府财力匮乏，只得向神灵借校舍。于是，众多的庵庙改建成学校，萧王庙小学（下城三小）、机神庙小学（东元巷小学）、潮鸣寺小学（潮鸣小学）……校舍破陋，知识却璀璨。

20世纪50年代末，建环城路，残留城墙尽扫，水荡先后填平。坦坦荡荡的柏油马路像巨蟒一样延伸，谁还识得东园旧貌？

《谁识东园旧貌》

第二辑

杭城旧事·唤起尘封的民国记忆

❖ 张廷栋：常将军与瑞公爷的嗜好

清光绪三十年间，杭州旗营将军为常恩，人们都称他常将军。常将军除好鸦片、女色外，还欢喜斗蟋蟀。凡善斗的蟋蟀，不惜重金购买。斗蟋蟀在杭州本有悠久的历史传统，民间相习成风。南宋贾似道即酷爱斗蟋蟀，据说现在葛岭下面的葛荫山庄，即为当时贾似道斗蟋蟀之处。人们知道常将军爱蟋蟀，每天总有很多人到将军署来兜售。常将军所养蟋蟀，雇有专人调护。上有所好，下面也就以斗蟋蟀为日常生活的主要消遣。常将军的第二个儿子好之尤甚。光绪三十二年常将军调任，二少爷为了留恋蟋蟀，不肯即行离杭，后任将军瑞徵不得不指定衙署里几间房屋供其养蟋蟀及住人。二少爷最后离开时，曾送给我祖父500多只蟋蟀盆子，盆子都很讲究，用紫砂料烧成，青灰色，作腰鼓形，盆里用朱砂拌细沙垫底，重有三四斤，盖子上精雕细刻。因为我也爱斗蟋蟀，这些盆子一直保存着，上海人愿以5元一只代价向我购买，我舍不得出售。抗战胜利后回到杭州，这批心爱的玩物已一只不存了。

继常将军为镇浙将军的瑞徵，是光绪帝的娘舅，我们都称他瑞公爷，"爷"是旗人的尊称，"公"是他的爵位。瑞公爷鸦片烟瘾很大，以昼作夜，每天要睡到下午一两点钟才起床。他吸的烟膏，是用人参煎煮的，烟枪有翡翠碧玉，最奇怪的，他爱用京剧名角的名字来命名烟枪，他最心爱的一支烟枪名叫"谭鑫培"。瑞公爷爱猫爱狗成癖，我幼年到将军衙门去玩，见猫狗成群，好像比人还多，从大堂到内寝以及花园亭榭中，到处都有猫狗，品种应有尽有，只是没有狼狗。猫狗到处乱跑，厅堂内寝锦绣的椅垫桌布及被褥，都有梅花脚印。狗有狗舍，有专人饲养打扫，但狗不喜欢睡在狗舍，高兴睡在什么地方就睡在什么地方，谁也不好去干扰它们。狗是非肉不饱，猫是非鱼不餐。猫吃鱼要去鳞去肠，还要煮熟。瑞公爷用膳时，桌上桌下总有几只猫狗伴食，有时我祖父和我也被邀陪膳，好似与猫狗争食。瑞公爷有时把桌上整盘的菜端给狗吃，或给猫先尝。他吃过饭，照例让猫给他舔胡须，他眯着眼，好像很舒服。夜里抽烟，日里睡觉，也离不开猫狗伴眠，姬妾也习惯了，抱狗而睡，拥猫而眠。他有一只心爱的小洋狗名叫琴儿，亦染上鸦片癖，如果一天不嗅鸦片烟气，就尾巴下垂，精神萎靡，不蹦不跳，眼泪汪汪，这时必须用烟膏拌饭给它吃，才精神抖擞，神气虎虎，摇头甩尾，以前爪与人握手，如谢一饭之恩似的。此狗性爱清洁，大小便时必跑到马房的粪堆中去便，除严冬外，还要天天沐浴。以后，它被外面一只野狗咬伤，医治无效死去，将军伤心得饭也吃不下，合衙哀悼，用一只小红木箱当棺材，送至岳坟后面山上安葬。这块地还是经过风水先生选定的。咬死琴儿那条野狗，还被处极刑。

瑞公爷出门，乘坐八人大轿，轿子里总要带两只狗，狗在轿里也许感到气闷，常蹲在靠手板上，把头伸出轿外，人们看到将军的大轿好像是抬着狗。当时的上海《申报》曾有一幅漫画，画的是将军的八人大轿，前呼后拥，招摇过市，轿帘两边却伸出两只狗头。将军看到这幅漫画，不仅不以为辱，反而大加欣赏。

《辛亥革命前后杭州旗人的生活》

❖ 秋沄：秋瑾墓，西子湖畔女侠长眠

1907年农历六月初六日（7月15日），鉴湖女侠秋瑾烈士被清廷杀害于浙江绍兴轩亭口。与此同时，清政府侦骑四出，查拿家族。秋宗章《六六私乘》追忆道："……当六月初旬，吾兄弟颠沛造次，已为亡命之客，慑于淫威，不敢前往收尸，但由善堂草草成殓，稾葬府山之麓，掩蔽无具，听其暴露。"

数日以后，始有大通学堂工友阿金、阿富、莫敌以及沈小毛（沈小毛是替烈士生前去东浦热诚学堂联系革命事务时撑脚划船的，深受秋瑾革命思想影响）等人，约同烈士的大哥秋莱子，密运烈士灵柩至绍兴偏门外严家潭殡舍暂厝。《六六私乘》说："殡屋主人，讯问邦族，兄弟支吾良久，卒未告实。越俗丙舍壁间，例书姓氏，以免年久失记，此事亦未敢为之，深虑受人挪揄……"岂知这样益发引起屋主怀疑，打听到是杀头"女匪"秋瑾的棺木，立即严词拒绝。没奈何，只好就近移到偏门头大校场近旁，柩上复以草扇，藉避风雨。

同年十月底，徐自华、吴芝瑛两人，为实践秋瑾生前之约，风雪渡江来绍，与秋莱子商定，偕阿金、莫敌等人，冒险护送灵柩去杭。先落夜航船到西兴，渡钱塘江抵江干上岸。经多次波折，第二年墓成。"购地西泠桥畔，为营兆域，漆灯留待，坏土以书，庶几赵氏冬青，勿伤暴露。"（见《六六私乘补遗》）《墓志铭》由石门徐自华撰，桐城吴芝瑛书，杭州名金石家孙菊令篆刻。时称三杰。

墓域刚成不久，岂知轩然大波，转瞬复起。清廷巡查御史常徽，到杭州西湖游赏风景。见了这座坟墓，很不为然，特别是那墓碑上所书"呜呼！鉴湖女侠秋瑾之墓"，最触满人之忌。认为西子湖畔，葬着这大逆不道的"女匪"，有损湖山美景。即上章弹劾，奏请平墓。清廷准奏，下诏平墓。于是，烈士灵椁，复遭浩劫。她的哥哥秋莱子，此时正在天津避难。得到了消息后，就偷偷南返。设法将灵柩运到湖南其夫家，湘潭十八揆王宅。到了湘潭以后，她的婆婆矢口拒绝，不肯承认这"不孝之媳"，更不愿将她与王氏坟茔同葬（与《六六私乘》所载有出入），只许暂厝在义冢地里，上覆茅亭。此时已值宣统二年。

辛亥革命，底定武昌。浙江人民为了追念烈士，浙省当局循地方士绅之请，遂由湖南迎柩回浙，由湖南回运时，岂知原来灵柩乃是薄皮棺材，经辗转搬运，已是松散破裂，不堪再作长途移动，只好在原来灵柩外面，再加套材。又制一红布棉套子覆在其上，用粗大麻绳捆扎，勉强运抵杭州。决定仍葬于西泠桥畔。由徐自华、陈去病等组成筑墓委员会，再度营建秋墓（这块墓地是杭州风林寺僧人所赠，原来的墓基则建造风雨亭一座），拟定墓身用水泥浇灌，顶上铸以铜像，以后永久纪念；又创建秋社。武昌起义后第二年，孙中山先生又亲临致祭，撰题楹联，题赠"巾帼英雄"匾额。面允担任秋社名誉社长。

▷ 秋瑾风雨亭旧照

　　但时局变迁，窃取了中国政权的卖国贼袁项城，不久竟称帝"洪宪"，对二次革命实行镇压。袁世凯的高等顾问章介眉，是一个有名的绍兴师爷。据《六六私乘》载："当越郡光复时，嵊县王季高（即王金发）首先率部入城，易帜响应，事定，遂为绍兴军政分府都督，有邑人章某者（即章介眉）挟申韩术，曾居浙抚张曾扬幕府，微闻丁未大通之狱，实左右之，事无佐证，章固弗承。季高既主越政，籍没其家，章机警，先期兔脱……民国四年，章某以袁世凯之力，获充财部秘书，权势炙手可热……"章介眉不但是秋案的告密者，而且后来又是杀王金发的谋士，素与革命志士有隙。此时正值秋墓虽已动工，但还未建成，章氏即密派大员一名来杭，指令将秋瑾的坟改低三尺，铜像取消，三杰所作墓碑不用，浙江都督朱瑞其时已甘作袁贼走狗，为谋取虚名，假惺惺地为之撰文，刻碑，立于墓前。

　　光复后的民国十九年（1930），绍兴人民为了追思秋瑾烈士的革命功绩，在秋瑾就义处——古轩亭口建立了纪念碑，卧龙山上筑起了风雨亭，亭内有孙中山先生所撰的对联。

原来西湖秋墓周围，拦以铁栅，水泥围墙，并有巨大铁门。抗日战争时，日寇侵占杭州，烈士的墓地，又备受蹂躏，日本鬼子、汪伪政权推倒全部围墙，盗卖全部铁栅，巨大铁门也不知去向。

中华人民共和国成立以来，所有烈士的遗迹，党和政府都进行了大力发掘和保护，连烈士家属也备受照顾。现在，绍兴龙山上的风雨亭、轩亭口的纪念碑，都已修缮一新，还在风雨亭上重题匾额，列为重点保护的文物，杭州秋墓，每逢清明时节，浙江省政协及各界人民前往祭扫……

《秋瑾灵柩坟墓遭难记》

❖ 俞霭士：钱江义渡，苦心经营的义举

钱塘江又名之江，起源于浙、皖交界的白际山。从白际山下的马金溪接连常山港、衢江、兰江直到梅城，与新安江会合；经富春江至桐庐，又有天目溪，分水江汇入。自桐庐以下，统称钱塘江。从富阳开始，江面愈展愈宽，近百年前，杭州江干至萧山西兴的江面，宽达十余里，每逢春秋多雨季节，上游急流直下，迅猛似箭，加上海潮从鳖子门涌入，形成世界上绝无仅有的"浙江潮"。急流与海潮相遇，使钱塘江构成非常复杂的水文，而且江中流沙多变，航行艰险，历来为行旅畏途。两岸人民过江，仅赖渔舟，还必须天气晴朗、风平浪静之日，否则难免不出险。即使以后设置了专用渡船，也是事故屡出。记得在我们年轻时，凡遇家里有人要渡江，事前都要祭祖祈神，祈求平安。说明了当时人们对渡江的不安心情。

大约在19世纪80年代，杭州巨商胡雪岩（胡庆余堂药号主人）发起，得到士绅丁松生的赞助，独自捐资始创义渡，对搭船渡江者不取分文。这是一件慈善事业。义渡的船只较渔舟宽大，方头平底，行驶平稳；但全仗

人力摇，风力送，每逢上有急流，下遇大潮，或风雨浪高时，也常被迫"封江"停渡，在南北两岸高悬白旗作以标记。

在20世纪初，某日先父俞襄周，因事需过江赴杭，乘舆赶搭义渡。将至江边，有一肩舆者草鞋脱落，起步艰难，及抵渡口，未能搭上当班渡船，无奈只能在江边等待下一班。正是开出的那一艘渡船，驶抵江心时，忽遇暴风恶浪，渡船无法控制，船沉，旅客无一幸免，造成一大惨剧。先父幸免斯难。目睹这一惨状，遂有改善渡船之志。

光绪末年，胡氏雪岩因经营丝茧失败，不久死去。义渡无法继续维持。乃由先父策动旅沪七邑同乡会出面（先父为该会常务董事之一），由同乡会发起向各界筹募基金，接办胡氏义举。

当时宁、绍、萧、台等地人民出外经商者日益增多，凡至杭、沪，钱塘江为必经之途。先父为防止不幸事故之重演，决心去上海向外商购置小型机轮一艘，用作拖带原有木质渡船。机轮买到之后，在杭州三廊庙与南岸之间对渡。试行数月，效果显著。在此期间，绝未发生事故，并大大加速了过江时间，又解除了渡江者的不安心情，这一创举博得了广大人民的称颂。

▷ 20世纪30年代由"义渡"改建而成的浙江第一码头

由于用机轮拖带木船试驶十分安全，在七邑同乡会的大力支持下，由先父经手添置了铁壳柴油机轮四艘，冠名为"义中""义正""义和""义平"；并组成义渡局，改变了原来完全民营性质为官督民办。此时，已是辛亥革命以后，义渡局归省政府领导。过渡仍一律免费。这一机构一直延续到抗日战争，杭州沦陷，所有船只均遭毁坏，人员星散，从此结束了这一苦心经营的义举。

《钱江义渡》

❖ 何扬鸣：预料之中的"福寿堂事件"

1910年（宣统二年）2月23日夜7时许，一阵阵警笛声划破了杭城夜空，一队队巡警急忙奔向地处杭州鼓楼附近的大井巷。人们惊愕不已：发生了什么事？

此时，大井巷一带人势汹涌。原来那天晚上宏裕布庄的学徒打烊后闲聊无事，便去日商福寿堂店内打枪（一项射击赌彩活动）中了彩。但日商村上喜次郎不予承认，和宏裕布庄的学徒争吵起来，并动手打人。当旁观者责问时，另一个日商前田佐市竟持枪威胁，激怒了群众，遂起斗殴。霎时，几千人聚集起来围观。

急忙赶到的巡警为避免事态扩大，决定将这两个日本人带回巡警第一分局。但行至布市巷口，市民愈聚愈众，对日商的无理蛮横怒不可遏。见此，一个日本人吓得逃入万丰酱园内。另一个日本人由巡警保护至第一分局，同时巡警马上将万丰酱园店门看护起来，并将几名陆续前来视看的日本人护入店内。愤怒的人群呼喊着、叫骂着、拥挤着，将万丰酱园店围得水泄不通，并几次试图冲进店内。形势十分紧张。巡警第一分局正巡官只得带领众日本人，从万丰酱园店的屋上爬进泰安客栈，然后由巡警护送至巡警道署，防护兵警也渐次撤退，但沿街却加强了巡逻，所有的日本商店也派人驻扎了。

钟美药房的日本店主宇都宫未直正值人群激愤时赶来观看，被群众抓住，以为他就是寻衅滋事之日本人，把他打得头破血流，当即受到官警竭力保护，后暂置鼓楼前的仁信堂药店躲避，接着爬上屋顶匿藏起来，人散后才回到本店。

事发中，市民们到处在日本商店内寻找肇事者，人多杂乱，致将日商的仁信堂药水店、近仁药水店及丸三、重松、信浓三个药房，福寿堂、永命堂两个蛋饼店的玻璃柜台、玻璃橱等跌碎撞破。由于当时赶来的文武官弁及巡察较多，市民一入日商店门，即被驱散，各日店损失不大。除钟美药店外，各店日本商人都在万丰酱园内，受到巡警的保护，故未受伤。

这就是当时震惊杭城的"福寿堂事件"。

其实，"福寿堂事件"是人们预料中迟早要发生的事件。1896年（光绪二十二年）9月27日签订的《杭州塞德耳门原议日本租界章程》中规定，日本商民只能在拱宸桥租界内侨居营业，清政府也坚持领事裁判撤销以前，不准日人进城杂居。可是日本人竟违反章约，在城内开设药房、蛋饼店等。1908年，杭州商界见官府不敢制止，乃采取直接行动，捣毁日商设在保佑坊的重松药房和官巷口的丸三药房。此事驻杭日本领事馆与清廷杭州交涉使王省三谈判，双方议定由杭州商务总会赔偿日商损失，余存日货由商务总会拍卖，日本保证以后不再在租界以外开店。但没过多久，日本人又故技重演。

据统计，当时外商在杭城内外共设有21家店行，其中属于日本人的有14家。这14家中有七家设在杭州城内，其中两家由中国人经营，只是借用日本牌照；其余五家"潜来城内经营，违约设肆，其初并不告以实在，往往请华人出面，间接租赁"。这些日本店行，除经营药品、蛋饼等生意外，有的还兼营"打枪赠彩"的"赌彩"活动，日商春山还在大井巷设肆抛卖"福利券"，并为此遍散传单进行宣传，扩大影响，使得人们趋之若鹜。浙江巡抚增韫曾严饬洋务局照会日领事勒令停止，但春山坚执不允，扬言其所为系奉日本政府特许，停业与否须俟日本政府命令。洋务局为此屡屡照会日本领事，申明日商在城内设肆营业有违约章，要求将城内日本店铺迁至城外拱宸桥租界，却屡遭日方蛮横拒绝。日商有恃无恐，我行我素，为所欲为，终于酿成了"福寿堂事件"。

"福寿堂事件"发生以后，洋务局一再照会日本领事要求将福寿堂店主惩办，追赔兵士被伤药费，限令日商一律迁往租界，如日商再在城内开设店铺，地方官不再负保护之责，并经巡抚咨请清政府外务部照会日本公使转饬杭州日本领事，将肇事者拘留惩办。而日本驻杭领事馆却复书道："本国政府恐再酿风波，即谕村上、前田二人暂时赴沪，以俟后命。"

消息很快传遍杭城，杭州市民对此义愤填膺，各房主因害怕再发生不测事件，租给日商的房屋遭到损坏，所以通过中间人频频向日商催还房屋。而日商在日本驻杭领事的指使下，强占不退，"民情愈愤，其势汹汹"。杭州商务总会为此多次开会商议对付办法。后遂决议，照杭人旧习，凡产主复租以后，租户延不出屋，即以封门卸瓦为对付方法。大众均赞成。唯须经过三项手续，方能实行：一、禀明官府；二、通告大众；三、勒令迁移。如三项经过各日店仍旧迁延，再照此策实行。为防局势的恶化，浙江当局在与日本驻杭领事商允后，决定日商于4月17日（三月初八日）晨开始一律关闭，静候处理。

在这件事上，驻杭日领事池部氏起了极坏的作用，先是将"福寿堂事件"的肇事者放走，后又阻挠日商向日租界迁移；对洋务局拟将日货全数购下，让日商暂避危险一事，日领事先是同意，但不久又一再推诿。他态度傲慢，出口不逊，指手画脚，似清朝的钦差大臣，教训各地方官府"当初未能处置得宜，解散于先，又不能紧急戒严镇压，以致我国商民被害如此重大"。日方坚持以下要求：（一）惩办宏裕布庄学徒；（二）缉拿捣毁日店之人；（三）拿获之后，须由日本领事会审；（四）日店损失，仍须赔偿，唯改名抚恤，以顾浙江官场面子；（五）日店各房主，倘有落瓦事情发生，须巡抚一人负责。日本领事还进一步威胁："外间谣诼，谓我日商人再不迁移，即须拆屋卸瓦，此种恫吓手段，本领事深悉内容，业经传谕各商，如人民再有野蛮之暴动，官场即不保护，本领事职司卫民，亦必有相当之办法。"日本公使还要求浙杭方面赔偿日商"福寿堂事件"中所受的损失。清廷外务部和浙江地方当局对此忐忑不安，电文来回频繁，商讨对策。这个事件最后还是以双方做了些让步而解决。浙江官府赔偿日商损失一万元，日商在城内的六家商店（福寿堂除外）由杭州商会筹款18000多元收买。该事件影响深远，不但徐定超、沈钧儒等一批地方绅士上书外务部，表示强烈不满，就连浙抚增韫也意识到："民智日开，势难压制。""委曲求全"之下，对日本人愤愤不平。

《"福寿堂事件"始末》

❖ 黄品璇：吴殿扬打翻日本擂台

甲午中日战争失败，据《马关条约》辟杭州为商埠。每年春季，日本领事馆都要调两个日本武士到拱宸桥摆擂台，宣扬"武士道"精神。杭州知府对这些武士都奉为上宾。这些日本武士跋扈骄横，目空一切，称中国人是"东亚病夫"，没有人敢和他们较量。对此，武术界受尽窝囊气，杭州人民引为奇耻大辱。

1905年，吴殿扬来杭应乡试，开科考试名列前茅，得中武举人，名震武林。当时清政府被逼实施新政，停止科举，兴办学堂。凡末科武举人，一律免试保送入浙江武备学堂学习，吴以成绩优良进正则科。张载阳为其同科同学。

1906年春，日本武士野月三郎和高木造雄到拱宸桥挂牌摆擂台，并请武备学堂总办（校长）为评判员，要学生一律参加捧场。参加同日本人打擂的中国人，有的是帮闲，有的是识时务，应付几个回合就败下阵来。武备学堂的学生看在眼里，无不义愤填膺。吴殿扬本有几分憨气，激于爱国热忱，摩拳擦掌跃跃欲试。在同学的怂恿下，他挺身上场。先同高木造雄周旋了几圈，双方都无法近身，吴殿扬出其不意，突然左脚一个飞腿，把高木造雄踢倒，全场掌声雷动，高木又羞又愤，灰溜溜地退出。野月三郎见势，杀气腾腾咬牙切齿地赶上场来。吴加倍小心，紧张地周旋了几圈，卖了破绽，乘机把他掼倒。野月三郎勉强撑了起来，羞愧地高喊："他有妖术，应取消其比赛资格。"评判员对吴殿扬说："友邦武士说你施用妖术？"吴理直气壮地回答说："何来妖术，我用的是武当形意拳，不信，我可用分解动作当众表演。"驳得野月三郎面红耳赤，哑口无言。全场响起一片掌声，同学们拥着吴殿扬凯旋。

吴殿扬在拱宸桥打败日本"武士"擂台的消息，不胫而走，很快传遍全城，传遍沪、嘉及浙东各县，大长中国人的志气，大煞日本人的威风。消息传进日本领事馆里，日本领事大为恼怒。即传武士严加训斥，限期离开杭州，不准再来。杭州武术界特推代表向吴祝捷慰问，表扬吴为武术界呕出积怨，洗刷耻辱，各方祝捷慰问信件也像雪片般飞来。

《杭州武坛高手吴殿扬》

❖ **夏丏尊：**杭州光复，现在是民国时代了

武汉起义以后，各省纷纷响应，大都"兵不血刃"就转了向了。我们浙江的改换五色旗是十一月五日。那时我在杭州，事前曾有风声说就要发动。四日夜里尚毫不觉得有什么，次晨起来，知道已光复了，抚台已逃走。光复的痕迹，看得见的只有抚台衙门的焚烧的余烬，墙上贴着的都督汤寿潜的告示，和警察袖上缠着的白布条。街上的光景和旧历元旦很相像，商店大半把门闭着，行人很稀少。

一时流行的是剪辫，青年们都成了

▷ 首任浙江都督汤寿潜（1856—1917）

和尚。因为一向梳辫的缘故，梳的方向与发的本来方向不同，剃去以后每人头上有着白白的一圈，当时有一个名字，叫作奴隶圈。这时候最出风头的不消说是本来剪了发的留学生了。一般青年都恨不得头发快长起，掠成"西发"。老成拘谨些的人不敢就剪辫，或剪去一截，变成鸭屁股式。乡下农民最恋恋于辫发，有一时，警察手中拿了剪刀，硬要替行人剪发，结果乡下人不敢上城市来了。有的把辫子盘起来藏在帽里，可笑的事情不少。

当时尚未发明标语的宣传法，大家只在日用文件上表示些新气象。最初用黄帝纪元，第二年才称民国元年。在文字的写法上有好些变化，革命军的"军"大家都写作"軍"，"民"字写作"㐷"，据说是革命军与人民出了头的意思。"国"字须写作"圀"，据说是共和国以人民为主体的意思。这风气直至民国四五年袁世凯要称帝时还存在着。朋友×君曾以"國"字为谜底作一灯谜云："有的说是民意，有的说是王心，不知这圈圈内是什么人。""國"字旧略写作"国"。×君的灯谜是暗射当时的时事的。

"现在是民国时代了，什么花样都玩得出来！如果在前清是……"光复后不到几年，常从顽固的老年人口中听到这样的叹息。记得在光复当时，人心是非常兴奋的。一般人，尤其是青年，都认中国的衰弱，罪在满洲政府的腐败，只要满洲人一倒，就什么都有办法。辫子初剪去的时候，我们青年朋友间都互相策励，存心做一个新国民，对时代抱着很大的希望。就我个人说，也许是年龄上的关系吧，当时的心情比十六年欢迎党军莅境似乎兴奋得多。宋教仁的被暗杀，记得是我幼稚素朴的心上第一次所感到的幻灭。

光复初年的双十节不像现在的冷淡，各地都有热烈的庆祝。我在杭州曾参加过全城学界提灯会，提了"国庆纪念"的高灯，沿途去喊"中华民国万岁！"自6时起至21时才停脚，脚底走起了泡。这泡后来成了两个茧，至今还在我脚上。

《光复杂忆》

❖ 倪孜耕：巡按使的威风

袁世凯称帝后，为了笼络各省势力并了解各省情况，于民国四年（1915）底派出数省巡按使，以皇帝的耳目官身份到各省巡视。当时派到浙江来的巡按使姓屈名映光，浙江黄岩人，原系袁府中一书写幕僚，素为袁之亲信，因他是浙江人，故命其为浙江巡按使。

当时浙江的督军杨善德，是江浙革命联军，曾协同攻克南京，浙江革命党特从上海请其入浙江主持军政。这时上海已发起工人、学生罢工罢学游行，反对袁世凯对日签订"二十一条"卖国罪行。全国亦掀起声讨袁世凯的怒潮。杨善德也已看清了袁世凯背叛革命的面目，所以，屈映光虽以浙江巡按使的身份到达浙江省会杭州，但杨善德待其极为冷淡。于是，屈映光第二天就直接乘船来严州巡视。当时，建德县知事接到巡按使莅建的消息后，由于巡按使莅建巡视尚是有史以来的第一次，所以，亲自择府前街倪姓大宅作为巡按使行辕，并将房子重新粉刷装饰一新，大门前南北首各搭彩牌坊一座，又向城里各布店借来大批彩布，从南门大街直至府前街搭起了彩篷，地上也从草席店里借来许多捆草席，从南门大码头一直铺到巡按使行辕。当时梅城人见此隆重情景，相互传说道："巡按使是代皇帝巡查，就像是小皇帝出京，因此，要上不见天，下不见地（上遮彩布、下铺草席）。这种大官是见不得天地的（暗示'京官'的黑暗）。"这一谚语至今尚在民间沿传着。届时，县知事还派交白船（官舫，上载有官妓，俗称交白船），到七里泷迎接巡按使。巡按使乘坐交白船来到南门大码头后，改乘八抬大轿，知事与众官吏随轿步行到府前街巡按使行辕前厅下轿，迎入后厅，稍事休息，随即于大厅设筵为巡按使洗尘接风。

当时梅城有个有名的厨师，叫余连生，外号麻糍鬼，少年时即入餐馆学艺，后来随师赴京餐馆工作，能烧南北名菜佳肴，并能制作各种糕点，旋入某满清亲王府司厨，曾随亲王出使到过朝鲜，后因清帝退位，亲王解职，余连生乃回归故乡，在梅城巷口开一爿"醉白园"酒菜馆。县知事为接待巡按使，特邀余连生来行辕精制官筵，极尽八珍海味，名酒佳肴。是晚屈映光在筵席上吃得兴高采烈，赞美不绝，并问知事此筵出自何名厨之手？知事当即命余连生出来拜见巡按大人，屈映光见余后当即奖赏银洋十元。散席后，县知事请巡按使入内上房休息安寝，并告退回县署后，众衙役就将筵席所剩的残肴余酒一扫而光，并把果壳和鱼刺骨头等残渣全部丢在大厅的天井中。次日，巡按使起身，盥洗完毕，上大厅吃过参燕早餐，见到天井中果壳残渣狼藉，即返回上房取笔写了数字，交亲随传衙役照办。亲随出来交与衙役们，众衙役接巡按大人手谕一看，惊慌得马上跪下叩头哀求大老爷宽恕，原来屈映光在纸条上写着"把天下打扫干净"七个字，将天井误写成天下，一字之差，真吓杀了众衙役。

《民国四年袁世凯派浙江巡按使莅建轶闻》

❖ 李净通：不得人心的都督

　　1915年秋，袁称帝之声已甚嚣尘上，后来筹安会也成立了。浙省的军民两长首先上表拥护捧场，因此浙人对他们的印象非常恶劣。12月21日，袁特封朱瑞为侯爵，屈映光为伯爵。那时一般头脑清醒者纷纷反对帝制，蔡锷等首先在云南起义讨袁，黔、湘、桂、川等省相继独立，全国反对帝制之声浪日甚一日。袁本已明令变更国体，终于被迫取消帝制，恢复大总统名义。到1916年4月初，袁已把军政大权交给段祺瑞执掌。此时浙江武备派夏超、周凤岐等，认为倒朱之时机已至，就联络保定派吕公望、童保暄、王桂林等，连日密议驱逐陆师派朱瑞等的办法。同时预定职权，俟朱瑞下台后，以童保暄为第六师师长，张载阳为二十五师师长，王桂林为宪兵司令。并暂推屈映光为都督，再由吕公望继任，周凤岐为参谋长。一切分配定当，然后由夏超设法取得叶颂清部下驻省垣营长陈肇英的同意，又贿通了将军署卫队长青田人陈炳垣，于起事日，把卫队先行撤避。一切布置就绪，只待择日发动。而朱瑞此时，适因为其母安葬，所有亲信人员都在海盐原籍，以致一无所觉。4月10日晚，杭垣忽现戒严之状，将军署及各要署左右，守兵站立，禁人行走。至11日晚戒严更甚，自市街入闾巷之处，皆站立兵队，与各公署相距较近之处，且禁人往来，若将有非常之变者，众料必有大事出现。至黎明时，以由夏超从上海秘密招来的敢死队为先锋，冲进将军署，朱瑞找卫队不见，打电话不通，四顾无人保护，仓皇失措，只得逃出督署，坐小划船一走了事。当时杭市闻炮声六响，枪声杂作，旋即宁静。是晨站岗警察及军队等，均于左臂缠白布，众谓浙江又宣布独立了。

《军阀统治时期的浙江政局》

❖ 邹立人：抛弃幻想，章太炎反袁

袁世凯担任临时大总统后，太炎先生曾一度寄幻想于袁。不久，袁世凯的狼子野心日益暴露，太炎先生也转而反袁。1913年，太炎先生接共和党之急电促召入京，其时他已知此去北京凶多吉少，故在《致伯中书十三》中明确表示："吾虽微末，以一身撄暴人之刃，使天下皆晓然于彼之凶戾，亦何惜此屠形为。"以"时险挺剑去长安"的气魄，于8月11日抵京。不久，即

▷ 近代革命家、思想家章太炎（1869—1936）

以"大勋章为扇坠,临大总统府之门,大诟袁世凯之包藏祸心","攘窃国柄,以遂私图"。遂被幽禁于共和党党部右院斗室中。

其时,太炎先生的起居、活动都受到监视,宪兵、便衣不离左右。太炎先生在墙壁、窗纸上遍书"袁贼"二字,或掘树书"袁贼"焚而埋之,以泄心头之恨。此后又被幽禁于龙泉寺内。当时,袁世凯曾假惺惺地派他的儿子袁克定送去锦缎被褥,均被太炎先生烧成大洞后掷出窗外。据说,袁世凯曾想派人暗杀太炎先生,后被陆建章劝住,说"太炎先生不可得罪,用处甚大,他日太炎一篇文章,可少用数师兵马也",仍图收买太炎先生。但是,太炎先生全然不为所动,并致书袁世凯,表示"九死无悔",进行绝食。终使袁世凯害怕,方把太炎先生从龙泉寺迁往北京钱粮胡同四号居住。

1915年3月,太炎先生长女叕、小女珱及长婿龚宝铨等进京探视,后陪伴太炎先生居于钱粮胡同。钱粮胡同四号素有"鬼宅"之称,每日夜幕降临,院中便风声凄厉,哀哀的哭声、尖锐的叫声、刺耳的狞笑声此起彼伏,声声传入房中,彻夜不绝。后来才知道,原来是袁世凯指使军警执法处派人装鬼以吓唬太炎先生,以瓦解其斗志。

太炎先生也有他自己对付特务的办法,他曾对那些由特务扮演的"服役人员"宣布六条规则:"一、每日早晚必向我请安;二、见我时须垂手鹄立;三、称我四大人,自称曰奴仆;四、来客统称曰老爷;五、来客必须回明定夺,不得擅行拦阻,亦不得擅行引入;六、每逢朔望,必向我一跪三叩首。"还说:"你们要吃这碗饭,就照做,要不就滚蛋。"同时,太炎先生每逢初一、十五,还特别对其中的一个特务头目讲一段《大戴礼》。但是,在袁世凯所派特务的折磨以及当时报纸的造谣中伤下,太炎先生的精神每日都处于高度紧张之中,每晚睡得很少,亦很少与子女们谈话。同年9月,太炎先生长女叕因受不了这种精神折磨,于一天晚上吊死在院内一棵大树上。长女死后,虽然鬼叫之声似乎较前减少,但那种阴森森、凄惨惨的气氛却有增无减。太炎先生亦常常噩梦缠身,时时在半夜惊叫而醒。

1916年元旦,袁世凯改民国为洪宪元年,行将称帝,局势十分紧张,特务走狗也加紧迫害太炎先生。那年元宵佳节,家中照例要吃汤圆。晚餐时，一盘汤圆端上桌子后，大家都停筷不前。太炎先生看到我外祖母等个个愁容满面、忧心忡忡的模样，便举筷夹起一个汤圆送到嘴边，又停筷说道："汤圆又称元宵，元宵者，袁消也。"说完一口将汤圆吞进口中，几口就咽下肚去。太炎先生幽默的比喻，乐观的情绪，引得大家笑逐颜开，不一刻一盘元宵便被消灭得一干二净。不久，袁世凯气死，太炎先生也就此结束了长达三年的幽禁生活，重获自由。

《我的外太公章太炎二三事》

❖ 朱蔼孙：五四运动在杭州

1919年5月6日，那时我在闸口之江大学任课。这天正在西膳厅进晚膳时，忽听得学生会副会长竺杏苑起立拍手报告说："各位老师、同学，饭后请立即到大会堂集合，听重要报告。"我感到十分惊奇，草草吃完饭，脸也来不及揩抹，就到大会堂等听报告。霎时全校师生都集合在会堂里了。先由竺杏苑报告说："北京大学拍电报来，叫杭州各校起来响应北京学生，反对北京政府接受日本迫使我国在巴黎和会上签订卖国条约，打倒曹汝霖、章宗祥、陆宗舆三个卖国贼，立即行动起来，响应这一运动。"继由学生会会长陈德徵阐述了这事态的严重性及北京学生运动的详细情况。决定明天起开始罢课，早晨7时前集队进城，到湖滨公众运动场参加群众大会。这可说是杭州第一次反帝反封建的群众大会。我听了报告后，当晚进城回家，心情一刻不能安静。

次日天刚黎明，我就到湖滨运动场门口，等候之江团体到来一同进场。当时望到场里已有好多学校团体在场，料想他们是半夜里就进场的，可见群众的心情同样都是很激愤的。不久第一师范及其他各校团体，举着曹、章、陆三个卖国贼的放大丑像及标语旗帜，陆续进场。那时看见场内早操台上已有一位长髯老人，下颚长须结成一条小辫，还扎上红线的，手持一

老杭州_ **55**

根手杖，在诉说日寇的侵略暴行，讲得涕泪交加，还不时用手杖猛击讲台，表现出他的内心万分愤怒激动，听众无不为之动容。以后演讲台上又有另外一位身体魁梧、服装俭朴的中年男子在诉说日寇对我国同胞的残酷暴行，将煤油注入同胞鼻孔、点火燃烧的惨无人道的残暴行为，讲得痛哭流涕，力竭声嘶，激起了全场听众的极度悲愤。当时有顿足号哭者，有狂喊打倒卖国贼者，有高呼反日口号者。顿时人声鼎沸，如怒潮澎湃，势不可遏，会场秩序几乎无法维持，群众愤怒情绪达到了高潮。这位演讲者就是袁心粲先生。

▷　五四运动游行的学生

　　大会决定由法政学校代表起草给省议会的请愿书。随后向大会宣读通过，整队出发游行，沿途高呼口号，向省议会进发。到了省议会前，各校团体队伍，齐向省议会大门站立，由法政学校代表面对省议会大门宣读请愿书全文，每读到词句激动处，不但读的人声泪俱下，许多听众甚至号啕大哭。读毕请愿书，有某校代表报告，着各团体回校后，立即组织宣传队到近郊各村镇进行宣传。我和之江同学10余人，组成一队，第二天往沪杭铁路沿线临平、许村、斜桥等处，选定茶馆、庙场等适当地点进行宣传，连续四天之久。

　　事后我才知道杭州这一轰轰烈烈的伟大运动，先是由浙江第一师范、工业学校、之江大学等校代表，于运动开始前夕在六和塔顶层，深夜秘密开会决定办法的。后由各校联合发起，组织了经常性的抵制日货委员会，由各校学生组成了日货检查队，到各洋货铺检查日货，将查出日货有的销毁，有的封存。遇有不服检查，仍行私贩私售日货，屡犯不改者，罚站木笼示众（省议会前设有木笼一具）。并不时举行抵制日货游行示威，大力宣传抵制日货。同时上海生产了大批国货代替日货，如无敌牌牙粉，天厨、天一味精、味母，三星蚊香，龙虎人丹，以及机织零件等国货，纷纷应市，挽回利权，收效颇大。

此后，第一师范又随着开始了新文化运动。当时有号称四大金刚、提倡白话文最力的夏丏尊、刘大白、陈望道、李次九四位老师，全力提倡推广，一师同学无不热烈拥护。有一次因施存统同学写了《非孝》一篇文章，校长经亨颐（子渊）因此受到反动政府的非议，予以撤换。一师同学闻得消息，当即紧闭校门，拒绝新校长到校接收，同时一面坚决挽留经校长，一面向教厅请愿收回成命。横河桥省女师亦罢课响应，支援一师。经校长为顾及青年学生，恐遭意外损害，自动离校，风潮才告结束。新文化运动就此更加发展起来了。

《湖滨运动场一次群众大会》

❖ **庄禹梅：** 徒劳的弭兵会议

1923年齐燮元、卢永祥将以兵戎相见，当时上海的一般居民，对军阀混战虽司空见惯，深为厌恶，而工商界中人则唯恐战争一旦发生，市面将受影响，尤其是银行业，不论胜负谁属，金融必然引起恐慌。于是上海总商会会员盛竹书、倪运甫、王一亭及庄得之等，动议联合杭州、南京两总商会开联席会议，筹商江浙两省治安问题。经商会多数会员同意后，即发电杭宁两商会，定于8月4日在上海开会。

▷ 浙江督军卢永祥（1867—1933）

届期除杭、宁两商会外，嘉兴县商会亦派代表参加，议决致电江浙两省军民长官，请其停止军事行动以保境安民。电文大意有："江浙为全国商业重地，文化中心。近以政局骤变、谣言众多，沪、宁、杭、嘉商会，特在上海总商会开联席会议，敢以两省人民尊重和平、互保治安之公意，吁请公等以保境安民为宗旨，制止军事行动，以符合两省人民之公意，则浮言自然消失，而商民亦得安居乐业"等语。并致电海军长官及其他有关军事当局，请设法制止第三者的侵略举动。

旋得苏省督军齐燮元、省长韩国钧复电谓："保境安民，宗旨坚定，迭有宣言、毋庸再赘。……何忍参入政治运动，构成军事之原因。耿耿此心，有如皦月"云云；浙江督办卢永祥、省长张载阳则以"保境安民，素抱此志……敢不坚守此志，以副盛怀"等语见复。双方说话都十分冠冕堂皇，看来似乎确有和平诚意，但海军方面杜锡珪司令的电文，就两样了。杜电略谓："诸公为江浙两省策安全，仁人之言，其利甚溥，锡珪敢不竭尽绵力，始终维持和平。惟弭兵之旨，首在消除衅端。锡珪在海言海，前次海筹等舰，赴沪独立，其中系何人所煽惑？现在何人供给饷项，助其轨外行动以至今日？江浙本是一家，陆海原同兄弟，人不谋我，我亦决不谋人；凡可以谋两省之治安者，海军自惟力是视"云云。这电文是暗指卢永祥要犯江苏，所以江苏不得不起而自卫。这一来，更引起两省工商界的不安。这是8月7日前的事。不想到了14日，上海各报登有美、法、英、日四国，因谣诼纷纭，借口保护外侨利益，竟出而干涉中国内政的消息。这几国公使声明外侨在华利益，如因战事有所损失，须由中国政府赔偿，竟虚声恫吓，说"本公使等将以能用之手段与方法，为适当之保卫"云云。

在工商界以为北京政府罗掘俱穷，将来外侨利益如果受到损失，这赔偿责任也是加到工商界身上来的，因此对和平运动期待更切。于是动员各界人士组织"苏浙和平协会"，16日下午2时，假座上海西门职业教育馆开成立大会。到会的两省人士共计80余人，公推年龄最高之陶拙存为主席，沈信卿报告发起经过，并且通过会章。

时江浙两省军政当局，因在军事布置上尚有问题，就假装顺从舆论，订立和平公约四条，作表面上的敷衍，四条的大要是：

一、江浙两省军民长官，对于两省境内保持和平，凡足以引起军事行动的政治运动，竭力避免之。

二、为尊重地方人民公意，本公约以脱离军事旋涡为目的。

三、在两省辖境毗连之处，如军队换防，足以引起人民惊疑者，如外来客军侵入两省通过等情，由当事之省负防止之责任。

四、通告各领事，对外侨力任保护，凡足以引起军事行动之政治问题，为保护外侨之障碍者，须避免之。

署名的为齐燮元、韩国钧、卢永祥、张载阳及淞沪护军使何丰林。

这样一来，局势得到暂时的缓和。但是好景不长，到了1924年8月28日，闽海军攻浙。至9月3日，齐燮元以向浙江收回淞沪地域管辖权为名兴兵，而卢永祥与何丰林则组织"江浙联军"御之，江浙战争即由此而起。虽经两省工商界及社会人士再度奔走呼吁和平，双方都置而不理，终于发动了一场祸国害民的军阀混战。

《"齐卢之战"与上海弭兵会议》

❖ **倪锡英：**大变情形，西湖入城

▷ 民国时期杭州城

杭州全城的周围，共有三十六里，是一个不整齐的长方形，南北很长，东西较狭。这三十六里的周围，在从前全都围着城墙，共有十个城门，在东面的有庆春门、清泰门、望江门、候潮门四个，西面有清波门、涌金门、钱塘门、武林门四个，北面是艮山门，南面是凤山门。除了这十个陆城门外，还有四个水城门，以沟通运河及西湖的水道。自从辛亥革命以后，把城西一带的城墙，完全拆去，从钱塘门起，拆到南面的清波门为止，后来向南又拆到候潮门，把从前的钱塘门、涌金门一带，辟为新市场，建起宽阔的马路，广大的洋厦。于是本来隔着一道城墙的西湖，此刻便和城区打成一片了。杭州人当时有一句谚语，形容拆城后的城区现象，说："大变情形，西湖入城。"这是很确切的。原来在辛亥革命以前，西城一带是旗人的

戍守区，称作"旗营"，这些旗人全是满洲人，因为和大清帝国的皇上是同一个旗系，因此一个小孩生下来，国家便有口粮颁给他。在前清时杭州的旗人，他们是终年不愁吃不愁穿，住着西城一带的房屋，代满清皇帝镇压汉人，平时安逸享乐，出门便是逛西湖去。可是自从辛亥10月10日的一声革命以后，满清皇帝下了台，旗人便全都失了凭借，民国以后，连住家也拆掉，这的确也像杭州谚语所说的有些"大变情形"了呢！

《杭州》

❖ 曾寿昌：不欢而散的武林大会

1929年间，全国各地的武术家们，为了对武术有进一步的研究和观摩，借以提高自己的技术，于是互相联系，想做一次观摩表演。通过书信往来，决定于是年秋季，在西子湖边，一堂聚首，由浙江主持武运的机关——浙江省国术馆综其成。但由于国民党浙江省政府出面来实施政治控制，消极支持，积极防范；并由省主席张静江领头发起所谓"国术游艺大会"，以"武术比赛"奖励优胜，用来收买人心，分化武术家们的团结，这个大会由退职闲居的北洋军阀李景林为会长。因此，在大会闭幕以后，武术家们都感到乘兴而来，败兴而归。

…………

大会分为表演和比赛两部分。表演可自由参加，比赛则有规则。先由参加比赛者抽定号次，再由大会裁判部将所有号次并入一筒中，抽出两号作为比赛对象，当台宣布，即由被叫到的两选手登台比试。在比试中并限制不准打双眼、咽喉和前阴，否则以犯规论。第一轮比试完毕，再从负试人员中抽签比试，胜者转入第二轮比试，以免遗珠。如此办法则胜者因可以按轮进入决赛，而负者也有三四次机会可以从负中取胜，不致遽被淘汰。以后逐步淘汰，到最后10名，原则上作为优胜者，但还必须选取前三名。

而这三名中，又必须分出一、二、三的次第。第一名得奖金5000元，第二名3000元，第三名2000元，并发金质奖章等；以下七名得银质奖章各一枚；10名以下均得铜质奖章。此外还有各机关团体所赠的银盾、银杯、锦旗、镜框等，由大会分配奖给。参加表演的人，也各给纪念章一枚，并决定将来出版纪念册时，全体选手，均可得一册，以作纪念。时间预定七天，但由于要到比出最后优胜之日为止，因此大会先后共延续了15天。

大会第一天，除照例举行仪式和报告外，先进行表演，首由裁判员、检察员和选手们表演武术为：徒手、器械、单人、对拆、武当、少林、形意、八卦、潭腿、猴拳、内外功和一切轻身暗器等，刀光剑影，拳足飞舞，蔚为大观，最后由李景林夫妇表演太极对剑结束。

第三天开始进入预赛，但在比试中间仍插入个人表演，以调和紧张的空气。全体参加比试的100多选手，每天抽定的号次，不过一二十号，因此时间不得不延长。在比赛中，大家发现了一个共同的特点：北方的选手，练功虽稍逊而临阵经验很深，说明他们是一面学习一面实验的；南方的选手功架精湛，但平时苦思苦练，不愿轻与人试，因而缺乏临阵经验。例如新昌县选手章宪青，当表演拳脚完毕以后，竟发现他的脚迹一个一个印入坚硬的水泥擂台上，全体选手莫不瞪目吐舌，表示惊佩；但在比赛中，不到三四回合，便被北方选手摔出圈外而失败。又如武术界前辈刘高升，不服年老，依恃自己"艺高胆大"，轻视对手，不接受对方谦退甘愿认输的要求，坚持比赛，而在比赛中，竟败于自己徒孙之手。由于他的失败，一气而走回上海，遂有次年春季杜月笙举办"上海市国术比赛大会"为刘高升恢复名誉的事。

在比试中最引人注目的如胡凤山、僧拾得、岳侠、朱国禄等选手，他们转战多人，连战百余回合，气闲神清，从容应付，人们均寄予获得优胜的期望。但当时在地方主义、宗派势力的斗争中，不可能有公平合理的评判。例如优胜的前三名王子庆、曹宴海、朱国禄，都是河北、山东方面的选手，也是南京"中央国术馆"的教习；而第四名胡凤山，乃是陕甘方面的健儿，一套"螳螂拳"，在比赛中历战数十人，所向无前，但是由于他没有政治背景，加以自认为技术高强，光凭借个人武艺，和其他选手闹对立，因而成为广大选手攻击的目标。而王子庆等是以国民党中央国术馆教习的资格参加比试，必须在这次大会中争取优胜，决不肯让一个和政府毫无关系的无名之辈出人头地，因此便采用了"车轮战术"，集中力量对付胡凤山，在轮到与自己人交锋时，则假战几个回合，互相让步。最后由王子庆以生力军迎战力疲神倦的胡凤山，大战五六十回合，王子庆虽被打得鼻青眼肿，血流满面，但终于取得了惨胜；而胡凤山则在久战疲乏之后被推跌在白圈以外而失败。比赛至此，遂告结束。

王子庆等三人为了争取选手们的同情和支持，当大会宣布前三名领取奖金时，便向大家表示不愿接受这一万元的奖金，要求大会把这笔钱分配给所有参加比试的选手，得到了大会的许可。在举行闭幕仪式以后，这个盛极一时、中断了几近三四百年的比武——打擂台，终于在不欢而散中宣告结束。

《记杭州一次全国武术比赛会》

❖ 茅以升：钱塘江建桥与炸桥的回忆

1937年7月7日，日本帝国主义者在卢沟桥掀起了对我国的全面侵略战争，全国人民奋起抗战。侵略凶焰很快延及上海，引起"八一三"战火，杭州大为震动。8月14日，日本飞机初次空袭南京、上海，并轰炸了钱塘江桥，当时我正在从北岸数起的第六号桥墩的沉箱里面，和工程师及监工员商量问题，忽然沉箱里的电灯全灭了，一片黑暗，事出仓促，大家莫知所措。原来沉箱里的电灯照明和高压空气，都从上面来，也都是从来不缺的。久于沉箱工作的人，也就下意识地把它们联在一起，当作一件事，电灯一灭，好像高压空气也出了事，而没有高压空气，江水就要涌进来，岂非大家都完了吗？当时来不及思索，大家都恐慌起来，就像大难临头了！

幸而一两分钟内并无事故，大家稍稍镇定，才想起电灯和高压空气是两回事。又过了几分钟，果然仍无动静，大家这才放心，就在黑暗里静候消息。半小时以后，电灯居然亮了，大家重见光明，真是喜难言喻。随即有人下沉箱来送信。说电灯发生过障碍，现在没事了，叫大家照常工作。我跟着出沉箱，到外面一看，很奇怪，一切工作都停了，到处看不见人，整个江面寂静无声，只有一位守护沉箱气闸出入口的工人在那里。他对我说：半小时前，这里放空袭警报，叫把各地电灯都关掉，说日本飞机就要来炸桥，要大家赶快往山里躲避。接着果然日机三架飞来投弹，但都投入江中，并未炸到什么东西。现在飞机走了，但警报还未解除。刚才某监工来了，就下去给你们送信。我这才知道威胁已经来到大桥了。我问他，你自己为何不躲开？他说：这么多人在下面，我管闸门，我怎好走开呢。这位工人坚守岗位、临危不避的忘我精神，我至今仍然感念。这次日机的空袭，是江浙一带的第一次，而我恰好在钱塘江水面下30米的沉箱里度过，也使我永志不忘。

桥工未完，抗战已起，这真急坏了人。铁道部和浙江省政府都严令加速赶工，固不必说，就是桥工处全体职工，在既痛恨日本军阀而又愤恨政府无能的情绪下，也都要贡献自己最大的力量，尽快将桥建成。工地上几家包商，除康益外，都是本国公司，而康益的职工，也几乎是本国人，大家心同此理，都愿和桥工处同人一道，加倍努力工作，表示爱国热忱。于是桥工处和各包商重订施工计划，争取下月内通车，一切施工程序，以此为目标，多费工料，在所不惜。经大家同心协力，日夜苦战，1937年9月26日清晨4时，我们终于看到一列火车在大桥上驶过了钱塘江。"钱塘江造桥"果然成功！造桥时间两年半！大家欢声雷动，相互庆祝，庆祝这个工程技术的新成就。大家也相互慰劳，特别慰劳所有在事的员工，尽忠职守，勤奋将事，终于建成了这座"江无底"的大桥！

当"八一三"上海抗战开始时，江中正桥桥墩，还有一座未完工，墩上两孔钢梁，无法安装。然而燎原战火，则已迫在眉睫，整个大桥工地，已经笼罩在战时气氛之中。所有建桥员工，都同仇敌忾，表示一定要大桥早日通车，为抗战做出贡献。奋斗结果，大桥在一个半月的极短时间内，居然能通车了。大家在欣慰之余，都不由得想到，大敌当前，这一个半月的宝贵时间，是如何赢得来的呢？这是上海抗战的将士，屹立敌前，坚决抵抗，不让侵略凶焰立刻蔓延到大桥工地的结果。钱塘江大桥的建成，也应感谢那些英勇抗敌的将士。

日本飞机于8月14日炸桥后，就常来骚扰，有时是侦察，但更多的时候是轰炸，目标就在江中的工程。轰炸结果，只是炸坏了一些岸上的工房，里面的图纸和钻探土样都有损失，但大桥本身，始终未被炸中。这里有几个原因，首先是沿着大桥过江轴线，我们军事部门在北岸山上架设了高射炮，日本飞机来轰炸，如想击中，就要顺着轴线飞，而这正好是在炮火方向的射程以内，因而逼着它们换个方向飞行。但是，换了方向，要想在飞行路线和大桥轴线的交叉点上，正好中弹，那就异常困难了。其次是，在大桥公路路面筑好后，本可通行汽车和行人，但军事部门却不让通车，而且还要在公路上堆积很多障碍物，表示出尚未完工的样子，来迷惑敌人；火车过桥也限制在夜间，还要熄灭灯火，以防敌人侦察。结果是，敌机来时，架数不多，好像是骚扰性质，并非大举炸桥。再次，那时日本飞机的装备和技术也不高明，还没有新式瞄准器。

最后，我们也准备了大桥被炸中的善后设施。如果炸弹威力不大，它就会首先在钢筋混凝土的公路面上爆炸，对下面的钢梁结构的损害较小，只要钢梁不被炸断，总还可以修理。这也是双层式联合桥的一个优点，上层的公路面，成为下层的铁路面的一个保护层。如果大桥钢梁竟被炸断，而且附落江中，怎么办呢？上文说过，正桥钢梁16孔，各孔跨度一律，遇到任何一孔被炸，就可用储备的一孔补上。但这储备钢梁，因限于经费，并未购置，事后想来，殊为失算。权宜之计，只有将靠岸的一孔钢梁，浮运到被炸的桥孔，然后在靠岸处，架便桥通车。

大桥如果被炸，必须修理，但修理要机械设备，而这些都是承包工程的包商所有的，大桥完成后，包商就会把所有设备撤走，这又成为迫切问题了。后来和康益协商，订立条款，要他把所有机械设备，除与修桥无关者，全部留下，以作准备。经过这一番布置，桥工处就拟订计划，来应付一切可能发生的事故。

这时大桥虽已通行火车，但上层公路面，仍在进行收尾工程，如人行道旁的铁栏杆和铁柱上的铜灯。后来铁栏杆虽已全部装好，但铜灯却只有一部分完工。此外，在北岸引桥范围内，原拟造一座大桥展览馆，并兴建桥边公园，从事绿化工作，但也只有开端，而被迫停止。这时，抗战的火焰已经日益逼近杭州了。

1937年11月16日下午，我正在桥工处（那时已迁至市内西湖饭店），忽然有位客人来访，说是南京来的，有机密要当面谈。他先见了罗英，但罗因当晚要离杭赴兰溪，故来见我。见面后才知是南京工兵学校的丁教官。他说：奉了命令，因敌军逼近杭州，要在明日炸毁钱塘江桥，以防敌人过江。炸桥所需的炸药及电线、雷管等材料，都在外面卡车上。说着就取出公文给我看，原来是军方命令，说明要桥工处协同办理，并限于明日完成，要我会同丁教官于事后具报。我看了大吃一惊，想不到军事演变得如此之快，因为从报上看，战事离此并不太近，为何要立刻炸桥？我向丁教官说。桥工处是归铁道部和浙江省政府会同管辖的，现在铁道部并无炸桥命令，至少也要有浙江省政府命令，我才能办到；既然你有军方命令，那么，我们一同去省政府，俟省主席决定再说。那时浙江省主席是朱家骅，我和丁教官把情况说明后，他也觉得这时炸桥太早，而且杭州撤退事务还未办完，铁道部方面也正需用大桥，便和丁教官商量延迟几天再说，南京方面由他负责去解释。丁教官说，炸桥很不简单，并非说炸就炸，现在延迟几天固无不可，但若等到最后再办，那就来不及了。朱说：技术问题，我管不了，总之，桥不能马上就炸，但也要有妥当办法，让丁教官最后能缴差，不致误事。

我和丁教官回到桥工处，会商办法。原来丁教官在南京拟订的计划是要炸五孔钢梁，使它们全落江中，但我们认为这还不够，因为仅炸钢梁，而不同时炸桥墩，敌人还容易设法通车。于是告诉丁教官，当我们作大桥设计时，已经考虑到这个毁桥问题，故在靠南岸的第二个桥墩里，特别准备了一个放炸药的长方形空洞，应当连这个桥墩一并炸去，才算彻底破坏。丁教官当然同意，并说，你们想得真周到，不过造桥时就预备了放炸药的地方，这也算是不祥之兆了。同时我们又告诉丁教官，如炸钢梁，炸药应放何处，才是要害所在。根据丁教官估计，炸这一座桥墩和五孔钢梁，需要一百几十根引线接到放炸药的各处，而完成这项工作，至少需要12小时，若等到敌人兵临城下，再来施工，那就万万来不及了。但军事变化莫测，哪能在12小时以前就准确知道必须炸桥呢？如果真能有12小时的从容工作的时间，那么就一定显得是炸桥太早了。大家考虑至再，最后决定办法如下：先把炸药放进要炸的桥墩的空洞内，以及五孔钢梁应炸的杆件上，然后将一百几十根引线从每个放炸药的地方，通通接到南岸的一所房子内，作为炸桥准备，目前工作，到此为止；等到要炸桥时，再把每根引线，接通雷管，最后听到一声令下，将爆炸器的雷管通电点火，大桥的五孔一墩就立刻同时被炸了。预计将所有引线接通雷管，至多只要两小时时间，这就不会贻误军机了。根据这个办法，丁教官和带来的人就要在南岸桥边守候，一直等到炸桥后，才能离杭缴差。在得到南京许可上述办法之后，丁教官就带领来人行动起来了，桥工处也派人协助。为此忙了一通宵，到17日清晨，这个埋炸药的工作才全部完毕。在进行接线工作时，火车照常放行，但预先通知，从今以后，不许在过桥时加煤添火，更严禁落下火块，并说明这是军事秘密，不得泄露，因为恐怕有人知道桥上有了炸药，引起惊慌。

就在11月17日埋药完毕的这天清晨，我忽然接到浙江省政府命令，叫把大桥公路立即开放通车。大桥公路面早在一个多月以前就已全部竣工，只以预防敌机空袭，尚未开放，现在何以忽然又叫通车呢？原来杭州三廊庙到西兴的过江义渡，平时每天总有一两万人来往，上海战事爆发后，过江的人更多了。渡船本来就不够用，再加时遇空袭，不免损坏，这渡江交通就更难维持。不意在16日，渡船又因故沉没了一只，以致很多人江边待渡，而且愈聚愈多，情势严重。迫不得已，省政府才决定开放大桥公路，也顾不得空袭问题了。大桥公路开放后，17日这一天过桥的人真多，从早到晚，拥挤得水泄不通，可算钱塘江上从未有过的最大规模的一次南渡。同时，还有很多人，故意在桥上走个来回，以留纪念，算是"两脚跨过钱塘江"（杭州旧时谚语，用来讽刺说大话的人，因为这是从来不可能的），也竟然做到了。这消息传遍杭州，来的人更似潮涌。可是，就在大桥公路开放那天的前夜，那炸桥的炸药就已经埋进去了，所有这天过桥的10多万人，以及此后每天过桥的人，人人都要在炸药上面走过，火车上桥也同样在炸药上风驰电掣而过。开桥的第一天，桥里就先有了炸药，这在古今中外的桥梁史上，钱塘江桥要算是空前的了！

▷　被炸毁的钱塘江大桥

到了12月初，战事更逼近杭州，眼看大桥是保不住了，我们就想到，一旦杭州失陷，虽然大桥可以预先破坏，但敌人一定要修理，那时如还有留下的修桥工具，这不是正好为敌所利用吗？我们费了不少事叫康益留下机械设备，这不是自搬石头自砸脚吗？当然，现在把它们搬走，也还不晚，但如康益的打桩机船，因吃水较深，现在无法迁避，这便如何解决呢？我为这事去见浙江省主席，那时主席又换了黄绍竑，他很爽快地说：到时把机船沉没了就完了，可对康益说，责任由政府负。后来这只机船就是这样解决的，因而大大地阻碍了敌人的修桥工作。

战争越逼越紧，到了12月21日，丁教官接到第十集团军总司令部的快邮代电，说："……关于爆破时机，请俟本部另行通知为盼。"（这时恰巧我往上海办桥工善后，这封快邮代电是后来才见到的）后来据丁教官报告和报上消息，才知炸桥情况：12月22日，敌人进攻武康，窥视富阳，杭州危在旦夕。大桥上南渡行人更多，固不必说，而铁路上，因上海、南京之间，不能通行，大桥成为撤退的唯一后路，运输也突然紧张。据铁路局估计，这天撤退过桥的机车有300多辆，客货车有2000多辆。第二天12月23日，午后1点钟，上面炸桥命令到达了，丁教官就指挥士兵赶忙将装好的一百几十根引线，接到爆炸器上，到3点钟时完毕。本可立刻炸桥，但北岸仍有无数难民潮涌过桥，一时无法下手。等到5点钟时，隐约间见有敌骑来到桥头，江头暮霭，象征着黑暗将临，这才断然禁止行人，开动爆炸品，一声轰然巨响，满天烟雾，这座雄跨钱塘江的大桥，就此中断。

　　在大桥工程进行时，罗英曾出过一个上联，征求下联，文为"钱塘江桥，五行缺火"。（前面四字的偏旁是金、土、水、木）始终无人应征，不料如今"火"来，五行是不缺了，但桥却断了。

　　大桥爆炸的结果是：靠南岸第二座桥墩的上部，完全炸毁；五孔钢梁全部炸断，一头附落江中，一头还在墩上，一切都和计划所要求的一样。显然，敌人是无法利用大桥了，要想修理，也绝非短期所能办到。

《钱塘江建桥与炸桥的回忆》

❖ 唐中和："八一四"空战，首战告捷

　　1937年7月7日卢沟桥事变，揭开了抗日战争的序幕。7月中旬，杭州笕桥中央航空学校经过几天紧张的准备，全校员生、器材经浙赣铁路陆续南运，其目的地有两个，一是广西柳州机场，一是云南昆明机场。

　　当时在航校受训的有第七期、第八期、第九期共三期学生。第七期的

学员班，都是经过南京中央军校或其他军事学校毕业后考选进去的，其中1/3是从广东航空学校并入该班的。这时第七期学员在学校的高级飞行课程已经训练完毕，正等待举行毕业典礼，由于战局关系，不得不俟航校迁到昆明后再举行毕业典礼，除留了七八个专门训练急需待用的轰炸员外，其他全部分配到前线空军各作战部队。

在航校迁离杭州笕桥期间，日本侵略者已在上海发动"八一三"淞沪战争。当时杭州笕桥航空学校教育长陈庆云已被任命为杭州地区的空军指挥官，以蒋坚忍为副指挥官。那几天杭州地区连续阴雨。8月13日下午2时，空军第四大队大队长高志航率其全大队（辖二十一、二十二、二十三共三个中队），从河南周家口飞到笕桥机场待命。

空军第四大队是当时空军作战部队中配备力量最整齐的一个大队，中队长、分队长、飞行员全部是笕桥航校毕业的学生，配备的飞机是清一色的美制"霍克"驱逐机，双翼，起落架可收放，武器每机有大"考尔脱"机枪两挺，并可携带250磅的炸弹两枚，巡航时速约170英里，续航半径约280英里。13日下午4时，原在南昌机场的空军第九大队（辖二十六、二十七两个中队），由大队长刘超率领美制"雪莱克"18架（是下单翼式超低空攻击机）也飞到笕桥机场。这时在笕桥机场上，有奉命驻守机场准备随时出击上海吴淞、闸北一带敌人的轰炸独立第三十二中队（队长彭允开、副队长徐卓元）的"道格拉斯"9架（笔者就是当时轰炸独立第三十二中队的飞行员），现在再加上第四大队的"霍克"驱逐机36架和第九大队的"雪莱克"攻击机18架，共有作战飞机63架。笕桥机场在航校进行正常训练时，已感场地过小，设施欠缺，到此时那么多飞机集中在一起，更觉得拥挤不堪。

8月14日，笕桥机场的天气状况：云高约300米，下着毛毛细雨，能见度为500米。在一般的情况下，这种天气是不飞行的。但第九大队的"雪莱克"机却于上午8时冒着极其恶劣的天气飞赴曹娥机场了。

下午1时30分，由曹娥的对空监视哨打来电话说：有敌人双发动机的轰炸机9架，已飞临曹娥上空，续向西飞，向杭州笕桥飞来。

此时在杭州地区的空军指挥官陈庆云，不在笕桥机场，向各方电话查询亦不知其所在（后来据他自己说，因从市区回笕桥时，交通阻塞滞留中途）。副指挥官蒋坚忍与当时全体飞行员在机场休息室聊天，有的打扑克牌。蒋坚忍原是航校的政训处长，不懂空军的性能，没有指挥作战经验。当接到曹娥的对空监视哨的电话后，第四大队大队长高志航当即在全大队中抽点了9个人的姓名，并立即宣布命令："背上保险伞立即跟我出发！我首先起飞，你们一个接着一个起飞。在空中不要失去联系，抓住敌机，立即攻击，最好从后上方进击。"又说："大家必须抱着有我无敌，有敌无我，视死如归的决心！"就这样各自奔赴自己的座机边，扣好伞，登上飞机起飞了。

起飞后，只见他们直冲霄汉，出没云层，上下腾飞，搜索敌机。又过了一会儿，只见两架在机身和机翼上都有太阳旗标志的日寇轰炸机从云层中窜出，在机场上空作东西向飞行，寻找轰炸目标。再过了一会儿，突然见日机投下两枚炸弹，立即爆炸。当时停在机场休息室旁，从沪杭铁路通到机场的一条铁路专线上的两节汽油车，引起大火燃烧，休息室的门窗玻璃，也全部被炸碎。这两架双发动机的日机，见已命中目标，立即钻入云层。这时只听见云层里枪声咯咯不绝，一忽儿被我击落的一架日机，变成一团大火，摇摇晃晃地向半山的山麓飘坠。接着在机场东端上空，又一架日机被我击落，烧成一团大火飘出云层。又接着在蚕桑学校的南端上空，第三架日机也被我击落，敌机着火飘坠，敌飞行员跳伞，我方有两架战斗机监视着他直至坠地，被地面警卫部队俘获。其他敌机，仓皇逃窜。我机乃返航降落。此时天色已黑，不得不用落地灯照明着陆。结果在夜色朦胧中滑回停机线时，发生两架飞机互撞，两机机翼上各有所损，连夜即修复。作战人员无一损伤。

击落的三架敌机，第一架是大队长高志航击落的，第二架是中队长李桂丹击落的，第三架是谁击落的已记不清。当大队长高志航返航落地回到停机线时，地面所有的飞行员都拥到他的机旁，高声欢呼，那种兴高采烈的情况，真是动人。

▷ 《申报》报道"八一四"空战的战况

　　参加"八一四"空战的，除了大队长高志航、中队长李桂丹，还有毛潭初（曾在台湾任"民航局长"）、董明德（曾任台湾"空军作战司令"），分队长乐以琴，飞行员张效良、李有干等人。

　　8月15日上午11时，又接曹娥对空监视哨报告，敌双翼单发动机轰炸机9架，已经过曹娥向杭州笕桥方向飞来。我第四大队又以一个中队的飞机起飞迎击，约11时30分，被我机拦截在钱塘江上空，当天云高约3000米，敌机排得整整齐齐的品字队形，企图闯入笕桥上空。第四大队飞行员立即群集向其猛攻，当即击落三架，其中一架着火，飞行员跳伞，其他敌机立即掉头逃窜。

　　8月15日，第三十二轰炸独立中队，又奉命去上海吴淞、闸北一带的敌人阵地进行轰炸。直到傍晚，飞返前进基地嘉兴机场，飞行员住在嘉兴机场以西约二华里的一座破庙里。16日晨4时，早餐后起飞，正在机场上空进行集队，即遭敌九六式战斗机两架的偷袭，分队长黄葆珊的飞机被击落坠地着火，人机俱毁，幸周庭芳从笕桥驾机赶来，与敌进行空战赶走敌机，我机队始得继续飞向淞沪，执行前线轰炸任务，以后转航南京。

　　1938年秋，我方空军大部分作战机群，已损耗殆尽，我被调到新建立的成都空军军士学校担任飞行教官。1939年春，空军总司令部迁到重庆。当时一致肯定1937年8月14日在杭州笕桥上空第一次与当时号称强大的日本侵略者的飞机交战，以3∶0大获全胜，创造了辉煌的战绩，打破了我方空军远逊于敌的谬言，并鼓舞了我军的士气，这对中国空军在抗战中，有其一定的历史意义。因此空军总司令部将这一日定为空军的节日（空军节）。从此，每年到这一天，国民党空军的各学校、各部队都举行盛大的舞会、游艺会或演京剧等来纪念庆祝它。

原第四大队长高志航，成为抗战中的空中英雄，其事迹为广大人民群众所传颂。他于笕桥空战后即率队调赴华北周家口，不幸在那里的一次空战中阵亡。

高牺牲后，第四大队长由李桂丹继任。李于武汉保卫战中与日机互撞时牺牲，由毛潭初继任第四大队长。

《"八一四"空战的回忆》

❖ 沈国英：杭州沦陷，从天堂跌入地狱

杭州市是1937年12月下旬沦陷的。国民党守军12月23日下午3时左右炸断钱江大桥，最后一批守军沿杭富公路撤出杭城。城陷前谣言频传，人心惶恐，人们早闻悉日寇烧杀凶狠，纷纷逃避。当时的英、美、法等国尚未与日军交战，因此英国人办的广济医院（现浙二医院）、法国人办的仁爱医院（现红会医院）、仁济医院（现已无）、教会办的惠兰中学（现杭二中）、基督教青年会、天主堂、灵隐寺等成了没逃出杭城人的"临时难民收容所"。连准备认贼作父的汉奸王五权、谢虎丞、高复生（即高懿臣）等民族败类，当时也躲入广济医院暂避。但一些汉奸已蠢蠢欲动，为日机轰炸放信号，造谣惑众，搞得草木皆兵。

1937年12月24日下午4时左右，日寇以马队、步兵搜索开道，大队

人马沿余杭宝塔山脚经留下镇杀奔杭州。兽兵们沿公路以火力作"威力搜索"，打枪开炮以侦察有无国民党守军，并见人就杀，见屋就烧，一路上浓烟滚滚，火光冲天，还放火和奸淫妇女，掠夺财物，凶残嚣张，惨极人寰。另有一路寇是由乔司、三堡入城的，同样无恶不作。

▷ 1937年12月杭州沦陷，日军踏过断桥白堤

汉奸们原来准备好好迎接"皇军"，还计划安排寇军住地、粮秣草料。由于守军退得迟，日军又来得快，来不及筹办。及至听说日军已进城，匆忙钻出"难民收容所"，由王五权带领义务消防队残留的人，与谢虎丞、朱少臣等群丑，打着纸糊的日本膏药旗和欢迎标语，前往献媚。

当时进城的寇军有：土桥部队、牛岛部队及山口、伊藤、大久保、山县等部队，日军的特务机关、宪兵队也同时到达。当时正值隆冬，汉奸们又来不及准备，所以就破门入室占住，并卸门砸窗取暖作炊。日寇还借口搜查"散兵"，由消防队汉奸领先带路，逐家挨户入内搜索。兽兵们见粮食、贵重财物就掠，见年轻男人就杀，见妇女不论年轻或老妪都强奸或轮奸，整个杭城被洗劫达三四日之久。被兽兵轮奸致死，或奸后用刺刀戳阴部致死的甚多。整个杭城凄凉、阴森、恐怖，满目疮痍，惨不忍睹。

日寇野战军入城后在各城门、通道及市内各十字交叉路口设岗哨关卡。当时杭州有钱塘、涌金、艮山、凤山、清泰（即草桥门）、望江、武林、太平、候潮、清波十城门，有的虽已无城门，但残留城墙或墙垣还在。日寇就在城门口及路口堆沙袋，拉架铁丝网路障或构筑碉堡，搜查盘问行人。

进城第二天，日本特务机关长次尾、宪兵队长若松茂平、藤田、吉田、军冈本和拱宸桥日本领事馆领事松村，率日本宪兵队翻译来庆忠、沈定富、沈福林及日本部队翻译朱连宝、领事馆翻译董锡令一起，召集汉奸高复生、王五权、谢虎丞等成立了维持会。维持会由高复生任干事长，谢虎丞任副干事长，程他山、孙少川、张子瑜、韩雨文、邓孝可为干事，另有秘书长徐曙岑，秘书陆迪中、孙补山。总务科长高尔和、警卫科长陈鼎文、财政科长汪宣传、建设科长胡予、宣传科长程季英、征集科长王五权、救济科长邵力更、保安股长范颂西、司法股长汤应煌、卫生股长沈一沧等。在各区设下属组织，成立警察署等，颁发"良民证"，协助日寇维持统治。自此汉奸为虎作伥，趁火打劫，趁机横敛财物。

当时的"良民证"有三种。一种是用长三寸左右、宽四寸多的白布条，上面墨写"良民证"三字，盖上维持会红印泥方章；第二种也是用布条，但盖的是日本宪兵队的"日宪"元红印泥章，这种良民证是汉奸和有权势的人才有条件佩的；第三种是盖上"日宪"印后又加盖"特务机关"印的良民证，这种良民证是专为特务机关和宪兵队爪牙用的。只有胸前挂着"良民证"的人，日本"皇军"才认你是"顺民"，免被立即"格杀勿论"。

凡是要通过日寇哨卡的，必须胸前佩戴"良民证"，在距兽兵十多米前站立端正，然后要恭恭敬敬地弯腰鞠躬。还得听兽兵吆喝去或退，稍一不慎，就会轻则拳打足踢，重则枪托击打或放狼狗扑咬，严重的会被抓或当场枪击刀刺格杀。通过的人要被搜身盘问，有的日本鬼子为了取乐，会叫人跪在铁丝网前当狗爬。女的尤为遭殃，不但遭受百般侮辱，一不小心就可能被拖入哨所，被强奸或轮奸。人们把哨卡叫"鬼门关"，有的人一去不复回，家属探听还要被灭门。有时日本侵略兵酗酒后横冲直撞，窜入民宅索要"花姑娘"。大塔儿巷11号，两日军官争奸一女拔枪斗殴，女被迫自杀。汉奸们为了讨好主子，除把泗水坊全部划作"慰安所"，由日军妓供兽兵玩弄外，又在新泰第二旅馆、金城饭店等处设"军妓院"，诱骗和强迫同胞姊妹，作军妓供兽兵发泄兽欲。世界闻名的天堂，竟成了人间地狱。

《回忆杭州沦陷前后》

❖ 朱学三：救助盟军飞行员

在抗日战争时期，临安县天目山麓曾经发生过一桩与第二次世界大战紧密相连的历史事件——我们临安军民营救了以杜利特将军（Dooltle，又译杜立德）为首的五名美空军人员。

这里，先介绍一下当时的历史背景，1941年12月8日，日本偷袭珍珠港后两小时，美国对日宣战。从此中美开始了并肩作战。在中途岛大海战之前，美国曾有一次以空军为主的前哨战，即1942年4月18日美空军首次轰炸日本东京。这次空袭是由杜利特中校率领的16架B-52轰炸机，从离东京800海里的"黄蜂号"航空母舰上起飞，首次空袭东京、横滨、横须贺、大阪、神户和名古屋，炸毁日本的军事设施，打击日本军国主义不可一世的嚣张气焰，具有战略转折的历史意义。

这次空袭，美机在完成任务后，按照预定计划，向我省的衢州机场降落，不料衢州机场扩建甫成，缺乏导航设备，致使找不到安全着陆的目标，终因燃料耗尽被逼弃机迫降。此举除杜利特的指挥机一行五人跳伞降落在我县天目山麓外，其余大多迫降在浙江临海县和江西波阳、玉山一带，有两架不幸落入日军占领区。有八名美空军人员被敌俘虏，四名遭难于上海。杜利特驾驶的指挥机于傍晚时分坠毁在安徽省宁国与我县毗邻的豪天关山岭上。……

1942年4月19日清晨，我正在早餐时，突然跑来几位乡亲告诉说："碧淙村发现两个高鼻子、蓝眼睛的外国人，说话哩哩噜噜，……昨晚听到飞机坠毁巨声，会不会是什么德、意、日轴心国家的降落伞部队？"又说：

"传闻保长俞根生向他们开了朝天枪后，将其中一个绑了起来。"我听了即意识到恐有误会的可能，于是反问道："能吃准他们是敌人的伞兵吗？你们有没有听说过同盟的美国，也在对付日本帝国主义的侵略而与我们并肩作战？"乡亲们又说："正因为这个缘故，我们跑来找你，你上过洋学堂，懂得外语，请你马上去看个究竟吧！"这个要求，我感到有些为难。因为自知所学的一点英语，是无法去充当现场翻译的，但在这个穷乡僻壤的山村，又有谁能胜任呢？在责任感的驱使和众人的怂恿下，我终于放下饭碗，跟随着向碧淙来了。

天下着蒙蒙细雨。约莫走了一里多路，望见了义家畈那边簇拥着众多群众迎面而来，有几个肩挎步枪的人先导。押着一高一矮的两个外国人，一个被绳索反剪着双手。一个步履艰难，大约受过伤。我们加快步伐，逐渐看清他们一身飞行员装束，却无可供识别国籍的标志。看其面相肤色，属欧美白种人，哪个国家的人呢？我踌躇不决，怀着试探的心情，首先向他们打招呼："How do you do？"没想到话音一落，他们立即露出希望的眼神，回答我同样的问题，给我增强了信心。当我初步弄清楚他们是失事的美国飞行员时，随即叫押送人员松绑，同时向美军人员解释误会，表示我方的歉意。

为什么采取押送的形式，事后我才知道原来是这么一回事。18日傍晚，这两位飞行员随风飘落在碧淙溪畔，一个降落在碧淙村前山坡上，着陆时腿部受了伤；一个降落在溪后畈。他俩在野外露宿一夜，第二天清早摸进村里，被群众发觉，告知保长俞根生，他用步枪朝天开枪威吓，马上缴下飞行员的左轮手枪，又用左轮枪对空连发几枪，把布雷默捆绑起来后连同亨利·波特准备解送去西天目山。

误会初释，我热情地请他们到我家去洗尘，又让俞保长到区里去报告。当两位飞行人员到我家厅堂里啜饮着清醇的天目新茶时，人们抱着新奇的观感前来看热闹，真是人山人海，挤满整座堂厅，大家满面笑容以表友好。布、亨的惶惑与惊恐的情绪逐渐消失了。这时经人提醒，我立即端出现成的中国式看馔来飨客，可是他们不会使用筷子，始终夹不到嘴边，惹得大家善意地哄堂大笑。于是我要母亲烧煮了一小锅鸡蛋，请他们剥而食之，他们津津有味地饱餐一顿。

由于我的会话水平有限，只得辅以笔谈或借助手势进行交谈，始搞清以下几点：

一、知道他们是轰炸日本东京后飞抵我省上空，因联络不上衢州机场的讯号，在燃料耗尽的情况下弃机跳伞的。

二、他们驾驶的是指挥机，全机五人，领队是杜利特中校。跳伞是循着天目山这个目标进行的，估计都落在这一带附近地区。

三、我所接待的身材较矮的叫布雷默，是投弹手。高个者叫亨利·波特，是领航员。前者跳伞时被毛竹和树枝扯住了，忙乱中卸脱伞钩时受了伤。

四、他们疑惑和惶恐的情绪表露，主要是因为不知落在什么地方。经查阅航空地图，在他们随带的航空地图上可以看到在临安与余杭毗连之间，标有一条显明的红色警戒线，当时余杭曾为日军所占。

我们临安此时已遭受日本帝国主义的二次铁蹄蹂躏之苦，群众听了我的翻译，得知他们已将日本东京炸得一片火海时，大家激于义愤，同仇敌忾，爆发出热烈的掌声，场内气氛顿时活跃起来，有的敬烟，有的敬茶，引得布、亨也捺不住激动的心情，满面笑容，欠身站起，合掌表示致意。正当大家沉浸在欢乐的海洋之中，突然又有人来报在射干和东社相邻的山上也发现一个外国人。并说那里的乡民正在围山搜查。我听说后，又喜又惊，喜的是又有一位飞行员有了着落；惊的是可能又会发生什么误会，甚至更为严重的事。就在这群众议论纷纷，我也不知所措的当儿，本苕云区的区长李关安在俞根生的陪同下匆匆赶到，我随即将李向两位飞行员做了介绍，同时又把刚才获得的情况向区长汇报。因为区长不懂英语，对我所做的判断持怀疑态度，但他略事考虑后，还是听信了。随即宣布，由他亲自带队护送去浙西行署，还要我伴随同往，立即出发去东社了解那里发生的情况。

时近中午，我们只带了煮熟的鸡蛋，就踏上去天目山的路程。从由口到东社，不过三华里。过了乌石桥，我们就听到锣声和断续的土铳声。

走到村口，看到山脚下围着几十个群众，正在起劲地鸣锣，放铜铳，打土枪，还伴着阵阵的呐喊声，气氛显得十分紧张。我们问道："既然搜山，为什么不上山去？"有人回答说："那个外国人可能是带枪的，他在暗处，我们在明处，弄得不好，我们要倒霉的。"于是我向区长建议：必须立即停止敲锣、放铳，要不反而会使他吓得不敢出来。区长回答说："如果让大家干等，也不是办法！""不妨让两位飞行员放声喊话，叫他出来。"我略加思考后建议说。大家认为这个主意不错，我便把这个意见翻译给布、亨，他们表示乐意这样做。于是二人向山坳里不断地喊话。他们交换着被呼唤人的名字，同时也告诉了自己的名字，经持续呼唤了一刻时间，却得不到任何反应，弄得大家望山兴叹！有人提议，是否调个地方再试试，大家折向另一座山脚去呼喊。这一回，居然找到了，仅仅喊了四五声，在山脚下的深沟草丛里钻出一个人来，他高兴极了，踩上田埂，张开双臂，连跑带叫向我们方向奔来，这时在场的群众顿时爆发出狂热的欢呼声。

经历了惊险厄运的战友，平安相逢，分外高兴。他是个机械师兼炮手，但名字记不起来了。稍作逗留后，继续上路，后面跟随着一长列欢送的群众，直到我们折向去尚志岭的崎岖山径时，群众才陆续离去。越过尚志岭，来到白滩溪。我们在凉亭里歇脚，村民闻讯奔来又告诉一个好消息，原来是杜利特降落在白滩溪，他们已被当地的浙西行署青年营所救，送到天目山去了。我把这个喜讯转告给三位飞行员，他们高兴得互相拥抱。从这里到天目山麓尚有10华里行程，路呈上坡之势，可是大家的步伐反而变得轻快起来。布雷默虽腿受伤，也走得一样的轻快。

下午5时许，我们护送至目的地。其时，行署已派专人在鲍庄村前迎候。区长就吩咐俞根生及三名乡丁返回，我们经达浙西行署——"大然居"。行署主任贺扬灵与杜利特等已在官邸平台上迎接。见面后他们又是握手，又是拥抱，喜悦和兴奋之情自不待言，当然我们也为他们的平安相聚而感到无比欣慰和由衷的欢庆。领队杜利特中校是个双目炯炯，谈笑自如，身材虽不算高，但却是相当壮实的人。当他听到布雷默等人的介绍后，就主动过来和我紧紧握手，面对他的道谢声，一时间我竟激动得无言以对。

▷ 杜利特中校（前排左四）及机组人员与救助他们的中国朋友在浙江临安合影

当晚，贺扬灵在"天然居"设宴，为全体美国飞行员压惊洗尘。李区长和我也被邀入席，宾主频频举杯，为中美并肩战斗的诚挚友谊而互致祝贺。席间，他们各自介绍了跳伞后的遭遇及被救经过，我再一次受到大家的赞誉。宴会后，我和行署的翻译陪着美国飞行员一起宿在"天目旅馆"。就寝前，行署派了医护人员前来询问他们的身体情况，并对布雷默的腿伤作了护理。

翌晨，李区长说有事要回去，我认为这里已有比我水平高的翻译员，故表示也要一同回家，但美国飞行员热情挽留，坚持不让。区长见状即对我说："你在天目山读过书，这里的情况很熟，你就留下再陪他们玩一阵子吧！"（1941年4月15日，日机轰炸了禅源寺——浙西行署所在地，但名胜古迹仍可游览）于是，我以导游身份陪他们愉快地度过了两天。我是个在职教师，难以久留，不得不告辞。临别时，杜利特中校及四名飞行员都在我的笔记本上签上了各自的姓名和通信地址。布雷默和亨利·波特向我赠送了具有历史意义的纪念品，前者送的是玻璃太阳镜，后者送的是铸有飞行员姓名的机队编号的铂合金腕章。——据说这是一种十分珍贵的纪念品。

回家后，父亲告诉我，连碧山县长已亲自登门祝贺，夸奖我为临安人民争得了一份光荣。

以后获悉，罗斯福总统给杜利特亲授勋章，大加褒奖晋升。自这次事件以后，美国为吸取教训，避免再发生类似的误会，曾一度在出勤者的飞行装上印刷了英、中、缅、越等多国文字，以供识别。还有值得一提的是，抗日战争胜利后的1947年9月，我在临安突然接到一封寄自美国的来信，原来是布雷默夫妇共同具名的感谢信。信的内容除热情洋溢地感谢临安人民对他的营救之情外，还把我喻为"救命恩人"——这是过誉之词。遗憾的是我虽请人写了回信，但始终未见再复，从此音讯杳然矣！

《营救美国飞行员纪实》

❖ 程振坤：胜利了！杭州受降见闻

1945年8月14日，日本天皇宣布无条件投降。八年抗战，我国军民前仆后继，流血牺牲，终于取得了胜利。当时，我在第九十八军暂编第二师第三团第三营第七连任上尉连长。这个军是李默庵创建的突击队改编的，下辖两个师，师长曹跃祖曾在陆大任教多年，1943年起任第三十二集团军总司令部参谋长。抗战胜利消息传来，师长紧急召集全师连以上军官开会，他号召做好一切准备，到杭州等地去接受日本侵略军和伪军的缴械投降。大家沉浸在兴奋欢腾之中，每个人都热泪盈眶。日本天皇宣布无条件投降的翌日，第三战区司令长官顾祝同命令我第九十八军星夜兼程，向绍兴、宁波、杭州推进。军、师后勤部门给部队发了全新的夏服，部队立即沿着浙赣铁路，经龙游向金华、义乌前进。当我们部队抵金华时，日军哨兵、巡逻部队一律把枪倒挂，低头立正，向我们致敬，其余的日军则龟缩在驻地不敢出来。他们往日那种不可一世的凶焰，随着其彻底失败一扫而光。那些汉奸各自纷纷逃命，只见银行、钱庄、商店的伪币（储备券）散落满地，成了废纸。

上级命令第九十八军要甩开金华、诸暨等敌占城市，留待后续友军来接收，要我部急行军抵达绍兴、杭州，占领这些重要城市。我们到达诸暨这天，宿营较早，几个连长出于好奇，商量要进城去玩玩。我们驻地在城东河对面附近的村庄，中间有一座大桥可通。当我们四人走近大桥时，六名日军哨兵横枪阻挡，凶相毕露。我们年轻气盛，当面质问一名日军军曹："你们已经投降了，为什么还在中国领土上耀武扬威，赶快叫你们的上级来。"那哨兵一看来者都是军官，连忙点头，把我们引到城内队部，有个日军中尉出来接待，通过翻译，他向我们表示歉意，要求我们对其士兵的鲁莽行为给予谅解。临行时，我们向他要了几匹马，他满口答应，牵来了四匹大马，我们高高兴兴地骑着东洋马回到宿营地。第二天到枫桥镇，第三天途经会稽山麓的兰亭，当天就抵绍兴城郊东湖附近宿营。

整整八年，部队多在偏僻山区活动，明天就要进入城市，官兵们激动得彻夜难眠。水乡名城绍兴，人间天堂杭州，是多么令人神往。这天晚上，部队作了临时大整编，把年轻精干的官兵挑选出来，一个连选编一个排，一个营选编一个连，一个团选编一个营，全师编选一个团，作为入城的先遣部队。我仍担任第七连连长。第四天清晨集合号声响了，一队队新编组的部队显得特别整齐威武，精神抖擞。团长王理直作了简短的训话，他号召各部队要严守军纪，队列整齐，听从指挥。中午，我们迈着整齐的步伐，开进了绍兴这座历史名城。沦陷八年，饱经苦难的绍兴同胞，早已把大街两旁挤得水泄不通，鞭炮声、欢呼声，交织一片。人们挥舞着彩旗，流着热泪，庆祝抗战胜利，激动欢乐的场面，实为生平所少见。到绍兴的第二天，我们凭吊了革命先烈、巾帼英雄秋瑾英勇就义处和越王勾践卧薪尝胆的故址，又向杭州出发了。

杭州是浙江省会。部队渡过钱塘江，经鼓楼直达西湖滨的迎紫路、英士路。这里比绍兴更加热闹壮观，震耳欲聋的爆竹声、口号声、民间的鼓乐声、军车的马达声，汇织成一曲胜利凯歌，回荡在西子湖畔，鞭炮的硝烟弥漫，呛得人们都喘不过气来。部队在人群的簇拥下，缓缓前进。整个杭州沸腾了，人们欢呼中华民族反对外敌入侵取得的伟大胜利。

我们达杭州的第三天，奉命折回萧山受降。萧山驻扎有日军的一个旅团，我接管组的长官是胡琪三，他曾是李默庵的中将副司令，和我们同时抵达，负责主持受降事宜。举行受降式后，日军即开始缴械，日军官兵在一个开阔的广场上排列着整齐的队伍，表现出战败者的恐惧心情。为了讨好我们，他们把全部武器和105榴弹炮以及弹药、器材等，擦拭得油光发亮，一尘不染，整齐排列，造具表册，呈请我们点收。我们接收的日本侵略军武器，没有什么先进的东西。第二天，我们接收战马，也在这个广场上，日军饲养兵各自牵着两匹马，排成两列，一眼看不到尽头。许多日军士兵还在给马喂饲料，有的还抱着马头哭泣、亲吻，难舍难分，依依惜别。我们如数清点，照收不误，东洋大马顷刻换了新主人。

萧山的日军旅团司令部，在进门正中的一张方桌上，竖立着一个长方形玻璃盒，里面放着一把用黄绫包裹好的军刀，据说这是日本天皇赐给该旅团长父辈的雌雄军功刀之一，被视为传家宝。旅团长曾向胡琪三再三恳求，想留下这把军刀，遭到我方的严正拒绝和申斥。记得日军侵入南京时，曾有一日本军官用军刀砍杀我大批无辜同胞，今天我们不能让侵略者把军刀佩带回国去，它是侵略者用以屠杀中国人民的罪证，是我国人民的战利品，所以把它接收下来了。

抗战胜利前，杭州笕桥飞机场被美国飞机投下许多炸弹，机坪、跑道弹坑累累。为了启用这一基地，我们命令投降的日军官兵6000人前来抢修，我这个连担任机场警戒。这批战俘干起活儿来，速度之快，真出人意料，只一个多星期，就全部完成了抢修任务。其间还有许多战俘偷偷跑到我们部队恳请收容，我连来了17名日本战俘，向我们磕头，要求把他们留下来。当时，我们部队缺员严重，各个连队都收留了一些日本战俘，但没过几天被上级发觉，限令全部遣返，我们只好遵令将他们随同其他战俘一起遣送回国。

《押解日军战俘和杭州受降见闻》

❖ 徐明浩：保护钱江大桥

　　1949年4月23日，中国人民解放军解放南京。蒋介石不甘心失败，纠集残部并命令汤恩伯固守上海。汤恩伯在一次军事会议中出示了所谓"总裁手谕"说："总裁命令，一定要固守上海六个月。"4月27日，伏居溪口的蒋介石，也曾乘军舰到上海督战。

　　上海已被人民解放军重重包围，蒋介石妄想在上海负隅顽抗，一则想拖延战事，争取时间，等美国出兵干涉，以便借外力东山再起；二是上海有大量财物和军需用品，要抢运台湾；三是在撤逃时要完成许多破坏计划，其中就有炸毁钱江大桥的一项罪恶阴谋。

　　钱江大桥是当时中国的第一大桥，是京沪通向浙、赣地区的咽喉。炸毁了钱江大桥，就等于掐断了浙赣线与京沪线的联系，这将妨碍我大军乘胜进入浙、闽诸省，有利于蒋军在舟山群岛等沿海诸岛构筑工事，以苟延残喘。

　　汤恩伯在南京已解放而上海也难坚持之时，曾命令警备部第四处火速准备按计划炸毁钱江大桥。第四处主要是负责军需物资的供应补给和运输，因此破坏仓库、工厂、炸毁桥梁的任务，也就落在四处的头上了。

　　四处处长聂寅生，与崔传法平时相处也颇融洽。崔通过对聂的种种言谈试探，发现聂对国民党统治也有不满。当时若要公然违抗汤恩伯的命令，把钱塘江大桥完整地保存下来，这确非崔传法力所能及的。崔传法认为非策反聂寅生不可。崔把自己的想法向地下党组织做了汇报，并与钱明研究和分析了聂的思想状况及其处境，确信策反聂有一定的把握后，才由崔传法对聂寅生谨慎地进行策反工作。

　　正当国民党败局已定，聂处于进退维谷、无限忧虑的时候，崔有意询问聂对时局的看法和打算。一触即发，聂表示了对国民党当局的种种不满，不愿随汤逃台，竟然向崔请教出路问题，询问崔有什么好主意。崔传法看聂寅生态度真诚，方悄悄说出他有个青年时代的同学，现在上海工作，可能会指示出路。聂连声称好。就这样，他俩推心置腹，成了知交。关于炸桥问题，经过商量，决定对汤恩伯的命令，采取阳奉阴违的办法，做好两手准备：一是延宕时日，等待解放军早克杭城；二是准备明炸暗保，实行佯炸。

钱塘江桥是我国桥梁专家茅以升主持设计建造的，知道桥的要害所在，因此汤恩伯指定炸桥也必须由茅氏主持。就在找茅以升的过程中，聂、崔两人故意延误时机，借用了孔子访阳虎的故事。由聂数次以汤恩伯名义打电话约茅工程师到司令部，而当茅以升来到司令部时，聂又借故外出，致使双方不得会面。茅以升因为来了见不到聂寅生，以后就索性不来了，这样就拖延了一段时间。

但过久的延宕势必引起汤的怀疑。汤有《十杀战令》，若引起汤的怀疑，牺牲个人生命事小，完不成保卫大桥的任务，对不起党和人民，可就事大了。于是，在延宕时日的同时，两人又采取釜底抽薪的办法，为佯炸铺平道路。所谓釜底抽薪，指第四处掌握宁、沪、杭地区的军需物资库存和调拨权，他们特意将大桥附近仓库的炸药，事先调作别用或运回上海，使其库存量降低到不足以对大桥有摧毁作用。后来在实在无法拖延的情况下，为了遮掩耳目，才令爆破队到指定仓库领取药物炸桥。由于库存炸药寥寥无几，因此就用这少量炸药，在桥面上做了一次象征性的爆破，硝烟过后，只大桥桥面稍微受些损伤，实际上仍巍然不动，很容易修复。这天正是5月3日，我人民解放军取道杭富公路和杭徽公路，以迅雷不及掩耳之势，一举解放了杭州城。杭州城里未及逃窜的部分国民党残军，犹如山倒一般，仓皇中驾驶大小车辆，企图夺路南逃。谁知汽车冲到钱塘江大桥，其中一辆卡车刚巧陷入炸坑内，顿时众多的车辆相撞击，麇集桥上，坠入绝望和混乱之中，乖乖地做了俘虏。

《解放前夕保护钱江大桥始末》

❖ 余森文：解放杭州城

人民解放军百万雄师过大江，杭州市民也怀着各种各样的心情等待着局势的变化。省党政军机关已开始撤退，先以大桥南岸为落脚点，然后退往定海。市府俞济民秉承周喦的旨意，也准备撤往定海。此时俞已内定为杭州撤出后的浙东行署主任，他命所属主管人员全部随行，继续工作，市府及所属局处的档案、图籍、物资等，能带走的全部带走，不能带走的要烧毁。当时我们掌握的确实情况是：主管人员除工务局长、警察局长及少数俞的亲信外，都不愿意随去。发电厂、自来水厂、公共交通公司、电话局、广播电台等，经过密切联系，都有了各自的护卫组织，可保安全。档案室、电话总机室都布置了妥当人员严密保护，不会有问题。

俞济民要将全市的地籍图册亲自带走。地籍图册是掌握地方政权的重要工具，必须千方百计拿到手。我们商定由黄丽生通过地籍图册保管员李宗先，用另一份已作废的旧地籍图册从图册箱里把那份完整的地籍图册调换下来，藏于市府夹墙中。此外，徐雄飞还从省中统特务头子俞嘉庸与俞济民来往的机密文件中，截获了留杭特务名单一份。此件以后由我亲手转送市军管会。

4月30日晚，俞济民在市府召开了紧急会议，下达撤退命令。次日先运走库存银圆一万余元，那两只装着旧图册的箱子也被运走了。5月2日俞动身前，要徐雄飞与他同行，徐在危急中脱身隐匿，与我在电话中秘密取得联系，留黄丽生在外作随机应付。待俞仓皇离杭后，市府及所属局处的一切档案、地图籍等机要，以及电话总机等重要物资，就都保全下来了。

临近解放时，杭州一部分省、市参议员及工商、金融界人士吕公望、张衡、金润泉、张忍甫等联合组织了一个"杭州临时救济会"，设在杭州市参议会内，准备在省、市政府撤退后，临时维持地方秩序，安定人心。因为市政府实际上并未撤退，一切联系仍旧通过市府电话总机室，传向各机关、各基层和社会各界。因此"临时救济会"也就没有起过什么作用，解放军进城后不久就解散了。

▷　1949年5月3日杭州解放，杭州市民夹道欢迎解放军入城

　　1949年2月，林枫同志（3月任中共杭州地下市委书记）来杭和我第一次会面时，谈到做好钱江大桥保护工作的问题，要我注意敌人的破坏。4月，上海局张执一同志南下经过杭州，又谈到发动铁路职工保护大桥。4月下旬听到沪杭铁路桥梁被炸的消息，我们就意识到钱江大桥也不能幸免。我从林枫那里得知浙赣铁路局方面也有职工保护大桥的计划。4月30日，敌人将炸药运往大桥南岸，由省府工兵营负责炸桥任务。我从徐雄飞那里证实了这一消息。在此紧急关头，当天晚上，我就去找当时还住在杭州的原黄绍竑旧部工兵营杨营长。在他家里得悉：现在的工兵营还是原来驻在丽水多年的人马，主要还是广西兵，他们都认识我。在他陪同下，我们找到营负责人张××（名字已忘），见面之后，我诚恳地劝他要保全大桥，不要做对不起人民的事，免为子孙后代咒骂。起初他脸有难色，感到军令难违；同时又觉大义所在，对大桥职工的诚恳劝说亦不能无动于衷。最后商定不炸要害，这样既可应付上司，又为人民做了一件好事。他表示愿同营、连骨干研究后再奉告。

4月30日清晨，大桥职工发现桥上第五、第十孔钢梁上已捆绑了许多黄色炸药，于是，炸桥与反炸桥的斗争迅速开展起来。5月2日晚我们再次交谈时，他们表示：由于周嵒、俞济民均在桥南，要看到桥炸后才离开（事后我们得知周嵒早已逃之夭夭了），只有将炸药从下层铁路钢梁上移到上层公路桥面上，不炸要害，修复不难，这是两全之计。张还告知，大桥职工都坚决要求不炸桥梁，我一再和他们商量处置，决不干对不起人民的事。5月3日下午2时半，市区内听到了从大桥方向传来的爆炸声。大军进城后，立即前往查看，果然大桥钢梁完好无损，只有靠南岸第五孔和第十孔公路桥面被炸，工字梁被炸的部位只受到轻微损伤。

　　5月3日，天气晴朗。下午2时许，解放大军由西湖区方向进入市区。二十一军军部首先进驻市府，徐雄飞等迎接了军长滕海清等一行，并在布置城防中协助了工作。我在接到徐的通知后，立即面见滕军长。当滕了解到电厂、自来水厂、公共交通、电信、电台等完好无损时，立即派部队进行保护。同时还接见了警察局督察长马瑞文及分局长池桂生等，要他们继续严守岗位，维持好市区治安秩序，因为解放军大部驻在市郊，并不进城。另外通知公共交通公司经理朱克华调拨了部分车辆，支援解放军部队向德清方面的紧急运输任务。当时还有一部分"浙北师管区"的国民党军残部退到下城区一带，当由军部派部队接受投诚。傍晚，军部移入民生路国民党省党部内，并立即经由电台发布了《告全市人民书》。至此，未发一枪，不流一滴血，不损一草一木，杭州市获得了渴望已久的解放！当晚市内街灯通明，次日街市大部分商店照常营业，往来行人热闹。这是党和人民解放军的声威和政策深入人心的结果。两天后，军管工作人员亦陆续到达。二十一军向前推进，城防由七兵团派部队担任。

《回忆杭州解放》

第三辑

熙熙攘攘·
西湖畔的老行当与老字号

❖ 严贵麟：运河之南的航运事业

民国建立后，商业虽经历了复苏振兴阶段，但航运事业因资力、技术等原因，发展仍极缓慢。一般仍赖航船、脚划船等运货与代步，唯有国营内河招商局、民营戴生昌两家，用轮船行驶于上海杭州间。中设嘉兴、崇德、塘栖三站，以货运为主兼营搭客。码头设在拱宸桥与艮山门两处，与铁路线相衔接（当时艮山门铁路有一条支线到登云桥）。这条航线，因两家资力、技术、设备和货源都占优势，所以发展较快。

招商局和戴生昌两公司，先后创建于清同治、光绪年间，办事处均设在拱宸桥大同街。当时拱宸桥是日本租界，商贸辐辏，是城北繁华地区。招商局负责人是城北商会的首席议董朱赞思；戴生昌原系日商开办，负责人李星白。1921年因反日浪潮抵制日货，戴生昌改名源通轮船公司。这两家公司，由于资力足，船只多，运价廉，能充分发挥沪杭线水运量大的优势，执当时内河航运事业之牛耳。它们从上海装到杭州的，主要是百杂货、煤炭、食糖；杭州出口则是土特产、水果、鲜货、蔬菜、竹木等。抗日战争爆发，航运中断，抗战胜利以后也没有复航。于是出现了十多家不定期的"野鸡班"，但因经营不善，不久即全部停业。

清末民初，民营航运事业逐步发展。如1906年绍兴巨商王清夫聘严锦才为经理，创办"宁绍内河轮船公司"，开辟杭州—湖州线、苏州—嘉兴线、上海—盛泽线，备有七条客轮十条驳船，以客运为主兼营装货。公司设在拱宸桥大同街。1919年，长兴巨商温锦生（长兴煤矿公司大股东）、钟仰贻等合资开办"长杭轮船公司"，聘何焕章为经理，公司也设在大同街，开辟湖州—杭州夜航轮船，客货兼营。轮票级别，分为一、二、三三级。自湖至杭，一级票价为二元五角，二级为一元八角，三级为一元一角。长途乘客（从起点到终点）免费供应不同等级的菜饭和茶水。沿途码头，均悬挂前方停泊站站名和时间牌，标榜安全、准时，风雨无阻。

1927年，又有潘翔升、曹剑平开设"翔安轮船公司"，购置"翔安""翔平"两轮，行驶杭州、湖州间。不久，宁绍、长杭两公司结成长宁联营公司，与翔安竞争，在同一航线上，互相抢载乘客，双方竞驶，你追我逐。"翔安"竟不分等级，不分远近，票价一律降为二角。"长宁联营公司"不甘示弱，将票价降至一角。杭嘉湖一带，客源、货源素极丰富，各地许多行、店，与外埠联系业务，本可通信解决，由于船费特廉，往往改通邮为派人联系，以故竞争虽烈，营业仍不衰退。此时中途站乘客已摸到规律，先时都不买票，鹄立码头，看谁家之船先到，即买票乘谁家之船。先到者固然满载而去，后到者上下旅客仍然不少。这些轮船中，以"翔平号"速度为最快，时速为16.5公里。湖杭线设菱湖、新市、塘栖三个站，全程为85公里。上午6时自湖州起碇，中午以前可到达杭州。下午12时半循原路驶回，傍晚歇于湖州。其时服务性行业都有小账一项，这种习惯相沿成风，交通系统自不例外。船上备有洁白毛巾，每到靠站之前，船员把热气腾腾的毛巾送到每一个乘客手中，乘客因票价低廉，对小账皆慷慨解囊。每轮备有一米多高竹筒一个，上开一孔，旅客所给小费，都投入筒内。旅程完毕，按职称大小照股分摊。此项收入，每天亦颇可观。两公司竞争，持续达两年，实为近代航运界所罕见。竞争结果，虽客货运量不减，但双方均遭严重亏损。后由当地航管部门斡旋，协商和解，于是在各条航线上重新安排业务。

上述这些航路的开辟，促进了内河水上客货运输的发展，结束了手摇、脚划、背纤、风帆的落后状况，创造了安全、迅速、准时的条件，给广大商旅带来了方便。

跨省的航线，有"锡湖轮船公司"的新建三层大型高级客轮"太湖号"，横穿太湖，每天来回于无锡湖州间，客货兼营，业务兴旺；但多次遭到太湖盗劫，营业下降，终至亏本停业。

其他还有众多的小型机动小船，俗称"机器快班"。他们在原有的小航快船上装一部汽车引擎作动力，如"民强""兴利"航快班，行驶长安、新市一线。王阿大开杭州塘栖班，不但搭客装货，还接受客户委托代为采购物资，并因取费低廉，服务周到，颇受旅客欢迎。

所有这些大小企业，均因1937年抗战爆发，先后被迫停业。其中较好的船只，被国民党政府征用，有的拆机改装或沉没河底，全部航线处于瘫痪状态。

抗日战争爆发后，杭州城乡沦陷，水路交通断绝，局部地区又恢复几条划船作为交通工具。时隔年余，在杭州日商开办一家杭州—上海轮运行，在拱宸桥、塘栖、崇德、嘉兴建造轮船码头。所有业务由"利济""中南"等三家运输行代理装卸。为了确保行驶安全，派有日兵护航，但仍免不了沿途游击队的截击，财物损失，人有伤亡，旅客视为畏途。公司被迫闭歇，航线中断，直至国土重光。

1945年，抗战胜利，日寇无条件投降，昔日经营杭嘉湖轮运事业的行家，因损失惨重一时无力复业，于是上海、苏州方面从事航业的资本家，应时崛起。比较殷实的有"建业""三江""通达""顺记""协兴"等，以货运为主，行驶于上海、杭州之间。此时因沪杭铁路被毁，桥梁路面尚未修复，许多驳船业主乘机纷纷参加沪杭间载货，竞驶于沪杭航道，码头均停靠拱宸桥、小河一带，达数十家之多。不久铁路畅通，许多驳船又被淘汰。

铁路通车后，水运货源暂时受到影响，但有识者看到江浙水网地带的物产丰富，商贾云集，水运仍将占优势。许多从事航运的新旧人物，重新集资组织公司，以改善经营管理，降低运价，方便旅客，周到服务，开辟新航线为争取更多的业务。当时有周承宗的"宁绍轮船公司"，陈郁文与漓江县长魏某的"胜利轮船公司"，杨荣芳的"长杭轮船公司"，潘翔升的"翔安轮船公司"。他们行驶于杭州—湖州线。曹剑平的"兴安轮船公司"，彭仲立的"湘越轮船公司"行驶于杭州—震泽线。林胜根的"协兴轮船公司"，行驶于杭州—菱湖线。毛荣新的"鸿翔轮船公司"行驶于杭州—德清、塘栖—临平两线。卢文英的"光明轮船公司"行驶于杭州—塘栖线。

严贵麟的"联青达轮船公司"，行驶于杭州—余杭线。以上航线均客货兼营，公司都设在拱宸桥大同街。航线最长的是90多公里的杭震线，每天一单次两轮对开。中距离的在50公里左右，每日对开各往返一次。短距离的25公里左右，每日有单开或对开，往返多达四次。此时可称是内河航运的全盛时期。

《杭州内河航运》

❖ 章达庵：老杭州的闹市

1911年辛亥革命推翻了清朝，成立了中华民国之后，浙江总督汤寿潜建筑江墅段铁路，杭州车站最早设在清泰门外，清泰门东段也曾一度兴旺，出现闹市。但后来又筑了沪杭甬路，杭州车站改设在城站，由于交通便利，旅客集中，清泰街的闹市即慢慢消失，城站的市场渐渐形成，一度也成为闹市。1913年开始拆除旗下营城墙，计划开辟新市场。当时改建马路，称为延龄路（沿用"延龄门"旧名），由南向北渐渐伸展，已清出的地皮，大部利用拆下城墙的墙砖建房营业，原先设在涌金门的商店，逐渐迁移，如著名的英华照相馆、雅园茶楼等，城站的商店也有部分迁入，到了1922年，浙江省省长张载阳等建大世界游艺场，新市场才开始热闹起来。城站又有部分商店迁入，还有众多的新开店面，如活佛照相馆、十里香百货店等，国货陈列馆也从惠民巷迁至迎紫路与延龄路口原梅青书院的旧址扩建陈列，提倡大力使用国货，新市场才变成最热闹的市区。加以地近西湖，游客如云，旅馆业也近水楼台，乘时崛起。于是新市场如虎添翼，迅速发展，官巷口起从迎紫路衔接至延龄路也成了闹市，但不及延龄路的兴旺。原先的闹市清河坊、三元坊等处遂慢慢地没落。这是闹市区北移的一个划时代的转变。

另外，江干区自三廊庙到海月桥一段，清末民初，市场也较热闹，后来建了义渡码头，来往行人更形集中，大店如倪万仁南货店、公升南北货店行等相继开设，水上又有"茭白船"，过西更有众多的木行，市面也相当发达，但不能与先后的清河坊、新市场相提并论。

▷　江南运河

　　拱墅区又是另一番景象。在明末清初时期，拱宸桥地处京杭大运河北端，是衔接南北运输的重要枢纽，也是拱墅区的商业集散中心。各地巨商大贾的船只，都到这里装卸，附近四周，又都是水乡，农民自产自销的牲畜鸡鸭鱼类蔬菜等都用小船从良渚、勾庄、三家村、塘栖等处运到这里集散；而湖墅则向有"十里长街"的称号，米市巷的米市、卖鱼桥的鱼市，特别兴旺发达；还有众多的土纸、锡箔等行业穿插其间，相互配合。尤以湖墅鲜鱼行的夜市，灯火通宵达旦，更是出色，所以拱墅区也是闹市。1895年拱宸桥开辟了日租界，筑了马路，"六馆"（指饭馆、茶馆、烟馆、妓馆、戏馆、赌馆）齐兴，尤其是阳春、天仙、荣华三家戏院先后开设，更吸引了城里的游客。后来筑了江墅段铁路，也曾称为闹市，但它与其他闹市不同，是一个特殊地方的畸形繁荣。

《杭州闹市的变迁》

❖ 阮毅成：四拐角与四大家

　　四拐角，系杭州清河坊大街与望仙桥直街交叉之十字路口，为杭州最繁盛商业区所在地。清河坊大街，乃系杭州南北向主要大街之一段，出鼓楼即可达江干。右转入大井巷，可登吴山。左转过望仙桥，可达宗阳宫一带。杭州较大商店，多在保佑坊与清河坊之间。

▷ 20 世纪 30 年代杭州清河坊四拐角东北角

　　四拐角，有杭州最著名的四家大店铺，各据一方。其一为翁隆盛茶叶店，专售杭茶。杭州茶叶，以产自龙井者为最上。龙井之旁有翁家山，亦以产茶名。龙井茶叶系绿茶，最名贵者，为在每年春季谷雨与清明两节前所采者，称为雨前与明前。产量甚少，而翁隆盛有之。

其二为宓大昌，专售烟丝。在香烟未流行前，民间多吸旱烟与水烟，则以宓大昌所售之烟丝为上品。吸旱烟用细长之竹管，吸水烟则用精制之烟袋，并用纸煤取火，搓纸煤与吹纸煤，皆需特有之熟练技巧。所用之纸，系黄色薄纸，亦系专制。我从不吸烟，不知宓大昌烟丝优点何在。但我在杭州时，外地亲友托购烟丝，必指明非往宓大昌不可。

其三为方裕和，专售火腿、咸肉。浙东各县，皆产火腿，而以东阳县（今东阳市）为最多。金华府属各县所产者，皆以金华为集散转运之地，故外间皆名之曰金华火腿。方裕和门内有一既大且高之圆木，备临时斩割火腿之用。所用之大刀亦系特制，一人持之挥舞不停，可见其营业之盛。杭人节俭者多，虽到方裕和购买火腿，每只购一段，尤其以买"上腰方"或"筒儿骨"者为多。此为火腿之最精华部分，价亦稍高。

浙江向有一缸火腿中，必置有狗腿一只之说。金华兰溪一带，以狗属戌，故称为戌腿。我在金兰时曾见之，较一般火腿略小，却未敢尝。方裕和是否亦售戌腿，则已忘之。又浙东各县，亦有特制竹叶腿者，尤以浦江与松阳两县所制者为著名。此乃家庭副业，用猪腿以竹叶生火熏之，其味特别清香。方裕和似亦有售，因产品不多，故价亦较昂。

其四为孔凤春，为旧式之花粉店。昔年化妆品种类不多，用者亦少。因顾客以女性者为主，我似从未入内，只经过其石库大墙门门前多次而已。1927年春，孔凤春店东孔继荣，已70岁，忽动官兴。与其老友陈霭士（其采）先生，适担任浙江省财政厅厅长，思谋一职。乃派为萧山县茧捐局局长，此乃临时差使，蚕茧下市，即行裁撤。萧山为当时杭州中国银行行长金润泉（百顺）之故里，金介一人为孔助。而此人沿捐局恶习，向商人索陋规，为乡民检举。浙江省政府组设特别法庭，予以审问，判孔有期徒刑十年，遂病死于看守所中。孔凤春经此打击，营业乃远不如前。

抗战以前，杭州市政府将清和坊大街自原有之石板路，改筑为柏油大道，路面放宽。因此四拐角之四家大店，均行后让，门面亦皆重新翻建。

但孔凤春与方裕和仍用石库大门。胜利之后，我犹常过清和坊大街，则以向翁隆盛买茶叶之时为多，其他三家，殊少有与之交易也。

《四拐角》

❖ 徐宝山："五杭四昌"最出名

杭州做生意最出名的，有"五杭四昌"。怎样叫"五杭"呢？就是杭扇、杭线、杭粉、杭烟、杭剪便是。扇店现在要推舒莲记为第一，其次是张子元；线店要推张允升；粉店要推孔凤春；烟店要推宓大昌；剪刀店要推张小泉；此外也就不大闻名了。怎样叫作"四昌"呢？那就是素负盛名的四大南货店了：一曰顾德昌；二曰胡宏昌；三曰冯仁昌；四曰胡日昌。现在仅有一家胡宏昌，还巍然独存；其余的三家，可惜都先后停闭了！

《杭州的风俗》

❖ 张祖盈、许子耕："杭剪"张小泉，冒牌货的烦恼

张祖盈的五世祖张思泉，系皖南黟县人，曾在芜湖学得精制剪刀的手艺，以后带儿子小泉在黟县原籍开设张大隆剪刀店。父子两人自制自销，因产品钢火好，耐用，博得远近称赞。那时杭州的民间用剪，都从皖南贩来。明崇祯年间（1628年左右），张小泉率子近高逃难来杭，觅宅吴山北麓大井巷一块空地，搭棚设灶，并选用龙泉、云和等地好钢，父子两人，自产自销，招牌仍用张大隆。

那时的大井巷、清河坊一带，正是杭州的商业中心，"上江客"云集于此。由于张小泉制作认真，剪刀锋利，耐用而又精巧，各地客商称心应

手，广为传播，因而生意兴隆，利市十倍。为此，就有人跟着制剪，并冒张大隆招牌出售。小泉气愤之下，在清康熙二年（1663），把张大隆改用自己名字"张小泉"，以为别人姓名不同，无法冒用，不料以后冒牌的反而更多了。

小泉死后，儿子近高继承父业。为了维护本身利益，在张小泉三字之下，加上"近记"两字，以便顾客识别。但仍然无法制止冒牌行为的发生。

▷ 民国时期张小泉近记剪刀老店区别真假"泉近"的声明

近高的儿子树庭受业时，清乾隆帝南游至杭，曾微服到店买剪刀。事后责成浙江专办"贡品"的织造衙门，进贡张小泉近记剪刀为宫用之剪。从此声誉更隆，而冒牌的也就愈多了。

嗣后相继传至树庭的儿子载勋，载勋的儿子利川及张祖盈的父亲永年时，同业冒牌几遍全市。

利川在1876年（光绪二年）去世时，子永年尚幼，企业全由其母孙氏掌管。她为了企业利益，曾于1890年（光绪十六年）趁钱塘县正堂束允泰上城隍山（凡初一、十五例行有此）进香下来，拦轿告状，控告别人"冒牌"。从此，得到官府批准，在招牌上加上"泉近"两字，钱塘县知县还出了布告"永禁冒用"，并且刻石立牌于店门。到1909年（宣统元年），还叫张祖盈将"云海浴日"商标送到知县衙门，转报"农商部"注册，商标上还加上"泉近"字样。此后，一般同业，都以音同字异的招牌，出现在市场上。

1910年杭州已有12家剪号，到1927年增加到31家，1931年再增加到42家，招牌大多音同字异，例如"真张小泉""老张小泉"，或在张小泉（渌、全）的招牌上加上"琴记""静记""谨记""井记"等，也自称百年老店。正像当时有诗云："青山映碧湖，小泉满街巷。"但在1937年日寇侵占杭州后，大部分停工停业。抗战胜利后，剪号复业者还有31家。

张小泉近记剪刀的特色，是选用原料认真，制作技艺到家。因此，所产剪刀锋利、精致和耐用。在太平天国以前，向来采用龙泉好钢；海禁开后，有时还选用45号中碳钢。加以自张小泉以迄张利川历代店主，都是从徒到师，亲身参加制作，学得一身好手艺，对炼钢火候，有心领神会和独到的操作技术，这样不仅保持了百年来剪刀锋利上的稳定，并且保证了口缝平直，锁钉合眼，没有夹口纽缝和开头等毛病。

张小泉近记剪刀的式样，有宕磨、弯脚、壶瓶、刻花、扎藤、扎丝、抛镀等花色，式样也很美观。清乾隆以后，又被称为"宫剪"，1910年在南洋第一次劝业会上得过银牌奖，1915年巴拿马万国博览会上也得了奖，1919年得到农商部68号褒状。

《杭州张小泉剪刀厂》

❖ **郑水泉：王星记，86道工序的杭扇翘楚**

民国初年，杭城有1000余制扇工人，每年制扇总值约130万—140万元。后因电扇应市，销路锐减，工人纷纷改行。1932年，全市扇业仅剩14

家，全业总共有资本2.68万元，从业人员200余人，年产扇30余万把，营业额15.9万元左右。

▷ 20世纪40年代王星记扇庄的广告

杭扇品种有：折扇，年产20余万把，它与湖州之羽毛扇、苏州之团扇并誉为中国三大名扇；团扇，年产约4万把；葵扇，年产约4万把。除此以外，还有水师前俞荣记扇作场的鹅毛扇；民间流行的麦秆扇因其价廉物美，销路很广。1935年，全市扇业共11家。以张子元扇庄历史最悠久，舒莲记扇庄营业额最大，王星记扇庄竞争力最强。

从1927年起，王星记扇庄乘舒莲记老板舒青莲病殁、后嗣争产闹纠纷的机会，暗中展开了争夺战。其时，王星记扇庄的第二代业主王子清在继承杭扇传统的基础上，吸收了日本、法国的制扇特色，改进了制扇工艺，特别在制作质量上精益求精。一把扇子的制作前后需经大小86道工序。"功夫不负有心人"，王星记扇庄声誉鹊起，生意日渐红火。1929年，王子清又将北京扇庄迁回杭州，在太平坊舒莲记扇庄对面开设了四开间的"王星记扇庄"，与舒莲记扇庄公开竞争，并以"三星"为商标，向政府注册。到抗日战争后期，王星记扇庄已执杭扇之牛耳。

《民国时期杭州的手工业》

❖ **娄继心：**孔凤春香粉店，首屈一指的"杭粉"

孔凤春香粉店创始于清朝同治元年（1862），开设在清河坊四拐角闹市区，与宓大昌旱烟店、万隆南肉火腿店、赢香斋茶食糖果店各占一角。孔凤春重视产品质量，用料考究，制作精细，香型馥郁，故深得顾客喜爱乐用。它同张小泉剪刀店齐名，成为杭州著名特产商店之一。

孔凤春创业以来，经历了几个时代，动荡起伏，历尽沧桑。

孔家原籍萧山，后迁居宁波。育有三子。老大孔传之学木工手艺；老二孔传洪做"刨花"生意；老三孔传福学染布。兄弟三人因宁波生活景况不佳，在咸丰年间迁到杭州，在清河坊设摊，经营鹅蛋粉、刨花儿等零星日用品的小买卖。妇女美容、绞面要用鹅蛋粉；刨花儿用水浸泡出黏性的水，妇女梳头，演戏的旦角，用它来造发型，贴鬓发（行话叫"贴片子"）。摊子虽小，但商品对路，生意逐步做开了。经过几年的经营，积累了一些资金，又向友人处借贷900元，于1862年在清河坊四拐角朝东北一面创办起孔凤春香粉店，专营化妆品。兄弟三人和衷共济，业务蒸蒸日上，逐年盈利，积累达到9000块大洋。也是机缘好，请到两位内行的老师傅，一姓倪，一姓潘。他们两人对化妆品制作工艺熟悉，技术精良，尽力辅助孔家办店。兄弟三人如鱼得水，对这两位师傅言听计从，通力合作。孔凤春的发家奠基，两位师傅确实付出了很多的心血。不久，两位老人先后病故，孔家为纪念这两位老人的恩惠，每逢祭祖时悬挂起两位老人的画像，同受孔家的香火。孔家后裔中有两人的名字用倪字作排行，如孔倪奎、孔倪承，也是表示对老师傅的恩惠铭刻在心，使后辈永记不忘。

孔凤春经过多年的苦心经营，积资已丰，谋求发展。先购进清河坊店基作为据点，以后又购得官巷口双开间店屋。该屋前临中山中路大街，后傍河道，原物料装运方便，前店后场，实用面积大。业务中心移到官巷口，以官巷口孔凤春为总店，经理为徐子林。清河坊老店为门市部，头柜杨财宝。共有职工40余人。除生产原有的鹅蛋粉及生发油外，又增加了高级生发油、花露水、雪花膏、纸袋装玳玳粉、茉莉花粉，兼售高级香皂、香粉。由于讲究质量，备货齐全，受到消费者信赖，在同行中业务首屈一指。

阴历二月间是农闲的时候，江南地区乡镇农民成群结队在"香会"头头的带同下，到杭州烧香还愿。湖州、嘉兴一带的香客，由水路乘香船而来。金华、兰溪方面从陆路来杭。孔凤春在"香汛"期间，单是水路要接待400号"香船"，一船称一号，每船乘40人左右，总数计1.6万人左右。店门未开，顾客挤满，从大清早直到晚上，顾客不断，柜台前站满几批人，职工吃饭只得轮班。一天工作长达十几小时，营业额高的一天达七八百元（可购白米130担左右）。当时的鹅蛋粉价格，低档的仅售十几个铜板，高档的售四角左右，可见"香汛"季节的忙碌景象。经理为了讨好职工，每餐伙食根据营业额大小或增加红烧肉，或鸡、火腿，以示慰劳。

俗话说"三冬靠一春"，对孔凤春来说，一春就是指"春香"，春香的营业额是孔凤春一年中的黄金时期。他们摸索顾客的心理，编成谚语招徕香客："买块花儿粉，蚕花廿四分。"农民很乐意听这类好口彩。养蚕是"下三府"农民的主要副业之一，养蚕收成好与差，决定农民生活能否改善。农民来杭州，一定要上城隍山烧香还愿，再往闸口天龙寺参拜蚕花娘娘，祈求能得到蚕虫的丰年到来。临行到胡庆余堂买点避瘟丹、六神丸，再到孔凤春买点化妆品，至少买块鹅蛋粉，讨个好口彩，图个吉利。

孔凤春的盛名所以历久不衰，原因是用料考究，制作精良。比如第一张王牌产品鹅蛋粉的生产，先把经过细碾的石粉和铅粉倒入清水中加以搅拌，经过漂洗、沉淀，然后倒去不纯的水和杂质，经过多次反复过滤，提炼纯净，再加入"蛋青"。这种粉质就显得异常细腻洁白。在未干燥前用模具印成椭圆形，再放在阳光下晒干，但不能以烘代晒，烘干会使粉质变黄，表层起泡。最后以手工削成鹅蛋形，从鉴臣洋行进口香精（如玫瑰、茉莉、桂花、檀香）进行外涂内注。外涂：将香精用排刷涂上去，一层干了，再涂一层，反复地涂，使香精吃透。内注：在鹅蛋粉正中穿上细孔，将香精注入鹅蛋粉内部，然后将细孔封住。鹅蛋粉经过这样处理后，香气经久留驻不散。这是后期扩大生产后的制造法。前期的老方法是用鲜花熏香法，使制鹅蛋粉的粉，大量吸收鲜花香味，既馥郁又自然。这道工序非常麻烦，环环相扣，一丝不苟。而且收花、藏花、腌花、熏香都要严格掌握季节，这样产品的质量、香型才有保证。但鲜花熏香法，只适用于小生产制作，扩大生产就不适用了。

孔凤春第二张王牌产品是生发油。最初以茶油为主要原料，茶油在严寒不冻，盛暑不溜，传说经常使用此油，能使白发变黑。后因茶油来源缺乏，改用白油。这是一种矿物油，它是从石油中分离出来的碳氢化合物，又名液体白蜡，也可作医药上用的润肠剂。孔凤春采用白油及进口香精，有红白两种颜色，鲜艳皎洁，逗人喜爱。生发油在孔凤春经营史上也享有一定声誉。

孔凤春对商品包装十分重视。高档的鹅蛋粉以玻璃锦盒盛装，低档的以精制纸盒装潢。用过的盒子，香味文雅、馥郁，留香不去。

《孔凤春化妆品厂》

❖ **沈长富、徐天庵：**张允升，线帽织就老字号

素以经营丝线、帽子著称的张允升百货商店（原名张允升线帽百货庄），开设在杭州清河坊四拐角商业闹市区，相传有200多年历史，已三易主人，最兴旺的时期是在20世纪20年代末至30年代中期。当时拥有职

工50多人，全年营业额达70多万元。设有制线、制帽两个工场，是名副其实的前店后场的商店。同时还和上海厂商挂钩，实行厂店联合，发展批发业务。它是当时杭州百货行业中职工人数最多，营业额最大的一家百货商店。

该店自制丝线，选材讲究，每到新丝上市季节，便派人到桐乡、长安、濮院等地采购制线原料。由于选料讲究，制作精细，因此生产出来的丝线、绣花线深得用户的欢迎。除在门市供应外，还批售予德清、湖州、安吉、孝丰、递铺、泗安、长兴等地。它的丝线，在西湖博览会上得到外宾和华侨的喜爱，并获得博览会的奖状。产品远销到中国香港、马来亚、新加坡等地。外销的品种主要是绣花绒线的肥口丝线，因为上述地方都是华侨集中点，华侨中大部分人信佛教，他们用肥口丝线串念佛珠。

门市供应的对象除绣花线供应绣花妇女外，主要是当时个体成衣铺中的裁缝师傅。他们往往拿着所做衣服的零布角料来店配丝线。为了做好这一生意，商店特地备有竹制长旱烟管一支，火盘一只，先给这些裁缝师傅递上一管烟，免得他们等着心焦，然后营业员可以按照他们的需要，慢慢地一根根数给他，直到做好这笔生意。

丝线的制作，全部都是手工操作。丝原料进来后，先按照丝的质量，分出制作品种，然后发给个体络丝户去络；络好后，再发给打线作坊去打线；打好后，分别按照需要的颜色交给染坊去染；染好后交给自己所设工场的理线司务去理别，通过理别，丝线最后完工。

除丝线工场以外，另有一个制帽工场，专制男式西瓜皮帽和女式乌绒包帽、满头套女帽。做这一工作的工人，常年为2—3人；但每年从中秋节后要临时增加3—4人。制帽工人都实行计件制，每到农历十月以后，这些制帽工人一般都自动地加夜班，到春节就自动回家，等到次年中秋节后再来工作。制作男式西瓜皮帽的主要原料是贡缎，产于南京；辅料则为红布、白布、蓝布。不管主料和辅料，在制作之前，都要括浆。至于尺寸大小，全凭制作时盔头为塑。一个工人，一般一天可制六顶。乌绒包帽用手工缝制，满头套女帽则用缝纫机制作。它们的主要原料为建绒、京绒、苏绒。

除苏绒产于苏州外，京、建两绒都产于南京。张允升制作的丝线畅销于杭、嘉、湖一带。帽子则为金、衢、严的消费者所欢迎。张允升帽子闻名于市的主要原因，是用料讲究，精工细作。张允升还因为帽的花式众多为顾客所称道。它夏有金丝草帽、拿破仑软木帽、大边遮阳草帽；冬有呢帽、紫羔土耳其皮帽、水貂皮帽、京建绒平顶帽、手工编织绒线女帽、青年妇女喜爱的法兰西帽、压发帽等；儿童帽子就更多了。真所谓无帽不备，由此赢得了消费者的欢迎。

《张允升百货商店》

❖ 韩萍：毛源昌，杭城眼镜业之首

咸丰年间，在杭州太平坊有詹志飞开设的詹源昌号，经营玉器和眼镜，后因玉器生意日渐萧条，詹志飞无力维持，詹源昌号濒临破产。其时，有绍兴人毛四发者，却靠托盘提篮、沿街设摊做眼镜生意，积累起一定的资产。当他得知詹志飞的处境后，就把詹源昌号盘了过来，"源昌"两字为毛四发所赏识，于是只改了一个姓氏，易"詹"为"毛"，就挂出"毛源昌号"的招牌，此时是清同治元年（1862），也就成为毛源昌眼镜号诞生的一年。

毛源昌眼镜号为合伙企业，前店后场。初始，仍玉器、眼镜二者兼营，后来则专营眼镜。店务委托他人管理。店设经理，经理以下为技师和店员，并招雇学徒。毛源昌号的第二代毛守安去世后，由其学生赵光源、顾叔明等协助其子毛蓉莆管理店务。工人实行计件工资，每磨镜片一只，视镜片的深浅而定，得洋0.4—0.8元；装配片架的工作由店员担任，月薪9—10余元。其经营方式，灵活多样，除在店中接待顾客外，还叫店员提篮托盘上街叫卖，或赴考场兜售，以至送货上门，服务十分殷勤，因此声誉日隆，盈利可观。年底结算时实行店主拿利润，职工分花红的分配方法。

▷ 20世纪40年代毛源昌眼镜店的广告

当时眼镜尚属珍贵之物，多是一些官宦、盐商和木客等有钱人用来装饰、养目之用的，市场十分狭窄。眼镜品种也只有铜边眼镜、茶晶眼镜和水晶眼镜。随着时代的发展，眼镜渐趋大众化，不再是少数文人墨客的点缀品。毛源昌号为了适应市场的需求，增加了产品品种，除生产传统的铜边、水晶、茶晶眼镜外，还生产科学眼镜，用玳瑁镜框装配的平光、散光和近光眼镜（即今平光、老花和近视眼镜），毛源昌还以售真水晶眼镜出名。

眼镜原料有晶石镜片和科学镜片两种：晶石有蒙古产的水晶和山东产的茶晶；科学镜片都是舶来品，购自德国、美国，尤以德国的为最多，如托力克（白片）、克罗克司（变色片）等。那时毛源昌生产能力有限，制作镜片全靠经验，连一只眼表都没有，只是一把尺，一块镜片，由距离远近来测定镜片的光度；磨镜也只有一架木制脚踏砂轮，只能加工少量镜片。

1927年，毛蓉莆之子毛鉴永去上海兴华眼镜公司学业，三年后回杭掌店，时年19岁。他年轻气盛，大胆革新，几年间进行了以下几方面的改革：

一是改革祖辈历来聘请代理人管店的做法，由自己亲自掌握商店的财务权、人事权和经营管理权。

二是改变手工作坊操作，购置一些先进的设备。当时近视眼患者增加，近视眼镜的需求大增，原先落后的手工操作方法已跟不上社会需求的发展。1930年在美国AOC厂订购验光仪一台及磨光设备一套，从此结束了该号使用脚踏木制砂轮磨镜的时代。在镜片制作上，毛源昌以其技术精湛，质量上乘，被誉为杭城一绝。

三是改善服务质量，要求店员和学徒对顾客诚恳热情，老少无欺。毛源昌眼镜号的镜片都刻有暗号，以作识别。凡属店中卖出去的眼镜，如遇顾客提出不适，只要不是人为的损坏，一概负责调换修理，服务十分周到，有口皆碑。

四是加强宣传，在《东南日报》《浙江工商报》《浙江工商年鉴》上刊登广告说："别家没有的眼镜我有，别家没有的设备我备。""光线绝对正确，式样自然美观。""毛源昌验光最准，毛源昌货色最好，毛源昌价格最便宜，毛源昌交货最及时。"因此老少皆知，远近闻名。

五是开展批发业务。毛源昌与各地较小的兼营眼镜的商店建立批零关系，还拥有一批托盘设摊的小贩，每年营业在春、秋两季最为兴旺。

六是在店内对职工分配实行"柜川制"，营业盈利多，大家就提成多，水涨船高，以鼓励职工的积极性。

由于毛鉴永实行了这一系列的改革，毛源昌在激烈的竞争中逐渐登上同行之首。在30年代初期，它的资产已占当时杭城所有各家眼镜店号资产总额的44%。

1937年7月抗日战争爆发，12月杭城沦陷，毛鉴永将店迁往金华，当时仅有职工八人，木制脚踏砂轮一台，经营验光配镜。1942年日寇流窜金华等地，毛源昌又迁往松溪、浦城、龙泉等地，最后在龙泉立足。每到一处艰苦经营，靠微薄的收入生活。由于战争及生活困难，店员不断减少，商店濒临倒闭。

1945年8月，日寇宣布无条件投降。毛源昌即于当月迁回杭州，筹集资本，装修门面。添置部分机器设备，计有磨片车四台，割边机一台。店内设立验光室，专为老花、近视的购镜者验光，以求光度准确。又加强宣传，重新树立商店形象。此时，毛源昌号无论是备货、设备、售价、工艺乃至服务，都具备相当实力，为杭城眼镜业（当时有四家：毛源昌、明远、可明、晶益）之首。

《杭州毛源昌眼镜厂》

❖ 钱楚栋、吴石经："杭烟"鼻祖宓大昌

宓大昌烟店创始于1869年（清同治八年），以产销旱烟出名，是驰名全国的"杭烟"的鼻祖。创办人宓庄晓，浙江慈溪宓家埭人，原在杭州湖墅当刨烟工人，靠劳动收入积累一些资金，到清河坊开设了宓大昌烟店。在外商卷烟侵入我国市场以前，我国人民惯用长烟管吸旱烟，宓大昌产销的就是这种旱烟。经过多年经营，逐步发展，创出了被誉为"杭烟"的名牌。此外也经销各地名产皮丝、水烟、潮烟、鼻烟，宓大昌成了名烟齐备的著名烟店，打开了广阔市场，远销到新疆、云南及东北各省，生意十分兴隆，全年净利约2.2万银圆。全店（包括工场）职工由几个人发展到400多人，资产积累高达50多万元，这在旧中国独资经营的手工业商业企业中可算是佼佼者了。到了20世纪初期，虽有外商在中国设厂制造卷烟，城乡人民还是吸旱烟的多，旱烟仍然畅销，宓大昌始终保持兴旺势头。

抗日战争开始，宓大昌经受到由盛到衰的厄运，处境日趋险恶。1937年冬杭州沦陷，店主避居上海租界，店里职工大都逃回慈溪、萧山等原籍，留杭的仅百人左右。在敌伪威逼下，宓大昌不得不复业，也只是消极应付，

将库存原料逐步脱售，把所得现金汇到上海宓大昌临时会计处。但库存铜圆2000包（每包100枚）全被日军抢劫一空。1938年10月，宓大昌在嵊县设立支店，开工复业，并在绍兴小江桥设立门市部，每天仍能销售烟丝1000多斤。1940年冬，萧山、绍兴、嵊县相继沦陷，嵊县支店又被日宪兵队抢去烟叶1000余件（每件60公斤），10多名工人被杀害，数十名工人被"拉夫"。至此宓大昌元气大伤，支店勉强维持到抗战胜利。

抗战胜利至中华人民共和国成立前夕，国产卷烟和外商卷烟充斥市场，城乡盛行卷烟，宓大昌业务日益缩小。各股东慑于形势，竞相抽回资金，名牌老店已奄奄一息。中华人民共和国成立后，在党和人民政府的扶持下，才得以重整旗鼓。1956年宓大昌烟店实行公私合营以后，刨烟改用机器，多余工人由特产公司调到别的企业单位。1962年，宓大昌烟店改名为庆丰烟店，不久即结束土烟丝的生产。名为"杭烟"的宓大昌旱烟终被行销广泛的卷烟所取代，百年名牌老店宓大昌也成为历史名词了。

宓大昌店主白手起家，从小到大以至几乎垄断烟业，且能维持百年之久，固然有许多客观因素，但起决定作用的还在于经营管理上的独创性。

宓大昌开业时，杭州已有十多家旱烟店，到后来只存宓大昌一家，其余都被淘汰了。根本原因就在于宓庄晓深知经营之道，有一套经营本领，概括起来就是两句话："优质扩大销路，低价吸引顾客。"利润不过5厘，旱烟质量却始终如一。宓庄晓过人之处就在于他有一股艰苦创业的韧劲。那时店家不用广告招徕生意，他却别出心裁，每天带着宓大昌旱烟，去乘各路航船，在船舱内抽吸旱烟，也分送给邻座乘客抽吸。他苦心孤诣，天天以乘客身份出现在各路码头、航船，果然打开销路，生意越做越兴旺，规模由小变大，"宓大昌旱烟"这块牌子打响了。再加质量过硬而价格低廉，远近闻名，顾客不招自来，各路码头的烟店纷纷委托航船进货。凡是较小的乡镇，宓庄晓又请航船沿途停靠，派人上岸推销。大大小小的乡村市镇都有经销宓大昌旱烟的店铺。航船的开航时间很早，宓大昌就抢在开航之前，大清早忙着发货，既不耽误航班开航，又方便近郊的脚夫小贩。以送货行销代替等客上门，以经营的灵活性招徕各地买主，不论营业好坏，始终坚持质优价廉、薄利多销原则。即使烟叶收购价调高了，成本增加了，旱烟售价照旧不变，质量保证不变，以保持信誉，赢得买主近悦远来，因此业务蒸蒸日上。这绝不是偶然的。

《宏大昌烟店》

❖ 章达庵：活佛照相馆，装潢设备皆一流

杭州在解放前有一家活佛照相馆，开设在仁和路旧"大世界游艺场"的左面（即后来杭州图片摄影社址），双开间店面，二层楼房，店面上方塑着"济公活佛"，标志很是醒目，是旧时代照相业中较大的一家。老板徐仲甫，中等个子，面容慈祥，须发银白，却很显精神，是个精明能干的资本家，但他却有一段很不平凡的经历。

徐仲甫出生在绍兴东关（现属上虞市）镇北徐家塘南旺村的一个农民家庭里，从小死了父母，由他的堂房阿姐抚养成人，只在私塾里读过两年书，识字不多。他的堂姐夫是个"绍兴师爷"，一向在天津做幕僚，俸入有限，有五个子女，负担不了这么多人口的衣食。恰好隔壁有另一个堂姐夫在上海做鞋匠开了个小店，因此在他虚龄十三岁那年，就被带到上海充当学徒，学习做鞋子。这是徐仲甫做生活的开始。

徐仲甫人虽小，可很机灵，生活一学就会，一会就精，很得师傅的钟爱，但他不满足于现状，觉得做鞋子没出息，想换个行业干。恰巧鞋店的隔壁是一家照相馆，正少一个帮手，老板便把徐仲甫挖走，收为学徒，充当杂工。他什么都干，业师很喜欢他。遇事他抢着干，暗中却钻研照相技术。这样过了三年，他已掌握了照相业务的一切技术，同时省吃俭用，也积蓄了一点钱，就动脑筋想自己开爿照相店。有个名叫长尾甲的日本商人，是个中国通，寓居在杭州林木梳巷，经常来沪兜售照相材料，贩卖照相器材。日子一久，就认识了徐仲甫，他见徐为人忠厚老实，做事又机灵活络，并且了解到

他想开爿照相馆。上海是寸金地，找间店面不容易，因此劝他去杭州开创事业，并答应可以帮助他。就这样徐仲甫离开了上海，来到杭州。

那时杭州城墙尚未拆除，湖滨一带还是旗下营的营地，没有商业市场，因此徐仲甫先在梅花碑开设了活佛照相馆，营业对象是浙江师范学堂学生的报名照片。那时照相用的材料是白金纸，要用日光曝晒，底片是玻璃，设备异常简陋，拍一张照片需要一两分钟，限制了业务的发展。幸而长尾甲帮忙，给他买来了法国产的照相机，于是在活佛照相馆里摄的照片，一般要比别家清晰。同时徐又肯下苦功，凡是来照相，他都亲自拍摄，不假手学徒。样照出来了，他要仔细看过，有不显光的地方，他要认真仔细地修过，自认为满意了才交付顾客。如果顾客不满意，他就重新拍过，不再收费。由于他坚守信用第一、质量第一的信条，不久就获得了顾客的信任，营业慢慢发展起来，开始站稳脚跟。

清朝末期，汤寿潜建造铁路，杭州车站最早设在清泰门（螺蛳门）外，先建江墅路一段，后来沪杭路通车，杭州车站才设在城站。由于交通便利，城站地区的商业便缓慢地发展。徐仲甫紧跟形势，预感到城站的市场将日趋繁荣，于是就在城站影戏院附近的一条街上又开设了一间活佛照相馆。城站的营业当然比梅花碑好得多，由于徐仲甫坚持自己照相，相片出店必须过目，一个人要管两处业务有困难，因此不久就关闭了梅花碑的老店，专管城站的业务。

辛亥革命以后不久，拆除城墙，改建马路，旗下营改称旗下，开辟了新市场。徐仲甫这时已积蓄着许多资财，就在仁和路买地建造了两间楼房，又开设了活佛照相馆，不论是店面装潢上还是店内设备上，在当时都属第一流，已稳执照相业的牛耳。店里的从业人员也多了，他的得力助手王松泉、陈明达及学生沈斌奎等都能独当一面。于是，他便专管对外业务，如机关团体的长片照，无论路途远近，他必亲临现场拍摄。1929年举办的西湖博览会，全国第一次运动会，全省武术展览会等大型场面，都是他亲手所摄。杭市近郊各县如萧山、富阳等处的机关团体照，也必事先预约，届时由徐携带工具前去拍摄。由于他的技术高超，服务周到，质量过硬，牌子越做越响，几乎所有机关团体的长片，都被他一手包揽。到了后期，他又委托上海千代洋行经办照相器材，无论照相机还是软片等，都是柯达的名牌货。冲洗照片，也改为利用灯光黑房。用料既精，设备又好，质量更有提高，业务兴隆发达。

徐仲甫见照相业务只要信誉好、营业旺，便能赚钱，于是又在现在解放路浙二医院附近新民路开设了一家天福照相馆，准备给他妻弟王某管理经营，但照片冲洗以及成品出店，他亦必按件仔细看过。因此他每天在城站、新民路、新市场来回奔走。日久天长，自知精力不够，同时新市场一带因接近西湖，游客众多，特别是每年春季的香汛时节，生意格外闹猛，因此把重点放在湖滨。先关闭了城站老店，三个据点改成两个。后因他妻弟不善经营，天福照相馆无利可图，于是又将"天福"转租给别人。

活佛照相馆未开之前，杭州已有几家照相馆很有名气，最早的有城隍山上的月镜轩照相馆公司，辛亥革命后孙中山先生于1916年秋天莅杭，曾在该公司摄影留念；其次是寄庐照相馆，为四川人李某经营，后迁湖州营业；涌金门的二我轩照相馆，则是余寅初创设的，资力雄厚，雄踞湖滨；还有李问慈在三桥址直街开设的镜花缘照相馆，都是活佛照相馆的劲敌。彼此竞争，十分激烈。徐仲甫在这群雄争逐中，虽然感到棘手，但终于战败了对方，有的歇业，有的远徙，最终只剩了"二我轩""镜花缘"两家，但已黯然无色，无力与"活佛"竞争，徐仲甫遂成为杭州照相业的巨子。

《杭州活佛照相馆》

❖ **娄继心：** 亨达利钟表店

我国钟表行业创办最早、牌子最老的一家，要算亨达利。其总店开设在上海，全国各大城市都设立分店，杭州亨达利钟表店系分店之一。

上海亨达利钟表店创办于清同治三年（1864），位于三洋泾桥北堍(今延安东路江西路口)。最早创办者是法国人，专营瑞士表、德国钟。由于经营不善，将店盘给德商礼和洋行，招牌为"霍泼·勃拉什"，负责人叫白度。此人善于经商，聘请了一位能讲英语的虞香山（虞洽卿的叔父）为代理人（旧称买办）。虞颇具才能，悉心整顿店务，取了个象征吉利的中国式店名——"亨达利"。当时经营范围很广，除钟表外，还有首饰、钻戒、宝石、银质餐具、家具、洋酒、罐头食品等，兼营代客户向欧美定货业务，营业很有起色。慈禧太后所用的西式玻璃梳妆台及各种着衣镜，就是通过亨达利向德国定货的。

第一次世界大战开始，德商回国，将亨达利委托虞香山经营。与虞合作的尚有颜料商薛保仁和刘某，由刘某任经理，再请一位孔某为跑街。共同经营了一段时间后，虞香山嫌钟表生意小，又繁琐，不想继续干下去。原打算将亨达利转给孔某，但孔某不愿接受。于是，机缘就落到了孙梅堂身上。

孙梅堂籍贯宁波北渡，原是钟表世家，毕业于上海圣约翰大学，年轻有为。他由孔某介绍在虞香山属下当跑街，因为眼光敏锐，处事果敢，深得虞香山的赏识。孙父名廷源字高雷，清光绪二年（1876）在宁波东门街百岁坊开设鸿仪斋钟表店，清光绪二十八年（1902）到上海棋盘街马路口开设美华利钟表店。清光绪三十一年（1905）在宁波开办了制钟工厂，罗致一些能工巧匠，首创国产时钟，以插屏钟（俗称屏风钟）为主，建造门楼大钟等，借以挽回利权。1915年巴拿马举行万国博览会，美华利就将精制的时钟运往展览，获得优等奖状及金质奖章，载誉而归，声望大增。

自亨达利归孙梅堂接办后，连同美华利在内，孙梅堂手中控制着两块著名招牌。1919年亨达利从三洋泾桥迁移到南京路抛球场拐角四层楼大厦，楼上设立美华利总管理处，亨达利营业场所设在铺面。亨达利业务受美华利支配管理。总经理为孙梅堂，经理周亭荪，系孙梅堂得意门生。与此同时，孙梅堂还投资宁绍轮船公司、宁波保险公司、恒裕丰地产公司、嘉兴民丰造纸厂、杭州华丰造纸厂、明星电影制片公司、大陆饭店，成为上海工商界名人之一。

上海美华利总管理处为在杭州设立分店，选中城站旅馆（后称红楼，现已拆除）底层朝西南向的转角铺面。当时城站旅馆是城站地区最雄伟的建筑：五层洋式楼房，屋顶开设"楼外楼"游艺场，并放映电影，还有电梯设备（这是杭州最早的一架电梯），大家视为新玩意儿。

孙梅堂委派娄仙林为杭州美华利经理，负责筹备美华利开张事宜。1914年开张营业，招牌上"美华利"写在正面，"亨达利钟表"五字用木雕大字嵌在一侧墩子上，另一侧有木雕"上海分此"四字。因亨达利售出的钟表各大城市可以联保联修，而杭州还是空白，为方便顾客，维修任务由美华利担负。美华利的设施与气派完全是上海模式。

▷ 亨达利广告

此后，湖滨一带游乐事业集中，市面逐渐兴起，商业中心有向西转移的趋势，必经之路是清泰街（那时解放路尚未开拓）。于是1920年上海总管理处又在清泰街开设惠林登钟表店（因门面小，不气派，开亨达利不合格），仍派娄仙林为正经理，两店兼管。

1929年，在中山中路羊坝头凤凰寺隔壁创办杭州亨达利钟表店。自建三层楼洋式门面，与天津、南京等地的模式大致相同。总行派娄仙林为监理，费耀凤为经理。在门楼二层北侧装一特制双面大钟为记。南侧装有一只高达2.5米、阔近1米、配有跳机的霓虹灯做广告，此起彼落地变换字样，造型别致，引人注目。又利用幻灯投影，将一只挂表机芯走动的实况，从三楼直射路面，路人见之，咸感新奇。开张之日总行派人来杭主持，贺客盈门，鞭炮齐鸣，并发售纪念品，顾客蜂拥而入。学生挂表每只0.8元又赠表链，矾石小钟每只0.7元，双铃闹钟每只1.2元，吸引力很强，也引起同业的不满。

开张后，适逢举行西湖博览会，各地都来参加商品展览评比，为期半年，盛况空前。亨达利正好利用这个机会进行宣传，做了各种广告，扎了大型钟表模型的彩灯，缀满五色小电灯，荡漾湖中；又将几百只荷花灯放入湖中，灯内放入介绍亨达利经营品种、修理特点、商品知识的宣传品。这类宣传品如盖上店号图章的，可到亨达利调换纪念品，有表、钟、化妆品、香皂等。

杭州亨达利开张一年多后，由于经营放松，管理不严，经理本人不能以身作则，名牌老店反告亏损。监理娄仙林将实际情况向总处经理汇报，上海闻讯后立即采取果断措施：缩短战线，整顿人事，集中力量，搞好重点，撤销费耀凤经理职务，另派朱远香接替。不料仍然换汤不换药，两任经理同犯一个毛病，认为"老板本钱大，蚀脱两钿勿碍啥"。亨达利在这段时间的经营并不理想，但是同业却认为亨达利是来者不善，善者不来。特别是另一家钟表店"亨得利"更注意此事，认为大敌当前，旗鼓相当，必有一番争夺场面。结果亨达利不争气，险被亨得利比垮。

一年后，总处周经理突然来杭察访，见店中陈列不伦不类，商品凌乱，尘埃满柜。随口吐出一句"好像江北大世界"的评语，言毕直接上楼，在修理车间巡视一周后，即返上海。不久即免去朱远香经理职务，命娄仙林兼亨达利经理，总处不再派人来襄助。

娄接事后，对人事进行调整安排，订立营业员工作守则。娄本人带头执行，在服务上做到"商品货真价实，修理质量第一，处处为客着想，路远送货到家"，勤则奖，怠则罚，各自遵守。营业部门售新钟新表，预先校对，负责保用；修理部人员尽力，为营业部出售的钟表做好后勤，为顾客解决困难，两个部门相互支援。娄自己担任修表的检验工作。质量好、返修少有奖，否则要罚。经过修理的表，要求做到"起步灵，油丝平、摆盘稳、声音清"。通过一年来的整顿协作，店容店貌一变，精神振作，顾客好评，营业上升，扭亏为盈，步入佳境。

孙梅堂除经营钟表行业外，又热衷于经营地产，将极大部分的事业作价抵押，全部押注在上海闸北的地产上。不料，1932年日本帝国主义者在上海挑起"一·二八"事变，闸北一带遭日机疯狂轰炸，损失惨重。经理周亭荪受到极大打击，竟患病去世。孙梅堂难以支撑，只能将他的事业宣告清理。上海亨达利改组为股份有限公司，由毛文荣任亨达利总行经理。保存孙梅堂董事一席，美华利招牌仍由孙梅堂保留使用，亨达利与美华利就此分家，结束了两家合一的局面。

《亨达利钟表店》

❖ 郑志新等：翁隆盛茶号的商标意识

翁隆盛茶号于20世纪初设在杭州市著名闹市区的清河坊，它以百年老店为号召，与方裕和南北货店、宓大昌烟店、孔凤春香粉店等名牌商店并峙，组成一个重要商市。凡是到杭州的都要去清河坊商市观光。翁隆盛茶号更以经营西湖龙井茶而驰名，在国内茶叶同行中首屈一指，在中国港澳、东南亚一带亦信誉卓著。它的产品狮峰极品龙井，曾在巴拿马博览会上获得奖状。每当风和日丽，春光明媚，游客云集杭州的时候，正是西湖龙井新茶的产制季节，翁隆盛茶号门前车水马龙，门庭若市。每天销售龙井、旗枪、九曲红梅、贡菊等茶叶的营业额曾达1000余元。

▷ 翁隆顺茶庄的广告

　　翁隆盛茶号主营门市零售业务，兼营批发，往销于中国广州、香港和东南亚各国，俗称"广庄业务"，以茶叶质量优良享有盛名。1933年开始，设立邮购业务，向国内外推销，这是与同业竞争业务的一种经营方式。

　　翁隆盛茶号以历史悠久、品质优良、货真价实、童叟无欺而取得消费者的信任，成为茶叶行业中久享盛名的一家名牌商店。到了20世纪30年代，则竞争者日众，投机冒牌的亦不少，有的以"翁龙盛""翁隆顺"借谐音而冒充翁隆盛茶号竞销，以图牟利。因此，翁隆盛特于1933年刊印"为中外市场冒牌充斥敬告各界书"，郑重声明该号以"狮球"为注册商标，唯有清河坊60号一家老店，此外并无分号设置。另外严密控制茶号包装纸，归有益山房独家承印，并把印好的版子收回（有的说把有益山房的印刷机搬到翁隆盛店内来印）以防包装纸外传。在广销茶叶包装木箱内的铁胆盖上，加轧机印有狮球注册商标字样，防止冒牌假造。据传当时在香港、广东等地翁隆盛牌号的包装纸每副能值港币壹角到贰角。还有一种传说，港澳一带小孩啼哭，大人哄骗给他吃翁隆盛龙井茶，小孩就不哭了。此类传说也许言过其实，但也可看出翁隆盛龙井茶的信誉确已声名远播，这是翁隆盛茶号的全盛时代。

《杭州翁隆盛茶号的兴衰》

❖ 袁祖扬：老杭州的银楼业

自南宋建都杭州之后，杭州便成为当时全国的政治、经济中心。官宦巨贾云集，生活上穷奢极欲，并仿照旧日京华习惯，以金银制成摆件、器皿、头饰等装饰品，以炫耀豪富，或作馈赠贿赂之需，由此金银作坊相继设立。当时，官衙、商场大都在今鼓楼以南，金银作坊也依附其间。清代咸丰、同治以后，这些作坊渐渐发展，开始树立牌号，自备成品，陈列出售。最初创设的天宝、一元、九华等金银首饰店，多半在作坊原址演变而成，但规模不大。各店手工精巧，制作认真。顾客除本地富豪及一般中产阶级和劳动人民外，还有来自金华、兰溪、衢州、绍兴、诸暨以及安徽等地者。

1865年上海方某来杭，在清泰街珠宝巷口开设信源银楼（金铺），投资很大，备货较多，成为规模最大的银楼。该店以金银饰物为主，并兼营参燕业务。但经营不善，到了太平天国农民运动失败后，无法维持，因而由胡庆余堂胡雪岩的外甥范越丰接办。范整顿内部，广罗技工，以十足赤金，十足纹银，夸张标榜，招徕顾客，一时生意鼎盛，但时日一久，质量逐渐下降，更因金银饰品究非一般人民生活必需，业务渐见衰退，乃于1890年为胡雪岩的侄儿胡止祥所继盘。胡为了显示质量大有改观，采用民间传统工艺，以黄金十两手工打成金叶96张（长3寸阔2寸），用泥巴、盐将金叶一层一层隔开来，泄出杂质，用以确证该银楼生产的金饰品，均系赤金，不含杂质（实际含金95.5％左右）。除在首饰背面加盖牌号外，并盖上"叶金"硬印，取信于民。在分量上加放3‰，使顾客感到在信源买东西不吃亏。在接待顾客方面，杭嘉湖等外地顾客来购买首饰，招待一宿一餐，形同行僧挂单，不另取费。如若为人代购首饰，则赠以千分之一捎带报酬。为了招徕顾客，广为宣传，在首饰包装纸上刊印："货真价实，童叟无欺，本楼开张百有余年，自炼十足条银、金叶，自制金银首饰，经营珠宝玉器，精工镶、嵌饰品，顾客售去，如发现成色不足情况，请到本楼调换，退货还洋，来往费用由本楼负责。"由于改善了经营管理，注重质量，信源银楼信誉日增，远近成集，经久不衰。其时上海姚某也来杭，在珠宝巷汇源银楼原址开设乾源银楼，1918年绍兴盐商鲍雪程亦在杭州开设义源银楼。这三家银楼以信源牌子最老，营业最好，乾源、义源两家银楼只占信源的50％。

据信源银楼原经理黄文灿回忆，第一次世界大战后，抗战前夕，有职员40余名，工人60余名。业务最好约在1917年前后，每天生产首饰300两左右，规模已相当可观。按工人和职员的技术水平与产量的多少支付工资，一个中级职员年工资（包括其他辅助收入在内）约1000银圆；工人约500银圆；学徒200银圆；上海聘请来的镶嵌工人，年工资1200银圆，还供给膳宿。而乾源、义源银楼职工的收入，只有信源的一半，至杭州解放前夕，信源尚有职员30余名，工人30余名。工资以大米为标准，分3石（每石156市斤）、4石、5石，最高为6石，当时将大米折合金子，以3钱、4钱、5钱、6钱付给职工，所以生活比较稳定，受旧社会通货膨胀的影响较小。

1914年第一次世界大战开始，国际市场上大量抛售黄金，金价大跌，从45元一盎司下跌到18元一盎司，我国民众却趁机收藏黄金，所以金铺、银楼营业突然增加三倍，这是银楼业全盛时期。第一次世界大战结束，金价开始回升，从最低的23元一盎司上升到75元，1935年以法币（纸币）代替硬币，金价暂时稳定。1937年抗日战争爆发，黄金价格又由78元一盎司上升到120元，1938年上升到170元，1941年则上升到1000元左右。汪伪政府将币纸改为储备券后，上升到每盎司2000元。由于伪币发行无限制，物价上涨，直接影响到人民的生活，老百姓把金子当筹码，不管牌子，只要是金子，买进算数，收藏黄金之风越来越盛。抗日战争胜利后，杭州除了信源、乾源、义源三家大同行外，中同行还有老凤祥、裘天宝、方九霞、源云、老九霞、恒孚、三源、杨庆和等14家，小同行亦如雨后春笋般发展到32家。

到解放前夕，黄金和银圆作为货币筹码，在水漾桥到堂子巷口，出现了一批黄金、银圆贩子，进行投机贩卖活动。珠宝巷内开设黄金交易所。解放后，人民政府采取措施，取缔了投机活动，保证了物价的稳定。1949年6月12日，华东军区公布了金银管理暂行办法，银楼就此全部停业。

从银楼业的沿革可以看出，在资本主义时期，资本家为了市场竞争，从产品质量的提高，服务态度的改善，到树立商标信誉，并不是一帆风顺的，要经过一番努力。信源、乾源、义源三家银楼，所以成为百年老店，自有一套经营管理办法。

《杭州银楼业沿革》

❖ 张文辉："就是我"照相馆

杭州回族孙家开设的"就是我"照相馆，建于清末民初，是杭州摄影事业的创始者之一。与当时的"月溪""二我轩"同是摄影业史家。回民孙松庭向广州仿学摄影技艺后，得到杭州回族的支持，在杭州城站闹市开设了"就是我"照相馆（现杭州火车站广场西北面），该店设备完善，主机进口，备有布景和彩色灯光的摄影室以及冲洗、放大、描修、暗室等，还设有接待休息室、化妆室，装有电话机，号码是580。由于苦心经营，事业兴隆。

……………

"就是我"名字的来源，是孙松庭在衙门做文书之类的差使时，在理案过程中看到有一人多次作案，不时出没，进行犯罪活动时像有数人在分别犯案，一旦侦破，原来是同一人所为——就是他也。由此想来任何人自幼至老可拍摄各种形态的照片，但其真实面貌始终如一，就是我也，故取名"就是我"照相馆。"就是我"所摄的照片已不计其数，抗战胜利后为西湖国际博览会摄过影，为历史名人留过像，特别是民国十八年（1929）下半年杭州凤凰寺原始大门、门楼、门厅、望月楼综合单元的古建筑要被拆毁时，孙斌赴现场拍摄了六幅照片，以真实的画面记录了一千多年前中阿人民文化的结晶——凤凰寺最精华的古建筑集锦。现存四幅珍品，由凤凰寺收藏：一、围墙及门楼、望月楼综合建筑一幅。摄影角度由东正视。二、专摄门楼、门厅部分一幅。摄影角度由东正视。三、门楼背面摄望月楼及长廊一幅，摄影角度由西南角斜视。四、门楼背面摄望月楼及长廊一幅。摄影角度由西北角斜视。摄影距离均约20米，摄影镜头德制。现存照片幅面宽20厘米，长26厘米，复贴在硬质装潢纸上，宽28厘米，长32厘米，厚0.3厘米。其四周轧印锯齿形及四角圆形图案，呈黄色；右角印有"就是我"，杭州城站，电话580号及美术草体英文psun（意译：孙氏），均为蓝色。此四幅黑白照片历时59年之久，现依然清晰醒目，层次分明，取景合理，画面平衡！当时杭州回民摄影技术之高可见一斑。

六幅照片问世后，引起了各界关注，特别关心的是广大回族穆斯林民众。民国二十一年秋，由回族贤达马君主持，对此六幅照片进行复摄，并在上述第一幅照片的首部题词，全文如下："此影为杭州凤凰寺原建大门及望月楼古址，庄严伟大，历史相传均未一遭毁损。民国十八年杭市政改筑马路工务局，令将大门拆让。再三交涉，仅以相差数寸，未获保留原状，遂使古迹湮没不存，良深慨叹，受将该影重摄六籍，以留永久之纪念；马。民国二十一年秋月。"105个字，明确地记述了照片的历史意义和凤凰寺的历史价值及回族民众的慨叹悲愤心情。民国二十四年10月30日我国《月华》刊物第三十期封里刊印的被毁凤凰寺大门、望月楼的照片，即为上述第二幅和第四幅，揭露了国民党政府破坏民族文化的罪责。1924年南京回族蒋氏，根据南京清真董事会会长马廷树的提议，私人耗资近4万元为花牌楼清真寺（现太平路298号）重建第一进门楼。建筑的精华雄伟部分是仿照杭州凤凰寺原始大门及门楼建造的。但在1931年也因改筑马路不幸拆毁。现在需要查实原建筑的真实面貌已异常困难，对57年前所仿建的明细形态也比画不清，独此凤凰寺古址照片，可以作为唯一的佐证，来鉴定考证花牌楼清真寺当时的建筑。近年来有的旅游刊物及地方史话等书籍所刊登之1929年被毁前凤凰寺门楼及望月楼的照片，就是孙斌所摄的上述第二幅和第四幅照片。

《回回照相馆"就是我"的业绩》

❖ 章达庵：国货维持会

杭州市在20世纪20—30年代，因洋货充斥市场，国产商品受到排挤，销路不畅，危及民族工商业。为挽救垂危的局面，有识之士开展热爱国货、服用国货运动。创设了"杭州国货维持会""杭州市国货卷烟维持会"，办事机构设在板儿巷杭州市卷烟业同业公会内。国货维持会由上海五和针织厂及中华珐琅厂在杭营业所的负责人陈容如主持；国货卷烟维持会则由华成烟草公司的协理江森裕负责。两会的实际办事人，是浙江省商会联合会的秘书长、杭州市卷烟业公会秘书俞仞千和卷烟业公会总干事阮大有。

俞仞千和阮大有两人本为"大千通讯社"的创办人，阮大有又是天津《益世报》的驻杭特约记者。当时国货卷烟厂商有华成烟草公司、南洋兄弟烟草公司两家。华成公司出品的"美丽牌""金鼠牌"香烟，经过宣传，畅销全国。华成烟草公司美丽牌广告是"有美皆备，无丽不臻"八字，以文字精练、对仗工整，受人传颂，美丽牌香烟也因此风行全国，成为华成公司的拳头产品。南洋兄弟烟草公司的"红金龙""白金龙"五十支罐装香烟，还有"彩鸟牌"十支装亦风行一时。该公司还特备游船，在杭嘉湖一带送货上门，大量赠送精美的月份牌，后又随烟赠送"洋片"。这种"洋片"有整套《水浒》《三国》人物或花鸟，特别受儿童喜爱。两个国产公司，采取了这些措施，对当时销路极广的英产国品"红锡包"（俗称"大英牌"）以及"老刀牌"（强盗牌）、"仙女牌"等香烟，是个极大的打击。这使洋货（特别是日货）倾销受到抵制。可惜当时执政的国民党政府太不争气，借抵制日货的机会，查抄了各行各业存贮待售的日货，统统拿去集中保管。过了几时，宣布将日货焚毁，以示彻底禁售。但人们发现，被焚日货仅属不值钱的少数，大部分贵重日货包括吃的用的穿的都被经办者中饱私分，激起市民的极大愤懑。高义泰布店经理因卖日货，从上海回杭后，被罚站木笼示众，后以银圆一万保释，这一万元巨款，后亦下落不明。

陈容如、阮大有等为进一步扩大宣传"爱用国货"，于1933年集合多家厂商备足货源，在萧山展销。

这次展销，以五和针织厂、中华珐琅厂、六一针织厂、三友实业社等厂商的产品最受欢迎，一星期内，备货几被购买一空。特别是六一针织厂的卫生衫裤，因绒毛厚实，质地优良，更受到萧山人的青睐，都说："外国货虽好看，不实用，今后再也不买洋货了！"

旗下新市场建了"国货陈列馆"（即现在的解放路百货店旧址）后，杭市不少厂商都报名参加陈列，批零兼售，又一次形成"爱用国货"的高潮。为了更进一步扩大宣传，国货维持会于1935年再次在杭州开了展览会，仍由陈容如、阮大有两人负责主持，参加的厂商比第一次多出一倍，地点在西浣纱路一带，现国货路的名称，即由此而来。那一年笔者在杭州《浙江商报》工作，国货展览期间，我天天都在展览商场采访、宣传，国货厂商因而对《浙江商报》有好感，认为《浙江商报》是工商界自己的报纸，是工商界的喉舌。

第二次国货的展销后，"爱用国货"的观念深入人心，洋货特别是日货几乎失去了在华的市场。唯有英国的卷烟还大量走私进入沪杭市场，有少数奸商唯利是图，表面上店堂里摆满国货，暗地里却用"回扣"等手段推销洋货。

为彻底消灭洋烟的倾销，《浙江商报》出版"国货卷烟"书刊。国货卷烟维持会还把专刊添印几千份分赠各界，扩大宣传。专刊中也谈到吸烟对人体有害，劝人戒烟保健。

抗日战争起，国货维持会也就解体了。

《杭城旧事四则》

第四辑

前所未见·
老城里上演着新鲜事儿

❖ 徐和雍：杭州建市之始

民国十六年（1927），南京国民政府改革地方建制，撤销道制，实行省、县两级制，规定在政治上经济上有特殊情形者可酌设市。于是，浙江省政府划出杭县城区及西湖全境，即东南沿钱塘江至闸口一带，西至云栖、天竺，北至拱宸桥、笕桥，另设杭州市。这是杭州建市之始。

杭州市区东西相距26公里，南北相距30公里，东北与西南相距36公里，西北与东南相距23公里，总面积为910平方公里，共有人口380031人，划分为8个区：城区3个区（即上城区、中城区、下城区），还有西湖、江干、会堡、皋塘、湖墅。建市后，随着工商业、旅游业的发展，人口不断增加。民国二十五年（1936），全市人口增至530042人，城区增长尤快，已达325766人，占全市总人口的60%以上。原来的行政区划和设置已不能适应，于是重新划分为13个区：城区分为第一、第二、第三、第四、第五、第六等6个区，西湖区改称为第七区，江干区改称为第八区，会堡区改称为第九区，皋塘区分为第十、第十一两个区，湖墅区分为第十二、第十三两个区。

首任杭州市市长邵元冲，浙江山阴人。他随北伐军到浙江，任浙江省政府常务委员。邵元冲出任市长后，力图使杭州跻身于特别市行列，按特别市标准组建市政府机构，下设财政、工务、公安、教育、公用、卫生六局，分管各项行政工作；在市府内设总务科，管理义牍、编辑、会计、庶务等事；并呈报中央政府审批。民国十九年（1930）5月，南京国民政府正式公布《市组织法》，规定："一、首都；二、人口在百万以上者；三、在政治上经济上有特殊情形者"，"设市得直隶于行政院"；"具有前二、三两款情形之一，而为省政府所在地者，应隶于省政府"。杭州不具备特别市条件，列为省辖市。于是，市政府机构相应做了调整，裁撤财政、教育、公用、卫生四局，改设财政、教育、工商三科，所有公用、卫生事业，于工务、公安两局内设科办理。

▷ 建市之后的杭州市政府

杭州建市，有力地推动了市政建设和经济文化的发展。

建市不久，浙江省政府为了"奖励实业，振兴国产"，决定在杭州举办西湖博览会。民国十七年（1928）10月，筹备委员会成立，经半年多的筹备，征集展品147600件，耗资337517元，于次年6月6日正式开幕，10月10日闭幕，展出137天。博览会闭幕后，就文澜阁原址，添建房屋数椽，利用剩余的一些展品，建成永久性的博物馆。西湖博览会的举办，不仅促进了工商业、旅游业的发展，也加速了市政建设的进程。

早在民国十年（1921），杭州商民已合资创办了永华汽车公司，经营公共汽车，行驶湖滨至灵隐一线，同时兼营出租小客车。举办西湖博览会期间，公共汽车发挥了很大作用，也刺激了经营者的积极性。会后不久，永华汽车公司出资灌浇了新市场至灵隐的柏油马路，并延长线路，在迎紫路、青年路口添设站亭。

杭州市居民的用水用电问题也提到了议事日程。

杭州市地处钱塘江下游北岸，由于海水随潮上溯，江水多盐分，严重影响市内水井的水质。民国十七年（1928）4月，浙江省政府决定建筑杭州自来水厂，呈报卫生部批准，成立自来水筹备委员会，发行"杭州自来水公债"，着手筹办。工程首先要解决水源问题，经反复勘察和水样化验，决定暂用清泰门外贴沙河水，以后改用周家浦的钱塘江北套之水，建自来水总厂于清泰门外，干管分四路接往全市各地。工程完成后，于民国二十年8月15日放水，次日杭州自来水厂正式宣告成立。

早在光绪二十三年（1897），有人已倡议在杭州建电厂，遭到种种掣肘，未能实现。光绪三十二年，有人再次发起办电厂，觅定上城区板儿巷口为厂址，经过三年的努力，于宣统二年（1910）杭州大有利电灯公司发电厂才建成。共有蒸汽引擎发电机3套，锅炉2台。总装机容量为750千瓦。随着工业的发展，对电力的需求越来越大，板儿巷电厂受水源的限制，虽两度扩建，仍不能适应社会的需要，于是在艮山门外另建分厂。民国十一年（1922），艮山门电厂开始供电。大有利电灯公司在板儿巷、艮山门两厂共拥有8台机组，总装机容量达7250千瓦。民国十八年，浙江省政府将大有利电灯公司收归官办，改名杭州电厂，发行"浙江省建设公债"，以增建闸口发电厂。但遭到商界的抵制，拒购公债，浙江省政府只得将新旧电厂的全部资产、设备及电器事业专营权，又让予由金融界人士李馥荪等组成的"企业银团"。民国二十一年10月，闸口电厂建成发电，装有7500千瓦的蒸汽涡轮发电机两组，总容量为15000千瓦，输电线路电压有5000伏和14000伏两种，供电能力为当时全省之冠。该厂与南京下关电厂、上海杨树浦电厂，为江南的三大发电厂。

《民国时期的杭州》

❖ 徐和雍：民国新风尚

民国以来，杭州社会也出现了一些新的风尚。伴随辛亥革命而来的是
剪辫。当时人们认为"不剪辫不算革命，也不算时髦"。光复后的第一项措
施是剪辫，自动剪，促人剪。杭州光复时同样出现了剪辫的浪潮。清朝统
治者强加于男子头上的发辫，短时间内在杭州一扫而光，这是一个十分显
著的变化。辛亥革命冲击了封建主义，为自主婚姻开辟了道路。杭州等城
市，"民国以来，男女重恋爱自由，已不复如往昔惟媒妁之言、父母之命是
从者矣。大多由双方相恋，取得父母同意而订婚。普通所谓新式婚礼，仅
有订婚与结婚两仪式。始于民初，流行迄今"。这是又一明显变化。

▷　民国时期的新式婚礼

随着工商业、旅游业的发展，杭州市民的思想观念随之发生变化，奢
靡之风愈来愈盛。"绚外而槁中"，成了杭州市民生活的一个明显特征。

《民国时期的杭州》

❖ 丁鉴廷、吴石经：从"义龙会"到消防汽车

杭州的消防组织，据说在太平天国时期，已有民办的"义龙会"。那时节衙门里为了保护自己身家，备有救火拖龙，民间发生火警，有时也出来救火。但民间感到没有自己的组织，身家性命掌握在官府手里，于是各界人士自发组织"义龙会"。到清同治年间，市区保佑坊、三元坊、三桥址、盐桥等处相继发生大火，地方士绅鉴于形势的需要，于是把全市义龙会的抬龙23个集（各个单位组织）联合组织起来，以祀龙为名集合在梅东高桥，成立仁和、钱塘两县省会救火公所，把分散的各集组织起来。至光绪年间，抬龙发展到30个集，但这种用人力扛抬的抬龙和水桶，灌救力量极为有限，救火效力不高。辛亥革命以后，当时的警察厅在蒙古桥建立消防队，备有洋龙（即腕力机，又称蝴蝶龙）六架，1927年又增加小水泵龙两架。当时官民救火人员在火场殴斗时起，影响救火工作，于是由商会出面调停并接管救火公所，改组为省会救火联合会，设会所于佑圣观庙，统一管理民办救火机构。

1928年官巷口大火，焚毁房屋300多间，殃及商店100多家，商界人士更具戒心，于是由商会发动募款，购置开达拉克汽车一辆，迁会所于弼教坊，雇专职人员负责管理与施救工作，并把省会救火联合会更名为杭州市各界救火联合会。1934年筹建河坊街会所，是时已拥有洋龙（腕力机）23辆，抬龙31辆，汽车1辆，分期成立了43个消防集，杭州的消防事业，至此才初具规模。

1937年12月24日杭州沦陷，救火汽车随军后撤，所有机构无形停顿，会所亦被敌伪占用。在敌占时期，救火会为王五权所操纵，开香堂，收门徒，借此作为参加伪政权之资本。对消防事业有破坏而无建设。抗战胜利

以后，商界以原有消防组织紊乱不堪，乃成立救火总会筹备会，进行整顿。1946年收回河坊街会所，于5月1日正式成立杭州市救火总会，归杭州市商会领导，商会会长金润泉兼救火总会会长，乐金麟任干事长，不设总队长，田燮荣任火场总指挥。

▷ 民国时期的消防汽车

　　抗战胜利以后的四年间，总会又按地区成立五个分会：城站一带为东区，会长劳炳奎；南星桥一带为南区，会长乐金麟；岳坟一带为西区，会长张木匠；卖鱼桥一带为北区，会长张德保；官巷口一带为中区，会长冯松庆。把原来的43个集改为消防组，隶属于各自地区的分会。此时，原来的"集"中有九个集置备了机动的消防汽车，最先的是芝松集，以吉普车改装为消防汽车，接着是荐三保，先由乐金麟、丁宝炎垫款，新置消防汽车一辆。到1948年清泰街、官巷口、新市场、水师前、闹市口、盐桥、东街路等七个集也次第买了消防汽车。其余如仓桥集、城隍牌楼集、大井集、众安集、白泽集、仁和集（下仓桥）、武林集、清波集、崇宁集（梅花碑）、涌金集、石牌楼集、菜市集、横河集、普安集（十字路口）、太平集、助圣庙集、宝善集、艮山集、望江集、南星集、海月集、闸口集、岳坟集、三天竺集、甘露集（卖鱼桥）、大关集、拱宸桥集、湖墅集、笕桥集、彭埠集、茅家埠集，有的有拖拉水泵龙，有的有腕力龙，有的则仍是抬龙，大集有两架，小集只有一架，这个时期，杭州消防事业可说是全盛时期。

　　至于消防器械的变化，最早时期是用藤斗水枪，其后是用人力扛抬的木制或铁制抬龙，再进一步发展为洋龙（即腕力龙，装有轮盘可以推动，仍用腕力出水），机动水泵龙诞生以后，可以用马达发动，但仍用人力拖拉。消防汽车则是现代摩托化的救火工具了。

《杭州消防简史》

❖ 倪锡英：渡江新方式，铁桥取代了义渡

自六和塔沿着江边向东去，便到闸口，这是沪杭甬铁路沪杭段的终结点。沪杭甬铁路本来的路线是从上海经过杭州而达宁波，在工程开始的时候，先筑好沪杭段，和宁波到百官的一段，都早已通车，而从杭州，经过绍兴到百官之间的一段，一面隔着钱塘江，一面隔着曹娥江，因为建桥工程的浩大，一直没有动工。因此所谓沪杭甬路，在过去实际只是沪杭间能通车，而杭州便以江边的闸口为终止点。当火车开到闸口站时，便只得望江兴叹，再也无法驶过去了。于是这便成了沪杭甬铁道交通上的一个大难题，钱塘江铁桥一日不造成，杭州、宁波间便一日不能通车，这难题自民国二十三年开始获得解决，由中英庚款委员会贷款，从事建筑钱江铁桥。这桥梁的工程设计很伟大，桥长一公里，桥面宽四十八尺，下面走火车，上面可以行驶汽车，及人行道通过，预计一年半来完成，建筑费合计五百余万元，如果这桥完成以后，那末自钱塘江南岸至曹娥江间的铁轨也可敷设起来，沪杭甬间便可直达通车了。

在这钱塘江铁桥没有完成以前，江上的交通是完全靠着轮渡和义渡船。在闸口车站前面便有一个轮渡码头，有小轮船往来于钱江的两岸，便利客商，乘这种轮渡过江是要花钱的，还有一种不花钱的便是义渡船，钱塘江上的义渡码头便在闸口再东去一站，当南星桥车站的前面。因为江水时常涨落，从江边到码头建着一条极长的栈道，那是钢骨和水泥的建筑，很广阔的，上面有顶盖，两旁有栏杆，比火车站上月台的建筑还要伟大，

一直线地直通到江心里，约莫有几十丈长。在栈道的尽头，江面上停着许多义渡船，式样和普通的民船差不多，舱位很宽阔，后面有个梢棚，前面是敞着的，遇到阴雨时，有一间小木屋可以躲藏。这义渡码头间有好几只小轮船，在两岸对驶。大约每隔15分钟开一次，乘客站在后面的民船上，由小火轮拖带过江。那些船上都编着号码，由官家给船主的租钱。在钱江边过渡也是一件颇有趣味的事，可以从那渡船上仔细地欣赏江中的景色。

《杭州》

❖ 董涤尘：繁华的新市场

新市场原系清旗人驻防营地，旧称"旗营"。濒临西湖，接邻四大丛林（灵隐、昭庆、净寺、虎跑）。民初至抗日战争前市场日趋繁荣，以迎紫路、延龄路（今解放街、延安路）最热闹。1929年西湖博览会后湖滨一带更为兴旺，形成旅游娱乐新市区。有新新、蝶来、金城、西湖四大饭店，有湖滨、环湖、清泰第二、聚美、新泰、华兴等高级旅馆，有楼外楼、聚丰园、多益处、知味观、天香楼、西悦来、高长兴菜馆和功德林、素香斋素菜馆，有大世界、新新、共舞台戏院，有喜雨台、西园、雅园、雀几茶馆，有营运于湖滨、灵隐间的永华公共汽车公司以及西湖、之江出租汽车公司。

延龄路大街有新新百货店、健华西药房、张小泉剪刀店、陈永泰西木器店等大型商店。湖滨及延龄路四拐角及附近有许多出售土产杂货、游玩用具、纪念品的小型商店。

迎紫路南面有圣亚美术馆、陈源昌文具店、西湖美术馆、祥泰纸店、张顺兴军服店、养花轩糨糊店、振泰西木器店、云飞自由车行、毛顺安西装店；路北面有华胜镜店、李郁文父子牙医局、明湖池浴室。井亭桥东首为杭县县政府，其对面为"七重天"七层楼。迎紫路与延龄路东拐角，有唯一出售国货商品的国货陈列馆（现解放路百货商店店址）。

《1911—1937 年杭州的商业市场》

❖ 杨积武、娄继心：拒绝洋货，杭州国货陈列馆

1918年，有识之士以为中国屡受帝国主义欺凌的原因，在于生产落后经济不发达，要与列强对抗，只有唤起民众热心爱国，提倡使用国货，不使利权外溢。为谋救国之道，建议当局择新市场适中地点，创办商品陈列馆。后得到实业厅同意，由财政厅拨款进行筹备。

1918年8月1日商品陈列馆成立，委派阮性宜为馆长。9月25日附设劝工场亦竣工，举行陈列馆开幕典礼，厅长们及社会贤达程振钧、马寅初、陈屺怀、寿毅成等纷纷前来道贺并加慰勉。以事属创始，参观者和顾客，车水马龙，盛极一时。

此后，新市场一带日趋繁荣，劝工场的前景乐观，因此申请参加的厂商踊跃，纷纷建议扩充商场，但陈列馆只有地9亩多，经费有限，且兵端屡起，政局动荡，一时难以解决。及许心余继长馆务后，始提出扩建商场计划，此正符合建设厅厅长程振钧之意，因而获准实现。

1928年12月1日新屋落成，举行增建新屋纪念大会，同时改名为国货陈列馆。

陈列馆负责向各省各埠征集国货产品轮流展览，并向南洋等地海外华侨征集。还有农产品及农副产品如米、茶叶、中药材、烟草、染料、火腿等展出。长期开放展览，不收费用，旨在唤起群众爱国热忱，使用国货，振兴实业，杜绝利权外溢。主管部门指定物产审查会定期对陈列品进行审查，评定分数高低，给予奖励，由实业厅颁发奖状。

附设劝工场出租店屋，接受厂商设店营业，内部还设立邮购部，便利外埠顾客购物，代理邮寄。劝工场作为推销国货的一大阵地，订有规章，

相互制约，不许出售洋货，违者处罚，举报者奖励。锦泰昌百货店老板韩金宝卖日货被查获，进步青年们把他关在木笼里，在当时杭州最热闹的地区"共舞台"附近游街示众三天，以此警告各商店不得出售洋货。

《杭州国货陈列馆》

❖ 楼达人：贫儿院，炼才炉

我1941年7岁时由萧山随父母经金华到永康。因为日机狂轰滥炸，家人失散，进了芝英战区难童教养团。1944年，又由难童教养团转入浙江省立贫儿院。

浙江省立贫儿院因为创立较早，所以无论在规模、制度、教学、图书等方面都较临时创办的难童教养团正规。那时，在教学上按小学三年级到六年级编班，共四个班，除学习一般小学课程外，还有劳作课。劳作课主要是学做衣服，院里有专门教裁缝的老师，中年级的学缝纽扣洞、绣边，高年级的学裁制、裁剪，以便我们"毕业"后在社会上可以自立谋生。在生活上，除早晨早操外，晚上要集合点名，唱《东北流亡三部曲》等歌后再就寝。待遇上，是一顿两小浅碗饭和一撮空心菜等蔬菜。一个月里偶尔可以吃到一次豆腐，每次只棋子腐乳那么大小的几小块。一年里，逢儿童节、国庆节开一次荤，而所谓荤就是每人分一小块肉。因为这些佳肴难得，所以我们常常把豆腐捞出，加上盐做成腐乳珍藏着吃；吃肉时更把这一小块肉切成肉丁，一颗颗地计日佐餐。跟英国故事片《孤星血泪》中映的一样，"老师"们吃饭，特别加餐时，我们常常远远地瞪着，一旦他们吃毕离席，就蜂拥而上，把他们狼藉的骨头抢在手里啃了又啃。

抗战胜利后，1946年3月，浙江省立贫儿院从宣平迁回杭州，搬入位于竹斋街（河坊街）三衙前荷花池头的院舍。第二年，大约是国民党嫌"贫儿"这词儿太刺耳吧，把贫儿院更名为浙江省第一育幼院。当时，物价飞涨，生活困难。联合国联勤救济总署虽曾调拨给我们一些大米、罐头和西方国家人民捐献的救济物资，但由于有关方面层层贪污、克扣，所以我们仍是吃不饱穿不暖，疫病流行，不得医治。为此，1946年底和1947年初，当我在六年级的时候，我们也学着社会上大哥哥、大姐姐们，在"沈崇事件"和"反饥饿""反压迫"的斗争中举行了罢课，参加了游行，集合到现在开元路新中国剧院东边的当时的浙江省社会处，向社会处处长方青儒请愿。但这些活动不久就以几个同学被院长黄克平开除而告终。

记得浙江省立贫儿院的院歌是："贫儿，贫儿，贫为炼才炉，高粱、文秀、佳士此中无……"从封建士大夫和资产阶级教育家的眼光来看，"贫"里面确实产生不出国家高贵的栋梁、文坛的佳秀、学界的博士之类的天才来，但是"贫为炼才炉"倒说对了，艰苦奋斗，自强不息，从小想为祖国争一口气，这确实是成才的动力。杭州解放以后，我们这些受过"贫"的洗礼的儿童纷纷参干的参干，入伍的入伍，走上了解放和建设祖国的战斗岗位，为党、为人民做出了贡献。

《回忆省立贫儿院》

❖ 蒋世承：保路拒款，浙江兴业银行的由来

1898年英使窦纳乐诱胁清政府同意由英商承造苏杭甬等五条铁路，英商怡和洋行据此与清铁路总办大臣盛宣怀秘密签订向英借款修筑苏杭甬铁路的草约。美商培次紧步其后，于1905年又拟攫取浙赣铁路的申办权。消息传来，汤寿潜拍案而起，坚决反对。1905年7月，他在上海斜桥洋务局发起成立浙江铁路公司，大家公举汤先生任总理，刘锦藻（南浔丝商）为副理，招股筹款，呈报商部，向清廷奏准。但不久清政府以"外交首重大信"，改口同意：向英商怡和洋行借款150万英镑……以路作押，准江浙绅商附股。这一丧权卖路消息传到浙江，群情激愤，在汤寿潜引导下，掀起轰轰烈烈的保

路拒款风潮，成立全省国民拒款会。汤寿潜以殉路之情激励群众，悲愤之余，纷纷解囊，浙路股款很快筹集到近2300万元（当时150万英镑的"借款"约折合1000万元）。铁路工程随即启动，计划中的苏杭甬线改为沪杭甬线，由上海和杭州两地同时开工，1909年8月13日，沪杭全线嘉兴接轨通车。

近2300万元铁路股款随着实收股金的增加，保管运作已现困难之状，而杭州日升昌、源丰润、义善源、大庆元、合盛元诸票号及中小钱庄均难以存支。时汤先生与蒋玉泉已结为儿女亲家，喜闻抑卮先生东渡后回国，遂倚为股肱，听取建议，考虑在浙路公司内部附设铁路银行。1906年10月浙路公司在杭州召开第一次股东大会，决议成立银行，独立于公司之外。这样，既可以"内顾路本"，又能"外保商市"；既可以与公司划清业务界限，又可以面向市场获招股融资之利。会上按汤先生提议取名"浙江兴业银行"，寓"振兴浙江实业"之义；设1万股，每股股金100元（银圆），预计筹款100万元（银圆），分4期收取，每期每股实缴1/4股金，即25元。草拟章程，呈清政府邮传部、农工商部、度支部（原称产部）核准，正式批文下达之前试营业。

当时中国国内，银行实乃新生事物。1897年盛宣怀创办第一家商业银行，设在上海，取名中国通商银行。股东以封建官僚和买办资本家为主，存款主要来自清政府、官督商办企业以及铁路外债等；资本运行首先贷给外商洋行，次及国内纺织、面粉、榨油、造币等行业；采用英国银行的管理体制及会计制度，聘请洋人为大班（即中层领导）。国家银行只有户部银行一家，1905年在北京正式开业，1908年改称大清银行，资本600万两，辛亥革命后改称中国银行。此外，1906年周廷弼在上海曾开办信成银行，1911年辛亥革命事起，即行倒闭。故史家一般将浙江兴业银行列为中国第二家私人创办的商业银行，也是第一家以民族资本为主体的商业银行，更是浙江省内第一家银行。

《蒋抑卮先生与浙江兴业银行》

❖ 谈冲：义勇警察队，凑凑热闹而已

早在抗日战争前，杭州市就有义勇警察的组织。这一组织系由警局会同市商会抽调工商界人士组成，一切经费、服装名义上均由商会负责，实际系由各厂、商筹缴。武器枪械则由警方提供。当时因抗战初起，警方自顾力量单薄，不能确保社会治安，乃筹组义警队，稍壮声威。一班少壮的商人以为新鲜好玩，盲目参加。这是一个被警局利用，并没有丝毫政治企图的组织。杭州陷落后，无形解散。迨抗战胜利，自1946年底到1947年初起，由于反动当局估计警力不足，治安堪虞，才又老调重弹，仍由警局与杭州市商会共同商讨，恢复了这一组织，成立了"杭州市义勇警察总队"。

▷　1929年杭州交警

总队下每一个区各设立了一个大队：上城、中城、下城、西湖、拱墅、江干、闸口、笕桥等八个大队。每一大队下设三个中队，每一中队设三个分队，每一分队下设三个班，一个班十至十五人。二大队设有四个中队，也称直属中队。

总队长系由省会警察局局长沈溥兼任，总队附则由市商会的秘书长徐文达担任。大队长由各分局局长兼任，大队附由商会里有职务的各企业负责人担任，中队长由分局局员或警局的中队长兼任，中队附由工商界（工厂或商店）的负责人担任。分队长负责义警操练工作，因此大部分由各分局的巡官兼任，分队附和各班的班长，均由各商店的高级职员充任。此外大队、中队各设督导一人，分队设分队指导一人，亦均由工商界主要人员担任。义警由各厂、商抽派负责人（经理、小老板，也有学徒等）充当。服装设备等费用，由厂、商自负。夏季为黄卡其制服，冬季为黑（制服）呢制服，一律皮绑腿和黑高帮皮鞋。自卫手枪自资购买，由警局登记发给枪照。1947年成立时，一大队大队附是孙继泰（神州、大陆两百货店老板、百货业公会理事），二大队大队附为何创夏（四明银行行长）；一大队中队附毛鉴永（毛源昌眼镜店老板）。二大队一中队附王锦章（环湖旅馆经理），二中队附谢柏年（谢泰记服装店老板），三中队中队附是何子淮（著名中医师），四中队中队附王政（永华汽车公司营业主任）。二大队的分队附中有高子欣（西湖饭店经理）、陈纳圣（久隆咖啡馆经理）等。其他各大队的名字已记不清。

义警队的组成，在工商界方面大部分人是被迫应付，凑凑热闹，实质上起不了多大作用，它不过是警局用来粉饰邀功的工具。

《解放前夕杭州义勇警察的活动》

❖ 余择生：参议员选举，没有一点民意

我曾是1946年杭州市临时参议员，后经所谓"民主选举"，成为正式参议员。在这次选举中，做了很多"手脚"，前前后后，亲身经历，亲眼所见。

在临时参议员开会前，我还是个连提案都不会提的人。开会时，凭我这个仅会对儿童讲课的小学教师的这点"本领"，敢在大会上发言，就得到好几个人特别是许焘的"称赞"，我认为参议员并不难当。许焘叫我参加竞选，我想也好，我可以为小学教师讲话了，也可以与大人先生们周旋周旋，让他们帮我办个小学。但我担心竞选要花钱，我经济能力不足，小弟同意给我20元，我自己筹了10元，许焘指定章洪涛帮助我，我就交给章洪涛一手包办。印了几百张名片，请了两桌客，请的什么人，我也不过问，只是在摆好酒以后到了一到，由章洪涛介绍我"是余参议员，是民政厅长阮毅成的表妹"。我什么话也没多讲，什么东西也没吃，就回来了。我当时想，凭这20多票，我能当选吗？

某一天，在参议员开会的会场上，记不得是谁通知我晚饭后去罗云家。我如约前往，当时比我先到或后我而到的大约有十几个人。大家围着几张桌子坐下来。桌上已放好了笔墨纸砚。一会儿，整百整百张选票拿来，由罗云主持，分给大家，叫写指定的名字。我有时写余择生，有时写别人。100张一叠，写好放开。这样，十几个人写了不知多多少少个100张。当时，我很奇怪，这么多的票，由谁去丢进投票箱呢？每人投一张，难道能发动那么多的人去投吗？我提的问题，没有人回答我。

正式选举开始了，我很想到各投票处看看。有人说："你不能去。你去，是失了身份。"我实在不懂，这么多的票如何投法？我有个打破砂锅问到底的

脾气，一再纠缠发问，总算有人告诉我："已找好人了，他们会把选票放在袖笼里，趁别人不注意时，就可以一叠一叠投进箱里去。"——原来如此。

过几天，开票了，叫我去点票。我记得台上坐了三个人：国民党代表，民社党代表，青年党代表。有人打开箱子，拿出来整叠整叠的选票，很少几张是单另的。我倒是认认真真一张一张数。好多叠正好是100张，一张不差。我自言自语："天晓得，这也算是公民投票？"在旁边监票的人朝我笑了。坐在台上的几位，抽抽香烟，谈谈闲天，谁也不来管你们数得对不对。

总票数加出来了，当选的当然是有人预先决定的人，哪有一点儿"民意"？老实说，当时老百姓们，谁高兴来投这种票？也只有像我这样"名欲"熏心的人，明明知道这是弄虚作假，明明知道这种选举是非法的，还是心甘情愿地去充当这种"丑恶的戏法"中的一名配角演员。

《我参加了国民党杭州市参议员的选举》

❖ 章达庵：热闹辉煌的西湖博览会

西湖博览会于1929年6月6日开幕，10月10日闭幕。会场设在杭州西湖风景区孤山和里西湖岳庙宝石山下一带，所有可以利用的建筑物皆被租用，面积达五平方多公里，场面宏伟，气魄壮观。杭市国货厂商，几乎全部参加，外地客商也有部分产品展出。共有展品147600件，分列丝绸、工业、教育、农业、艺术、卫生六馆，另有革命纪念馆、博物馆两所，合计八馆。环绕行走一圈，约计4公里左右。

为了便利游人参观，在孤山与北山路之间临时架了木桥，从孤山放鹤亭起到里西湖招贤祠，长达193米，桥上建有三亭，便于参观者小憩。整个会场共有电灯3.8万余盏，参观人数共达2000余万人次。会内设有京剧、电影、溜冰、焰火、跳舞、跑驴、音乐、清唱、灯会等文娱活动。农历六月十八夜还举行传统的西湖灯会，夜游西湖，纸糊的荷花灯漂浮湖面，灯光

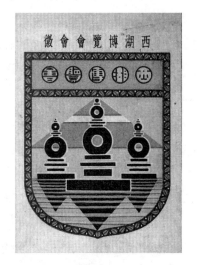

▷　西湖博览会会徽

▷　1929 年西湖博览会会场门外

与湖水相映成趣，风光绮丽，游船喧闹，大为博览会增色。

博览会还每天出版《西湖博览会日刊》，由杭州新闻记者公会委员长、上海《大报》张寄涯，《浙江民报》韩楚原编辑。上海《时事新报》还出版了大型画报，宣传工作做得十分出色。

西湖博览会的发起者和会长、副会长是浙江省政府主席张静江和浙江省建设厅厅长程振钧。展览会有会歌，歌词为南京中央大学教授、著名词曲家吴瞿安的杰作，歌云：

春风吹暖水云乡，货殖尽登场，南京东箭西湖宝，齐点缀锦绣钱塘。渲动六桥车马，欣看万里梯航，明湖业夕发华光。人物果丰穰，吴山还我中原地，同消受桂子荷香，奏遍鱼龙曼衍，原来根本农桑。

会长张静江对这首会歌十分赞赏，以指击桌连续读了三遍，立即亲笔批条"送稿酬一千元"，派专人送往南京吴教授亲收。这首会歌仅七十六字，每个字的报酬为银圆十三元一角挂零。当年如《申报》的稿酬，论篇按特、甲、乙三级计算，特级四元，甲级两元，乙级仅一元，两相比较，相差悬殊。事被上海小报探悉，各报竞载，视为珍闻。

西湖博览会的大门柱子上当年还有一副门联：

地有湖山，集二十二省无上出口大观，全国精华，都归眼底；
天然图画，开六月六日空前及时盛会，诸君成竹，早在胸中。

字大如斗，笔法酣畅如云龙飞舞，出自天台山农的手笔，见者无不啧啧称美。

博览会为评比产品的质量，设立了产品审查委员会，分设六组进行。评比标准：凡具有特种意义的产品，发给名誉奖状或感谢奖状；其余产品，按分数给奖，90分以上为特等，80分以上为优等，70分以上为一等，60分以上为二等，60分以下的无奖。共发奖状、状章1096个。这次博览会来参观的外宾有美国的记者团、日本的考察团，对国际国内都起到了一定的宣传作用，为发展国货开创了一个新的起点。

闭幕前夕，为纪念这一会的创举，通过张啸林特邀上海京剧名旦梅兰芳博士暨著名净角金少山来杭参观并演出《霸王别姬》。因梅到杭时已深夜，演出完毕，天已大亮，此为梅兰芳平生演出史上最长的一天戏。次日杭州市长宴梅、金于镜湖厅，以酬其劳绩。

西湖博览会还建了轻便铁道，从革命纪念馆起到西泠桥止，行驶小型火车，供游人乘坐。另外还有一个铁制的标塔，矗立于外西湖中，后改称"戚继光纪念塔"。

当博览会筹建木桥时，保俶塔塔身已现倾斜，沪上包商见后愿为修建，只收材料费，不计工资，于博览会闭幕前修复。塔身结顶时，樊迪民曾对此在大会的日刊及《时事新报》的大型画报上做了详细报道，并另撰纪念文字，装入银行装银圆用的木箱，密封后藏入塔顶。这一历史性的文献，至今仍在塔内。

《杭城旧事四则》

❖ 陈心平：全运会要自己办

民国以来，已开过三届"全运会"，但这三届"全运会"所有的组织、裁判等工作，均由外国人担任，国内体育界对此早有意见。1929年4月，教育部公布《国民体育法》，决定是年下半年举办"民国第四届全运会"，各项组织工作均由国人自任，国民党要员戴季陶为此著文《由中国历史文化上见到的教育意义》指出，全运会"由中央政府发起、主持，这次第四届要算第一回"。中央政府又专门通电各省："奉中央政治会议193次决议，聘任蒋中正为大会名誉会长，戴传贤为正会长，张人杰、何应钦为副会长，朱家骅为筹备主任……"因浙江省1929年要在杭州举行盛大的"西湖博览会"，经力争把会址设在杭州，以期与"博览会"共办而相互增辉。只因首次由国人自己筹组大规模的全运会，各方面有相当难度，经商讨后把会期推迟半年，改在1930年4月举行。

1929年9月，"第四届全运会筹备处"的牌子在马坡巷"省自治专校"门口挂出。杭市体育界著名人士舒鸿与市党政军警各界要员，均参加了筹备工作。大会经费原定26万元，后又减为15.5万元，其中浙江省出10万元，中央及部分省、市赞助5.5万元。运动场址选定梅登高桥东边原清军大营盘基地，该场东西长380米、南北宽243米，面积约150亩。前后费银4.4万元，建成田径场、足球场、排球场、网球场各一，各场间以竹篱相隔，均建有木质看台，共可容纳观众万余。游泳比赛场地一时不及赶建，商定借用之江大学游泳池。

1930年4月1日，"民国第四届全运会"在杭州隆重开幕。与会者有14省、市及各地华侨的代表队共22个、1707人（男1209、女498），规模远超前三届。其中浙江派出125人"大团"，人数居全国各省第四。

▷ 1930年参加杭州全运会的女运动员

开幕典礼中，上空飞机翱翔散发传单，地面军乐声阵阵，杭市小学生集队齐唱欢迎歌，并表演了5000人的大型欢迎操。中央政府主席蒋中正、国民党中央代表邵元冲、中委吴稚晖、褚民谊、外长王正廷、财长宋子文、中央研究院总干事杨杏佛、海军次长陈绍宽、工商次长穆湘玥及大会会长戴传贤、副会长张人杰、朱家骅等登主席台就座。其间，蒋中正先后两次下主席台走到会场正中，于摄影台上作了即席讲话。当天下午6时，他偕夫人宋美龄在西湖蒋庄设茶点招待各地代表70余人；7时后，复在西湖大会堂举行欢迎会，运动员及工作人员2000余名齐到场，蒋氏再致欢迎词。

国民党党政要人如林森、何应钦、陈果夫、蔡元培、蒋梦麟、于右任等，开幕式后也先后到会参观、讲话。蔡元培致辞略云："运动有两种意义，一在人类身体健康，一是人类竞争状况。"他还鼓励运动员们胜不骄、败不馁，以"参与即为荣"，给运动员们留下深刻印象。

4月1日下午1时，运动会各比赛项目分别展开，一扫前三届"全运会"上那种洋人到处颐指气使、国人深感屈辱的情况。裁判等工作全由国人井然有序地进行。比赛至10日结束，第四届全运会开得热烈、圆满、周到，获得前后来观赛的13万余人一致赞扬。

浙江省与杭州市先在3月份举办了"浙江首届省运会"，为本省选练"全四运"精兵，以期在"全四运"中占地利、抢得名次。岂知虽出"雄兵"125人，参加了男女田径、篮、排、足、网球及游泳等多项竞赛，却未获一个名次，落个"全军覆没"。

《杭州体坛两盛世》

❖ 陈晴岚：电灯照亮杭州城

由南京人杨长清工程师和珠宝商杭州人金敬秋等人于1907年2月发起，1908年由金敬秋、陈文卿、陈竹卿、吴毅庭集资创办的"浙江省杭江大有利电灯股份有限公司"，觅定杭州上城区板儿巷（即今建国南路杭州电力局局址）为厂址。

1909年改为官督商办，更名为"浙江省官商合股商办大有利电灯股份有限公司"。

经过三年，1910年8月，杭州大有利电灯公司发电厂建成。共有蒸汽引擎发电机3套、锅炉2台，总装机容量为750千瓦，同年中秋节发电。那天灯月之光交辉，杭人诧为奇观，倾城上街观赏此前所未有的新鲜事儿。富有之家纷纷报装电灯。电厂为谋求发展、加强管理，聘杭州市商会会长王芗泉为总理，陈文卿为经理，吴毅庭为协理。电厂并在全市通衢遍树圆形电杆木近万根，每隔40米或50米植木一根，每根高近10米，上装路灯一盏，彻夜不熄，行旅称便。路灯费每月按电灯费用量加一成收取。以后路灯从大街扩展到小巷。此前里巷道路坑坑洼洼，入夜一片黑暗，不慎跌跤，甚至骨折者时有所闻。是以暮夜外出，都人手一盏篾丝灯笼。自有路灯后，老百姓莫不雀跃欣喜，认其为利民善政。当时电厂需用的材料，大至燃料小至螺丝，均仰给于外商。一只进口的32支光灯泡，价需银圆1元7角。装灯费用非数十元不办，因此一般中小商人负担不起。供电之初，报装用户只大井巷的聚丰园京菜馆和高银巷口的亨达利钟表店两家。业务不振，不得不借债维持，仅积欠兴业银行一户就达10余万元。电厂为了改变局面，实行不装电表、不取保证金，各户指定装灯的地方限定灯泡的支光、依路灯的明灭而明灭，每盏月约收取银币5角小洋的办法。因手续简便负担不重，且用电灯清洁明亮，是以蓬门荜户都请装用。电厂此举虽名为体恤民艰，实则利用余电，获利不赀。

《1949年前的杭州电厂》

❖ 陈瑞芝：杭州电话之始

自清末沪杭铁路建成通车以后，杭城更趋繁荣，商旅云集。古老旧城市的原有市政设施，已远不能适应。当时虽已有"杭州大有利电气公司"，对街道路灯和商店夜市照明，起到了一定的作用，但对其他公用事业的设施，如电讯、供水没有配套设施。

王竹斋有鉴于斯，着手筹建"杭州电话股份有限公司"，公司设在上城华光巷。由各大行业巨商股户投股筹集资金，向德国礼和洋行买来机械设备，经过近两年时间建成通话。虽然当时用的都是手摇接线话机，远不如现在的先进，但这是杭州有电话的开始。

《王竹斋和杭州》

❖ 朱尧阶、杨克昌：现在流行穿皮鞋了

杭州首家制造皮鞋的是太昶鞋店。太昶始创于清光绪年间（1877—1908），为绍兴人张金宝独资开设。他信仰基督教。英国牧师曾对他说："你们国家是政治维新了，上海已经有很多人穿洋鞋（即皮鞋），你店也可以改制洋鞋了。"张金宝听了之后，认为制洋鞋可以稳获厚利，就动脑筋到上海去聘来一位皮鞋工人试做皮鞋。当时还没有化学皮革，用熏灶制的牛羊皮作材料。当时杭州人极少穿皮鞋，少有人问津。自那以后不久，杭州办起武备学堂、陆军学堂，青年学生均以穿着皮鞋为时髦。皮鞋可以晴雨两用，因此颇受欢迎，穿者日众。民国成立，大力兴办学校，皮鞋销路更广。太昶皮鞋店出售的皮鞋，每日销售有数十双之多，供不应求。急忙增雇制鞋工人，大量制造，供应市场。上海皮鞋商人也纷纷来杭开店，制售皮鞋。皮鞋盛销，夺取了钉靴、钉鞋在城市的销售地位。后来套鞋问世，钉靴、钉鞋连在农村也无立足之地了。因此，钉靴、钉鞋作坊被淘汰，皮市巷徒存其名。

《杭州的制革业》

❖ 郑琴隐：废止中医？要下一个公正的批评

1926年，我毕业于浙江兰溪公立中医专门学校，到杭州名中医裘吉生先生创办的三三医院临床实习。1929年2月间，一天裘先生从外归来，手拿一份报纸，面露愠色，坐下后即呼我等至前说："你们来看看，这种议案居然通过了，中央卫生行政最高机关竟做出这种歧视国医的决定，是可忍，孰不可忍？"我一看报纸，那是2月26日的上海《新闻报》，上有一则中央卫生委员会连日开会的情况报道，其中有一项云："褚委员民谊报告24日晚提案审查经过，《废止旧医以扫除医事卫生之障碍案》，经过长时间讨论，将题目改为《规定旧医登记案原则》，照案通过。"裘先生说，政府公然通过决议，废止国医，此乃关系国计民生大事，不能不争，大家要团结起来，一致反对。不数日，裘先生即去上海联络中医药界共商对策。

▷ 1929 年中医界人士组成的赴京请愿代表团

当时上海中医药界为此已经发起反对中央决议的活动，并登报声明否认这一无理的决议案。

3月初，上海市中医协会发出正式通告。略谓：少数西医在中央卫生会议上将中西医药强分新旧，并提出废止旧医药。事关民众生命健康，至为重要。拟即召集全国中医中药团体联合大会，商定具体办法，以谋对策。定于3月17日在上海举行全国中医药团体代表大会，请各地中医中药团体克日推出代表二至三人到沪参加大会。

当时杭州市赴沪代表有杭州市医学分会沈靖尘、李天球，杭州三三医社裘吉生，浙江省中医协会汤士彦、沈仲圭、刘瑶栽，杭州国药业公会俞绣章、方惠卿、方亦之，杭州药业职工会叶滋芬等。

杭州医学公会还电呈国民政府卫生部说，"少数西医诋斥国医，倡议废止，视国医如仇，甘充西药之贩卖人。忘本求标，乃欲消灭我国固有之文化和学术，直接间接使帝国主义经济侵略政策完成。揣其居心，诚不堪问。"语虽痛斥西医，实际系对政府之指责。卫生部复电云："中药一项本部力主提倡，唯中医拟设法改进，以期其科学化。"

上海《申报》在3月17日以醒目标题《总理遗墨》刊登孙中山先生赠给裘吉生的题字"救民疾苦"。裘先生曾给陪同孙中山先生去绍兴视察的胡汉民先生治疗急性痢疾，服中药一剂而愈，因此孙中山先生题字表彰。《申报》刊载这个中医中药有速效的事实，驳斥废止旧医案的无理，号召"全国同胞下一个公正的批评"。

《1929年反对废止中医中药的斗争》

❖ **汪坚心：**司徒雷登，杭州的"荣誉市民"

司徒雷登于1876年出生在杭州天水桥耶稣堂弄耶稣堂内。幼年在杭州培德学校读书，儿童生活就在西子湖畔度过。14岁那年（1890）回美国读书。他的祖父司徒托特在美国兴办学校。

司徒雷登回美国过了20年，34岁（1910年）与罗安琳结婚，婚后一个月即偕妻子重来杭州。在杭州做了几年传教和学校教书工作。三年后离开杭州，在南京金陵神学院执教。

司徒雷登的父亲叫司徒尔，是个传教士。在满清时代携带家眷至杭州传教布道。1870年在杭州天水桥地方建筑一所教堂，是杭州教会创始人之一。他曾办过一所男子中学，但不久因故停办。

司徒雷登的母亲叫玛丽哈同，同在杭州传教。杭州弘道女子中学的前身是教会办的三所小学，她是这些小学创办人之一。

司徒尔夫妇在杭州生了三个儿子，长子即司徒雷登，次子叫司徒大卫，小的叫司徒华林。大卫曾在苏州一个教会医院当医师。华林回美国做牧师。

司徒雷登36岁那年，在杭州得子，叫司徒约翰，为独生子。约翰的母亲罗安琳于1926年在北京病故。

司徒雷登的父母暨弟三人，均病死在杭州，葬在西湖九里松外国坟山。他父亲的墓碑刻着"约翰·司徒尔。1840年12月2日生，1913年11月24日殁，享年七十三岁。在中国传道凡四十年。"他母亲的墓碑刻着"玛丽哈同·司徒尔。1842年1月8日生，1925年1月16日殁，享年八十三岁。在中国传道凡五十年。"他弟弟的墓碑刻着"司徒大卫。1878年4月7日生，1909年12月6日殁，享年三十一岁。在中国传道凡二年九个月。"

司徒雷登的父亲死后，杭州教友们在杭州众安桥建湖山堂，算是对司徒尔的纪念。

1919年司徒雷登离开南京到北方办学数十年，曾任北京燕京大学教务长。1941年太平洋战争开始，他被日寇关禁一段时间，后交换战犯时返回美国，直至1946年任美国驻华大使，1947年他来杭扫墓，旧地重游。

当时浙江省政府主席沈鸿烈、省党部主任委员张强、三青团浙江支团部干事长胡继藩、杭州市市长周象贤等，对于司徒雷登的欢迎招待诸事，可谓煞费心机，竭尽奉承之能事。

周象贤等人认为司徒雷登侈谈民主自由这一套，如沿用官场应酬套式来接待，难以博得"贵客"的欢心。于是同省教育厅长许绍棣、省社会处处长方青儒等商量，要用新的办法，即说是民众自动自愿出来欢迎接待的。随即发动省、市民众团体、大中学校负责人座谈、筹备，决定以民众名义搞欢迎致敬、聚餐、游湖、馈赠土产、授予杭州"荣誉市民"称号各项活动。时我在省社会处供职，参加了这些工作。

司徒雷登从南京乘飞机到杭州，我们到笕桥空校机场迎接。他的随员有副官卡开胜上校、秘书施不劳司、女秘书皮亚士、私人秘书魏特门小姐等。弘道女中、冯氏女中学生四名向他献花，中国外交学会浙江分会、新闻记者公会、省市29个民众团体代表刘湘女（《东南日报》副社长）把精制的金字红缎致敬书一册献给司徒雷登。司徒雷登向杭州新闻记者发表讲话，说他多年不来杭州，此次旧地重游，专程扫墓，很觉高兴，又讲了些冠冕堂皇的话。

司徒雷登先至西湖九里松扫墓凭吊，献了花圈。我见有个看坟场的老头儿对司徒雷登说，他已看了十多年坟场。在杭州沦陷时，日本鬼子曾在这里养过马，地上有些小洞，就是马蹄的痕迹。

司徒雷登继到天水桥耶稣堂弄，看看故居。附近小学校学生数百人，持彩纸旗欢呼，昔日友邻聚集门口欢迎，他走入其出生的屋舍中，与老人笑叙儿时情趣。湖山堂是他父亲的纪念堂，他到该堂做了礼拜。

省、市29个民众团体，大、中学校负责人，假座大华饭店，邀司徒雷登聚餐。周象贤说，聚餐完全出于民众自动心愿，实为杭州从未有过的盛举。司徒雷登听了，颔首微笑，扬扬得意。我们事先在餐厅四壁挂满标语，司徒雷登指出杭州是他的第二故乡写得最恰当。他接着说：回忆幼时在杭州西湖各处耍子，龙井、虎跑、天竺、灵隐都去，爬南、北高峰，逢年过节登城隍山、玉皇山，非常热闹。此次来杭，看西湖风景及钱江大桥，备感愉快。我在杭州生养长大，来杭即是回家乡。杭州的丝、茶、绸缎、扇子、剪刀等产品，驰名中外，希朝工业化、科学化方向发展，其他事业亦力求发达。他讲一口很流利的中国话，带着浓重的杭州腔。民众团体把准备的土产赠给司徒雷登，并对他说明乡亲间以土物相赠，乃诚挚朴素之情谊。杭州市商会送火腿、茶叶、扇子、丝织风景，宝丰参行送人参再造丸一盒，王星记扇庄送折扇三把，冠生园送名点一扎，酱油生产合作社送顶油四瓶，老大纶、宏泰、九纶、咸章等绸布庄送绸缎各一匹，三友实业社送西湖毛巾一打。

▷　司徒雷登在杭州扫墓

省社会处职员张万鳌等，集合在杭州的之江大学、燕京大学校友，请司徒雷登坐船游湖。司徒雷登兴致勃勃，谈笑风生，并遥指雷峰塔方向说，他儿童时耍子过雷峰塔，现在"雷峰夕照"这一佳景消失了。

授予司徒雷登杭州"荣誉市民"仪式在青年会四楼会场举行。各机关团体学校均派代表参加。周象贤把证书、市钥匙送给司徒雷登。他接受后讲话，说他自己是个普通杭州佬，今承给以荣誉市民称号，感觉格外光荣高兴。明天将离杭返京，趁此机会向乡亲们告别。证书用国产冰梅纸写成，红绫裱制，红木盒装置，证书上写着："兹由杭州市参议会公推司徒雷登为杭州市荣誉市民，此证。"市长周象贤、议长张衡署名，加盖两机关印章。市钥匙是周象贤送的，刻有"司徒雷登先生。市长周象贤赠"字样。市钥匙系纯金制成，长7.9厘米，厚1.5厘米，重8钱6分。

《杭州"荣誉市民"司徒雷登》

第五辑

文教江南·
探秘杭州的精神世界

❖ 徐敏惠：文澜阁，浙江图书馆的远祖

　　清高宗于乾隆三十八年（1773）集儒臣编纂《四库全书》，过了10年，他于编纂好内廷四阁之后，在乾隆四十七年（1782）又下诏续缮江南三部。工竣后分贮于扬州大观堂的文汇阁、镇江金山寺的文宗阁和杭州孤山圣因寺"行宫"东的文澜阁，准许士子阅读和传抄。这个文澜阁实际就是浙江图书馆的远祖，要讲浙江图书馆的历史，当从它说起。

▷ 杭州文澜阁

　　文澜阁的《四库全书》举其成数言，和其他阁一样，共有36000册。阁的建制形式，即由始建的文渊阁系仿照宁波范氏天一阁程式，其余六阁，皆令规仿文渊阁，故楼阁园亭基本上与我省天一阁相仿，唯宽广则过之。前面有亭榭、假山和池塘，景色幽雅，洵是藏书胜地。后毁于战火，现在浙江博物馆内文澜阁的房子，则是光绪六年（1880）重建以后又经陆续修

茸的。至于藏书，与阁被毁的同时散失很多，幸亏有杭人丁松生（丙）先生和他的哥哥竹舟先生，起来竭力抢救搬运和存放。但只搜得9000多册。后来丁氏兄弟因地方人士与清吏方面的共同帮助，向各处搜集收购和出资补抄，恢复了大部分，至光绪十二年冬止，合前已得28000册。丁氏前后花了近40年工夫，陆续归阁收藏，虽依旧例许士子阅读和传抄，但管理很严，进出不便，很少发生对学术研究的作用。

甲午之战后，朝野竞言自强，除设立学校以外，还提出开办图书馆，以启民智。于是在光绪二十八年（1902）有邵伯炯（章）、胡藻青（焕）两先生的倡议，要建设浙江藏书楼。第二年得到了提督浙江学政张亨嘉的批准，在大方伯以8000元购入刘氏民房，创立一个地方图书馆，名曰浙江藏书楼，同时移入原来东城讲舍的旧藏，又增购新书，编定书目，订立阅借规则，这是浙江图书馆正式成立之始（另有一说，浙江图书馆的前身浙江藏书楼成立于1900年），当时收藏图书有7万多卷。（浙江藏书楼碑记，侯官张亨嘉撰文，钱塘吴士鉴书石，目前此碑还在，惜已断为两截，自宜修复，以留纪念。）

到了宣统元年（1909），藏书楼开办已经六年，当时清廷正预备推行立宪。学部奏定预备分年事项，其中一项就是各省要设立图书馆。浙江巡抚增韫拟把藏书楼加以扩充，并奏请把浙江官书局并入，称为浙江图书馆，委钱念劬（恂）为馆长。是年三月批准，这就是名正言顺的浙江图书馆了。至于浙江官书局，原是同治四年成立的，当时清廷先在南京设立官书局，雕版印书，苏州、扬州、武昌相继响应，杭州亦同时成立浙江官书局于小营巷报恩寺内。当时号称为五大书局，聘请有学问的人担任编校，雕版印书很多，经史子集以及地方掌故等书，靠它来推广的也很多。

浙江藏书楼自改称浙江图书馆后，购补了图书，添置了家具，还增加了官书局出售木版书的业务。原来旧藏书楼房子已不够用，乃由提学使兼督办袁嘉谷建议，在孤山圣因寺行宫西面建馆储书，就是现在中山公园隔壁浙江图书馆古籍部的白楼房，营建落成，已是民国元年（1912）。民国初立，士气激昂，欲一雪清季国耻，所以又将清季预备德国太子来杭修建的一座红楼房划归图书馆使用（即白楼房西面的一座楼房，两楼之间原有隔墙已拆除）。文澜阁《四库全书》也划归浙江图书馆接管，故文澜阁实亦浙江图书馆前史一部分。图书馆接收文澜阁后，将阁中的《四库全书》移入孤山新房子内，从此阁与书就分离了，但是文澜阁的空房子，仍归浙江图书馆管理。到民国十八年（1929）西湖博览会结束，成立浙江博物馆后，这文澜阁房子始归浙江博物馆管理。近人有议，阁书归阁，即指其所。

《浙江图书馆史略》

❖ 茗人：俞楼由来，为老师建一座楼

同治七年（1868），曲园先生应浙江巡抚邀聘，任杭州"西湖诂经精舍山长"，先后共计31年，为培养浙江的人才和繁荣杭州省城的学术文化，做出了极大的贡献。西湖诂经精舍系于嘉庆六年由原浙江巡抚阮元创立，其程度和声誉为省城其他书院之冠（当时，杭州还有敷文、紫阳、崇文、东城讲舍等书院）。先生在精舍任山长之初，仍兼苏州紫阳书院教席。在俞楼未筑成之前，"每春秋一来，即课院（诂经精舍）之第一楼"（徐琪《俞楼记》）。第一楼者，乃精舍内一座楼的名

▷ 俞曲园（1821—1907）

称，先生每年来杭两次，就在第一楼内居息。据《俞楼杂纂》载，"西湖诂经精舍，有湖楼三楹，志书所谓第一楼也。余自戊辰之岁始，主精舍讲席……春秋佳日，必自吴下寓庐至西湖精舍，多或一二月，少或一二旬，岁以为常……"由于先生居住第一楼，学生们把该楼称为"俞楼"了。

光绪三年（1877）九月，精舍弟子为欢送先生回吴下，在第一楼内举行聚会。尔后，有个名王梦薇的学生，画了一幅《俞楼秋集图》，用以纪念这次师生畅叙，并在画上题跋："湖壖有精舍也，主之者为吾师俞曲园先生。舍故有楼，群称之曰'俞楼'……"另一名学生汪子乔用篆体书就"俞楼"二字，悬额在第一楼前，许多学生也写诗寄意。曲园先生知道后，来信表示不同意学生的做法。他说："曩者湖楼小集，乃承诸君子播之丹青，形之歌咏，可谓妆嬺费腾矣，惭愧惭愧。虽然，绘图题诗可也，若以'俞楼'二字榜之精舍，则大不可。仆承诂经之乏，为第一楼暂作主人，雁爪鸿泥，偶然寄迹……岂可妄据为己有乎？"

学生中有个名徐琪（花农）的，他明知曲园先生反对他们的做法，却更认为以第一楼称俞楼还不足以表达对老师的尊敬和感谢。于是，他发动集资，准备仿第一楼样式另建俞楼，并且把意图向曲园先生做了报告。曲园先生对徐生等的做法，坚决表示反对，甚至说了"恐俞楼成，而鄙人亦将从此不来矣。如果诸君见爱甚深，请俟五百年后，鄙人海山兜率，早有归宿之时，再谋卜筑"这样的话来力辞。徐花农等回信表示，既然发起，"而同志坚不可回"，断然不收回成议，继续经营筹划。他们购买了六一泉西边今址，并且在光绪四年（1878）三月破土动工，七月楼成。徐等坚请先生移居，曲园先生无法违拗弟子们的美意，在无可奈何的情况下，只得接受作为在杭州讲学著述的住所。

《曲园先生和俞楼》

❖ **钟韵玉：**杭州女学堂

封建时代的杭州妇女，若要学习文化，除由父兄传授，只有官绅殷商才延师在家设塾教读，一般平民家庭的女子，只得终身成为文盲。

1902年，翰林高云麟的夫人金氏、已故广东乐会县知县钟廷庆的夫人顾文郁、名书画家包虎臣的夫人等发起杭州放足会，在里西湖张勤果公祠开成立大会。鉴于问起到会的名家宅眷所携带的女孩，大都未曾读书识字，而这时国内妇女如桐城吴芝英所写的书法，绍兴秋瑾经常在报纸上发表的爱国革命言论等已很有盛誉，使与会的妇女都感到有兴办女学校的必要。会后经《杭州白话报》多次刊载社论的推动及时任杭城自治会议长的顾文郁次子钟寅、杭州教育会会长等的全力支持，就在银洞桥教育会拨出余屋，筹备建校。经过酝酿，延揽教员，布置教室，于1904年秋招生开学，定名为杭州女学堂。

顾文郁是松江华亭县人，其父曾为广东知州，故在广州长大，后为钟廷庆继室，因夫殁任所，携孤返杭州原籍，教育四子均有成就，村里盛称其贤。由于幼曾从父学习，通文史，至是公推出任堂长，由邑绅郑在常（字岱生）和包子壮夫人分任内外总理，以为辅佐。郑为浙省光复后首任民政司长郑师李之父，敦笃老成，办事干练，包夫人亦擅丹青，其子包蝶仙后为杭州名画家。包夫人料理内务，井井有条，故杭州有女孩人家纷纷要求入学。杭州女学堂的班级有师范及预科各两年，复因兼顾幼龄女孩，在杨绫子巷创设幼稚园，由谢雪等任教，并延请一位日本女教员教体操游戏。幼稚园有花园草地及亭棚，极合儿童教育环境，后因家长要求，兼收男童，是为杭州男女同校之始。

1912年杭州光复，杭州女学堂改组为浙江省立女子师范学校，学制提高为中学四年，将校址迁到横河桥大河下。校舍内有亭园花木之胜，为庚园遗址。其东设附属小学，幼稚园因离校本部路远，不能兼顾而停办。女师校第一期毕业生中，有前金陵大学校长吴贻芳，当时附小主任秦竹屏、沈兆芝、刘嘉及及郑在常之女郑怀等。后面几届则有邵力子夫人傅学文、邵飘萍大人汤秀慧、南京大学附小特级教帅斯霞、大长小学校长吴曼倩、画家金启近，及郑端、郑壁、方祖彬、黄红庆、汤子平、范蕙、汪瑶若等，这些后来都是杰出的中小学教师或社会名流。

该校首任校长仍是顾文郁。1913年因其子钟璞岑念母已年高，坚邀去上海贻养，乃辞职，由郑在常继任。1920年郑积劳去世，先后由叶墨君、郑晓沧接任校长。1926年省教育厅派戴学南为校长，任事不久，被当时军警当局指有共产党嫌疑捕去，另派孙蕴玉为代理校长。维持至1927年，柄政者认为女教师已培养过多，故将该校改为省立杭州女子中学，由孙简文任校长直至1938年，校址亦迁至铜元路。抗日战争起，校址迁至江山碧湖镇后结束。女师附小当时也已招男生，教师除彭惠秀、张昌权等，女师毕业班学生均须在附小实习教课，故学生教学程度甚高。及学校改组，附小也改名为市立横河小学，由彭惠秀任校长。

▷　顾文郁校长与杭州女学校 1904 年开校合影

当年女子师范学校的教员都是教育界有名的人选，先后延请的有沈钧儒之弟沈蔚文，既擅长文史，又善书画，所绘芍药很有名，故号称沈芍药；钱学森之父钱钧夫，长于科学，后任省视学；戴遥庭、范允之均为著名英语教员；王更三教物理化学，后去沪任长江航运公司经理；余如名记者邵飘萍及书法家朱牯生任国文教员，叶木青教生物学等。该校当年以"勤敬洁朴"四字作为校训，用木质横匾悬于礼堂正中，并以菊花作为校花，以示学生应品行高洁之意。这所学校是杭州最早的女校，教会办的弘道女中、冯氏女中、私立惠兴女中及女子职业学校等，皆兴办在后，所以它对杭州妇女提高文化教育，厥功甚伟，爰就记忆所及，略述之以佐史料参考。

《杭州女学堂的递嬗》

❖ 刘尧庭：小先生，陶行知的普及教育

1932年陶行知在上海创办山海工学团，发起普及教育运动，1934年1月开始推行小先生制教育，并于4月来浙江湘湖师范、杭州翁家山小学等地推广小先生制。当时的翁家山小学校长是白动生，晓庄师范第三期毕业生。他带领小学师生，在翁家山地区大力推广小先生制，颇有成就。陶行知也经常在他主编的《生活教育》杂志上刊登翁家山的消息，包括翁家山学生给陶先生的信。其中有八位小朋友所写的小先生日记，被白动生编为《西湖小先生》书稿，寄给陶先生。陶行知

▷ 教育家陶行知（1891—1946）

很高兴，修改为《西湖八小孩日记》，经陶行知推荐，由上海儿童书店出版，并在书的扉页上亲笔题词"这是一部有意义的孩子们的书"。从书中可以看到，"小先生在改造家庭，服务社会，如何奋斗，如何前进的真实描写"。翁家山小学还用《西湖八小孩》的稿费做旅费，组织十个小先生建立"西湖儿童旅行团"，到上海旅行，汇报宣传，受到陶先生的支持和赞许。陶行知曾给翁家山的小先生写信说："你们做的工作，我是佩服极了……我很感激你们，以后还要请你们多多指教。……祝你们整个翁家山日日新！"白动生还曾给陶行知看过一些有关浙江教育的报告，陶先生在

▷ 翁家山小学授课情景

1935年写的《攻破普及教育之难关》一文中引证指出："依照最近四年来浙江所用的方法来扫除文盲，全省要四百年才能完成；依照最近六年来杭州所用的方法来扫除文盲，全市要一百五十年才能完成。……从一省一市推论到全国，呆板地守着老法，要多少年才能普及呢？"由此，他提出了在扫除文盲、普及教育当中应攻破先生关、娘子关、买卖关、课本关等27关的观点，对当时的普及教育运动有很大的影响。

《陶行知与杭州教育》

❖ 林文铮：蔡元培与杭州国立艺专

林风眠由于深受蔡先生的知遇，1925年冬回国任北京美专校长，其时年方28岁，即驰名京沪。但好景无多，1927年秋，奉系军阀张作霖的亲信刘哲把持教育部，摧残北京八校，林风眠亦被迫辞职。当时我刚从巴黎经莫斯科返北京，乃相率乘船来上海，蔡先生正在南京主持中华民国大学院（教育部），即聘任林风眠为全国艺术教育委员会主委，我为委员兼秘书。

蔡先生计划在长江以南，创办一所新型的艺术最高学府，乃派林风眠、王代之和我三人共同负责，筹备设立国立艺术院于西湖孤山南麓，以"罗苑"（俗称哈同花园）为校址，以"照胆台"（即关帝庙）、"陆宣公祠""苏白二公祠"为教室及宿舍。当时由于我们在杭州人生地疏，诸多不便，蔡先生乃请浙大校长蒋梦麟先生大力襄助，承他把浙大的校产"罗苑"租予艺院。每年仅象征性地付租金1元银币而已。

▷ 教育家蔡元培（1868—1940）

1928年春三月，国立艺术院正式成立。蔡先生任命林风眠为院长，我为教务长兼西洋美术史教授。当时为了补行隆重开学仪式，蔡先生百忙中偕夫人由南京赶来杭州主持典礼，并发表了题为《学校是为研究学术而设》的重要讲话，说："今天是艺术院补行开学仪式。大学院为什么在这个时候，这个地方设立艺术院？平常西湖有很多的人来，这些来人，可分两种：一是为游览，一是为烧香。游览的人，是因为西湖风景很美丽，天气很温和，所以相率来游，以满足其私人的爱美欲望。一种是烧香的人，烧香的人为什么一定要来西湖拜佛呢？西湖的寺庙最多，所以他们都来了，但是这些寺庙都建筑在风景美好的湖山之中。宗教是靠人心信仰而存在的，但宗教是空空渺渺的，不能使人都信，要永久维持它的存在，固必须借助于优美的山林，才能无形地诱使众多的人来信仰它。一般人之所以相率来西湖拜佛，虽为信佛而来，实际上他们的潜在主因，是为来看看西湖的风景，也就是借此以能满足他们的爱美欲望。但自然美不能完全满足人的爱美欲望，所以仍有必要于自然美之外有人造美。艺术是创造美的、实现美的，西湖固有自然美，仍必须加上人造美；所以大学院在此设立艺术院。宗教是靠着自然美而维持它们的势力存在，现在更要有一种纯粹的美来唤醒人的心，这就是希望能以艺术来代替宗教。西湖的寺庙多，烧香的人也多，所以大学院在西湖设立艺术院，来创造美。使以后的人都能渐渐移其迷信的心为爱美的心，借以真正的建立起人们的精神生活。

"大学院把艺术与科学看得同样重要。艺术能养成人们有一种美的精神，纯洁的人格。……人类有两种欲望，一为占有欲；一为创造欲。占有欲属于物质生活，为科学之事，创造欲为纯然无私的，可归之于艺术。人人充满占有欲，社会必战争不已，紊乱不已。故亦必须有创造欲，以艺术作调剂，谋求和平。艺术纯以创造为主，不受现实的一切因占有欲而起的束缚。……大学院设立艺术院纯粹为提倡此种无私的，美的创造精神。所以艺术院不在学生多少，而在能创造。能创作就是一个学生也可以，不能创作，一百、一千个学生也没有用。艺术院的林风眠先生及教职员，他们都是有创作能力的人，希望他们自己去创作，不要顾虑到别的。大家要认明白，艺术院不但是教学生，也仍然是为教职员创造而设的。……"（这篇讲话当时是由刘开渠先生记录的。）

蔡先生这篇在艺术院开学典礼上的训辞，再次强调"以美育代宗教"的主张，并且和他以前在北大办学的精神是完全一致的，也就是说"学校是以研究学术而设的"，岂有他哉？！

《缅怀岳父蔡元培先生与杭州艺专》

❖ 钟桂松：茅盾的文学课，在杭州读中学的日子

茅盾的中学生涯颇为曲折。1910年春，他去湖州府中学堂插班二年级，开始了他的中学生涯。结果读了一年半，即到1911年暑假，茅盾因与一个嗓子像女声的男同学关系特别好而受到别人奚落，使他读书精力分散。茅盾征得母亲同意后，1911年暑假离开湖州到嘉兴府中学堂继续他的中学学业。后来，本来很开明、激进的嘉兴府中学堂在辛亥革命运动中冒出一批革命党，辛亥革命结束后，身为革命党人的校长方青箱荣任嘉兴军政分司，其他一些教师也出校门做官去了，因此学校的风气大不如前。茅盾等一些同学与学监论理，茅盾还把一只死老鼠装进信封，并写上几句《庄子》中的话，抨击学监陈凤章。结果，嘉兴府中学堂给茅盾等去责问陈凤章的学生予以除名处分。1912年春，茅盾来杭州私立安定中学继续做插班生。对此，茅盾在晚年依然记得初次到杭州投考时的情景，"我经过反复考虑，决定到杭州去。我并没一定的目标，但知道杭州有两三个中学（包括一个教会办的）。母亲却怕我一人出远门，许多事不熟悉，首先是住在什么地方。我家纸店的经理听说我要到杭州去报考学校，就说杭州一家纸行和我家纸店每年有二三千大洋的交易，纸行的收账员一年两度来乌镇收账，彼此极熟。他写封信给这收账员，包管可住在纸行。"

1911年农历十一月，茅盾只身到杭州，住进纸行的房间，找来报纸看了得知，只有位丁葵巷的安定中学招考插班生，并且次日就要考试。茅盾还记得："第二天上午纸店派一个学徒送我到葵巷的安定中学。出我意料，要插四年级下学期的，只有我一人。考试很简单，只考国文、英文。我怕纸行的学徒等得不耐烦，匆匆忙忙答卷，留下住址，就回纸行。"因为是第一次来杭州，茅盾在等待学校通知时，还专门去游了西湖，并在楼外楼

吃了饭。隔了一天，学校就通知茅盾被安定中学录取了。安定中学以纪律严、质量高而闻名遐迩。茅盾之后还有历史学家范文澜、科学家钱学森等都曾在这所学校读过书。教师中也有真才实学之人，其中对茅盾影响最大的是张相（献之）先生和一个教文学史的杨先生，这两位老师不仅培养了茅盾学诗词、文学史的兴趣，而且也夯实了茅盾在这方面的基础。茅盾曾说："张献之老师教我们作诗、填词，但学作对子是作诗、词的基本功夫，所以他先教我们作对子。……张先生经常或以前人或以自己所作诗词示范，偶尔也让我们试作，他则修改。但我们那时主要还是练习作诗词的基本功：作对子。"所以茅盾一生传世的142首诗词的功底，可以说是在西子湖畔打下的基础。换言之，茅盾一生的诗词创作，是从杭州起步的。而茅盾对文学史的兴趣也是始于杭州，尤其是安定中学的杨老师新颖的授课方法，让茅盾眼界大开，兴趣大增。他回忆："另一个国文教员姓杨，他的教法也使我始而惊异，终于很感兴趣。他讲中国文学发展变迁的历史。他从诗经、楚辞、汉赋、六朝骈文、唐诗、宋词、元杂剧、明前后七子的复古运动、明传奇（昆曲），直到桐城派以及晚清的江西诗派之盛行。他讲时在黑板上只写了人名、书名，他每日讲一段，叫同学们做笔记，然后他看同学们的笔记，错了给改正，记得不全的给补充。这就是杨老师的作文课。我最初是在他讲时同时做笔记，后来觉得我的笔无论如何赶不上杨先生的嘴，尽管他说得很慢。于是我改变方法，只记下黑板上的人名、书名，而杨先生口说的，则靠一时强记，下课后再默写出来。果然我能够把杨先生讲的记下十之八九。"

　　在这样的氛围里，茅盾博闻强记的功夫又有了新的飞跃，打下了扎实的文学史基础。这在茅盾一生中是至关重要的一门课。

《茅盾与杭州》

❖ 吕树本：之江大学的爱国民主运动

之江大学虽然是美国基督教会创办的一所大学，但是在中国社会经历新旧民主主义革命浪潮的涤荡中，在爱国主义、民主主义旗帜和中国共产党的引导下，广大师生特别是青年学生，激发了爱国民主斗争的精神。

1919年的五四爱国运动中，杭州学生首先起来响应的是之大学生，他们于5月6日得讯后当晚召开学生大会，决议派出代表，联络在杭各中等以上学校学生一致行动。在之大学生的推动下，杭州各校学生代表于5月9日开会，决定成立杭州学生联合救国会，致电声援北京学生的爱国斗争。之大师生（除外籍教职员外）不顾学校当局阻挠，于12日进城参加杭州14所中等以上学校学生3000余人的集会和示威游行，高呼"外争国权，内惩国贼"等口号，并有三四十名学生上街向市民发表劝用国货、抵制日货的演讲。

1925年上海爆发"五卅惨案"后，之大师生群情激愤。校友陈德征（之大预科毕业生，时任上海市教育局局长）来校动员后，师生不顾校长的阻挠，进城和杭州大中学校师生参加示威游行，并组织宣传队，分赴市区街头和农村发表反帝爱国宣传演说。

1931年"九一八"事变后兴起的全国抗日救亡大浪潮中，之大师生数次进城参加抗日救国大会和示威游行。11月22日，之大学生在市学联号召下，与浙江大学等校学生1600余人，克服重重困难，乘坐火车到南京请愿，强烈要求蒋介石答应对日宣战，并提供武器由学生组织义勇军开赴抗日前线，回杭后持续罢课斗争，坚持三个月。

抗日战争爆发后，之江大学于1938年2月迁上海租界办学，经中共江苏省委派党员来校开展工作，之江大学第一个共产党支部于1939年秋建立。

党支部在上级党的领导下，在学校师生中主要开展了以下几个方面的工作：（1）组织读书会，培养积极分子。（2）利用合法形式，参加教会团契和建立各种社团，团结一切抗日爱国分子，广泛开展活动，进行形势教育和爱国主义教育。（3）勤学勤业，广交朋友，发挥群众领袖作用，做好老师工作。（4）坚持有理、有利、有节的策略，开展适时恰当的斗争。（5）根据需要，将党的力量和积极分子输送到兄弟学校、有关部门和新四军中去。（6）积极慎重地发展党的力量，加强组织建设。在之大党支部的领导和全体党员的努力下，不少师生从同情者成为同路人，有的则走上革命的道路。当之江大学暂迁日军占领的上海租界后，党胜利地领导了广大爱国学生反对学校当局拟向汪伪政府登记立案的斗争。学校决定内迁时，党组织又动员了一批进步师生奔赴新四军抗日根据地筹办江淮大学。他们中的很多人在共产党的教育下，成长为无产阶级的先锋战士。

之江大学于抗日战争胜利先在上海复校后，师生在重建的中共之江大学支部的领导下，积极参加爱国民主运动。当时在上海学生的爱国民主运动中，之江学生是积极参加的骨干力量之一。在1946年6月23日上海5万群众反内战的集会游行中，大会的三人主席团即由之江大学教务长兼教育系主任林汉达教授与著名的爱国民主人士陶行知、王绍鏊组成。会后，反动当局贴出"打倒青年贩子林汉达"的大标语，严令通缉。地下党采取了周密的保护措施，并安排他于同年8月间去解放区参加革命工作。

杭州的之江大学于1946年初在六和塔原址复校后，即于1946年暑假后建起党支部，当时有党员20多人。杭州之大的广大学生，在党支部的领导下，也积极开展了爱国民主运动。1947年5月全国范围掀起的"反饥饿、反内战、反迫害"的斗争中，之江大学沪杭两地的学生发动了改革校政、反对积点制的罢课斗争。这场斗争遭到省、校当局的镇压，他们派了大批军警进入校园，强行解散学生自治会，迫令学生离校，提早放暑假。当年7月，有71名共产党人和进步学生被校方开除勒令退学。次年1月，校方又以成绩低劣和不听教诲为名，勒令33名进步学生退学。

1947年11月抗议国民党当局制造于子三惨案的学生运动中，之大学生在受到校方的政治高压下，仍有部分学生参加浙大的于子三追悼会和声援活动，反对当局的暴行。

这时，中国共产党领导的中国人民解放战争正在胜利进行，之江大学广大师生对国民党的统治从希望到失望，从不满到反对，进步学生在地下党支部领导下，纷纷到市区参加示威游行。

学校当局竟禁止学生外出，禁止除宗教团契以外的任何集会和结社活动。许多学生在校园内学唱革命歌曲，排练秧歌舞蹈，组织护校活动，准备迎接新时代的来临。

《之江大学》

❖ 姜丹书："浙一师风潮"，由一篇文章引发

施存统，金华人，即施复亮的原名。1919年他是浙江省立第一师范学校（五年制）二年级学生（此时我在该校教课已届10年）。此校的教导宗旨，一反当时封建式的严厉束缚学生思想的常规，主张重视学生的个性，只在思想上加以合理的辅导，不加硬性束缚。尤其在五四运动以后，思想上大大解放，制度上亦已实行"学生自治制"。学生会办校刊，作为大家发表作品的园地。一师的这种做法对当时教育界具有民主进步的推动作用，因而也就被当时封建反动势力所忌妒，视为眼中之钉。正在这时就发生了施存统在《浙江新潮》上发表《非孝》一文的事情。

▷ 施存统（1898—1970）

此文之所以发表以及其所发生的影响，大概如下：（1）施作此文的初

步动机，是由于其父异常虐待其母，而他自己难乎为子——顺父逆母，不孝；帮母斗父，亦不孝，然则如之何而后可？于是深入一步思维，认识到这个矛盾，是由于中国的旧伦理观念根本不对头，乃联想到一种新学说了。（2）由于第一师范向来开放思想自由，只加辅导，不加束缚，所以施从克鲁泡特金的著作上和国内一些新杂志如无政府主义刊物《进化》等言论上，看到了许多新学说，结合到自己的处境，便相信"要改造社会，的确非先从根本上改造家庭不可"，因此就写了《非孝》一文。同时，又想到言论自由、出版自由，都载在民国的宪法上，所以鼓足了勇气，就把此文公开发表，向"封建式的家庭制度"开了这一炮。（3）此文内容大意，是要打倒不合理的孝和行不通的孝，并不真像那些顽固派所加罪名那样，对孝字的全面否定；这些话，后来施本人也曾和我谈起过的。（4）这个炮声的反响，不但震起了第一师范的正义斗争，还连累了《浙江新潮》的横遭封闭。

此文发表后，在社会上有相当冲击，一时好像飙然起了一阵罡风似的，很快就传遍全国。有些人哗然骇怪，而所攻击者，不重在施存统个人，却是扩大到整个学校，特别集中在校长经亨颐（字子渊，晚号颐渊，上虞人）身上，作为政治上"倒经"的把柄。《非孝》一文不过是一个导火线，接着就由反封建的言论进而与军阀官僚开展一场实际的斗争。

浙江省立第一师范学校的前身是浙江两级师范学堂。两级师范是清光绪三十四年（1908）春间正式成立开学的，早在筹备期间就聘日本东京高等师范学校留学生经亨颐为教务长。民国成立，他改任两级师范校长；1913年遵照教育部令改组为第一师范学校，他仍继任为校长；直至1919年秋发生《非孝》问题时，他领导此校已历十几年了。由于他的办学精神和为人风格，造成正义坚强的学风。他的思想方面，积极前进，总是走在潮流前头；言行方面，正直不阿，不畏强御。这些特点，最为封建军阀官僚及其附和者所忌妒。在第一次世界大战结束后，又经过五四运动的激扬，新思潮与旧思想，开始正面冲突。当时詈语，叫思想进步的一派曰"过激主义"，这是最犯忌的。有权势的和顽固的人视第一师范为"祸水"，尤恨经子渊如眼中钉，只怕没有题目，一有题目当然要大做其文章了。

现在好了，题目来了，第一师范提倡"非孝"了（不说是某一个学生），这不是"洪水猛兽"吗？当时的浙江省省长是吉林人齐耀珊，他尺把长的胡子气得根根翘起来了！记得这篇文章是那年11月里发表的，恰巧这时经校长以浙江省教育会代表的名义往山西太原出席全国教育会联席会议去了。以齐耀珊为首的反对派正好畅所欲为地大大酝酿一番，布成"倒经"的阵势。他们在酝酿中，就捏造"非圣、蔑经、公妻、共产"八字为经子渊的罪状，又把夏丏尊、刘大白、李次九、陈望道四位语文教师目为"四大金刚"。因为四人都是灌输新思潮的语体文教师，所以也被视为眼中钉。

11月底，经校长回来了。齐耀珊暗命教育厅厅长夏敬观讽经辞职。经是向来有名的强项者，当面拒绝，说道：我办学十几年，固已厌倦，本来要辞职的；但公职予夺，权在执政；此身进退，当由自主，故自辞则可，受讽而辞则不可；如以我为不合，请撤职可也！经子渊的生相，巨眼赭鼻，瘦长挺拔，声戆语直，当场神气自然不会好看的。人短须长的夏敬观吃着这个冷面，只好吞吞吐吐地直奏上司。齐胡子碰了这个隔壁钉子，却也无可奈何。

过几日，齐又命教育厅转令经校长：开除学生施存统；辞退教师夏丏尊、刘大白、李次九、陈望道。经又拒绝，说道：青年学生本是交给我们教的，在尚未教好时，我们不能放弃责任，一定要教他好来。施存统言论即使失当，然没有犯罪，不能开除。若以消极的开除就算完事，则是使社会上多一个游民，怎么会对呢？所以我们要积极的继续教育。至于教师，总是教人家好的，决不会教人不孝，更不能辞退。齐胡子又碰了一鼻子灰，自然很恼恨，心中暗想：讲理是讲他不过，然而随他吧，不甘心；讲势固然权在我手，真个下令撤职吧，又知他很有声望，怕节外生枝，也不好弄，只得沉默了几天。

过后，一个"调空"的妙计出来了。有一天，来了一封公函，大略说"……先生德高望重，……调任本省教育厅高等顾问"等语。经校长看后，即召开校务会议，表示：在我个人去留上只好算了，否则变为恋栈了！当天就离校，但不接受新的名义。——其时施存统和四位教师都自动离校了。

下一步骤，教育厅改聘教务主任王更三为校长，王坚决不受，聘函三送三拒。乃改任厅中视学金布为校长，学生拒绝，屡次由厅护送到校接事，屡被学生会认为伪校长而坚决拒绝。这样，教育厅又僵了。同时，学生会发动了"挽经护校"运动，内外激荡，乃掀起了一个大风潮。第一师范的学生会，组织最早，最健全，斗争性最强。他们和杭市各校的学生会声气相通，而且得到各校青年的信任。他们懂得团结就是力量，群众团结的力量是唯一的斗争后盾。

再下一幕，齐耀珊的"王牌"掼出来了——下令解散第一师范学校。但起初是内部暗定，对外瞒得铁桶一般。到了寒假，总以为全体学生都要回家了，便可乘间下令改组此校，岂不轻松愉快！不料学生会早已沉机观变，料到这一着，秘密号召全体同学概不回家，在校防守。直至明年（1920年）2月寒假已满，别校的新学期已经开课，唯此校在僵局之中无课可开，于是反动派采用"偷鸡式"的方法来实行了。

某天半夜，学生们都已熟睡。校舍范围很大，尤其前后都是空旷的场地，寝室深邃，不知动静，忽然悄悄地来了200名武装警察，包围学校。一部分警察掩入寝室，逼着几百个学生立刻出走。学生们突然惊起，拒绝走散，都徒手跣跄，被赶至大操场上就地坐下，大家仰天叫哭，抵死抗拒。警察团团包围，真如蛇盘田鸡，但亦无法赶走。内部电话，早被把守，内外隔绝，水泄不通。由于叫哭之声震天，间阎齐惊，到了天明，一般群众奔走骇告，可是外人不知里事，莫明其所为何来？那时，学校内不得住家眷，故我们许多教职员大都散居在外，连忙辗转相传，知道其事已是上午9点多钟了。于是立刻自动集会（附近的文龙巷奉化试馆内），分作两路紧急救护：一路去买大量馒头，从西面围墙外抛进操场，以救被困学生们的饥饿；一路奔往他校告急求援（我和吴庶晨奔往女子师范，直入教室大声呼救）。此时只要有一个学校的学生会知道，就立刻发动，以电话分告各校的学生会，青年群众个个义愤填膺，立刻出动，任何人压制不住。不到11点钟，各校男女同学就浩浩荡荡排队而来，势如潮涌，且以女校的队伍做先锋（最前列的是女子职业学校），使警察未便动手阻挡。大家驰奔到第一师范的铁栅大门口，把门的武夫拦阻不住，一哄而入，约有两千以上人跑至被困的同学周围致愤激的慰问，并大声叫喊支持抗争。警察见势不佳，乃不得不解围。然警察在没有奉到上司命令以前，仍不能撤退，不过弛懈地杂在人丛中不张气焰而已。此时，我和王更三、胡公冕当场以大义说服了警察，警察中也有同情学生的，我听到他们有人说：我们都是本省的同胞，不过奉令执行公务，无可奈何而已！因此并未动手捆打，幸免流血。

这样，阵势虽破，仍在相持，未能解决。当权者亦觉得再也做不下去了，于是赶紧变计，想法收兵。直至下午四五点钟，好容易弄出个杭州中国银行行长蔡谷卿（蔡元培弟）出来，以地方绅商名义作调解人，与学生会代表（此时主干是徐白民和宣中华）打交道。一面传令撤退警队，一面接受学生会所提善后条件。于是一场有声有色有意义的斗争取得了胜利。这些条件主要是：（1）立刻收回解散学校令；（2）以后任命新校长，当先由行政方面提出第一流人选，须经学生会承认才可发表；等等。这样的条件，在当时的封建官僚看来，简直是学生造反，若非经过这样的民主斗争，怎么会胜利呢？

《施存统的〈非孝〉与"浙一师风潮"》

❖ 毛安康：救亡，勇立潮头的浙大学子

全国汹涌的爱国救亡运动汇成抗战的洪流。1937年7月，卢沟桥事变发生，全民抗战的局面形成，浙江大学全校学生就投入了轰轰烈烈的抗日救亡运动。

浙大师生联合杭州市各教育机关编印《抗敌导报》五日刊，文理学院教师主编的《国命旬刊》，阐扬我国民族的光荣，宣传抗战的意义；同学们出版《每日壁报》《抗敌三日刊》《浙大学生战时特刊》等刊物，宣传抗日救亡。学生会曾联络各大学学生致电签订"九国公约"的各国主持正义，

制裁日本帝国主义。学生会还多次开展募捐慰劳战士和救济难民的工作。

抗战前夕，浙大一部分进步同学就秘密成立了"中华民族解放先锋队"的组织（简称"民先"）。与此同时，又成立了公开的学生进步组织"黑白文艺社"。"黑"是指黑龙江，"白"是指长白山，包含有抗日救国、收复失地的意思。抗战开始后，"民先"的成员就分别去延安及浙闽赣边区参加抗日工作。黑白社在杭州领导学生开展抗日救亡的宣传抗日，教群众唱救亡歌曲等。10月19日，黑白社在校内发起举行鲁迅先生逝世一周年纪念大会，这个会实际上成为抗日救亡的宣传大会。

这时候浙大同学中还有一个进步组织叫"黎明歌咏团"。它组织全校同学歌唱《五月的鲜花》，对抗日宣传产生过很大的影响。后来，"黎明"随校迁到遵义，就改名为"大家唱"，还到校外向中小学生教唱，走上街头、集市演唱抗日歌曲。

日军在金山卫登陆前后，杭州局势转紧。浙江大学决定迁校至建德，一部分迁天目山。在迁校途中，浙大学生在艰苦的条件下，不忘抗日救亡的重任，上路作街头宣传，编发油印小报，并募捐经费到伤兵医院进行慰问。

浙大在建德期间，曾出版《浙大日报》（迁江西泰和继续出版），报道抗战消息，宣传抗日意义。竺可桢校长对日报十分关心，在百期增刊上曾亲自撰文，题为"百期纪念感言"，对日报的作用倍加赞扬。报上还倡议抗战募捐，经募款项分三次汇寄武汉《大公报》收转。

《浙江大学抗日救亡活动》

❖ **文思：浙大西迁，"文军长征"路上的"东方剑桥"**

1937年11月14日的傍晚，建德（梅城）南门大码头，一艘火轮拖着一串木船，缓缓地靠岸了，木船的船舱里走出一群群学生打扮的青年，还间杂着一些女眷和孩子，扛着行李和箱笼，用好奇的目光打量着这陌生而秀丽的山城。原来，他们是由杭州西迁建德的最后一批浙江大学的学生和教职员工。昨晚在杭州上船，经过一天一夜的航行，人人都显得很疲惫。码头上，前来迎接的竺可桢校长清癯的脸上露出了欣慰的笑容——谢天谢地，学校总算全部迁来了。

七七事变以后，由于国民党当局的错误政策，导致国土大片沦丧。至8月中旬，杭州也危在旦夕，各大中学校纷拟转移和疏散，浙大也派出人员往上游山区寻觅校址，最后选定建德县城（梅城）。10月2日，竺可桢校长亲赴建德，察看了建德林场、基督教堂、天主堂、中心小学、严陵祠等处，并做出了安排，决定校总部设在总府后街方家，竺校长一家则住在府前街本校教员孙某的娘家。

梅城是个小县城，一下子涌进一千多名师生，大街小巷到处可见，梅城顿时变成学校城了。由于人多房少，师生们只能散住在各家民宅和商店的楼上，用水和照明也成问题，学习和生活条件十分困难。但是，浙大师生在校长竺可桢的带领下，把艰苦的环境当作磨砺自己的机会，在分散难管的情况下仍能保持良好的校风校纪，十分难能可贵。

浙大有一批德高望重的老教授和一批刚从国外学成归来的青年教师，许多都是在国内甚至世界上享有声誉的，如苏步青、郑晓沧、谈家桢、费巩、章用、卢嘉锡等，他们都是竺校长千方百计聘请来的，他们的敬业精神十分感人，苏步青教授在一篇回忆文章中曾写到章用的事迹。

章用是章士钊的儿子，他和谈家桢、曾炯都刚留学回国，一回来就被竺校长聘来了。来浙大时正值学校西迁，因而对他们的欢迎会也是在警报声中进行的，他们的敬业精神十分感人，在建德时，有一次一个学生问章先生："警报响了，老百姓都躲飞机去了，我们还上课吗？"这个学生或许以为既然要"逃警报"还怎么读书呢？可是章先生却回答："怎么不上课？""那么，黑板挂在哪里？"这位学生又问道。章先生坚决地说："可以挂在我的胸前！"章用就是用这样一种置生死于度外的拼命精神来对待教学工作的。章用的生活一向很优越，可是在随校西迁时，他却是自己挑着行李与学生们一起步行的。他当时正患着肺病，最后竟病死在西迁途中，真是太可惜了。

▷ 1939 年浙江大学湄潭校舍

▷ 国立浙江大学复员专车（1946 年 5 月摄于贵州遵义）

11月初，嘉兴、吴兴相继沦陷，局势进一步恶化，浙大不得不再次考虑转移。12月下旬，离开建德迁往江西泰和。从11月11日第一批师生抵达建德到12月26日最后一批师生撤走，浙大在建德前后只待了40余天，时间虽不长，却给建德人民留下了很好的印象，多年后谈起浙大西迁之事，老辈人仍然跷着大拇指称赞：这是一个文明的学校。

浙大在抗战中前后四迁：建德、泰和、宜山、遵义，由浙江入江西，经湖南、广东、广西，最后抵达贵州，恰好与三年前中国工农红军走过的长征路线的前半段吻合，因而有人赞誉这是一次"文军的长征"。难能可贵的是，在颠沛流离的迁徙途中，只要稍有停留，就立即上课。许多后来著名的专家学者就是在这样艰苦的环境中培养出来的。获得诺贝尔奖的著名物理学家李政道博士，当年就是在浙大西迁路上肄业，后来转学西南联大的。多年以后，他还写信给老师张其昀先生，表示感谢之情。

浙大西迁，前后三年，周流五省，间关万里，一路弦歌不辍，在动荡不安、艰难险阻的环境里，培养出一批又一批杰出的人才，因而被李约瑟博士誉为"东方的剑桥"，这是教育史上一个奇迹。竺可桢校长，以一介书生，身负重任，率领千余师生员工及家属，还有几十车图书仪器，扶老携幼，万里跋涉，一路西迁，被一些教授喻为当年携民渡江的刘备，他的夫人和次子也因条件险恶而病死在途中，但是丝毫也不能动摇他办学的决心和意志，令人钦佩！

《抗战期间浙大西迁建德点滴》

❖ 王个簃：吴昌硕在塘栖，大师也有一颗童心

1927年春天，昌硕先生在上海。东北风把附近着了火的建筑物的火星，刮到了昌硕先生家的天井里。为此，家里人大为恐慌。鉴于上海处于"四一二"反革命政变后的动乱之中，朋友和学生们考虑到昌硕先生年事已

高，行动不便，怕会出事，因此劝昌硕先生去杭州住上一段时间，然后看局势如何，再定去留。对于大家的意见，昌硕先生考虑了好几天。

在去杭途中，昌硕先生突然决定弯一下余杭塘栖，他想在那里小住几天，然后由塘栖取道赴杭。

我们到了塘栖，时近5月中旬。塘栖是个鱼米之乡，而且盛产枇杷。昌硕先生的小儿子吴东迈是塘栖厘捐局的局长。我们就住在厘捐局附近，我和昌硕先生同住一室。厘捐局是专收往来于运河中运输船只的税的。5月时节，正是塘栖枇杷上市的时候，枇杷摘下后装上船，就要先摇到厘捐局交好税，然后方能运出去。所以我们到的时候，厘捐局门口停着许多载满枇杷的小船。要吃枇杷，在塘栖是不成问题的。在塘栖的附近有座小山，名叫方山，山上有座寺观，寺观中的道士知道昌硕先生在塘栖落脚，傍晚送来了一小篮桂圆枇杷。这种枇杷现在很少看见，个小，似桂圆，色泽金黄，味道极美。昌硕先生见此高兴极了，低声对我说："启子！这可是好东西，快把它藏在床背后，我们自己吃！"听了他的话，我笑了起来。

5月的晚风，略带寒意，我扶着他去河边散步。昌硕先生精神抖擞地沿河塘走着。突然，他好像想到了什么，对我笑了起来，说道："启子，扶我到河滩边上去！"我不知道他在动什么脑筋，见他兴致勃勃，也就不问了。我扶着昌硕先生慢慢地弯下腰，拣了一块碎瓦片。他扬了扬碎瓦片，对我说："来，看我来削水片！"说罢，他使足了劲，在我的搀扶下用力向河心削去，碎瓦片在水面上蹦了四五下才沉了下去。昌硕先生回过头，得意地说："我还有点力气！来来，看你的！"我拣了片碎瓦，照昌硕先生的样子削了出去，可惜经验不足，它只跳了一跳就再也起不来了。看着水面一对涟漪相互撞击着，昌硕先生跺着脚大笑起来："不如我！不如我！"看着他那种得意的样子，我也笑了。在回去的路上，经过一个小庙，我随手捡起地上一张菩提树的叶片带了回去。

我们回到了住处，昌硕先生一面吃着桂圆枇杷，一面把我捡来的那张树叶放在手掌里玩弄着，随后他叫我取出笔墨，在树叶上用篆体写了个"佛"字。写完之后，他又看了许久，才把树叶递给我轻声说："启子，你留着吧。"于是连同他有一年春节时写给我的一幅"元日书红，佛在其中"的字屏，一起珍藏着。

过后到杭州，住西泠印社孤山观乐楼。

《记吴昌硕先生在塘栖的趣事》

❖ 沈松林：马寅初读书，研究学问要精益求精

马寅初先生是我读大学时的老师。后来与他也经常接触，受其教导，前前后后达20多年，在我脑海中留下极其深刻的印象，兹择述于后。

抗战前，他在南京工作时，经常在星期六从南京回杭州，下星期一坐夜车赴南京。我有时送他上火车，总看到他手挟一本厚厚的书（英文版的居多）。我曾问他："马老师，您坐夜车还要看书吗？"他说："我在来去火车中看看书，已成习惯。我是走马看花，把其中要点画上线，以后需用时，随即可查。"我接着说："您早成为著名学者，快成老年人了，还要这样用功吗？"他严肃地回答说："正因为如此，更要加紧吸收新知识，如一旦世界上发生了重大的经济事件，别人问我是怎样的看法，有什么意见，我若答不出，岂不是把我这个所谓'经济学家'的招牌打碎了吗？"他接着又说："任何人研究学问都要精益求精，一旦自满就会被时代淘汰。"他讲这些话确有道理。当时我国货币是用"银本位制"的，在西方金融市场发生波动时，就有银行家、工商业界人士、新闻记者和财政经济有关人士赶到马先生家中询问："世界金融市场的波动对中国经济有什么影响？我国应该采取什么对策和措施？"马先生总是胸有成竹，仔细地分析问题，提出看法以及应有的对策等等，在报刊上发表，供人们采用和参考（有时国内外政府改变经济政策，尤其发行新货币时，也会有人去问他）。

马先生还主持"中国经济学社"。杭州保俶塔旁有座洋房是社址所在，他时常去讲学。在杭州夏季高温时候，他晨赴灵隐，傍晚才进城回家，每

次总是挟着书包，找个幽静环境，阅读书报，研究问题。

《忆马寅初先生二三事》

❖ 章达庵：戴望舒，情路波折的"雨巷诗人"

戴望舒（1905—1950），原名朝寀，字戴丞，号梦鸥，杭州人，17岁时就读于宗文中学（今杭十中），因爱好文学，召集了同学张元定（天翼）、叶为眈（秋原）、李大可（伊凉）、胡亚光、钱杏邨、钱棠村和清华中学学生戴克崇（杜衡）、之江大学学生施青萍（蛰存）等，组织了文学社团"兰社"，于1923年元旦出版了《兰友》旬刊，八开报纸，铅印。社址设在大塔儿巷10号戴宅，由梦鸥与天翼编辑发行，历时半年，到同年7月1日出版至第17期，因经济不支而停刊。

《兰友》系综合性的文艺刊物，评论、散文、诗词、小说、译著兼收并蓄，其时因流行"鸳鸯蝴蝶派"的文风，刊物旧文学气味浓厚，旧体诗词及侦探小说较多。两年后戴望舒始倾心于新文学而改写新诗。他是走读生，由大塔儿巷的家里走到皮市巷的学校，一路深巷，特别是雨天撑伞而行，感触颇深，故有《雨巷》之作。

中学毕业后，戴望舒考取上海大学，与丁玲同学，后又转学震旦大学。其时叶圣陶先生代理编辑《小说月报》，戴忽忆起旧作《雨巷》，乃寄去试投，不意忽接叶圣陶先生复函，赞许他"为新诗的音节开了一个新纪元"。不久就发表了他的处女作，戴因而获得一个"雨巷诗人"的称号。

《雨巷》的诗不长，兹节录一段以见其风采：

> 撑着油纸伞，独自
> 彷徨在悠长、悠长
> 又寂寥的雨巷，

我希望飘过

一个丁香一样地

结着愁怨的姑娘。

这首诗还得到朱自清先生的好评。

后来戴望舒得到其姻伯钟逊庵（广生）的资助，留学法国。就读于里昂中法大学，学成后于1935年返国。次年与穆时英的妹妹穆丽娟在沪结婚。学业成了，家庭圆了，正思发挥他的抱负时，抗战爆发，乃于1938年携妻及女儿咏素去了香港，为《星岛日报》编副刊，从事宣传抗日救亡工作。讵知爱河风波骤起，穆丽娟提出分居，离婚后穆于1940年携女返沪。从此戴独居三年，抑郁成疾。幸而1943年又获杨丽珍女士芳心，断弦再续，沉病顿消，三年内生下次女咏紫、三女咏树，为望舒增添了许多欢乐。

抗战胜利后，1946年望舒偕妻女由香港返回内地，在上海暨南大学新陆师范专科任教授。因表示反对内战，1948年遭国民党政府通缉，被迫再去香港。谁料杨丽珍因不惯生活颠连，爱河又起风波，不幸又告离婚。两度波折，刺激更甚，致使望舒生趣索然，怏怏又病。后来到天津治病。

1949年闻华北解放，遂乘轮船由天津到京。中华人民共和国成立后，戴望舒在国际新闻局担任法文编译工作。正当他重新鼓起勇气，执笔写诗以抒积郁的时候，竟因严重的气喘病于1950年2月殁于协和医院，年仅45岁。追悼会在新闻总署礼堂举行，董必武、陆定一、胡乔木、沈雁冰（茅盾）、舒舍予（老舍）等出席了追悼会。戴的遗体葬于香山万安公墓，由沈雁冰手书墓碑。

戴望舒先后出版了《望舒草》《灾难的岁月》等诗作，艾青曾赞誉他："从纯粹属于个人的低声的哀叹开始，几经变革，终于发出战斗的呼号！"可见其诗品。

望舒还是一个翻译家，译作有《西万提斯的未婚妻》等20多篇，为望舒的老友、翻译界负有盛名的周启明先生所赏识。

《"兰社"诗人戴望舒》

❖ 赵彰泰：杭州的报纸

杭州报纸，始于1895年在拱宸桥日租界发行的《笑林报》，由俞曲园弟子秦钟瑞主编，然比1854年出的《宁波中外报》迟了41年。继《笑林报》后，有1895年由孙江东（翼中）主编的《杭州白话报》，杭州人陈栩（号蝶仙、天虚我生）同何公旦、华痴石创办的《大观报》，因鼓吹维新，抨击时政，未及半年被查封。1900年有石印的《觉民报》，质量不高。1897年11月在拱宸桥大马路开设总馆的《日商杭报》，由日商加藤对外负责，实际是经理马绩甫，主笔秦钟瑞、王纯甫等主持。1905年日商

▷ 邵飘萍（1886—1926）

改由西川藏本，扩充发行，在城内三元坊开设《日商杭报》分馆，日出二大张。其时革命思潮高涨，杭人觉悟提高，不满日商与租界，《日商杭报》停刊，于是小型报纸、三日刊、旬刊、半月报相继而起，如1906年陈蝶仙在清河坊创办月刊《著作报》，出16期。章太炎的《经世报》，张恭元的《萃新报》等，均以鼓吹革命推翻清室，遭到封闭停刊。然而民心所向，革命潮流势不可当，边禁止边创刊，如1908年的《西湖报》，1909年何起徽的《危言报》，文艺报纸《醒狮报》，1910年的《全浙公报》（由《杭州白话报》改组），1911年的《昌言报》（由《危言报》改名），《浙江白话新报》（后改《汉民日报》）。同盟会曾办《平民日报》，张恭主笔。在民国成立前，满洲人贵福办过《浙江日报》。

以上是君权崩溃时期的杭州报纸。因杭州是浙江省会，所以杭州报纸，有属于全省性的，1911年（宣统三年）辛亥革命后的杭州报纸，以《全浙公报》发行为首，其次为《汉民日报》。《汉民日报》设蕉旗竿，以杭辛斋为经理，邵振青（邵飘萍）为主笔。邵于1912年因攻击军法处长许畏三被捕，经保释后到北京办《京报》，以触怒军阀于1925年被惨杀。

《解放前六十年来的杭州报纸》

❖ 钟韵玉：戈公振举办报纸展览会

1931年8月8日至10日，新闻学家、《时报》《申报》总编辑戈公振在杭州西湖罗苑主办中外报纸展览会。接着他主办的杭州报学讲习所结业，就在两大间教室里陈列了他在英法等国考察新闻事业所收集的照片，包括报馆外景、编辑室和印刷工场，和他带来的英国《泰晤士报》、《纽约时报》、大阪《朝日新闻》等外文报纸，《申报》《时报》创刊号起的合订本各十余本，《时报》一万号，《杭州白话报》月刊本，《新闻报》创刊号及30周年纪念册，还有《循环日报》《华侨日报》《南洋商报》

▷ 戈公振（1890—1935）

《中外新报》《时事新报》《益凶报》《人公报》《北京晨报》等许多报刊。更将戈公振、项士元、徐宝璜、蒋国珍、任白涛、邵飘萍、黄天鹏、谢六逸、周孝庵等所著新闻史与新闻学书籍大量陈列。当时新闻学家和沪杭名记者郭步陶、章先梅、严独鹤、王西神、程沧波、潘公弼、金华亭、谢六逸、李朴园、陈万里、樊仲云、刘既漂、樊迪民等，以及报学讲习所工作人员项士元、王苏香、钟韵玉与全体学员，各地新闻学爱好者，纷纷前来参观，顿使白沙堤上车水马龙，盛极一时，这因为展出的都是珍罕报刊，所以引起大家重视。所展出报纸与新闻学著作是有资产阶级局限性的，在那时的环境之下，它能够发动反帝反封建，对引导青年人争取自由，是有进步的一面。这次报展规模不大，在国内却是首创。本来戈公振于回沪后再次出游欧洲，打算返国时举办一次大规模世界报展，可是两年后回沪时遽染重病逝世，所以这次报展是他生平仅有的一次，是弥足珍视的。

《记杭州两次报纸展览会》

❖ 王松泉：抱经堂，朱遂翔旧书趣事

在20世纪30年代，文化界人士提起杭州抱经堂书店的朱遂翔是无人不知的。不但是在杭州，就是在整个中国，朱遂翔在旧书业中也是数一数二的人物，他同写《贩书偶记》的孙殿起合称为"南朱北孙"。如果就营业额之大、交易范围之广而论，"北孙"似乎还逊"南朱"一筹！

朱遂翔，字慎初，1894年（清光绪二十年）生于绍兴曹娥镇。他的父亲以撑航船为业，往返于曹娥和西兴之间。兄妹六人，遂翔排行第二。他的长兄也以撑船度日，家境贫苦。他幼年没有能力读书，只略略认识了几个字。

1908年（光绪三十四年），遂翔十四五岁的时候，由他在杭州的姑母介绍，进清和坊文元堂书店当学徒，拜店主杨跃松为师。过去旧书店资本不多，往往股东、店主、经理都是一人兼任。

朱遂翔满口绍兴土话，与杭州话格格不入，加以文化程度太浅，书名尚且不认识，何况其他。所以常被师父、师母呵骂，说他是笨人，不叫他学习营业的事务，只叫他洗衣服、倒马桶。过了一年多，他感到做旧书业务非得有一定的文化不可，于是发奋上进，刻苦钻研，一遇空暇就写字读

书。经过几年的勤苦力学，文化提高了，古书业务慢慢地熟悉起来。三年满师以后，居然得到师父杨跃松的赏识，叫他随同店中专往外地收购旧书的朱华到杭州、海宁、平湖等地收购。这是民国初年的事。遂翔经过几年锻炼，经验丰富了，结识的掮客（介绍人）也多了，因此动了"自打天下"的念头。

朱遂翔勤俭节用，积累了些钱。到外地收购旧书时，自己也陆陆续续买进了一些旧书寄到家中存放起来。过了一段时间，他就向业师辞职，离开文元堂书店。

1915年（民国四年）朱遂翔在杭州梅花碑开设了一家旧书店，取名抱经堂。因清朝乾隆时杭州人卢文弨刻有《抱经堂丛书》，取以为名。数年以后抱经堂书店迁至城站福缘路。这时营业兴盛，规模渐大，存书日多，原是一家小店，后改双间门面。他自己常往塘栖、湖州、宁波、绍兴以及徽州等地收购旧书，曾收到不少宋椠元刊以及名人手稿本。如在湖州菱湖章宗祥（北洋军阀时曾任驻日本公使）家里收到的《李贺歌诗编》，是宋刊宋印，用的是宋代公文纸；元版《六子全书》。最名贵的手稿本有顾祖禹著的《读史方舆纪要》，这部稿本后来售与杭州藏书家叶景葵。

朱遂翔历年来收购古书，遇着一些传奇式的趣事，今略述一二如下：

有一次到湖州乡下收书，遇到大雨，就在一家大户人家台门口避雨，偶同这家管门的仆人闲谈。管门人问客人从哪里来，到这里来有什么事？遂翔回答："我从杭州来，到此来收购旧书。"仆人听后，即说："我家后退堂有古旧书不少堆放在那里。"随即就去对大少爷说："外边有人从杭州来收古旧书，不知我们的旧书卖不卖？"大少爷吩咐叫收书人进来看看。遂翔听说这家人家有书，十分高兴，一唤就走进后退堂看书。翻阅一过，内中有不少善本书籍，暗暗高兴，但还是忐忑不安，因身边所带的钱不多，恐他索价过高不能成交。可是大少爷有病卧床，由其弟陪同看书，一切由遂翔定价，并无争论。当下成交了一大批古书，把四张八仙桌堆得满满的。事前这个弟弟和遂翔讲好，将书价一半，瞒过哥哥留给自己，管门的仆人也分到不少小费，而大获利润的还得算朱遂翔。

有一次朱遂翔又到湖州乡间收书，把旧书一捆一捆地装在小划船上运送进城再转送到杭州。在途中遇见一个在河边洗菜的姑娘，看见小划船上有书，就问遂翔来做什么？答是从杭州来收书的。姑娘听了非常高兴，说："哥哥就要结婚了，新房做在楼上，楼上有一大间房子堆放着旧书，正要叫人搬出去烧灰，因为搬运需要花工钱，现在你们来收旧书正好，我们不要你的钱，这批旧书全送给你，只要你叫人捆扎拿去就好了。"真是"福至运来"，遂翔不费一钱，得了一大批古旧书。

又一次是杭州陆懋勋太史的儿子，有纨绔习气。有一天他急需钱用，叫仆人到抱经堂唤遂翔到陆家买书。遂翔到了陆家，陆某说："我家有70箱书，售给你店，每箱价两元，但不能开箱看书。"说这是"打闷宝""碰运气"，缺一块钱也不卖。遂翔硬着头皮，用140元买下了这70箱书。运回店里，打开一看，大部分是本省各府各县的地方志以及杭州本地人著作的手稿本。

又有一次更像说神话了：遂翔由一个做裁缝的东阳人介绍，到东阳下程马乡程翰林家中收书。程家藏书颇多，有的是祖上传下来的，有的是程翰林自己在北京做官时买进的，里面很有些善本书籍。因为程翰林官场失意，痛恨读书，回家以后，叫儿孙不要再读书识字，一家大小皆务农为业。但是这一大批藏书如何处理，这是他日夜担心的事。见到有杭州人到东阳收书，他喜出望外，连连说："旧书有救星了。"并且留宿过夜，备酒备饭，客气异常。次日翻阅藏书，其中颇多善本，因身边带款不多，不敢多选，哪知议价时，程翰林坚决分文不取，将全部藏书奉送，以结"书缘"。这真是做梦也想不到的。

像以上这类的故事还有很多，遂翔曾写过《卖书琐话》，这里不详述了。

《抱经堂书店与朱遂翔》

❖ 朱朗亭: 中华书局杭州分局

民国九年（1920）我15岁时进中华书局杭州分局当练习生（学徒），到1950年45岁辞职时，已升任为分局经理。我在分局整整工作了30年。

中华书局总局设在上海，民国元年（1912）元旦创立。创办人员陆费达（1886—1941），原名沧生，字伯鸿，浙江桐乡人，为武昌革命团体日知会评议员之一。1905年在汉口接办《楚报》，著文抨击清政府，因此被湖广总督张之洞查封，陆逃往上海。1908年进商务印书馆任编辑。清朝末年，废科举、兴学校，清廷颁布《学堂章程》，内有学校教科书的编写规定。当时商务印书馆（光绪二十三年创办）、文明书局（光绪二十八年创办）都根据《学堂章程》编有教科书出版发行，内容多宣扬扶清尊王，封面印有大清龙旗。其时陆费达深信革命必成，教科书内容必有重大改革，正是另行创办书局的有利时机。遂和友人戴克敦、陈协恭等集资，加紧编写新教科书，并筹设新书局。

1911年10月爆发武昌起义，次年成立中华民国。中华书局也就在中华民国元年元旦宣布成立，于2月22日正式开始营业。这时，商务、文明书局编印的教科书已不能使用，陆费达等人暗中编写的"新编中华教科书"体例新颖，内容进步，因此风行一时，赢得了大部分教科书市场。书局也因此得到发展，资本由25000元增加到100万元。民国二年（1913）先后在北京、天津、汉口、南京等地设立分局。次年，在杭州设立分局。

我进局时分局设在保佑坊。总局认为分局是书局图书发行的基地，经理的好坏关系到营业能否发展，利润能否增加。故总局对分局经理的选择，订有几条标准：一、品德较优；二、文化水平较高；三、是本业的内行；四、要懂点经济，善于经营管理。杭州分局经理选中了浙江甲种商业学校的英文教师叶友声。叶作风正派，老实忠厚，文化水平较高，又是文化界人士，只是不懂生意经，缺乏商业经营的经验。但在当时已算是比较理想的人物了。

▷ 民国时期中华书局图书馆

杭州分局共有工作人员10余人，经理下设营业部，主任最早是沈嘉禾；会计1人，推销员2人，营业员2人，练习生、勤杂工若干人。这些人员有经关系户介绍进局的，也有经过考试进局的。进局以后先做些杂务，以后根据各人的能力逐步提升。每天营业时间为11小时，到晚上10时书局的大门上锁，任何人不准再进出。书局同仁生活比较清苦，经理月薪100元左右，一般职工30—40元，练习生每月发1元钱的零用，全部职工由分局供给伙食。书局业务发展，职工有一次加薪，年终发双薪。书局有盈余还可以分到红利，一般相当于一个月的工资，有时相当于两个月，但这只是极个别的事。

分局的营业，主要是依靠各地的书店经销，在绍兴等地设有代销店。经销的回佣，外埠大约是每百元取20—25元，本地的同业取20元。其次，是依靠中、小学校校长，因为学校采用哪家书局出版的课本主要是由校长决定。所以分局千方百计设法搞好和各校校长的关系，向他们赠送教科书的样本。学校直接向分局购书，酬谢10％的管理手续费。校长、总务主任等来局，分局热情接待，招待膳宿。分局营业范围除杭州以外，还包括湖州、嘉兴、绍兴、金华、衢州、严州等地。

分局销售的主要书籍是中、小学校的教科书和教学参考书，教科书销量最为稳定，利润最高。每学期开学前由总局发配，再由分局发往各经销点和有关的中、小学校。这时工作十分紧张，要动员全体工作人员开夜车。此外，也销售《小朋友》《新中华》《中学教育界》等期刊以及《中华大字典》《辞海》《四部备要》《古今图书集成》《饮冰室文集》等大部头图书和碑帖字画。后来又供应教学仪器、标本模型、运动器械、文房四宝、留声机和唱片以及风琴乐器之类。教科书以语文、历史、地理最为畅销。

杭州书业同行还有商务印书馆、正中书局等，彼此竞争十分激烈。各店推销员都奔走于各地书店和中小学校，推销自己书店出版的图书和经售的教学用品、标本模型等。

民国十八年（1929），杭州举行西湖博览会，书局为了扩大影响进行宣传，曾在孤山朱公祠开设临时销售点。因为参观博览会的人数众多，生意不错。在博览会期间总局（公司）总经理、宣传部部长陆费逵也来杭参观，就便了解分局的经营情况。还有一些老主顾也于这时来杭购货，分店都给招待。博览会期间，上海黎锦晖（中华书局编辑）率领的梅花歌舞团也来杭演出。歌舞在当时最为时髦，对小学音乐歌舞起了推动作用。所以观众十分踊跃，特别为中小学教师所欢迎。

《回忆中华书局杭州分局》

❖ 蔡福源：出书难，蔡东藩的故事

辛亥革命以后，虽然建立了中华民国，但政治多变，危害民主共和，祖父对此痛心疾首，力图以通俗的历史演义，唤起民众，挽此狂澜。他当时曾说:"孰知时事忽变,帝制复活,筹安请愿之声,不绝于耳,几为鄙人所不及料。"他写《清史通俗演义》就是针对这一实际情况,提出"关于帝王专制之魔力,尤再三致意,悬为炯戒。"但这谈何容易!就是他的亲友,也不断向他进言,貌似忠告,实则阻挠。如他的邻居李马鉴,是一个清廷遗老,得知祖父在写清史,就絮絮叨叨来述说清王朝的功绩,赞扬君主制度的优越。还有友人沈幼贡,本着反清复明的旧思想,也在祖父面前常嘀咕清朝是"胡人犬种"。这些思想在当时社会上是有一定市场的,而祖父的主张是:应当尊重历史事实,全面考虑。"夫使清室而果无失德也,则垂到亿万斯年可矣,何到鄂军一起,清社即墟?然苟如近时之燕书郢说,则罪且浮于秦政、隋炀,秦隋不数载即亡,宁于满清而独永命,顾传至二百数十年之久欤?"从而吸取经验教训,体会"仍返前清旧辙"是逆于潮流。"以之供普通社会之眼光,或亦国家思想之一助云尔。"他自信、坚韧,排除形形色色的其他说法,废寝忘食地搜集资料,夜以继日地埋头赶写。

当时祖父虽与上海会文堂新记书局有一定的联系,但他不善于交际,与该局的经理和老板们谈不上有什么深厚的友谊,更何况他写的《清史通俗演义》有其独特的见解,与拥满复清、排满复明的思想大相径庭,与攀鳞附翼、见风使舵的人认识很不一致。他满怀热情地与该局经理、老板们联系,陈述自己写《清史通俗演义》的打算,但多次遭到奚落和嘲讽。祖父虽然得不到会文堂书局的支持,但他的信念始终没有动摇,坚信自己的主张是正确的,对社会是有益的,今后定会有出路的。

写好的稿纸一天天增多,祖父脸上的眉结却很少能看到有解开的时候。因书将告成而出版在何处的问题萦绕在他的脑际,其忧心忡忡要不露之于形是很难控制的了。为了自己的理想能付诸实现,就不断地设法与上海大东、广益等书局联系,请求考虑出版他的《清史通俗演义》。可是事与愿违,均遭拒绝。

1916年春,《清史通俗演义》100回写就,"举总统孙文就职,逊帝位清祚告终"的末回跃然纸上。他反复综观全书,亦颇自得:"著书人或详或略，若抑若扬，皆斟酌有当，非漫以铺叙见长，成名为小说，实侔良史。录一代之兴亡，作后人之借鉴，是固可与列代史策，并传不朽云。"但事非经过不知难，这在"四子拦壁角"的时候，祖父彷徨终日，一筹莫展。一日，祖父把这事与孔孝赓商量，孔安慰他说："事情很凑巧，我正有事赴沪，你不妨把《清史通俗演义》的底稿交给我，由我托人与那里的几家书局去联系，你不要焦急，天无绝人之路。"

孔去沪三月，杳无音讯，祖父心急如焚，屡屡写信催问，偶接一二复信，往往答非所问。祖父素知孔乐于助人，但这次一则拖延时日，二则回信言辞闪烁，游移不定，感到奇怪。

又是一月过去了。祖父终于等到孔孝赓来访。孔一见祖父就诙谐地说："我去沪四月，先无消息，后少实耗，你一定感到出于意料了吧？如此大事，如此荒唐，岂非咄咄怪事！"接着孔就原原本本地说了个大概："我去沪的路上就盘算好，这次的主攻方向应当是会文堂新记书局，但不能单打一，必须与大东、广益、群智等书局接触，多方联络，使他们相互之间有所竞争。后来，我确实按这打算办事，他们看了底稿，有的婉言拒绝，有的随口敷衍，有的吞吞吐吐，总没有接受出版之意。时间过得很快，一拖三月。这时，我很急，你也急了。那我想只好使用'撒手锏'了，成败得失，在此一举。我就托人放出风去，大东书局已考虑出版蔡东藩的《清史通俗演义》，不日就可成交。隔天晚上，会文堂新记书局的王经理就来找我，要我把底稿交给他，说什么蔡氏的著作该局已出版过好几部，现在应当继续。最后言明稿酬为200元。原来我打听到该局的经理和老板完全从商品的角度出发，所以不肯放手，抓到手就要煞价。"最后孔以询问的口气说："进程如此，你意如何？"

此后，祖父所写的《清史通俗演义》就由上海会文堂新记书局出版了。

《历朝通俗演义作者蔡东藩》

❖ 冯安琪：短命的《杭州晚报》

《杭州晚报》是1945年抗战胜利初期，在杭州创刊的四开四版晚报。报社在官巷口附近的弼教坊。向一家印刷所租得一间很大的厅堂作为办公室，离此不远又租了一幢二层楼房作宿舍。每天报纸编好，于午后交给印刷所排印，到傍晚时已印就发行。

社长罗越崖，当过浙西民族文化馆的"民族通讯社"副主任。1941年前后，罗原先在浙西青年营当指导员，营长卢祖怡是浙西行署主任贺扬灵的妻弟，青年营实质上是贺扬灵的警卫营。1941年春，浙江省政工队第一队的陈重同志在前线被捕，关押在天目山上。后释放，安排在青年营，由罗越崖监视他的言行。不久，陈重同志被加上"教士兵唱赤色歌曲""图谋煽动士兵暴动"等莫须有的罪名，被枪杀在天目山朱陀岭下的龙潭口。

副社长施星火，原在浙西民族文化馆任《敌伪研究通讯》编辑。《敌伪研究通讯》是以日文报刊和敌伪报刊为资料来源的。文化馆有专人到沦陷区收购日、伪报刊，日文报由馆长陈元善翻译，对这些资料加以评论、分析编成通讯稿，当时受到各报的欢迎，重庆出版的《新华日报》有时也选载。我当时也在浙西民族文化馆工作，和施星火、罗越崖都是同事。1943年冬，浙西行署下毒手实行大逮捕，我和施也先后被捕。我对他比较信任，因此，抗战胜利后我在杭失业，他邀我参加晚报，也就答应下来了。

罗越崖急急忙忙要办这张《杭州晚报》，主要是想分得汪伪办的《浙江日报》社的器材，借以搞个印刷所赚钱。他的如意算盘是，想以贺扬灵做后台老板，在"劫管"中多捞点油水。《杭州晚报》的开办基金，就是靠贺扬灵的关系向嘉兴所属各县要来的。抗战胜利后，贺扬灵在国民党浙江省党部当了官，但却不安心于党务，他觊觎杭州市市长这个肥缺，自认为杭州市长宝座非他莫属。可是，抗战前的杭州市市长周象贤，来头比他大，靠山比他硬。周是蒋介石的同乡、宋美龄在美国的同学，因此轻而易举地再一次当上了杭州市市长。贺扬灵被调到南京中央党部，这对贺来说是颇不得志的，贺已自顾不暇，哪顾得了杭州这张小报。罗越崖失去了靠山，又无固定资金，就失去了办报信心，《杭州晚报》苟延残喘到11月份就寿终正寝了。一张报纸从1945年9月创刊到同年11月，不到3个月，真够短命的了。

《短命的〈杭州晚报〉》

第六辑

菩提树影中的千年香火

东南佛地·

❖ **倪锡英：** 杭州人的生活

　　没有到过杭州的人，希望能到杭州去游览一次。既到了杭州的人，希望能在杭州多住些日子。人们对于杭州的生活，都怀着一种希望和依恋的态度，这到底是为了什么呢？不用说，那是因为杭州有这样美的湖山，勾住了人们的心；同时，杭州在日常生活上给予人们温馨的感受，使投入她怀里的人，都不忍匆匆地便舍开去。

　　无数的人民都生活在杭州的怀抱里，有的是世代相居的本地人，有的是职业驱策下的外乡人，还有些是负笈他乡的莘莘学子，还有些是息影山林的湖上寓公。这一辈人，对于杭州是有较长时期的接触，在生活上当然体味得更深。除此以外，还有每年香汛时节的香客，春夏两季的游人，他们虽然只和杭州亲昵了一下便离去了，但是在匆匆的几天游程中，也能约略地体味到杭州生活的滋味。

▷　上山祈福的香客

在这种种不同的人们生活下的杭州，我们如果要把杭州的生活印象做一个剖析的叙述，那么因为各人处境的不同，生活的方式也可以分成几种不同的看法：

　　第一，先说湖上寓公们的生活。这辈人，大多是有钱的资本家或是政治要人，他们对于杭州，是怀着"占有心"的，把湖山胜景，也当作商品看待，在湖滨或是山间，自己看到了一个合意的地方，便花钱把地皮买下来，再建起楼台亭阁，造成一座别墅，西湖上的庄园特多，全是这种别墅式的建筑，普通盖着庄园的人，都喜欢用自己的姓和那个庄字联起来，作为那个别墅的名字。如同"汪庄""刘庄""康庄""蒋庄"等等，都是以姓氏来题名的。在平时，那些庄园的门是常常关着的，逢到阳春三月或是溽暑的季节，那些主人便带着妻子童仆来住下了，他们住的时间不会很久，至多住上一两个月，当他们对于湖山发生了厌倦的时候，他们便又将整装归去，留待到明年再来。还有一种比较清高一点有艺术或文学素养的富人，他们便在湖上盖起什么"庐"、什么"居"，作为个人息影的处所。每天，在案上焚起一炉香，沏上一壶热茶，对着湖山吟诗作画，过着闲情逸致的生活。这一种人，是最幸福的，他们是把杭州的湖山作为享乐的资料，整个的生活，便是无忧无虑的享乐生活。

　　第二，再说职业驱策下的人们的生活，这一类的人，大约是到杭州来经商或办学的，他们到杭州来的目的，当然不是来享乐，而是来从事于自己的职业，职业的生活处处是受约束的，普通一个机关的职员或是学校的教师，他们在杭州的生活，大概是感到舒适的，一星期中，经过了六天的工作，到第七天上一定要投向湖山的胜处作一度畅游了。这种职业的杭州生活，处处可以找到安慰。他们在工作的余暇里，把西湖当作一个大公园，有时沿着湖滨散步，有时放舟在湖心里荡漾，有时登山越岭去探寻湖上诸山的胜景，在他们的休闲生活过程中，可以找到种种娱乐和游赏，当然能够减少他们在职业上的许多痛苦。

　　第三，要说到杭州学生的生活。我们可以拿国立艺专的学生来做个代表。艺专的校舍是在孤山南麓的罗苑，一面临着湖，一面对着山，学校的四周，便是一个乐园，因此生活在乐园里的学生，都是饶有十分艺术的意味。他们在校外赁着宿舍居住，有的借宿在孤山的寺院里。早上一起身，他们便在轻烟笼织的湖滨散着步，在他们眼睛所接触的，耳朵所听到的，便是一幅美丽的图画，一支和谐的乐曲，环境给他们以种种艺术上的资料，他们可尽量吸取。当着课余的时候，那孤山道上全是他们的人，有的在漫步谈天，有的在运动场上打球。遇到星期或是假日，在西湖附近的山里，到处可以看见留着长长的头发，携着写生器具的许多青年学生，在勤恳地把湖山的美景，描到他们的画纸上去。这种生活，可说是纯艺术的生活。至于杭州城里各校的学生，他们虽然不能如艺专学生一样的朝夕与湖山伴在一起，但是至少在课后或假日，可以畅快地出来游览一次，调剂他们一周间受课的生活。别处的学生每逢寒暑假期，是巴不得放假日子的到临，便想赶早溜回去了，只有杭州的学生，就是放了假还要迟迟乎行，有些简直便忘记了故乡，在杭州度过寒暑假。

第四，我们要说到在杭州过着短期生活的人们。这些大概都是香客和游人，以每年春季为最多。香客们大半是江浙两省乡间来的农民，他们到杭州来的时候，不怕路程的遥远，不计时日的长短，坐着烧香船，从大运河里一橹一篙地向杭州进发。因为路程的遥远，舟行的迂缓，他们在路上最少要经过几天几夜的时间，在这样苦闷的舟中，他们便同声宣读着佛号，以解厌闷。到了杭州以后，他们的船大都停在北门外松木场一带，白天里便背着黄布袋，拄着拐杖，向湖滨各大寺院去进香，灵隐、三竺是他们必到之地，他们在人头挤挤烟气氤氲的佛殿上，虔诚地拈上香，向菩萨叩了头，高声宣念佛号，这样一寺又一寺地，把湖滨所有的大小寺院，全都拈过香，他们对于杭州来的任务便算完毕了，心上感到愉快与满足，再留些日子，便将解缆归去，他们这种生活，仍旧保持着多量古朴的意味，可以说是古典型的杭州生活。他们在客居杭州时的日常生活是很俭省的，吃饭不上馆子，船上自己有炉灶，大家都是吃素的，青菜淡饭当然是不难安排。晚上也无须住旅馆，把船舱当作一张大床，各人都带有被盖，横下去便可入睡。白天里，当他们去进香时，也是成群结队的步行着，人力车是与他们无缘的，汽车更不敢坐。他们一伙儿是这样迂缓地，迂缓地，沿着湖滨大道向前进，一面走一面还要滔滔不绝地讲着话儿，湖山的景色在他们脚趾的移动下，是显得格外的和平静穆，此时倘有一辆汽车载着几个倩装的男女在他们身旁疾驶过去时，恰好是两个新旧不同的对比。

至于普通的游人，他们到杭州的目的，纯粹是为游览而来的，他们要顾到时间的经济，要顾到费用的经济，他们的生活，当然也处处在经济上打算。当他们赶到杭州来的时候，大多是在春假里或是春季的旅行时节。到了杭州以后，如果当地没有熟人的话，便得找旅馆歇宿，吃饭便得上饭馆，出门去时因为路径的生疏，是非舟车不行的，因此，每一个到杭州的游人，他们日常的花费，每天至少要在三元左右，如果要吃得讲究一点，住得舒服一点，那每天便需十元以上，这是以一个人做单位的计算法，倘若和旁人合伙一同上杭州，那末便可经济得多。就是出去游玩的时候，也可以不必全赖舟车，有些地方是非步行领略不到真实的佳景的。所以普通到杭州去游览的人，都喜欢找了几个同伴一同去，这非但在生活上有种种便利，就是在游程上也可增添许多兴趣。

最后，我们要谈到杭州本地人的生活情形，杭州本地人的生活，可以拿"悠闲"两个字来概括。杭州在南宋时曾建为都城，因此杭州的居民不免还沾染着一种官家的派头，杭州的语言至今还是脱不了"蓝青官话"的腔音，可说也是受了南宋时建都的影响。比较有钱有势的人，都喜欢摆个阔场面；就是中等人家，他们的生活也处处显得很大方的。衣食住三者，杭州人都可说是"得天独厚"，除了这三者以外，更有一个"天造地设"般的西湖，做他们日常消闲的地方，因此杭州人的生活，便显得很悠闲了。一家人空着的时候，便叫个小划子，到湖心里去兜个圈儿，高兴起来，到附近的山上逛一阵子，玩腻了时再到湖滨新市场一带的游戏场里去换换口味，一年四季中，在杭州人仅有许多新鲜的玩意儿，每月有一个中心的活动，如下表所示：

一月，游吴山各庙，初八日烧八寺香。到孤山西溪等处踏雪探梅。

二月，十九日天竺赶观音会，男男女女，都到三竺去烧香。

三月，到灵隐天竺赶香市。清明节日，家家到城外去上坟。

四月，四月初八日释迦牟尼诞日，又名浴佛节，僧尼建起龙华会，全城士女到各寺庙烧香，买龟蛇放生。

五月，黄梅时节，到九溪十八涧听泉，云栖韬光看竹。

六月，六月十九日观音诞日，先一日夜间到三竺去烧香。停舟湖心，放荷灯取乐。

七月，三潭印月赏荷，坐在划子上看七巧云。

八月，中秋节日，在平湖秋月赏月，十八日，到钱塘江边观潮。

九月，重阳节登高，到满觉陇看金桂。

十月，孤山公园举行菊花展览。

十一月，入山看红叶。

十二月断桥赏雪景。

这是杭州人一年间的生活表，从这张生活表上，我们可以看到杭州人的生活，是被两个极大的潜力支配着。一个是佛教上的各种节目，一个是湖上四时花木之胜，杭州人生活到这种良辰美景，是会及时行乐的，这种行乐，多半是含着宗教的色彩和艺术的意味。

《杭州》

❖ 徐宝山：杭州的风俗

杭州左有钱塘江，右有西子湖，形势极其优美。西湖的风景，一年四季都没有尽芬。南渡以后，衣冠人物，纷纷聚会，它的盛况史非从前可比。水堤一带，尽排着贵宦人家的宅第，湖山上面，也都是梵刹琳宫点缀着。黄昏时候，只看见湖里的画楫轻舫，如穿梭也似的来来去去。大大小小的船只，只只是精巧绝伦，至于豪富的人家，更多自造采莲船，船顶上用青色的或是白色的布篷撑着，装饰得格外精致。湖上四时的风景，各不相同，因此游湖的人们，也都觉得西湖的可爱，益发没有尽期了。

杭州的风俗，向来是趋重于奢侈的一方面：住的房子是华好高大，穿的衣服也色色入时。南宋时候，天下太平日久，其时的君主，都抱着"与民同乐"的主义，所以满城的士女，也渐渐地偷于安逸的习惯；如果遇到佳节良辰，往往灯火迎赛，举市若狂。现在一一叙述在下面：

旧历正月元旦日，男男女女，老的幼的，美的丑的，总都要换着一身新鲜的衣服，于是你到我家来恭喜，我到你家去拜年，熙熙攘攘，络绎于途，一家们团坐饮宴，或者是游嬉笑语，或者是游玩风景，整整的一天，没有片刻的休息。

正月十五日，是元宵节，路上罗绮如云，只听见一片笙箫鼓笛的热闹，家家点着红亮亮的烛火，照耀得如同白昼一般。街坊上一处一处管弦的声音，夹杂着新奇巧制的灯彩，连亘到十余里之长，真是耳不暇听，目不暇接！这时节满城的仕女们，穿着华丽的新装，彼此互相夸赛，好像是山阴道上，令人来不及应接的一般！

三月初三日，恰好是暮春之初，晋时已经有曲水流觞，唐时更有踏青的故事。杜甫《丽人行》说得好："三月三日天气新，长安水边多丽人。"真是描写得淋漓尽致呢！

清明节前一天叫作寒食节，一家家的门首，都遍插着一条条的柳枝，青翠得令人可爱。有的到郊外去祭扫坟墓，但见百花怒放，车马塞途，杭城的人士，这时候正在春风鼓舞中呢！

四月初八是我佛如来的诞日，凡是寺院里面，都要举行一个浴佛会，铙钹钟鼓的声音，敲得镇天价响。这一日西湖里面，也要举行一个放生会，慈善的男女们，都尽量地把龟鱼螺蚌一类的水栖动物买来，划着小小的船，悉数地把它们放在湖里。

五月初五日为端午节，正是"葵榴斗艳，栀艾争香"的时候；富贵的人家，角黍包金，菖蒲切玉，一家家庆赏佳节；就是贫苦的人家，也都快快活活地及时行乐呢！

七月初七日为七巧节，夕阳下山的时候，小儿女们都换穿新衣，往来嬉戏，极其快乐。中人以上的人家，便在高楼危榭的里面，安排着丰盛的筵会，陈列着各色各样的瓜果，欢天喜地地庆赏这一个良宵。

七月十五日为中元节，杭俗称做鬼节，人们或者在家里，祭享祖先，或者到郊外拜扫坟墓，这一天杭城的男女，茹素的居多，屠户也因此罢市一天。

八月十五中秋节，这一夜的月色，格外光明，叫作"月夕"。街头做买卖的小贩，直做到五鼓天明，方才罢歇。赏月的游人们，蹀躞在街头巷口，有的到天晓都还不肯归休。

八月十八日是钱塘江潮水最盛的时期，潮水快要来的时候，有几百个会泅水的小孩，披着头发，手里拿着一面大彩旗，争先鼓勇，迎着潮水赶将上去，出没在鲸波万仞里面，令人看了咋舌！有钱的看客们，便把钱财赏给他们，鼓励他们的勇敢，这时候江干上下，十几里路以内，但见车如流水马如龙，没有一些些空隙的余地。

冬季的时候，如果碰着天降瑞雪，便都开筵饮宴，塑雪狮哟，装雪山哟，极其兴高采烈。比较高尚些的，也都蜡屐出游，或者玩游湖山胜景，啸傲于山水之间，或者咏曲吟诗，清兴尤为不浅。

除夕那一天，家家户户，把门墙粉饰得清清净净，钉起桃符，贴上春联，预备过着新年。一到上灯时分，便把香花供佛，祭祀祖先，爆竹的声音，接二连三地劈拍不绝！

《杭州的风俗》

❖ 张恨水：迷信的杭州人

苏小小墓在西泠桥之南。六角小亭，近临水滨。湖草芊芊，直达亭内。冢隆然，高约三尺许。在亭之中央。惟坟之上下，遍蒙鹅卵石，杂乱不成规矩，未知何意？据杭人云：游人在湖滨拾石，立西泠桥上，遥向亭内掷之，中冢则宜男。杭人之迷信于此可见一斑矣。

▷ 杭州上天竺寺

杭俗迷信之甚者,莫如放生一事。如禽如兽,固可放生,即一虫一鱼,一草一木,亦莫不可放生。且放生亦有专地,将鱼虾放生者,多在小瀛洲行之。将龟蛇放生者,多在雷峰塔行之。将竹放生者,多在天竺行之。竹何以放生?未至杭州者,必以为妄矣。此事大抵出之于好出风头之妇女。与庙中僧约,指定山上之某某数株,为放生之竹。僧乃灾刀炙字于上,文曰:某月日某某太太或某小姐放生,自此以后,竹即不得砍伐,听其老死。竹所临地,必在路旁。放生之竹,路人悉得见之,放生之人,意亦在是也。一竹之值,不过一二元,一经放生,僧不取,由放生者随助香资,因之一竹之费,且达数十元矣。

《湖山怀旧录》

❖ **品品:** 西湖香泛与上海香客

灵隐寺,当然是杭州第一古刹,不,中国各大刹中也是顶儿脑儿有名的。盟军只进灵隐是一个明证——灵隐方丈还特请留美十年的某妇人做翻译，足见灵隐气派之大。不错，进得山门，前弥陀，后韦护，两旁四大天王，金碧辉煌，神威无比；到了大殿，三尊居中，罗汉拱壁，佛光普照，香烟缭绕，钟声堂堂，鼓声嘭嘭，众香客燃香点烛，三跪九叩，敬神到了顶点。

四大天王是纣代人，如来佛是印度人，观音是犹太人，众香客又哪里知道？这是中国的佛教，中国的不可思议处。

大殿的美国洋松大楹上贴着募化的大条（有中文的，有英文的），出世的也少不了钱，伟大哉，钱兮！

"吃佛着佛"，和尚的逻辑，谁说没有理？

香客也乐于布施——布施也是修行正果之一。

"烧了三年杭州香，来世投个好爷娘！"香客这样说的。今世过不到好日子，在和尚那里化几个小钱。希望来世好转，也合经济学原则的。只是我不明白，中国老百姓为什么今世过不到好日子？这似乎是个政治学上的问题了。"政治进步了，迷信会减少。"我常这样想的。

▷ 灵隐寺罗汉堂

说到迷信，又想到了一点。岳坟，这两天，也香火鼎盛，香客大有趋之若鹜之势。岳飞真的是神了吗？虽说千载社稷，但把"人"当作"神"

似乎迹近迷信。天可以神化，但把英雄豪杰帝王将相一流人神化，就不大好了，因为崇拜他们就是任他们所为，对于自己则将丧失自尊心与自动力。于是我又想出："迷信减少了，政治也会进步。"

废话少记，再说香汛。

迷信的人多数是吝啬的，所以这批乡下香客，据我看，很少在愿簿上开光的，就是放到香金柜里去的不过是些零星小票。显然，和尚不欢迎他们。和尚是怎样一种人？"茶敬茶敬好茶，坐请坐请上坐"这副有名的对联笑话就够表现了，我不愿多说。

被和尚欢迎的香客是上海人——坐汽油火车驾下的！

上海有什么香客？那些洋装公子，纨绔富人，带着花枝招展的娘儿们，会像拜佛？污佛倒有份儿！庙里的香火，一早起来打扫宿客的房间，常在床上拿着钞票——钞票下面则是一堆污物！香火笑笑。这也是"吃佛着佛"。

上海是金国，那些公民——已经超乎老百姓之上——自然金气十足。说到上海人，我就气：全中国的钞票好像都到了上海人的荷包里去，钞票一多，就要作怪，物价就高了。假使我是国府主席，我将下道命令："为压平物价起见，惩罚全体上海人。"

阿弥陀佛，上海人光了，杭州的香汛也要完了！那么，不惩罚，欢迎上海人！上海人是西湖的嫖客！

这样，杭州各宝刹的高僧都为上海人拉长了头颈；楼外楼老板，张小泉老板，蝶来饭店老板，一直到卖香榧、山核桃的孩儿，台州抬轿老，三轮车夫，船妇，婊子，扒手党，集团讨饭者，都为上海人生起相思病来！

杭少八年不赚上海人的钱，这次一定给他们刨一次木佬佬、木佬佬大的黄瓜！杭州人都在笑了！

杭州靠西湖，西湖靠上海，上海靠什么？无耻和谣言！

香汛是个盛日，应该笑，更何况胜利后？笑吧！笑吧！只有公务员、文化人在哭，因为物价跟着香汛要高了。

《西湖笔记》

❖ 徐宝山：杭州何以多火患

　　杭州从古以来，便多火灾为患。它的原因，大约有五：第一因为居民稠密，房屋的构造太连紧；第二因为板壁居多，用砖瓦造的房子很少；第三杭州人迷信极深，差不多家家奉佛，户户烧香，堂前点设灯烛，容易引火；第四如遇佳节良宵，便多夜饮无禁，仆婢们辛苦酣倦，以致烛烬乱抛；第五当家的主妇，娇懒的居多，炉灶间有时失于检点。有了以上的五个原因，所以杭州的居家，祝融氏（火神）往往容易逞虐。从前南宋建都，城中大火，竟有二十一次之多，有一次在宁宗嘉泰元年三月二十八日，失火延烧五万二千四百多家，三十多里长的地面，竟变成一片焦土！后来防御渐渐周密，火患也比较减少，现在的杭州市政府成立，对于火患一层，尤其是格外注意呢！

《杭州的风俗》

▷　普济寺中卖佛珠的摊贩

❖ 郁达夫：玉皇山

　　杭州西湖的周围，第一多若是蚊子的话，那第二多当然可以说是寺院里的和尚尼姑等世外之人了。若五台、普陀各佛地灵场，本来为出家人所独占的共和国，情形自然又当别论；可是你若上湖滨去散一回步，注意着试数它一数，大约平均隔五分钟总可以见到一位缁衣秃顶的佛门子弟，漫然阔步在许多摩登士女的中间；这，说是湖山的点缀，当然也可以。

　　杭州的和尚尼姑，虽则多到了如此，但道士可并不见得比别处更加令人触目，换句话说，就是数目并不比别处特别的多。建炎南渡，推崇道教，甚至官位之中，也有宫观提举的一目；而上皇、太后、宫妃、藩主等退隐之所，大抵都是道观，一脉相沿，按理而讲，杭州是应该成为道教的中心区域的，但事实上却又不然。《西湖游览志》里所说的那些城内外的胜迹道院，现在大都只变了一个地名，院且不存，更哪里来的道士？

　　西湖边上，住道士的大寺观，为一般人所知道而且有时也去去的，北山只有一个黄龙洞，南山当然要推玉皇山了。

　　玉皇山屹立在西湖与钱塘江之间，地势和南北高峰堪称鼎足；登高一望，西北看得尽西湖的烟波云影，与夫围绕在湖上的一带山峰；西南是之江，叶叶风帆，有招之即来，挥之便去之势；向东展望海门，一点異峰，两派潮路，气象更加雄伟；至于隔岸的越山，江边的巨塔，因为是居高临下的关系，俯视下去，倒觉得卑卑不足道了。像这样的一座玉皇山，而又近在城南尺五之间，阖城的人，全湖的眼，天天在看它，照常识来判断，当然应该成为湖上第一个名区的，可是香火却终于没有灵隐三竺那么的兴旺，我在私下，实在有点儿为它抱不平。

　　细想想，玉皇山的所以不能和灵隐三竺一样的兴盛，理由自然是有的，就是因为它的高，它的孤峰独立，不和其他的低峦浅阜联结在一道。特立独行之士，孤高傲物之辈，大抵不为世谅，终不免饮恨而终的事例，就可以以这玉皇山的冷落来做证明。

▷ 玉皇山凉亭

　　唯其太高，唯其太孤独了，所以玉皇山上自古迄今，终于只有一个冷落的道观；既没有名人雅士的题咏名篇，也没有豪绅富室的捐输施舍，致弄得千余年来，这一座襟长江而带西湖的玉柱高峰，志书也没有一部。光绪年间，听说曾经有一位监院的道士——不知是否月中子？——托人编撰过一册薄薄的《玉皇山志》的，但它的目的，只在搜集公文案牍而已，记兴革，述山川的文字是没有的，与其称它作志，倒还不如说它是契据的好。

　　找闲时上山去，亻登眺之余，每想让出几个月的工夫来，为这一座山，为这一座山上的寺观，抄集些像志书材料的东西；可是蓄志多年，看书也看得不少，但所得的结果，也仅仅二三则而已。这山唐时为玉柱峰，建有玉龙道院；宋时为玉龙山，或单称龙山，以与东面的凤凰山相对，使符郭璞"龙飞凤舞到钱塘"之句；入明无为宗师，创建福星观，供奉玉皇上帝，始有玉皇山的这一个名字。清康熙年间，两浙总督李敏达公，信堪舆之说，以为离龙回首，所以城中火患频仍，就在山头开了日月两池，山腰造了七只铁缸，以象北斗七星之像，合之紫阳山上的坎卦石和北城的水星阁，做了一个大大的镇火灾的迷阵，于是玉皇山上的七星缸也就著名了。洪杨时毁后，又由杨昌濬总督重修了一次，现在的道观，却是最近的监院紫东李道士的中兴工业，听说已经花去了十余万金钱，还没有完工哩。这是玉皇山寺观兴废的大略，系道士向我述说的历史；而田汝成的《游览志》里之所记，却又有点不同，他说："龙山一名卧龙山，又名龙华山，与上下石龙相接。山北有鸿雁池，其东为白塔岭。上有天真禅寺，梁龙德中钱王建寺，今唯一庵存焉。山腰为登云台，又名拜郊台，盖钱王僭郊天地之所也。宋籍田在山麓天龙寺下，中阜规圆，环以沟塍，作八卦状，俗称九宫八卦田，至今不紊。山旁有宋郊坛。"

关于玉皇山的历史，大约尽于此了，至于八卦田外的九连塘（或作九莲塘），以及慈云（东面）丁婆（西面）两岭的建筑物古迹等，当然要另外去考；而俗传东面山头的百花公主点将台和海宁陈阁老的祖坟在八卦田下等神话，却又是无稽之谈了。

玉皇山的坏处，实在也就是它的好处。因为平常不大有人去，因为山高难以攀登，所以你若想去一游，不会遇到成千成万的下级游人，如吴山的五狼八豹之类。并且紫来洞新开，东面由长桥而去的一条登山大道新辟，你只教有兴致，有走三里山路的脚力，上去花它一整天的工夫，看看长江，看看湖面，便可以把一切的世俗烦恼，一例都消得干干净净。我平时爱上吴山，可以借登高的远望而消胸中的块垒，可是块垒大了，几杯薄酒和小小的吴山，还消它不得的时候，就只好上玉皇山去。去年秋天，记得曾和增嘏他们去过一次，大家都惊叹为杭州的新发现；今年也复去过两回，每次总能够发现一点新的好处。所以我说，玉皇山在杭州，倒像是我的一部秘藏之书。东坡食蚝，还有私意，我在这里倒真吐露了我的肺腑衷情。

原载于《文学时代》，1936年1月

❖ 姜丹书：雷峰塔里的经卷

杭州西湖雷峰塔，建于五代末年，崩于公历1924年9月25日（民国十三年岁次甲子）阴历八月廿七日（当时制度定是日为孔子圣诞，各校放假）下午4时光景，存在西湖上计历九百五十余年。此塔是吴越王钱俶的妃子黄氏为尊礼佛螺髻发，许愿起建以为安置的，故初名黄妃塔；后以其地名雷峰，又称雷峰塔；及今观倒出的经卷，始知当时又称西关砖塔；塔址位于西湖东南角一个小阜上，即南屏山北麓、净慈寺前隔阜之东北，临着湖滨，在当时的都城西门曰"涵水西关"之外，故有此称。钱俶是五代吴越国的末代王（钱武肃王之孙），谥曰"忠懿"。后纳土归宋，寿高，善终。按《西湖志》载钱俶自撰的《黄妃塔碑记》，足资考证其起始形状。

此塔初为七级，八角锥体式，每级有飞檐，中分七层，可升级而登。至明朝嘉靖时为倭寇所焚（据《西湖新志》引清陆次云《湖壖杂记》），檐级尽毁，塔顶亦坍，只剩光干砖身。砖既经烧，变为赭赤色，特别在夕阳映照时，竟成为朱色，故有"雷峰夕照"或"雷峰西照"的名目，作为"西湖十景"之一。又因经过数百年风雨剥蚀，形成了一棵秃顶的大毛笋状，巍然矗立于万绿丛中，却变为古朴敦庞的气象而更饶神韵，此为今日我辈老年人所熟识的体貌。古诗人把它和保俶塔相比，说保俶塔似美人，雷峰塔似老衲，形容颜恰当。塔顶上还丛生了许多小树，又有许多鹰窠，在朝暾晚晖中，群鹰穿阵，飞鸣悠扬，尤有诗趣。故此塔实为西湖不可缺少的胜迹，一旦崩倒，无人不怅惜。至于自古有镇压白蛇、青鱼（或作蛇）二妖的神话，固未必实有其事，然因久已传诸评弹，演诸杂剧，亦增绮丽的美谈。故雷峰塔虽已毁灭，可是它的奇妙故迹，今后仍必长存于人们心里的。（除《白蛇传》小说外，今日流行的《西湖佳话》上有一篇《雷峰怪迹》，即写此传说。此为清初人古吴墨浪子所写，他说此塔是宋高宗南渡时法海禅师和许宣（或作仙）所建，这是杜撰的。）今我所写，着重在塔倒情况和倒出的文物，乃是前人所不知、后人所不见的新史实。

此塔崩倒的年、月、日、时，即江浙战争中军阀孙传芳挟其健儿从福建袭杭压境之年之月之日之时，恰巧大军一到钱塘江头，尚未入城，而此塔突然倒了！当此兵荒马乱的气氛中，人心本甚惶惶；况加"白蛇精"的神话，向惑于通俗社会心理；故一般人认为不祥之兆，奔走骇告，若不可终日。此时我和许多同事携带眷属匿居于城内皮市巷宗文中学临时所设的秘密室内，以避乱兵凶锋。然幸此次败兵先退，胜兵缓进，社会秩序尚未紊乱，我骤闻雷峰塔倒，急欲往观，却以恐被拉夫，未敢遽出，及第二日听得有文物倒出，始放胆去看热闹。

此塔既倒，群众往观者如蚁集，忽发现有些断砖中藏着经卷，经首题曰："一切如来心秘密全身舍利宝箧印陀罗尼经"（以下简称"陀罗尼经"），因年久霉烂，形如雪茄烟，无知者不解为何物，多掷弃，且多踏碎，毁灭不少。及有识者拾起展开，方知是此经，断为五代宋初之际的木版印刷物真迹，视若至宝。我国早期的木版印刷物存在于世者绝少，此经当为孤本之一。一经报纸宣传，群敲整砖，争相搜取，非但完整者极少，即残坏者亦不可多得。我在现场购得残卷四枚，将较好的一卷亲手展拓，装裱自存，今尚珍藏。其余二卷赠友。还有一卷任其原形保存，在抗日战争中遗失。

此经卷内容：开卷题辞曰"天下兵马大元帅吴越国王钱俶造此经八万四千卷舍入西关砖塔永充供养乙亥八月日纪"字样。以后间一礼佛图；再以后便是经文。查此乙亥，当断为宋太祖开宝八年，此时吴越国尚未归宋。按此所谓八万四千卷，未必一定是实数，可能是引用"阿育王一日一夜役鬼神造八万四千塔"（见《宋书》）的神话说法，作为多数之义。但亦可能是实数，则沉埋于地下乱砖中者尚甚多，这却无从说起了。

此经竖阔市尺二寸半弱，横长六尺八寸强，系纸本，木版印刷，用四张狭长纸分别印好了再粘接而成。字为唐人写经体，不是后世刻书的宋体，笔画如书写，扁方正楷，匀整劲朴，刻印均甚精工。我国谈版本者首推宋版，此经尚在宋版之前，其价值矜贵可知。此经全篇每行十字，首尾共二百七十一行（上列的卷首题词及礼佛图除外）。我曾汇集多卷，比较异同，断为不止一副版子印成，但字体、经文、行数、长短、阔狭、纸张、装潢等完全一样。卷尾纸边粘在一根细竹签上，卷成纸爆（俗称爆仗）状，其大小约如喜庆时所放长鞭爆最后这几个较大的样子。其外面裹上一层黄色丝绢，贴上一条狭小的黑白交织的卍字纹锦作标签，无题字。作为卷轴的竹签两端露出处，点有砚朱，朱色显红不变。每卷如此，藏入砖洞内，洞口用泥封闭，年久受潮，纸质变色，两头霉烂尤其，故其形色颇似今日的雪茄烟状。唯此竹签仍坚韧，有弹性，掷之作刚脆声，可见竹材的耐久性甚强，今被采为水泥钢骨的代用品，这也可作为一个根据。此砖颇厚，是特制的，经洞开在长方砖的一个短边侧面中间，洞口圆，比经卷稍大，其底比经卷之长稍深（尺寸详后），故将经卷藏入后，口部稍有余空，适合泥封所需地位。全塔之中，只有近顶的几层有此藏经砖，并非每砖都有。此塔非直坍，乃是向东南方斜倒的，故在初倒时看上去，叠砖层次尚颇整齐，唯近塔脚部分，因寻经之故，翻得很乱。

所可笑者，当塔初倒时，有人发现砖中有藏经，此言一传出去，被无知者以耳代目，误"经"为"金"，于是始而敲砖寻黄金者踵相接，得经便弃；及闻此残经比金子更有价值，则敲砖寻经者更众；因此一大堆表面上的砖头竟无完整者了。唯压在下方的，无法翻起，加之以第二日即有警察弹压，不许乱翻，故未能彻底翻动，如今一大堆颓砖的下层，或尚有此砖藏经及其他古物未经出现亦未可知。当时曾有上海投机商人愿为整理塔基，不取工钱，只要允许他们如得古物归其所有云云，向有关方面献议，未获许可。今后公家如有清理塔基的措施，仍当注意到保护文物这点。然自倒迄今，又已经历三十余年，荒草丛生，腐化为泥，泥复生草，草复变泥，积久沉埋，终将无人识此塔址了吧？

《雷峰塔始末及倒出的文物琐记》

▷　雷峰塔

▷　雷峰夕照

❖ **鲁迅：** 论雷峰塔的倒掉

听说，杭州西湖上的雷峰塔倒掉了，听说而已，我没有亲见。但我却见过未倒的雷峰塔，破破烂烂的映掩于湖光山色之间，落山的太阳照着这些四近的地方，就是"雷峰夕照"，西湖十景之一。"雷峰夕照"的真景我也见过，并不见佳，我以为。

然而一切西湖胜迹的名目之中，我知道得最早的却是这雷峰塔。我的祖母曾经常常对我说，白蛇娘娘就被压在这塔底下，有个叫作许仙的人救了两条蛇，一青一白，后来白蛇便化作女人来报恩，嫁给许仙了；青蛇化作丫鬟，也跟着。一个和尚，法海禅师，得道的禅师，看见许仙脸上有妖气，——凡讨妖怪做老婆的人，脸上就有妖气的，但只有非凡的人才看得出，——便将他藏在金山寺的法座后，白蛇娘娘来寻夫，于是就"水满金山"。我的祖母讲起来还要有趣得多，大约是出于一部弹词叫作《义妖传》里的，但我没有看过这部书，所以也不知道"许仙""法海"究竟是否这样写。总而言之，白蛇娘娘终于中了法海的计策，被装在一个小小的钵盂里了。钵盂埋在地里，上面还造起一座镇压的塔来，这就是雷峰塔。此后似乎事情还很多，如"白状元祭塔"之类，但我现在都忘记了。

那时我惟一的希望，就在这雷峰塔的倒掉。后来我长大了，到杭州，看见这破破烂烂的塔，心里就不舒服。后来我看看书，说杭州人又叫这塔作保叔塔，其实应该写作"保俶塔"，是钱王的儿子造的。那么，里面当然没有白蛇娘娘了，然而我心里仍然不舒服，仍然希望他倒掉。

现在，他居然倒掉了，则普天之下的人民，其欣喜为何如？

这是有事实可证的。试到吴越的山间海滨，探听民意去。凡有田夫野老，蚕妇村氓，除了几个脑髓里有点贵恙的之外，可有谁不为白娘娘抱不平，不怪法海太多事的？

和尚本应该只管自己念经。白蛇自迷许仙，许仙自娶妖怪，和别人有什么相干呢？他偏要放下经卷，横来招是搬非，大约是怀着嫉妒罢，——那简直是一定的。

听说，后来玉皇大帝也就怪法海多事，以至荼毒生灵，想要拿办他了。他逃来逃去，终于逃在蟹壳里避祸，不敢再出来，到现在还如此。我对于玉皇大帝所做的事，腹诽的非常多，独于这一件却很满意，因为"水满金山"一案，的确应该由法海负责；他实在办得很不错的。只可惜我那时没有打听这话的出处，或者不在《义妖传》中，却是民间的传说罢。

秋高稻熟时节，吴越间所多的是螃蟹，煮到通红之后，无论取那一只，揭开背壳来，里面就有黄，有膏；倘是雌的，就有石榴子一般鲜红的子。先将这些吃完，即一定露出一个圆锥形的薄膜，再用小刀小心地沿着锥底切下，取出，翻转，使里面向外，只要不破，便变成一个罗汉模样的东西，有头脸，身子，是坐着的，我们那里的小孩子都称他"蟹和尚"，就是躲在里面避难的法海。

当初，白蛇娘娘压在塔底下，法海禅师躲在蟹壳里。现在却只有这位老禅师独自静坐了，非到螃蟹断种的那一天为止出不来。莫非他造塔的时候，竟没有想到塔是终究要倒的么？

活该。

原载于《语丝》，1924 年 11 月 17 日

❖ **李叔同：**我在西湖出家的经过

杭州这个地方，实堪称为佛地，因为寺庙之多约有两千余所，可想见杭州佛法之盛了！

最近《越风》社要出关于《西湖》的增刊，由黄居士来函，要我做一篇《西湖与佛教之因缘》。我觉得这个题目的范围太广泛了，而且又无参考书在手，于短期间内是不能做成的；所以，现在就将我从前在西湖居住时，把那些值得追味的几件零碎的事情来说一说，也算是纪念我出家的经过。

▷ 弘一法师（1880—1942）

我第一次到杭州，是光绪二十八年七月。在杭州住了约摸一个月光景，但是并没有到寺院里去过。只记得有一次，到涌金门外去吃过一回茶而已，而同时也就把西湖的风景，稍为看了一下子。

第二次到杭州时，那是民国元年的七月里。这回到杭州倒住得很久，一直住了近十年。可以说是很久的了。我的住处在钱塘门内，离西湖很近，只两里路光景。在钱塘门外，靠西湖边，有一所小茶馆名景春园。我常常一个人出门，独自到景春园的楼上去吃茶。

当民国初年的时候，西湖那边的情形，完全与现在两样——那时候还有城墙及很多柳树，都是很好看的。除了春秋两季的香会之外，西湖边的人总是很少；而钱塘门外更是冷清了。

在景春园的楼下，有许多的茶客，都是那些摇船抬轿的劳动者居多；而在楼上吃茶的，就只有我一个人了。所以，我常常一个人在上面吃茶，同时还凭栏看看西湖的风景。

在茶馆的附近，就是那有名的大寺院——昭庆寺了。我吃茶之后，也常常顺便到那里去看一看。

民国二年（1913）夏天的时候，我曾在西湖的广化寺里面住了好几天。但是住的地方，却不在出家人的范围之内，那是在该寺的旁边，有一所叫作痘神祠的楼上。痘神祠是广化寺专门为着要给那些在家的客人住的。我住在里面的时候，有时也曾到出家人所住的地方去看看，心里却感觉很有意思呢！

记得那时我亦常常坐船到湖心亭去吃茶。

曾有一次，学校里有一位名人来演讲，我和夏丏尊居士两人，却出门躲避而到湖心亭上去吃茶呢！当时夏丏尊对我说："像我们这种人，出家做和尚倒是很好的。"我听到这句话，就觉得很有意思。这可以说是我后来出家的一个远因了。

到了民国五年（1916）的夏天，我因为看到日本杂志中有说及关于断食方法的，谓断食可以治疗各种疾病，当时我就起了一种好奇心，想来断食一下。因为我那时患有神经衰弱症，若实行断食后，或者可以痊愈亦未可知。要行断食时，须于寒冷的季候方宜。所以，我便预定十一月来做断食的时间。

至于断食的地点呢？总须先想一想，考虑一下，似觉总要有个很幽静的地方才好。当时我就和西泠印社的叶品三君来商量，结果他说在西湖附近的地方，有一所虎跑寺，可作为断食的地点。那么，我就问他："既要到虎跑寺去，总要有人来介绍才对。究竟要请谁呢？"他说："有一位丁辅之是虎跑的大护法，可以请他去说一说。"于是他便写信请丁辅之代为介绍了。因为从前的虎跑不像现在这样热闹，而是游客很少，且是个十分冷静的地方啊。若用来作为我断食的地点，可以说是最相宜的了。

到了十一月的时候，我还不曾亲自到过。于是我便托人到虎跑寺那边去走一趟，看看在哪一间房里住好。看的人回来后说，在方丈楼下的地方倒很幽静，因为那边的房子很多，且平常时候都是关起来，游客是不能走进去的。而在方丈楼上，则只有一位出家人住着而已，此外并没有什么人居住。

等到十一月底，我到了虎跑寺，就住在方丈楼下的那间屋子里。我住进去以后，常看见一位出家人在我的窗前经过（即是住在楼上的那一位）。我看到他却十分的欢喜呢！因此，就时常和他谈话，同时，他也拿佛经来给我看。

我以前从五岁时，即时常和出家人见面，时常看见出家人到我的家里念经及拜忏。于十二三岁时，也曾学了放焰口。可是并没有和有道德的出家人住在一起，同时，也不知道寺院中的内容是怎样的，以及出家人的生活又是如何。这回到虎跑去住，看到他们那种生活，却很欢喜而且羡慕起来了。

我虽然只住了半个多月，但心里却十分地愉快，而且对于他们所吃的菜蔬，更是欢喜吃。及回到学校以后，我就请佣人依照他们那样的菜煮来吃。

这一次我到虎跑寺去断食，可以说是我出家的近因了。到了民国六年（1917）的下半年，我就发心吃素了。

在冬天的时候，我即请了许多的经，如《普贤行愿品》《楞严经》及《大乘起信论》等很多的佛经。而于自己的房里，也供起佛像来，如地藏菩萨、观世音菩萨等的像。于是亦天天烧香了。

到了这一年放年假的时候，我并没有回家去，而到虎跑寺里面去过年。我仍住在方丈楼下。那个时候，则更感觉得有兴味了。于是就发心出家，同时就想拜那位住在方丈楼上的出家人做师父。他的名字是弘详师，可是他不肯我去拜他，而介绍我拜他的师父。他的师父是在松木场护国寺里居住的。于是他就请他的师父回到虎跑寺来，而我也就于民国七年（1918）正月十五日受三皈依了。

我打算于此年的暑假入山。预先在寺里住了一年后再实行出家的。当这个时候，我就做了一件海青，及学习两堂功课。

二月初五日那天，是我母亲的忌日，于是我就先于两天前到虎跑去，诵了三天的《地藏经》，为我的母亲回向。

到了五月底，我就提前先考试。考试之后，即到虎跑寺入山了。到了寺中一日以后，即穿出家人的衣裳，而预备转年再剃度。

及至七月初，夏丏尊居士来，他看到我穿出家人的衣裳但还未出家，他就对我说："既住在寺里面，并且穿了出家人的衣裳，而不出家，那是没有什么意思的。所以还是赶紧剃度好！"

我本来是想转年再出家的，但是承他的劝，于是就赶紧出家了。七月十三日那一天，相传是大势至菩萨的圣诞，所以就在那天落发。

落发以后仍须受戒的，于是由林同庄君介绍，到灵隐寺去受戒了。

灵隐寺是杭州规模最大的寺院，我一向是很欢喜的。我出家以后，曾到各处的大寺院看过，但是总没有像灵隐寺那么好！八月底，我就到灵隐寺去，寺中的方丈和尚很客气，叫我住在客堂后面芸香阁的楼上。

当时是由慧明法师做大师父的。有一天，我在客堂里遇到这位法师了，他看到我时，就说："既是来受戒的，为什么不进戒堂呢？虽然你在家的时候是读书人，但是读书人就能这样地随便吗？就是在家时是一个皇帝，我也是一样看待的！"那时方丈和尚仍是要我住在客堂楼上，而于戒堂里有了紧要的佛事时，方命去参加一两回的。

那时候，我虽然不能和慧明法师时常见面，但是看到他那样的忠厚笃实，是令我佩服不已的！

受戒以后，我就住在虎跑寺内。到了十二月底，即搬到玉泉寺去住。此后即常常到别处去，没有久住在西湖了。

原载于《越风》，1937 年增刊第一集

❖ 胡行之：保叔塔的得名

里湖宝石山上有一座宝叔塔，这是谁也知道的。可是关于他的名称却有很多可以研究。

依《霏雪录》，以为原名宝所，讹宝叔。而据《西河诗话》，则谓保叔者，宝石之讹。盖以山得名。是宝叔或以为宝所，或以为宝石，已很歧异了。

又据《定香亭笔谈》，他引《武林梵志》云，吴越相吴延爽，开宝中建崇寿院，内有九级浮图，名应天塔，即今保叔塔。塔后为寿星石，仁和赵生坦尝于山间拾得片石，存三十五字，有云"爽为睹此山上承角亢"云云。角亢，寿星也，出《尔雅》，则此为延爽造塔残记无疑。于是他又断定为此是应天塔。但就王炎、钱惟善、张羽咏塔诗，都以保叔名题，好像应天塔久已失传，而早已是保叔塔了。

除上述外，或传说钱塘有妇人以节义而得保全其叔之生命的故事，因是此塔名为保叔，以纪念之。或又有传吴越时，为保佑忠懿王俶而建立，所以有名为"保俶"者。

凡此，一塔之名，计有宝所、宝石、保叔、保俶、应天，共五称之多。纷乱庞杂，莫衷一是，究不知其历史上之递变怎么，来源若何？

但就我看来，当以应天塔为最有根据，在当时必有此塔无疑的。不过其后圮毁，因而名称或亦有更变。"保叔""保俶"，字音差同，惟保佑忠懿王而建立之事，未能找得真确材料。宝石以山得名，"宝所"则"宝石"一音之转。至风俗流传，常以故事传说在社会上最占势力，或者从前确有一妇人保叔之故事，亦未可知。这虽与塔无关，但为纪念她，往往容易迁就，故今反以保叔一名为最流行了。

此事颇有关于古迹名胜的历史价值，深望有识之士，共为阐发讨论，得研究一相当结果为幸！

《关于保叔塔》

❖ 陈浩望：哭闹中被抬上法座的住持

▷ 灵隐寺大殿

1921年，杭州灵隐寺宣布改为十方丛林（灵隐寺原系子孙派系寺庙）。杭州地方诸山长老、护法居士集会商讨推选首任住持。大家认为慧明法师道行高深，德高望重，都推举慧明为灵隐住持，却被慧明拒绝，再三殷勤劝请，也不答应。过了半年，大家设了一个计——由当地几位著名居士（过家居生活的佛教徒）出面，邀请慧明去灵隐寺吃斋，慧明不疑有他，应邀前往。当他跨进灵隐山门时，看见两旁站着成排的僧众，全都搭衣持具，像迎驾的样子。他看情形不对，知道上当了，马上掉转头，迈开大步飞跑，大家追了上去，将他拦住，请他回来。他于是往地下一坐，把双腿盘起，死也不肯起来。大家无法，只好把他奉抬了回来，抬进天王殿，钟鼓齐鸣，燃放鞭炮。他却大哭大喊。人们把他抬到丈室法座坐下时，他仍然号哭不已。大家跪在地上，齐声说："向和尚道喜！"他一边哭一边说："我不是当住持的材料，诸位如此爱我，实在是害了我。我无道无德，也无行持（佛教的修习和践行），有何能力领众，还是另选贤才，请大家发慈悲，把我放走吧。"说罢，又是放声大哭。大家跪在地上苦苦哀求，表示如果不答允，都不起来。这样，慧明才勉强答允，权充灵隐住持。

《灵隐寺首任住持慧明法师传奇》

❖ 倪锡英：净慈寺三口井的传说

净慈寺在南屏山麓，是后周时钱王宏俶所建，称作慧日永明院。宋朝时改称寿宁禅院，后来改为净慈报恩光孝禅寺。在明朝曾两次毁掉，又两次重建。清康熙三十八年，圣祖到此巡幸，便正式命名曰净慈寺，在从前，净慈寺的建筑是与灵隐寺一般壮丽的，后来因为数经兵火，虽曾几次修复，然远不及从前的万一。净慈寺内有三口著名的井，其一是殿前的双井，相传在宋朝时有个和尚叫法薰，拿禅杖在地上打了一下，冒出两道泉水来，便把它砌造成井。其二是罗汉殿后的圆照井，亦名馒井。其三是香积厨旁的神运井，相传这是济颠僧运木的井。济公是我国民间传说中一个由罗汉转世的神僧，传说他曾经修筑净慈寺，从这口神运井中输运木材，到现在还有一根没有拔起来的木头留在井里，游人们到净慈寺去的，寺僧一定会导你到神运井畔，点了洋烛缒到井里去，照给你看那一根留下的木头，博取游人几个赏钱。这当然是寺僧们设的一个骗局，但竟有许多香客是十分相信的。

在净慈寺后面，有莲花洞和石佛洞。西去便是高士坞，再西去是小有天园，园里有许多亭台建筑，可惜大半都已毁损。寺南还有有恒居和童叔平墓，风景都很幽绝。

❖ 李祖荣：净慈寺，西湖十景有其二

净慈寺名胜古迹很多，其中列于西湖十景之中的，就有南屏晚钟和雷峰夕照两处著名的景观。寺前的万工池即放生池也是一处著名景观。

雷峰夕照。净慈寺前的夕照山西侧，原建有一塔，原名黄妃塔，是吴越王钱弘俶于宋太祖开宝八年（975）为其黄妃所建的。因塔在西关外，又名西关砖塔。又因此塔所在山峰称为雷峰，所以又称为雷峰塔。雷峰塔高五层，以砖石为心，外建木结构楼廊，形似六和塔，可以登高瞭望。每当夕阳西坠，塔身溶入斜阳余晖之中时，景色十分动人，故被人们称为"雷峰夕照"。自南宋以来，"雷峰夕照"就被列为"西湖十景"之一，历代文人也曾对傲立余晖之中的雷峰塔风姿，写下了许多不朽的诗篇。1924年9月25日下午，耸峙了近千年的古塔，突然倒坍。塔中砖孔内藏有《宝箧印经》，印经开卷写有"天下兵马大元帅吴越国王钱俶造此经八万四千卷，舍入西关砖塔，永充供养，乙亥八月日纪"等语。此经印刷精良，反映了当时印刷业的发达水平。雷峰塔倒塌虽已70余年，但作为西湖的一大胜景，在国内外仍有很大影响。

南屏晚钟。南屏指峰峦耸秀、怪石玲珑的南屏山，晚钟是指净慈寺傍晚的钟声。据史书记载，明代洪武十一年（1378），净慈寺住持夷简以旧钟太小，乃募聚铜两万斤，请巧匠铸巨钟，造钟楼。每至傍晚杵钟，钟声传四方，洪亮动听。特别是每当夕阳西斜，暮霭迷蒙，几杵钟声，抑扬回荡，山鸣谷应，别有情趣，故命名为南屏晚钟。至清末，钟楼被毁，巨钟也不复存在，钟声沉寂近百年，南屏晚钟景观也有名无实。1984年，净慈寺修

复期间，日本曹洞宗大本山永平寺秦慧玉等大德为报法乳之恩特捐资兴建钟楼，铸造大铜钟。浙江省佛教协会于1986年，重建二层三楼大钟楼一座，重铸10万斤青铜大梵钟一只。1986年11月21日上午9时整，杭州净慈寺举行梵钟启鸣法会，叩钟108下。中国佛教协会副会长正果法师和日本曹洞宗大本山永平寺贯首丹羽廉芳率领的日本曹洞宗庆祝净慈寺大钟落成法会友好访华团等中日450余位僧侣参加了法会。从此，南屏钟声，重又响彻长空，南屏晚钟一景，始得恢复。每逢农历除夕，来寺听钟辞岁者纷纷而至。连不少远在日本国的朋友，也都愿千里迢迢，赶赴净慈寺来聆听钟声，以图个吉利。

《净慈寺概况》

❖ 冬藏：白云庵曾经的两位住客

在白云庵里住过的人，有一个是近代著名的浪漫诗人苏曼殊，还有一个就是为忧时而死的四川《新中华日报》记者任鸿年。意周和尚告诉我们，他说：曼殊真是怪人，来去无踪，他来是突然的来，去是悄然的去，事前不使人知道一点。你们吃饭的时候，他坐下来，吃完了，顾自己走开。他的态度是那么不拘的，真比在自己家里还来得随便。曼殊的手头似乎常常很窘，他老是向庵里要钱，自然，我们不好问他做什么用，只知道他把钱汇到上海一个妓院里去。过不多天，便有人从上海带来了许多外国糖果和纸烟，于是，他就不想到吃饭了，一人只是躲在楼上吃糖抽烟。他在白云庵住的那年，时候是六月，白天他老是睡，到晚米披着短褂子，赤着足，拖着木屐尽在苏堤、白堤一带跑，不到天亮，是不肯回来的。他在那里跑些什么，有谁知道呢？曼殊的消遣除了吟诗以外，绘画也是他所喜欢的，他爱写山水，在那个时代中他的画纵然不属于第一二流的作品，可是他那独特的风格和卓越的天才的流露，确实与一般专事模仿的画家有显著的不同。他的画，你说是不值钱呢，倒也有之，他画得很多，纸不论优劣，兴之所至，即使手边是一张报纸，他也会拿起笔来涂鸦；不过若有人诚心诚意的去向他求一张，那又是变得非常矜贵的了。不是回答画不好，就说没工夫，其实他画起来并不坏，说到工夫，他有什么事儿呢？他是整天闲着的。有时即使给你画了，而你要他题上下款与盖章，这就很难。他虽说在我们庵里住过两个夏，有上下款和盖章的画，也只得到两张。总之，这人是个怪人——苏曼殊！

为忧国而自杀的任鸿年君，是四川巴县人，家颇富有，为同盟会会员，常典质以助党中军费，后经清廷严缉，东渡赴日。辛亥归国，任南京总统府秘书，不久回到四川主办《新中华日报》，不到一年，又出来了，当时他是想到天津去的，适逢二次革命发生，他就来西湖白云庵寄住。他到庵以后，每天长吁短叹，痛袁逆之反复无常，忧国事之日益悲观，就在民国二年六月三十日那天夜里，投沉于翁家山的葛洪井中不出了。

庵现有长生禄位给他立着，文曰："南北风云不忍见时自尽井中鸿年之位。"他的坟在净慈寺前面，而今蔓草丛生，也快倾废了。

白云庵里，如今已经完全作为一个专给青年男女私定情约会的地方了，除总理写的一块匾额和几张辛亥时革命党人的照片外，谁又会知道这儿是二十五年前浙江革命党人朝夕聚首的所在呢！它的地位，在中国革命史上纵轮不到，但在浙江革命史上，想来总可以占一角吧？可是在这大修西湖风景的时候，却单剩下了这革命的白云庵。

当我离开庵时，看到墙上写满着"胡蝶到此求金焰"，"可怜呵！小生孤衾独宿已三年"，"来此求签之女人，皆我妻也"，"月上柳梢头，人约黄昏后"，"郎情似水妾意正浓"，诸如此类的无聊字句，多得不胜枚举。我想这不但为西湖之污点，亦"革命的白云庵"之污点。

《白云庵中的革命掌故》

▷ 苏曼殊（1884—1918）

▷ 白云庵

❖ 范传根、何柏山：拱宸桥的庙会

拱宸桥地区寺庙众多，但庙会主要是指早年为纪念张大仙的生日而举行的庆典活动。每年的农历七月二十三、二十四这两天，不光拱宸桥及邻近地区的四乡八村，还有从余杭、塘栖、德清、萧山等地，甚至有从苏、沪等外地的人都赶来参加庙会，那两天拱宸桥真可谓热闹非凡，盛况空前，各种善男信女沿着拱宸桥大马路、里马路的店铺及住家门口设置方桌子，念经做佛事。

有组织的活动，是由当地的有钱人募捐举办的背香炉比赛。大仙庙门口有一亭子，亭内有一香炉，重四五百斤，成年男子可报名参加比赛，看谁能背着香炉行走。还有化装成判官、小鬼、黑白无常的游行队伍，其中最引人注目的要数由几十名妓女组成的游行队伍了。她们身穿红绸衣裤，戴着手铐脚镣，装扮成京剧《苏三起解》中的苏三，招摇过市。妓女们以此自比"苏三"，表示自己是"有罪之身"，同时期望将来能和苏三一样，能有个美好的结局。这一天慈善机构也有活动，比如施舍一些食物，如稀饭馒头，还有豆腐等等，做小生意的人也格外多，走江湖卖艺的、变戏法的到处都有，特别值得一提的是那两天有一奇特现象，不管这一年的旱情多么严重，那两天十有八九会下一场透雨，人们于是认为那是大仙在显灵，因此每年的庙会也一年比一年热闹，大仙庙的香火也越来越旺了。

《拱宸桥的庙会》

❖ 马叙伦：东岳庙的朝审和香火

东岳庙者，祀泰山神君，主生死者也。其说亦具《太平清领经》。余已于《读书记》言之矣。吾杭有岳庙三。一在城隍山，一在三台山，皆属故城之西南隅；一在城西北十余里，称老东岳。

杭人兼信巫佛，乡民尤信巫，率有"投文"之举，具姓名年岁月日时辰籍里于庙祝所制之文书上，投诸神君，求得免罪，好生来世，其书必置黄布囊中谨藏之，命终时与俱入棺。每年秋初，庙有朝审。朝审者，神君所属百官往朝神君。而神君以此时审判罪犯也，（神君俗呼东岳大帝，此由五帝之说，东方为青帝，而以岱岳配之，故演变为此称。朝者，汉时太守刺史之官署，亦称朝廷，僚属禀白公事即为朝会。）其朝也由庙祝书百神之名于红柬，向神君唱之，如曰："城隍臣某某土地臣某某"之类，若仿衙参为之，而实本古之计偕。余曾于三台山岳庙见唱朝者有"少保兵部尚书臣于"者。于为明土木之变为石亨所杀之于谦也；谦墓适在庙右，遂以为神君臣，而不呼其名者，示敬也。人有以"君不君臣不臣"讥之者，其实巫祝所为，本不足道也。其审也，则率为病者，而以疯人为多；审犯时五木所加，一如昔时官府鞫狱，威严凛然。俗谓疯人经东岳审后得愈也，此自为治精神病之一法，特得效颇少耳。

庙中制度，同于天竺，故财产甚丰。老东岳一日燃烛大小以数千计，率甫然即去之，来者众也，已燃而去之之烛，仍由浇造家收之，重制焉，即此所得已致富矣。然三台山岳庙瞠乎不及。城隍山者则更冷落，盖老东岳为四乡及外县之信众所荟也。

《东岳庙》

第七辑

惬意难忘的消遣时光

闲来无事·

❖ **赵晨:** 老杭州的娱乐事业

▷ 鱼乐园观鱼

杭州是一个文化发达的地方,民间娱乐事业丰富多彩。1949年前统治阶级不予重视,甚至横加摧残,因而日趋没落,有些竟至失传绝种。

在军阀时代以前,对民间娱乐事业采取不闻不问态度,让它自生自灭。辛亥革命后,湖滨的旗下营开辟了新市场,火车开进城里,羊市街改筑了马路。人口益发集中,商业更形繁荣。民间娱乐事业也跟着发展。从只供少数人欣赏的堂会,一变而为公开登台表演。在城站和延龄路都造起了新型的舞台,仁和路开办了"大世界"。早在拱宸桥日本租界的"荣华戏园"则日趋冷落了。那时的娱乐事业只在地方治安,社会秩序上,为统治者所关切，在每一个戏院或游艺场都设有"军警弹压席"。当时散兵游勇，经常在戏院里寻事闹架。一闹全场观众逃避一空，戏院老板毫无收益，所以老板们重礼请来军警坐待"弹压"。

国民党统治杭州以后，民间娱乐事业逐渐发展。那时靠娱乐事业做生意的，有三种人：第一种是房东地主。他们出资建筑场地，收取租金图利；第二种是置备服装道具（又称衣箱）延聘班子演员演出，靠售票来赚钱的（总称前台老板），也有靠出租衣箱图利的；第三种是带领班子，雇佣演员赚取包银的领班（又称后台老板）。领班常兼收徒弟，从徒弟身上赚取全部或一部分的包银。

《杭州民间娱乐事业》

❖ 徐和雍：娱乐场所越来越多了

在清代，杭州除灯节、西湖竞渡（某年竞渡溺毙数十人，从此官府下令禁止）、迎神赛会外，并无公共娱乐设施。当时的娱乐多局限于家庭范围，官绅富室每逢喜庆，往往邀杭滩、宣卷艺人来家说唱，以娱来宾，俗称"唱堂会"。

民国以来，随着杭州的发展和市民生活的需要，逐渐出现近代的戏院、电影院。戏院最早出现于拱宸桥。19世纪末拱宸桥辟为日租界时，有人就在那里创办了荣华戏园，以演京剧为主。民国初年，城站市场、新市场相继形成，影剧院纷起。在城站一带，有凤舞台（不久改称第一舞台），以演京剧为主，后改为杭州电影院，放映电影。在新市场，有大世界、新新娱乐场、西湖共舞台，大小不一，各具特色，其中最丰富多彩的当数大世界。大世界创建于民国十年（1921），模拟上海的"大世界"，规模宏大，演出内容丰富多彩，是杭州市最大的娱乐场所。此后，市区各地先后开设了国货商场、市东剧院、西湖大礼堂、联华影戏院等影剧院。

剧院的创办，有力地推动了杭城戏曲艺术的发展。一种清唱体的曲艺——杭滩，逐渐丰富发展，另一种为佛事"演说佛书"的念唱曲艺——宣卷，逐渐演化成杭剧，同时还从国外引入了话剧。

在此期间，民国二十年（1931），在行宫前建造了杭州第一个体育场——浙江省立体育场。

《民国时期的杭州》

❖ 姚毓璆、郑祺生：公园和别墅

民国时期，杭州的公园建设，最早的是湖滨公园。1912年由浙江军政府政事部主持拆除钱塘门至涌金门城墙和旗营城垣，辟新市场，沿湖筑湖滨路，离湖20米处设栏，内杂莳花木，称湖滨公园。南自民众体育场起，迤北一里许，分为一至五公园。1928年，浙江省政府在第三公园码头建立陈英士铜像，像身着戎装，披风飞舞，骏马仰首疾奔，十分英武。设计者为周天初。次年国民党浙江省党部于第二码头建"北伐阵亡将士纪念塔"，塔顶用炮弹造型，塔形庄严。1930年春，杭州市政府在长生路之北至钱塘门头，用浚湖之泥填为平地，约21亩余，辟为第六公园。1933年开始在第五公园码头，筹建八十八师"淞沪战役阵亡将士纪念碑"，碑顶有军官士兵两人像，军官持望远镜，手指东北作指挥状，士兵持枪作冲锋状，像由著名雕塑家刘开渠制作。上述诸塑像，沦陷时均被敌伪抛入湖中，公园亦被破坏，抗战胜利后，由市政府重新安置，公园亦重作整治。

从湖滨公园到断桥，民国时有海宁徐氏的"蓦烟别墅"、杭人曹振声的"来音小筑"、周氏的"友常别墅"、粤人邓炽昌的"南阳小庐"、浙江都督杨善德的"云樵书屋"、徐氏的"林荫草堂"、上海药商黄楚九的"九芝小筑"；原清朝王文韶的"停云湖舍"，民国时为沪上颜料商贝润生所得，改名为"味莼湖舍"；至断桥东还有清吴兴张石铭的"绿柔湖舍"，又名"志水堂"。

▷ 陈英士铜像

▷ 民国时期杭州湖滨公园

孤山，民国时已形成目前格局。辛亥革命后辟清行宫一部为公园，1927年改称中山公园。次年建中山纪念亭。进公园有"孤山"两字，据说为宋人书写。两字旁有石亭二，为20世纪30年代纪念南洋华侨捐款救济浙江水灾而建。公园东首盘谷中有"西湖天下景"亭，此乃清御花园一角，风景独秀。1932年有黄文中题叠字格联悬于亭，曰："水水山山处处明明秀秀，晴晴雨雨时时好好奇奇"，并有亭额跋语："康南海题西湖联，有'如此园林四洲游遍未尝见'之语，弥觉坡仙此句可珍也，书额张之。二十一年陇右黄文中。"公园左有浙江忠烈祠，以圣因寺残存屋宇祀浙军攻克金陵阵亡将士，祠前有纪念碑。再东，有1912年迎葬来此的徐锡麟、陈伯平、马宗汉三烈士墓。其旁有竺绍康烈士墓，公园西有青白山居，依山面湖，飞檐翘角，碧瓦绿墙，典雅雍容，气势不凡，系上海警备司令杨虎建。再西为楼外楼菜馆与西泠印社。

《民国时期杭州的西湖园林》

❖ 郁达夫：杭州人的四时幽赏

一年四季，杭州人所忙的，除了生死两件大事之外，差不多全是为了空的仪式，就是婚丧生死，一大半也重在仪式。丧事人家可以出钱去雇人来哭，喜事人家也有专门说好话的人雇在那里借讨彩头。祭天地，祀祖宗，拜鬼神等等，无非是为了一个架子，甚至于四时的游逛，都列在仪式之内，到了时候，若不去一定的地方走一遭，仿佛是犯了什么大罪，生怕被人家看不起似的。所以明朝的高濂，作了一部《四时幽赏录》，把杭州人在四季中所应做的闲事，详细列叙了出来。现在我只教把这四时幽赏的简目，略抄一下，大家就可以晓得吴自牧所说的"临安风俗，四时奢侈，赏观殆无虚日"的话的不错了。

一、春时幽赏：孤山月下看梅花，八卦田看菜花，虎跑泉试新茶，西溪楼啖煨笋，保俶塔看晓山，苏堤看桃花，等等。

二、夏时幽赏：苏堤看新绿，三生石谈月，飞来洞避暑，湖心亭采莼，等等。

三、秋时幽赏：满家巷赏桂花，胜果寺望月，水乐洞雨后听泉，六和塔夜玩风潮，等等。

四、冬时幽赏：三茅山顶望江天雪霁，西溪道中玩雪，雪后镇海楼观晚炊，除夕登吴山看松盆，等等。

《杭州》

❖ 朱自清：我们今天看花去

有一回，Y来说，灵峰寺有三百株梅花；寺在山里，去的人也少。我和Y，还有N君，从西湖边雇船到岳坟，从岳坟入山。曲曲折折走了好一会，又上了许多石级，才到山上寺里。寺甚小，梅花便在大殿西边园中。园也不大，东墙下有三间净室，最宜喝茶看花；北边有座小山，山上有亭，大约叫"望海亭"吧，望海是未必，但钱塘江与西湖是看得见的。梅树确是不少，密密地低低地整列着。那时已是黄昏，寺里只我们三个游人；梅花并没有开，但那珍珠似的繁星似的骨都儿，已经够可爱了；我们都觉得比孤山上盛开时有味。大殿上正做晚课，送来梵呗的声音，和着梅林中的暗香，真叫我们舍不得回去。在园里徘徊了一会，又在屋里坐了一会，天是黑定了，又没有月色，我们向庙里要了一个旧灯笼，照着下山。路上几乎迷了道，又两次三番地狗咬；我们的Y诗人确有些窘了，但终于到了岳坟。船夫远远迎上来道："你们来了，我想你们不会冤我呢！"在船上，我们还不离口地说着灵峰的梅花，直到湖边电灯光照到我们的眼。

《看花》

❖ 倪锡英：到海宁看钱塘潮去

杭州，给予游人们的印象，是细腻的、秀丽的，含有多量女性的柔情。
当人们看到那旖旎的西子湖，清秀的环湖的群山，真像投入了一个甜蜜的
梦境里，谁的心都会变得懒洋洋地，给这美丽的湖山迷住了。

但，杭州绝不是完全只有这些软性的景色，如果你走到钱塘江边去小
立片刻，那末你可以看到杭州另一面的美景，是含着刚强的、雄伟的，有
生命之力的景色。所以在人们玩腻了湖山的胜景以后，到钱塘江边去换换
环境，呼吸着江上送来的新鲜空气，至少可以使游人的心上，另换上一种
新鲜的意境。

从杭州城到钱塘江边去，最普通有两条路可走，一条便是从城站，坐
沪杭甬火车，经望江门、候潮门、南星桥到闸口下车，直达江边。一条便
是从湖滨坐公共汽车，走杭富汽车道经过净慈、虎跑而到江边六和塔附近
下车。从这两条路到江边去都不贵，车资大约只须一角五分到二角。如果
是步行，那末最好在游览南山路时，从虎跑寺走过去最近。

钱塘江是这样美丽的一条江，广阔的江面上，轻泛着一叶叶的帆舟，
南岸是一片广阔的浅沙，一望无际。北岸重重叠叠的山峦雄踞着，气概十
分奇伟。江水是这样的清洌，近看是碧青的，远望似白茫茫的一片碎银子。
比起浊黄的长江、黄河，钱塘江的确是要秀丽得多。

关于钱塘江的名称，是只限于从杭州到出海口这一段称为钱塘江，自杭
州向西南去，过富阳，便称作富春江，过桐庐，便称作桐江，全线合起来，
称为浙江，或称作之江。因为这条江的全形很曲折，所以题名曰"浙"，又
因为全形共有三曲，故名之曰"之江"。在古时称作浙江，又称曲江。在江
心有块罗刹石，因此又叫罗刹江。但是现在一般人却是都称呼它叫钱塘江。

关于钱塘江"钱塘"两字命名的由来，相传也有一段历史的，当宋朝时候，有一个曹华信倡议在江边筑海塘，捍御海水，最初开筑时，订明能运泥土一斛来填塘的，给以钱一千，于是运土的工人都蜂拥而来，把泥土运到江边，结果却一钱不给，大家在失望之后，率性都把泥土弃在塘里废然而返，这样却把海塘填起来了。因此后来便名曰"钱塘"。但是据史籍来考证，杭州在秦时已置钱唐县，这钱塘江的得名，大概是依了钱塘县的名字而来的。

钱塘江的上游，共有南北两个水源。北源叫新安江，发源于安徽歙县的黄山，向东南流入浙江省境，经过遂安、淳安等县，到建德城东南，和南面的水源相会合。南源又可分为二源，一个叫衢港，一个叫婺港。衢港又有二源，一个来自开化县北的马金岭，一个来自江南的仙霞岭。在衢县城西的双溪口相会合，向东流至兰溪，再与婺港相合。婺港发源于东阳县南面的大盆山，经过金华而到兰溪。再从兰溪合流到建德，这一段便名曰东阳江。这南源东阳江和北源新安江在建德会合以后，直向东流，到桐庐县的东北，合上发源于天目山的桐溪，再向东北流，经过富阳城内，到萧山县西，合上浦阳江，折向东北，经杭州海宁而入海。这便是浙江流域一个大概的系统。

钱塘江有一个名震天下的奇景，便是"钱塘潮"，当每年阴历八月十八日，是钱塘江潮最大的时候，在钱塘江两岸，有成千成万的游人专为观潮而来。当这个看潮的季节来临时，京沪、沪杭甬铁路上行驶着"观潮专车"，专载着游人，直放到钱塘江边去。那些广告上都夺目地写着"到海宁看钱塘潮去！"每年从阴历八月十四日起的十天中间，钱塘江边上看潮的人便不断了。看潮最胜之地，就是在杭州西面的海宁县，因为那里适当钱塘江的出海口，潮水来时，浪势最激。在杭州所看到的潮，便很平凡了。因为当钱塘江经过杭州时，已经向西南打了一个湾，水流到这里，便转得和缓了。但杭州虽没有海宁那样大的潮看，普通一般看潮的人，却都是以杭州作集合点的，从杭州到海宁，沿着钱塘江有汽车道可通，一般人都搭火车先到杭州，再从杭州到海宁，看罢了潮，仍由海宁回到杭州，把杭州作为一个驻歇所。

▷ 钱塘江潮

　　在平时，每当潮来的时候，如果站在钱塘江边上去鉴赏，虽然看不到像海宁八月十八日的几丈高的大潮浪，但是那江水的奔腾澎湃，也同样是可以见到钱塘江的伟大。

《杭州》

❖ 钱鸣远：杭州的剧场

　　民国建立以后，杭州的戏剧演出曾一度出现繁荣景象。于是有些商人便筹资修建演出场所。从1912年至1949年期间，杭州的剧场遍布全城，大多比较简陋，规模较大的有如下几所：

　　杭州第一舞台　亦称城站第一舞台。始建于1913年，地址在现铁路工人文化宫区域内，总面积为2917平方米，有楼座三层，设包厢，共有1039座。舞台有转台，是杭州最早的现代化剧场。1914年以来，京剧前辈名伶谭鑫培、芙蓉草等相继来此演出。1917年底，梅兰芳、姜妙香、王凤卿等在这里演出过《穆柯寨》《黛玉葬花》《嫦娥奔月》等新编戏。1923年，马连良、尚小云、欧阳予倩等也在此演出过。

西湖共舞台 原名歌舞台、凤舞台，位于延龄路（今延安路）南段，坐东朝西，是抗日战争前杭州最大的京剧场。始建于何时尚待考查。1914年4月《全浙公报》已有月月红、常恒春主演京剧《杨乃武》《恨海》等广告。后因聘请"髦儿戏"（女子京剧）在此演出，故将"歌舞台"改名"凤舞台"，1922年底或1923年初改名"西湖共舞台"。周信芳曾在此演出达5个月之久。1923年7月，著名京剧演员夏月润、夏月珊兄弟率上海九亩地新舞台演员来此演出连台本戏《济公活佛》20本，以及时装戏《新茶花女》《谁是罪人》《阎瑞生》等，更使京剧在杭州观众中得到普及，从而奠定了坚实的群众基础。1927年夏，改名"浙江大戏院"，后又易名"大光明电影院"，改放电影。1929年，恢复京剧演出。1934年，为筹款赈灾，特聘梅兰芳、金少山在此演出。1937年杭州沦陷，舞台毁于火灾。

▷ 露天戏剧舞台

西湖博览会大礼堂 又名西湖剧院，建于1929年2月，坐落里西湖乌石峰下。建筑面积2300余平方米。剧院高15米，长61米，宽36米，有楼厢，设座2000余。建筑为钢筋水泥结构，装饰华丽。落成后，礼聘著名京剧演员梅兰芳、盖叫天、俞振飞、李桂春、金少山等先后在此演出。抗日战争爆发后，剧院被毁。

盖世界游艺场　建于1917年，是民国初年杭州第一所游艺场。坐落现湖滨一公园附近，原址在辛亥革命前系清八旗驻防营地（俗称"旗下营"）。光复后，拆除营房及城墙，改建新市场，于是商业中心便逐渐移向湖滨一带。"盖世界"最初只建一舞台，竹篱笆围墙，场内可容500余人。演出前以锣鼓闹场，观众闻声买票入场。开场时由滑稽演员杜宝林说唱一段"醒世谈笑"（即"小热昏"）。杜演出后，由杂技艺人田双亮表演杂耍"拉地铃"（亦名"抖空竹"），最后由迪社新剧团演出文明戏《乾隆下江南》《杨乃武与小白菜》《卖花成亲》等。因营业较好，乃扩建两条走马楼。西楼专说杭州评话，东楼专唱杭州滩簧。西楼听众多为体力劳动者，被称为"短衫帮"；东楼听众多为知识阶层，被称为"长衫帮"。下面拦有几个竹棚儿作为说唱、杂耍演出场地，颇具南宋时的瓦舍勾栏之遗风。盖世界拆毁时间约在1920年左右。

西湖大世界游艺场　建于1922年，原系浙江省省长张载阳创建。坐落仁和路西首，占地7亩多，砖木结构，三层高楼，走廊环绕，其中包括露天场子，共有大小演出场8处之多。最大的剧场可容千人，以演京剧为主，1935年秋，改为"东坡剧院"。走进大门右首一条长廊到底，有一书场，即共和厅，旁侧是溜冰场、杂技场，对面也是一所大厅，旁边有一中型剧场，以演绍兴女子文戏为主，对面是弹子房。由二门处上楼，也是一条长廊，长廊尽头，有一个可坐五六百人的小剧场，有扬州新戏、武林班和绍兴大班轮换演出。三楼与二楼布局相同，三楼小舞台专演文明戏。共和厅楼上的小剧场是昆剧场，共和厅后面是无声电影场（即现在的西湖电影院）"大世界游艺场"的整体布局是仿效"上海大世界"的格式修建的。开办之初，还自办《大世界报》（对开四版）。大世界的门票是银币二角，下午进场，中途不检票、收票，可以接连看日夜两场。戏剧、曲艺各取所好，京剧、越剧随意选择，直至夜半散场。场内小卖部、茶摊、面馆（兼售酒、菜）一应俱全，确系面向群众的大众化游乐场所，所以营业经久不衰。抗战开始，被迫停业。胜利后曾一度复业，终因班社星散、节目趣味低下、民生凋敝而一蹶不振。

《民国时期杭州的戏剧》

❖ **钟韵玉：**消失的杭滩

滩簧在江浙两省是流行的地方剧种，它是唱而不演的一种，浙省有杭滩、绍滩、甬滩，江苏有苏滩、本滩（东乡调、申曲、沪剧的原名），其中杭滩、苏滩都已淘汰。杭滩是用杭州方言弹唱，它肇始于清朝乾隆、嘉庆时期，由弹词、文书、宣卷中撷取精华，羼入元明昆曲词调演变而成。唱词大体以七字句唱出，而杂以道白，并用弦乐佐唱。有由五人分操鼓板、二胡、镗锣、琵琶、三弦的五档，加笙、笛的七档，加月琴、箫的九档，增锣、鼓、铙、钹、唢呐的锣鼓滩簧。唱词取材于弹词、话本、宝卷、演义、小说，如《白蛇传》之"断桥""借伞""盗草""水斗""合钵""祭塔"，《珍珠塔》之"见姑""赠塔""劫塔""羞姑""道情"，《花魁女》之"劝妆""接吐""独占"，此外如"思凡""下山""梳妆""跪池""出猎""回猎""刺目""麻地""单刀""扫秦""游殿"等共有200余出，备有小手折详列名称，供点唱。因要迎合喜庆，还有《百寿图》《张仙送子》等出，及吸收苏滩马如飞、林步青的唱词，如"荡湖船弃行"与"十八摸"小调。杭滩原为旧时家庭妇女所乐听，至光绪末叶，因有个别艺员行为不检，涉及与闺阁有暧昧事，致遭禁止。辛亥光复后，由陈效期申请改名安康正始社，表示从此安分守业，在东浣纱路见仁里口重新组社，朱少伯唱旦，蔡云宝唱小生，任宣贵唱老生老旦，关紫云唱红生净，陈效期唱丑等，并由王少庭在皮市巷组织副班。因为逢到喜庆大满棚日子，延邀的人家不少，一二副班底不够应付，有些人家唱了白天还要加夜场，称为接烛。遇到喜庆寿辰，预付唱费外，还要送红包喜包，有的人家唱完，邀请艺员吃寿面消夜。因为杭滩艺员算是文场，唱词多诗词典故，温文尔雅，所以不看作低三下四的人，称艺员叫先生。还有些爱好杭滩的人，平时学会弹唱，遇到亲友家有唱滩簧时，偶尔会参加串唱一出，这种人称为玩客。如20世纪30年代的沈子松、陆仲琴、孙溥泉、宓维新、裘申伯等，都唱得熟练流利，音调和谐。有的如王泽民、裘申伯还擅长编写唱词，配合曲调。1949年前后所唱《啼笑姻缘》，就是他二人所写。1949年前陈效期去沪，由朱少伯维持社务，他鉴于只凭坐唱已不够听众要求，曾在杭州大世界小剧场演出化妆杭滩，这时有一种模仿扬州调的武林班应时而出，因是新生剧种，也用杭州方言，演员年轻，加上扬州调正风靡一时，所以化妆杭滩难与角逐。后来武林班改为杭剧，而杭滩趋于没落。1949年后朱少伯还曾为杭滩培养了一班女艺员，在知味观间壁茶室楼上演出，他和几个老社员亲自把场，日子不多就垮了，有些女艺员转业到杭剧或曲艺队去。杭滩一业自1950年后就在杭州消失了。

《杭滩和清音的淘汰》

❖ **杨子华：** 杭州评话，要听郭君明的《水浒》

　　小说《水浒》问世以后，杭州的评话艺人从此就把它作为自己说《水浒》的脚本（即话本）。数百年来，历代评话艺人在前辈艺人传授的基础上，加以修改、丰富和发展，从而形成了杭州《水浒》评话的各种不同流派。一直到了民国初年，杭州评话还相当发达，名家辈出，擅长于说《水浒》的有王春镛、胡国良、张锦鹏等。此后，杭州评话《水浒》更是流派纷呈，风格各异。

　　郭君明说的《水浒》，深受听众好评。他重"说"不重"演"，宗承"王派"（王春乔）的传统。他坐着说《水浒》，很少站起来，好似与听众谈叙家常，又细腻，又真切。听众爱听他的书，感到很"入情""入味"。他的一部《水浒》，可以连续说上四五个月。

郭君明说《水浒》有这样一个特点，那就是涉及的生活面较广，有较浓厚的生活气息，且妙趣横生，经常见缝插针地进行插科打诨。尤多"书外书"说古论今，谈笑风生。他的"书外书"中有不少既富有知识性，又颇具趣味性的"噱"。比如说到梁山好汉时迁、白胜地探高唐州，到了城河边，没有船渡不过去。正当为难之际，时迁见路边有一口棺木，从上横头所书名讳来看，棺中显然是一位老先生。时迁便跪下来对着这口棺木拜了三拜，说道："老先生，今天我等梁山泊好汉到此无船渡河，特向你老先生暂借棺材盖一用，未知尊意如何？"谁知躺在棺材里的那个死人竟阳声阴气地答道："我'死人只管三块棺材板'，至于棺材盖，你尽管拿去无妨。"观众听到这里，无不为之开颜。

　　郭君明的"书外书"还富有杭州地方特色。由于他深通杭州的风俗人情、方言俗语及地方掌故，把这些恰到好处地运用到"书外书"中，就如同加了佐料一样，格外有味，既增强了语言的形象性和表现力，又增加了民俗学方面的知识性和语言方面的趣味性，因而深深抓住了观众。如"你们两人是'时迁与白胜'"，形容两人做事是共同合计的。又如"好佬只怕懒料，懒料只怕命不要"。这里的"懒料"指的是地痞流氓歪头阿三（即《水浒》原著中的"踢杀羊"张保）。说到这句俗话时，郭君明便通过"说表"加以评点，说明像歪头阿三那样的"懒料"，就怕"命不要"的人称"拼命三郎"的石秀。在杭州方言中的"懒料"即"无赖"的意思。把这个为非作歹的地痞流氓称为"懒料"，可以说是对这个人物性格的绝妙的概括；而用"命不要"来形容石秀敢作敢为的"拼命"精神，也是最适当不过的了。又如"宋江穿红袍，梁山活倒灶"这句俗话，是批判宋江接受朝廷招安，就断送了轰轰烈烈的农民起义运动。郭君明所运用的杭州群众的方言俗话，不仅赋予评话的说表语言以更高的艺术表现力，又有利于艺术形象的创造，雅俗共赏，给听众以一种语言美的享受。

《民国时期的杭州评话〈水浒〉》

❖ 钟韵玉：听清音的日子

清音，杭州人叫作堂鸣，以前有秀华堂、金玉堂、荣华堂、三庆堂、余庆堂、群玉堂等十几家，每家有几个班，由两三个成年人当管事和大件锣鼓吹奏，其余是十多岁的少年组成一班。事先向清音班订定日期并付款，届时派杂工挑来两大木箱及长条凳，箱内盛乐器衣服外，有活动装折雕花金漆木板，可搭成方形小室，四面悬挂玻璃灯，室内置两张方桌，两边列长凳，桌上放乐器。清音班到后，先换衣服，戴垂须折帽，穿平襟衫，形如京剧的跑龙套，衣帽颜色一律，喜庆用红色、紫色，丧事用黑、白、绿色。开始先整队上堂递手本，是一张堂名单帖，然后分列两边用笛、小皮鼓、镗锣等小乐器演奏，并由领队两人至中堂行礼，称为参堂。退至所搭小室列坐后，遇有宾客来临，即须吹奏乐器。设宴时须奏乐并唱京剧、徽调、昆腔、乱弹。遇庆寿及结婚后新人向长辈见礼，做三朝、五朝、满月，清音班须及时到场分列两旁奏乐。这些少年，杭州人称为堂鸣伢儿，向主人领受赏封都要请安的，平时由堂内延请教师传授他们唱词及弹奏乐器技能。他们都是贫苦市民的子弟，家庭无力养活，借此糊口。解放后，习俗转移，这些清音班全部停业，政府也安排给这些少年转业出路。

《杭滩和清音的淘汰》

❖ 赵晨：大书只说不唱，小书有说有唱

杭州人的说书原分大书、小书两种。大书只说不唱，小书有说有唱，

这与苏、沪的评弹情形相同。大书组织叫评话温古社，著名演员有王春镛、陈俊芳等。王春镛有"活关公"之称，陈俊芳说的"三国"也是被人称道的。小书组织叫评词普育社，主要演员有赵云麟等。后来唱的人少了，普育社并到温古社里去。他们经常在茶店说书，拥有大量听众。至于盛行于苏、申等地的评弹艺术，则偶然来杭州演几天。在杭州的浙北、苏南人是欢喜听的，杭州人都不感兴趣。

《解放前的杭州的民间娱乐事业》

❖ 杨子华：隔壁戏口技，如闻其声如临其境

杭州的口技可谓源远流长了，早在南宋，就已经形成了效飞鸟走兽鸣叫声的"吟叫"，仿各种小贩叫卖声的"叫声"及学各地方言的"乡谈"，而清末民初盛行于杭州的隔壁戏便是这三种口技的结合体。作为一种口技剧的隔壁戏，是由一人藏于布幔内"能作数人声口、鸟兽叫唤，以及各物动响，无不确肖"（《杭俗遗风》）。

杭州的隔壁戏中有一种形式较简单的，就是一个艺人挑着担子，在杭州的街头巷尾演出。艺人从担子内取出一张小桌子和一个包儿。包儿内有一块钱板儿，一根毛竹筒，半个破钹儿，还有一把扇子和一块醒木。艺人表演各种声响，就是凭借这些道具。譬如要表现人上下楼梯的声音，便是由艺人从桌子上来回地走动，听众即可分辨出有几个人在上下楼梯。如要表演火烧的声音，艺人便将毛竹筒敲击桌子，听众即可从中分辨出火势的大小来。如要表演下雨的声音，艺人就用双手在钱板上摩擦，听众从中可以分辨出是大雨还是小雨。至于表演各种鸟兽鸣叫的声音，那就得依靠艺人口上的技术了。而表演各地的方言，那就非得靠艺人能说"乡谈"的方言口技不可了。

杭州隔壁戏的最大特点，当然是以模拟各种声音见长，但又不仅仅是

模仿声音，而且还要创造出一种艺术意境和生活情趣来。作为隔壁戏传统节目之一的"百鸟朝凤"，纯粹是仿效鸟鸣的"吟叫"的口技，听了真有如闻其声、如临其境之感。

除了"百鸟朝凤"之外，其他的隔壁戏节目都是有情节，有人物，不是单纯的模仿声音了。如"小贩卖糕"这个节目，描写早晨的环境最为传神。先是一阵轻微的鼾声，在鼾声一起一伏之间，可以觉察到床上睡着两个人，一个是母亲，一个是婴儿。接着从远处传过来一阵鸡叫声，近处的鸡也叫起来了。从门外空地上的鸡叫一直到灶间鸡窝里的鸡叫。接着又从远处小巷里传来一阵狗吠声，逐渐由远到近。那似在年久失修的石板路上的"咯的咯的"走路的声音，使人感觉到打鼾的人就睡在临街的一间楼房上。再加上一阵婴儿的啼哭声和母亲的拍抚声，这几种声音交织在一起，使人感受到了杭州早晨的清新、静谧的气氛。接着由远而近地响起了一阵连续的小贩卖糕的叫卖声："方糕、条头糕、水晶糕、百果糕……"母亲轻手轻脚地起来，穿好衣裳，下楼梯开门出去，卖糕的小贩已走远了。等到母亲回上楼来，"方糕，条头糕，水晶糕，百果糕……"的叫喊声又从远到近地响起来了。母亲又重新走下楼梯，开出门去，说要买块方糕。卖糕的小贩说方糕刚卖完了，问别的糕要不要，结果母亲没有买。卖糕的小贩叫喊着走进巷里去了。可以听出卖糕的小贩和那做母亲的都是说杭州方言，但小贩的叫喊声和说话声都用大喉咙，而母亲的说话却是用细喉咙。可见像"小贩卖糕"那样的隔壁戏融合了"吟叫""叫声"及"乡谈"这三种口技。

杭州的隔壁戏至20世纪30年代，由于表演形式上的局限，逐渐消亡。而从布幔里走出来的口技艺人，以表演"鸟兽叫唤，以及各物动响"的"吟叫"口技则得到了发展，如隔壁戏艺人李莲生之子李天影，便是一位既精于魔术，又长于口技的一专多能的杂技艺人。他表演的口技节目中，以"婴儿哭"和"独轮车"最受观众的欢迎。

《民国时期杭州的杂技》

❖ 陈新平：全国武术擂台赛

　　武术是我国练武健身的运动。1928年初，国民政府令改武术称"国术"，并在是年4月成立"中央国术馆"，要各省、县也建立各自的"国术馆"，以推动全民习武强身。杭州市经一年余的筹备后，于1929年7月也成立了"浙江省国术馆"。

　　1929年初，为推动全国武术的开展，中央国术馆副馆长、武当剑侠李景林写信给全国各地武林门派的掌门与耆宿，表示想发起"举行一次全国性的国术表演大会"，以促进全国学武高潮的掀起，得到各方热烈响应。经过多次磋商后，浙江省务委员会乃于1929年5月3日223次会议通过决定：于该年11月25日在杭州举办这一全国性的"浙江省国术游艺大会"（民间通常均俗称为"全国武术擂台赛"），由新成立的"浙江省国术馆"承办全部筹备事宜。这一决定一经宣布，全国各地武术界人士就纷纷挑选高手好汉准备应会。

　　11月9日，市中心的清华与清泰第一、第二旅馆大门前所搭的彩楼上，挂出了"国术游艺大会招待所"的丝绸大红横幅。

　　次日，来自全国12省、四个特别市的各路武林高手按时赶到杭州报到赴会。代表中年龄最大的是奉化68岁的阮增辉，最小的为温州7岁的林标。原定表演代表为270人，实到345人；另有比武技击代表125人。与此同时，从全国各地赶来观看"擂台赛"的人流，也成群结队涌到杭城，市区各旅馆为之客满。

　　赛场设在通江桥畔的原清代抚台衙署旧址，建造起一座高4尺，直、宽为56尺、60尺的水泥大擂台。会场门口扎了两座牌楼，上悬"提倡国术，发扬民气"八个大字。在擂台上方悬"欲全民均国术化"的一大横幅，两旁悬对联：

一台聚国术英雄，虎跃龙骧，表演毕生功力，历来运动会中无此举；
百世树富强基础，顽廉懦立，转移千载颓风，民众体育史上有余思。

台正中悬有孙中山像，像两旁也有对联：

五洲互竞，万国争雄，丁斯一发千钧，愿同胞见贤思齐，他日供邦家驱策；
一夫善射，百人挟拾，当今万方多难，请诸君以身作则，此时且资民众观摩。

此两副对联，被当日各界传颂，以为颇能点明"擂台赛"宗旨。

大会会长由浙江省主席张静江担任，又请国民党要人钮永建、张群、程振钧任顾问。大会设执行部，下又分设评判委员会和检察委员会主持赛事。"评委会"委员长由执行部主任李景林兼，副委员长孙禄堂、褚民谊，委员有刘崇峻、杨澄甫、杜心五、吴鉴泉、刘百川等26人；检察委员有高振东、佟忠义、田兆麟、褚桂亭、萧品三、汤鹏超、傅剑秋等37人。此"二委"中除少数为文秘人员外，均为全国各地各武术门派响当当的宗师大侠。

大会原定15日开幕，因雨延至16日上午9时整开始。会长与执行部主任分别致辞，随后即开始"擂台赛"。

门票分两种：每天一次的售5角，可连看10次的"统票"每张售4元。按当日每斤上等精猪肉售价1角5分来推算，门票售价应属高昂。每日观赛者均有数万。

整个"擂台赛"分两个阶段：16—20日，为表演阶段，由各门派上场表演本门武艺，互相观摩，不计名次；21—27日，为比赛阶段，各地高手成对放搏，拳脚上面见真功夫，取名次。

表演各门派的武艺绝技，真似灿烂的繁星，有形意、八卦、太极、醉八仙、查拳、节拳、炮拳、公理、梅花、五形、七星、通臂、六合、戏阳、地盘、洪拳、猴拳、滑拳、劈挂、翻子、南北燕青、太乙、虎蹲、黑虎、白鹤、脱战、天江、鞭成、十字、巫家、咏春、蔡李佛、戳脚、飞心腿等拳、掌、腿，及龙形剑、三合刀、八仙剑、三节棍、行者棒、空手夺刀、空手夺枪、双扎枪等器械表演，使人眼花缭乱，目不暇接。浙江新昌选手章选青表演"缩山拳"，每跨出一步均在水泥台面上留一脚印，场上观众愕然，有顷才纷纷鼓掌；浙江瑞安选手谢忠祥演"六步拳"，会上几无人识，后经辛亥革命老人黄元秀再三考证，始认出是明朝戚继光《纪效新书》中所载的古老拳种，失传已近300年，这次大会上才重新发现与确认，与会武林界均以为是一"重大收获"。

▷　1929年杭州国术比赛之斗枪

21日起转入比赛阶段。评委会再三向众豪杰阐明"以武会友，以技争长，不得故意伤人"的原则，又具体宣布了几项规则，如不准挖眼、扼喉、打太阳穴、撩阴等，不准故意逃遁、拖延时间……然后由实到的109名高手分组抽签，抽到相同号码者成对作战，最后再选各组优胜者进入决赛。

激烈精彩的比赛，不时引起满场热烈掌声。各组选手拼搏虽猛烈，且一律不戴护具护罩，因上场均高手，攻防有序各有身手，激战至26日，还剩下河北保定的选手王子庆、朱国禄、章殿卿与河北沧县的曹晏海、河北南皮的胡凤山、安徽和县的马承智六人。决胜冠军将在此六人中进行。最后，王子庆力挫群雄争得冠军。

28日晚举行闭幕发奖仪式。在冠军王子庆以下，按次取"最优等"9名：第二名朱国禄，第三名章殿卿，第四名曹晏海，第五名胡凤山，第六名马承智，第七名韩庆堂（山东即墨），第八名宛长胜（山东即墨），第九名祝正森（山东即墨），第十名张孝才（山东历城）；从第十一名起，依次又取20名为"优等"。冠军王子庆独得5000银圆巨奖（约合黄金160余两）及银盾、书画等多件；从第二名至第十名，分别有1500元至200元奖金及其他奖物；第十一名至第三十名则单赠龙泉宝剑一把或金壳表一只，无奖金。

《杭州体坛两盛事》

❖ 徐清祥：喜雨台，老杭州的"棋市场"

喜雨台是中华人民共和国成立前杭城最大的茶楼，创始于1914年孙传芳主浙时期，由一个俗称"三老板"的裘姓嵊县人所开，地址在今延安路中段，即现小吕宋百货店和新会酒家一带的楼上。登楼的入口处，悬一横匾。上书"喜雨台"三字，并有"民国三年竺鸣涛题"字样。竺鸣涛出身武官，曾做过杭州警察局长。由他题名，具有威慑作用，以防不法之徒来此寻衅闹事。"喜雨台"之名，取北宋名士苏东坡名篇《喜雨亭记》中的"喜雨"之寓意，据说这也是竺鸣涛所提议。

旧时，棋类属"在野项目"，棋艺的锻炼均赖自发结合，一般在茶店或民众教育馆等处进行。喜雨台创业初期，原先以茶文化为本色，兼及棋艺。登楼后，分为左右两厢，以两档屏风隔开。左厢为棋室，室内除排列茶桌凳椅外，还置有一只约2米见方的大棋盘，在名棋手表演时，供旁人观赏品评棋局。右厢为茶座，当时杭州的商贾都很喜欢到这里来品茶休憩，汇集信息，交流思想，联络感情，乃至邀集会议。其时，由于汽车运输业的兴起，十分需要商务洽谈的场所，他们就自然而然来这个地处黄金地段的喜雨台，边喝茶边商谈业务，使之渐成一处颇具有"行业茶会"性质的处所。随着时日的推进，左厢的棋室逐步扩展开来，到解放前夕，已成为杭城独具棋文化特色的茶楼。

登喜雨台下棋，得具有相当的实力，"臭棋"是上不了台面的，一般的人只能在一旁充当"看客"，经常在这里出现的，早期有被誉为"第一国手"的张冠英和满族名棋手关春林；中期曾经锻炼出饮誉全国的"双枪将"董文渊和以李友三为代表的"五虎一豹"；后期则常能见到两次全国象棋季军获得者、被称为"刘仙人"的刘忆慈和后来任杭州围棋教练的张李源等。

旧时，棋类从未进行过全国性比赛，地区性的比赛也很少进行。名手间棋艺交流常自发个别进行。喜雨台创办后，以棋会友，著名象棋高手罗天杨、周德裕、万启有、谢侠逊、连学正、窦国柱等应邀来杭作表演或比赛时，都喜爱到这个"棋市场"去品茶谈棋，省内一些地方的当地"棋王"，也以到此弈棋为荣。1952年，笔者有一次见到一个自称"诸暨棋王"的朱某人，满怀兴致，登喜雨台下棋接战的是"五虎"中的李友三和冯阿青。一天下来，这位朱"棋王"被连拔十城，只得怏怏离去。

尽管喜雨台是杭城档次较高的茶楼，但由于旧的习惯势力和棋类的决胜性质，在喜雨台下棋多少总是要"博彩"的，一般以一壶茶资为起点，因此，一些经济拮据而棋艺较高的棋手，赖此为生，"彩金"也较高。一些人则偶尔以低彩金为注，表示下棋并不是为了钱。喜雨台还有一种"公彩法"，由棋迷出钱，请名手表演（比赛）。这是因为名棋手们常常不愿自己出钱博彩，因此棋迷不能有较多的观摩学习机会；更由于棋迷的心中各有自己的"崇拜对象"，于是由"两派"的棋迷出钱，请各自的崇拜对象出战。赢者，棋手可得彩金；输者，棋手不输彩金，由他的崇拜者出钱。这种"公彩法"，对棋手是上算的，但负者必须承担向棋迷讲解棋局、棋势的义务。

《喜雨台和杭州棋文化》

❖ 徐清祥：下象棋，招姑爷

刘忆慈1916年出生于杭州，小名葆奎，身高约1.75米，方面大耳，气宇轩昂，为人作风正派，待人接物和蔼而严谨，自幼酷爱象棋，1928年进徐春泉所开的油纸（伞）行当学徒。徐春泉为杭州著名的象棋高手，有棋坛"豹子"之称，是喜雨台棋楼的"五虎一豹"之一。徐在店内找人弈棋中，允许学徒刘葆奎在旁观看，因此也带动刘的棋艺的提高。后来，刘在观战中，谈及着法时，颇有警惊之着，引起了徐春泉的注意，在缺少棋伴时，也要刘忆慈作个对手，从此，刘的棋艺进一步得到锻炼和提高。20世纪20年代时，杭州喜雨台的棋事活动处于高峰，名棋手层出不穷，有著名的"五虎一豹"，更有拔尖于省际水平的张观云和关春林。刘忆慈抽空去喜雨台学棋时，从师张观云和关春林。

有一次，"豹子"找刘忆慈下棋，刘以"飞象局"开局，不久即进入紧密的细战之中，"豹子"在使出浑身功夫之后，仍未能夺得先手，相反，却在细战之中被刘的马炮"粘住"，至第38手时，由后手转入被动，最后被刘扳倒。徐以浙江名棋手的身份，竟被一个不到20岁的小伙子击败，初犹悻悻，但不久即转入怜才爱才之意。

徐春泉有个女儿，在店内和刘朝夕相处，互有好感，徐春泉看在眼里，就决意招刘忆慈为婿，以便由他接掌门户。1935年秋，刘忆慈终于成了徐记纸伞店的乘龙快婿，这就是被浙江棋界传诵一时的因棋招亲的故事。

刘忆慈成了徐春泉的女婿之后，除了帮助丈人照料店铺外，因棋艺日进，已有资格去杭州的著名棋楼喜雨台下棋，棋艺更进一步提高，基本上和喜雨台的"五虎一豹"齐名。为了进一步切磋技艺，也常常去上海和当时的沪上名手交流。1936年前后，杭州的棋坛十分活跃，城南俱乐部举办了"杭州市象棋名手邀请赛"，被邀者为"五虎一豹"中的李嘉春（后期人称老毛儿）、赵金荣（人称板刷阿荣）、蔡阿福（被称菜地阿福）、张毓荣（小麻子）、冯楣荪（阿青）和徐春泉（豹子），以及新秀董文渊和刘忆慈。比赛这几天，油纸伞店暂停营业，翁婿双双上阵，比赛结果刘忆慈夺得第二，于是名副其实地成了杭州的名棋手。

《记象棋名家刘忆慈》

❖ 杨子华：说新闻唱朝报，滑稽说唱"小热昏"

"小热昏"，它的前身是清末流行于杭州街头的"说朝报"。那时京中发行一种《邸报》，地方上也有类似的东西，因为卖报的时间都在早上，故名朝报。当时朝报都是石印，质量差看不清楚，同时为了招徕路人买报，卖报人把朝报背在背上，面向墙壁，报朝听众，敲着小锣，把朝报上重要的新闻用杭州方言念出来。

后来，民间艺人看到卖朝报生意不好，就把念朝报改成唱朝报。马得利在卖朝报时，还卖《劝世文》，唱《铜钱十杯酒》的小调。

唱朝报与卖梨膏糖结合起来，最早要数应、赵两家。应家还只是单纯的卖糖，而赵家（即赵阿福，艺名天官赐）却在卖梨膏糖之前先唱上一段小调。赵阿福虽然在卖梨膏糖时结合了唱，在形式上有了改革和创新，但他的唱调却非常单调，唱来唱去只是一个《五子登科》，吸引不了听众，因此他只好天天换场子，或赶集市、庙会，卖唱梨膏糖。

卖唱梨膏糖"小热昏"的创始人还得推杜宝林。因为"说朝报"发展到杜宝林手里，他索性把朝报上的新闻编成通俗易懂的唱词，连说带唱以吸引更多的听众。由于这种"说新闻，唱朝报"的形式滑稽生动，适应了当时劳动人民的兴趣和需要，于是杜宝林改用这种"唱朝报"的形式来卖梨膏糖。杜宝林是一个有骨气的民间艺人。他用滑稽说唱，无情地嘲讽和抨击清朝的封建统治。为了避免当局的迫害，杜宝林就以"小热昏"作为自己的艺名。"小热昏"是杭州方言，是"发热乱说"之意，这实在是一种很巧妙的"保护辩词"。

杜宝林滑稽说唱小热昏，只在一只架子上摆着装梨膏糖的木箱，演唱时人立在一条长凳上（后来也有两人说唱的双档，便在另一边再加上一条长凳），一面小锣，三块竹板（即"三跳板"），便算是伴唱的乐器了。小锣一敲，可以招徕听众；醒木一敲，可以安定听众的情绪；扇子一扇，可以插科打诨。"竹板敲，小锣响，小锣一响就开场"，它不受场地的限制，杭州的街头巷尾，经常可以看到围听小热昏说唱的热闹情景。

民国初年，杜宝林经常演唱于杭州的迎紫路（即今之解放街）、羊坝头湖南会馆、旗下（即今龙翔桥至开元桥一带）、众安桥、拱墅（即今拱宸桥堍）、城站等一带广场。观众须自带小凳，层层围坐，站着的在后面，经常是把一个广场围得水泄不通。如在晚上演唱，就挂起两盏帆竿灯（到抗战前后改用汽油灯）。民国二十年（1931）左右，杜宝林进入杭州大世界共和厅，定名为"醒世笑谈"。他头上戴一顶折帽（称"丘帽"），穿一件长衫，拿一把扇子，桌上放一块醒木，说唱滑稽小热昏。他能编善唱，往往是上午发生在杭州的新闻，下午就成了他滑稽说唱的内容。

在杜宝林说唱小热昏的曲目中，还有着杭州隔壁戏的影响。有些曲目便是他从隔壁戏里移植过来的。如《萧山人拜门神》《绍兴人乘火车》《瞎子借雨伞》《火烧豆腐店》等。在移植隔壁戏段子的同时，杜宝林还把隔壁戏滑稽诙谐的"学乡谈"（就是学各地方言）的艺术特点也吸收到小热昏里来。再加杜宝林本人有滑稽才能，擅长说各地方言，因此一经他的改编和加工，说唱起来，杭州的听众为之倾倒。

《杭州的滑稽说唱"小热昏"》

❖ 娄继心：大世界，吃喝玩乐应有尽有

杭州大世界于1921年由张载阳创办。他在军阀时期曾任过浙军师长、浙江省省长，在各阶层都"兜得转"，是杭州的头面人物；同时还组织美记公司经营房地产生意。发起人还有陈候生、朱靖绥、谢子原。入股者100余人，每股50元。美记公司一是管游艺场，一是管建筑房屋，在大世界建成后，成立房产经租处。大世界游艺场经理有祝继龄、陈慎孚等人，陈担任时间较长。陈原为张的警卫（旧称马弁），后经商，与"旗下"一带地头蛇杨祥林（雅园茶店老板，早病故）、余阿琨（十里香百货店老板，解放后被镇压）有交往。

美记公司经过改组尚有大、小股东27人。1936年公推汤兆颐为经理，张洗如、唐镇东为副经理。解放后大世界产业未被全部没收，仍交与美记公司经营。

大世界经营范围包括现在的西湖电影院和东坡剧院在内，占地面积约7亩多；房屋用木料建筑，为三层楼，有环转的走道。内部场地布局与设施大致模拟上海"大世界"的格式。进场后，呈现在眼前的是一个广场，辟为溜冰场；南侧高筑一台，为大型杂技表演场所，驰名南北"拉扯铃"的田双亮、潘家班的童子团都在这里演出过，留下了美名。房屋底层有大京班剧场、共和厅、小舞台、电影场；楼上有几处小舞台，走马楼的通道上陈设西洋镜、手摇活动画片、电灯拉力泵、肺活量气泵等，每次一个铜板，供游客玩乐。剧场以演出京剧为主，早期有杭州"三义堂小科班"毕业的学员在这里作较长时间演出，著名演员有白玉芳、沈飘芳、方孝芳、刘福芳等，很受观众欢迎。《狸猫换太子》连台本戏连演30多本，始终叫座。对老杭州来说，对小科班印象最深，大家都简称"小京班"。其他还有绍兴大

班、女子的笃班（即越剧前身）、警世文明戏、武林班（杭州戏）。在共和厅小舞台演出的曲艺节目最多，有京戏清唱的女校书，独角戏小热昏杜宝林，还有滑稽京戏、魔术、杂技、口技轮流演出。这些演出对流动的游客，最配胃口。存在20多年的大世界确也出过不少人才，例如京剧演员有三个牡丹（绿、粉、金），有武生王少楼、老生徐鸿培等；独角戏有江笑笑等；其他剧种也有。这些演出，在当时虽无多少艺术价值，但观众却是兴致勃勃，工作之暇，来此调剂身心。

大京班剧场及小舞台等处，设有茶堂，管理售茶的称为"堂口"，"堂口"头目就是向场方承包售茶的主人。承包要有门路，方能谋到这差使，向场方承包时要交纳押金作担保，押金多少以剧场座位多少为标准。头目有用人权，由他招雇"茶房"招待，"茶房"一样要钻门路付押金才能有工作。他们每月工资极微，全靠"外小"（喝茶游客给的赏钱）。每10天或7天分账一次，头目、记账得大股，"茶房"只得小股。每日从中午起到深夜散场，工作十分劳累，不称主子的心还要打碎饭碗。"茶房"不时挤进挤出，递送毛巾，两人相隔几十米，相互投接无误，要有一套熟练的本领。

大世界经营有它的特点：一、大世界是个综合性游艺场，各种剧种、曲艺、杂耍都有，游客可以各取所需，男女老少都可以得到满足。二、门票每张贰角（小洋），观众购买一次门票可连看日、夜两场，中午时间进场一直玩到深夜散戏为止，花费不多，却可消磨整整一天。三、场内设有面馆兼营酒菜，也有各种风味小吃摊供游客进食，既方便又实惠。有的游客生怕戏场座位被人占去，可以要求将面点送到位置上去，这些都深受游客赞许。

大世界从外表看来是一个群众性游乐场所，但也是个藏污纳垢之所。流氓借此"讲斤头"的事，时有所闻。官方眼开眼闭，甚至沆瀣一气。

杭州沦陷后，大世界由日寇特务机关控制，改名为"大东亚游乐场"。经营权为日寇豢养的特务、密探所操纵。他们把大世界变为一座毒化老百姓的魔窟，在场内设立了赌台和供人吸食毒品（鸦片）的房间，娼妓充斥，一片乌烟瘴气。只有大京班尚在支撑，但生意清淡。据说在王俊宸领衔演出时，因场方包银发不出，演员无法生活，向场方索讨包银引起争吵而遭毒打，日寇宪兵队还要逮人。次日，京剧演员钱也不敢要，逃之夭夭。

抗战胜利后，大世界恢复原有剧场的面貌，铲除了烟、赌、娼。管剧务老板四处邀角，充实阵营，其中以京剧、越剧、绍剧最受欢迎。京剧有白玉艳、张镜铭主演的连台本戏《荒江女侠》，曾连演月余卖座不衰；越剧有姚水娟、裘大官等人，小舞台有滑稽京戏大面包、小神童等，经营有了些起色。但由于经济动荡，好景不长，市场不久又现萧条。有的剧团来演出，场方不付包银，以拆账方式订约，以保证双方收入，但收入甚微。这样，一直艰难地维持到解放。

《解放前的杭州大世界》

❖ 杨子华：看杂技，惊险紧张又刺激

杭州的杂技艺术早在南宋时期已相当繁荣，在杭州诸瓦子勾栏中经常演出的杂技节目就有50多个。其中有不少节目还被保存到民国时期的杭州杂技中，而且可以看出它们之间一脉相承的亲缘关系。

"走索"就是现在的走钢丝。早在南宋杭州的"百戏"技艺中就已经有"上索""索上走""索上担水""脱索"这类节目。南宋杭州的"索上担水"这样的绝技，清末民初杭州著名杂技艺人王金武还能表演。王金武在表演这个走大绳的杂技时，就挑着一担重六七十斤的水，在一根两三丈长的软索（大绳）上，摆出各种姿势，最后以来回摇晃的"大摆"动作收场。后来，杭州杂技艺人表演走索这个节目，都用钢丝来替代绳索，名称也由"走大绳"改为"走钢丝"了。当时，杭州杂技界的后起之秀如王素根、姜小妹等都擅长走钢丝，技巧也更为成熟。她们在钢丝上表演"小摆""大摆""单摆""双摆"等高难动作，显得婀娜多姿。她们在钢丝上表演的"坐凳"（两脚凳），两条腿搭在钢丝的同一边，利用钢丝的弹力表演上下跳

动、前后转身坐和仰脸卧等惊险动作。更为惊险的还在于艺人用一条腿向后面伸去，另一条腿支撑着上身，使腰部慢慢弯下，后腿膝盖跪倒钢丝上，让自己的头部向下弯，直到用嘴叼住钢丝上的手帕为止。

她们在钢丝上表演的"蹬车轮"是用单轮车钢圈作为道具，用两腿夹住，脚踏车轮下边的钢圈，车轮就在钢丝上来回旋转。特别令人叫绝的是，她们一面要用脚踏车轮，一面还要用头顶碗，最多时要顶10只碗。

"上竿"也是个传统的杂技节目。早在南宋的宫廷盛典中就有名为"抢金鸡"的上竿的杂技表演。在明代杭州的佑圣观的庙会上也有"雀竿之戏"的精彩表演。民国时期，杭州著名的杂技艺人王生根也善于表演"顶竿"这个节目。表演时，他将一根一丈五尺长的竹竿竖在头上，稳稳地顶住，一先一后爬上去两个小演员。这两个小演员以自己的腰腿功夫，在竿上敏捷地忽上忽下。而作为"底座"的王生根头顶晃动着的竹竿，一方面要掌握由于竹竿上两个小演员的翻腾而变换着的重心；一方面还得用手脚表演如"拉元宝""前鸭子""后鸭子"及"单手背肩"等各种固定位置的技巧。

"翻高台"是当时王生根的看家节目之一。艺人爬上叠起来的7张半台子（半张台子是指一张条凳）的最高层后，两只手上各拿着3只碗，两只手臂的肘子各夹着1只碗，两腋下各夹着1只碗，嘴里咬着1只碗，下巴也夹着1只碗。再带着这12只碗，从高处翻下来，着地后还用头翻一二十个筋斗，称"头顶子"。这是对传统杂技"三桌九碗"的发展，显示了杂技艺人高超的技艺。

"顶玻璃梯"是杂技表演家刘少山在民国十八年（1929）与其弟刘少舫于杭州大世界共和厅演出的一个最叫座的创新节目。为了表演这个被称作"西洋杂技"的"顶玻璃梯"，刘少山还身穿大礼服，头戴大礼帽，手握司的克（拐杖），口叼雪茄。就凭刘少山这副别致而大度的仪态，就足能把观众的注意力吸引过来了。当然更引人入胜的还在于刘少山的表演，他顶的第一二层玻璃中间放1只大杯子，四边放4只小杯子；第三层玻璃上中间放1盏大的煤油灯，四边放4盏小的煤油灯。这一套技巧动作的设计是很有特色的。所使用的道具都是危险之物，玻璃、杯子易碎，杯中的水易倒出，点着的灯中煤油易燃。所以刘少山每次表演这个节目总是引起观众的浓厚兴趣。

▷ 杂技表演

"小武术"是将武术与杂技相结合的传统节目,由刘少山主演,助演者是其弟刘少舫、刘少昆、刘少仑等。表演时,这五位艺人并然有序地变换着队形,它糅合了如"对手顶""三空桥"和"大牌楼"等形体技巧。

比起"小武术"来,当时杭州的一些家庭杂技班都会表演的"大武术",规模和气势就大得多了。参加"大武术"表演的艺人一般有10多个,他们先分后合,先个别后集体地表演"翻筋斗""鱼跃跳""倒立""单撑肩"等,显示健美和力量的武术动作。结束时,10多位艺人叠起了一座罗汉,故"大武术"又称"叠罗汉"。

"抖空钟"是民国时期著名杂技艺人田双亮最拿手的节目。他先后在"盖世界""大世界"都表演过。他能"抖"出繁多复杂的花样来。有时甚至从观众席上随手取过一个瓷的茶壶盖或者茶杯盖，照样也能得心应手地表演出如抖、转、翻、跳等的花样来，叫人见了眼花缭乱。

《民国时期杭州的杂技》

❖ **杨子华：** 看马戏，跑马、老虎和猢狲

民国时期，家庭杂技班大多既演杂技，又演马戏。

"大跑马"是杭州马戏的传统节目，明代就有表演"双燕绰水""二鬼争环""隔肚穿针""枯松倒挂""魁星踢斗""夜叉探海""四女呈妖"等的"大跑马"。在民国时期，杭州有几个家庭杂技班也都能表演这个传统马戏。表演"大跑马"的一般都是妙龄少女。出场时，由两位穿着彩衣的少女，骑着两匹骏马先绕场奔驰数圈，然后在马上站立起来，竖蜻蜓，翻筋斗。并在奔腾的马上纵身跳下来，又手握马尾，飞身上马。接下来她们便在马背上表演如"单腰""倒立""燕子式""倒骑马"及"脱手站立"等惊险动作，观众无不为之捏一把冷汗。

特别是在"大跑马"中，骑在马背上的两个艺人忽然双脚夹住马鞍，双手倒挂，尽管这时马正在飞奔着，但是她们照样用双手把预先插在地上的几十面小旗子全部拔起来。最后，观众中有人拿出铜钱来，堆成好几堆，艺人同样在飞马奔跑中，倒挂着用双手一次性地把地上的几堆铜钱收起来。这就算是观众给马戏艺人的赏赍了。

民国初年，湖滨花市路的"盖世界"游乐场内，设有一个占有五六间房间的动物园。动物园中有象、狮子、老虎、猴子、狗等动物，并由朱联奎领导的马戏班向观众表演"马戏"，有驯象、驯狮等。

"虎口铜钱"倒是一个新奇而别致的节目。先教老虎张开血盆大口，接着艺人把20铜圆一串，一串一串放进老虎嘴里，一会儿再从老虎嘴里取出来。艺人以每一串4角钱代价卖给观众。

观众都争着买回去。据说从老虎嘴巴里取出来的一串铜钱挂在小孩子的头颈上，不仅可以压邪，而且连狗也不会咬。这当然是一种无稽之谈了。

"猢狲骑狗"的演员是一只小猢狲。它头戴一顶红顶帽，上身套着一件黄马褂，手里拿着一根马鞭子，骑在狗背上，以狗当马，神气十足地绕场巡回数圈，惹得观众特别是小观众捧腹大笑。

《民国时期杭州的杂技》

❖ 杨子华：变魔术，不可思议的演出

魔术是传统的古彩戏法，在南宋时称"撮弄"。至清末民初，杭州的城隍山和梅花碑一带，是民间艺人汇集之地。特别是每年的新年，这两处的戏法更能吸引远近的观众，也更讲究规模和气派。

当时，由于隔壁戏的流行，魔术也相应地得到了发展。《杭俗遗风》上说，"此（指隔壁戏）多与戏法连班而来者"。其实这种情况到民国之后，依然保持着。说是表演隔壁戏，却都在中间穿插表演戏法。当时著名的隔壁戏艺人如李莲生、章志升、田锡镛、王阿其等也都是名噪一时的魔术师。

早期的魔术师以做红白喜庆堂会为主。根据堂会规模的大小，戏法也分大套和小套，大套在地上变，小套在桌上变。小套都是变一些像"仙人采豆""大变金钱""桂圆变蛋""蛋变铜钱"等小型戏法。"仙人采豆"，由1颗豆，变成2颗、3颗、4颗，最多可以变成8颗。"大变金钱"，便是将原来的16个黑色的宽永通宝铜钱全部变成黄色的；再变成半数黄色半数黑色的；最后变成15个黑色的，中间一个是花的。

"爬虫（即湖蟹）跨跳"是民国十三年（1924）章志升在杭州"大世界"风靡一时的魔术节目。表演时，艺人先解开长衫，再从凳子上面跨过去，跨过来，向观众交代内中并无机关。然后在一瞬间，从身上变出一大盆湖蟹来，口中说道："这还是刚从西湖里捉来的。"蟹一见到光亮就往四

面爬，弄得台上、台下都是蟹，观众帮助去捉，顿时全场轰动，气氛活跃。

"九连灯""滚灯""火光冲天"，这几个古彩戏法都与"火"密切相关。艺人用毯子一遮一披之间变出一盏灯的叫"单亮"，连续变出两盏灯的叫"双亮"，一口气变出九盏灯的就叫"九连灯"。王阿其表演的"滚灯"，出神入化，有很高的技巧。艺人先从自己身上变出一只大碗，碗中放着一支火势很旺的长蜡烛，只见艺人猫着腰，往条凳下面钻过去。奇怪的是，他手里捧着的那只碗里的蜡烛，竟没有掉下来，火也没有熄灭，可谓技艺高矣。"火光冲天"是表演"火"的技巧的，令人神奇莫测的是：艺人王阿其把毯子去掉，再把长衫脱掉，一盆火就变出来了。霎时间，只见台上火光冲天，火焰蹿起数尺高。

"九龙取水"是当时杭州著名魔术师田锡镛的看家戏法，是以"水"为技巧的幻术。艺人穿着长衫，拿着毯子，从毯子里面变出一碗水来，副手在旁边故意打诨说："你这也是假的，水是预先放在毯子里的，不准你用毯子。"艺人甩掉毯子后，又在长衫里变出一碗水来。副手又说："你这也是假的，水是预先放在长衫里的，不准你穿长衫。"艺人脱掉长衫后，又在布衫里变出一碗水来。在艺人脱去布衫后，又在小布衫里变出一碗水来；在艺人脱去小布衫赤膊之后，又从身上变出一碗水来；像这种"一不遮，二不盖，空手出彩"，真可谓古彩戏法中之一大绝招了。

"十二太保"是魔术师李莲生擅长表演的传统节目。所谓"十二太保"，也就是变出12碗水来，最后一碗，非但碗特别大，而且还有金鱼在水中游。李莲生表演的"十二太保"乃是"九龙取水"的进一步丰富和发展。艺人运用了戏法中的"藏挟"幻术，把这么多碗水以及金鱼藏起来。这需要艺人很大的腰上功夫和高超技艺。因此，李莲生在20世纪30年代的杭州"西湖博览会文艺竞技比赛"中赢得了冠军，也绝不是偶然的了。

"宝箱换人"是李莲生之子李天影最擅长的魔术。李天影为了表演"空箱换人"，特地临时请一位观众上台到一只大板箱里去检查，掏掏摸摸，说明板箱里一无所有，也没有什么机关。于是就请这位观众把女助演的双手反绑起来，放到板箱里，盖上箱盖之后，用三把锁锁牢，并用粗的麻绳把箱子前后、上下都捆扎起来，然后魔术师取出一顶方帐，自己的头伸出来，叫那位观众赶快抓住。"一二三"，说时迟，那时快，那位观众抓住了一个头，一看魔术师早变成了那个女助演。李天影每次在大世界表演这个变幻莫测、奇妙异常的"空箱换人"时，总是博得满堂彩。

"大锯活人"也是著名魔术师李天影的一大杰作。魔术师自称有神通广大的"法术"，于是装模作样地施用"催眠术"，使旁边的一位女助演进入催眠状态。接下来就把她安放在两只大的雕花木箱上，再将木箱盖好。两个助演取过两把有柄的扁的锯子，分别把那位女助演的头与脚"锯开"。而且当场还流出鲜红的"血"来。观众正在惊魂未定之际，魔术师打开木箱，从里面走出了安然无恙、笑容可掬的女助演。

"瓶升三戟"是"平升三级"的谐音，是李莲生与其子李天影经常在喜庆堂会上演出的传统魔术，后来被其孙李小天所继承。李小天生长于魔术世家，祖父李莲生和父亲李天影的不少精彩的魔术他都能表演，尤以表演这个"瓶升三戟"见长。他也运用"藏挟"之术，把藏在身上衣内的一个大约长57厘米的瓷瓶及插在瓶中的三支大约高87厘米的戟突然变了出来。这些都足以说明艺人藏法之巧妙，动作之敏捷，功夫之过硬了。

后来，杭州大世界共和厅还有一档表演魔术的节目是由张潮森领导的魔术组担任，经常表演的节目有"翻箱鸟笼""三套筒""五星飞牌"及"空箱换人"等。

《民国时期杭州的杂技》

❖ **毛玲甫：看电影——从手摇到电动，从无声到有声**

电影从国外传入，浙江数杭城为先。杭城有电影始于1908年（清光绪三十四年）拱宸桥日租界。之后，1913年、1918年在杭州基督教协和讲堂（现思澄堂）、基督教青年会（现青年路）先后出现的电影，都是由"洋人"

开办的。至1920年，杭城自己开办电影业还是个空白。

1921年，杭城有志人士张载扬等人，欲兴办电影，从上海购买了放映设备，聘请了放映技师，在他们集资创办的"西湖大世界游艺场"九个娱乐项目中开设了"电影场"。为杭城自己兴办电影业开了先河。

电影从手摇到电动，从无声到有声，尤其是中外故事片的拍摄和引进，观众愈来愈多，推动了电影业的发展。1922年，地处火车站的城站旅馆，在顶楼开办了"楼外楼电影场"。1925年，杭州商人徐梦痕，承租了城站一家大戏院，并经装修，开出了一家设备比较完善的专业电影院"杭州影戏院"。这两家电影院（场）因有地处铁路线要隘、旅客簇拥的优势，营业一直甚好。这就吸引了其他开戏院的老板。1929年，地处花市路（今延安路）中段南侧的"西湖共舞台"（有楼厅三层近2000座位的戏院），也改以放电影为主，并改名"浙江大戏院"。1930年，杭州电厂为扩大用户，租借了孤山"西湖博览会"礼堂，开办了"杭州电厂用户娱乐电影院"，凡电灯用户每月可享受四张优特票并有公共汽车免费定点接送。随着固定电影院（场）的发展，不固定的电影场所也应运而生，先后有"公众运动场俱乐部"（现华侨饭店址）、"新新娱乐房"（今延安路中段西侧）、"西湖博览会电影场"（今孤山处）等四家出现，至1930年，杭城电影业先后发展到九家。

随着电影声光质量的改进和提高，左翼进步电影和多集武打故事片的拍摄，使电影业得到巩固和发展。"杭州影戏院"特约上海几家电影公司的新片上映，如早期著名导演洪深的《冯大少爷》、欧阳予倩的早期影片《玉洁冰心》和胡蝶主演的《姐妹花》以及《火烧红莲寺》《荒江女侠》《乾隆游江南》等，这使它成为二三十年代杭州负有盛名的电影院。1935年，上海联华影片公司张啸林、吴邦藩与杭州地产主杨东升，合资在花市路繁华地段新建一家一流建筑和设备的专业电影院"联华大戏院"（今胜利剧院）。这家电影院开业后，很多左翼进步电影如《大路》《桃李劫》《迷途的羔羊》《渔光曲》《夜半歌声》等都在这里上映，"联华"成为三四十年代闻名沪杭的一家影院。

▷ 电影《渔光曲》剧照

　　抗日战争时期，日军占领杭城后，为了控制电影行业，1938年接管了
"联华大戏院"，并改名"东和剧场"。1939年1月，日伪当局又把"大世
界"的电影场，从大世界划出，在英士路开门，改名"西湖影戏院"（现西
湖电影院前身），一度由日本人任经理，以放映日本影片为主。

　　杭城沦陷时期，电影业日趋萧条和萎缩，"杭州影戏院"因日军晚上戒
严，道路封锁，再加上海至杭州的铁路检查很严，片源枯竭，观众越来越
少，难以维持生计而被迫停业。由"浙江大戏院"改名的"大光明戏院"，
1942年在演出戏剧时，因用电超负，焚毁于一旦，后未重建。抗日战争胜
利前夕，杭城的电影放映业仅存"西湖""国际"（"东和"改名）和重开的
"大世界电影场"三家。

　　抗日战争胜利后，上海电影商纷纷来杭投资开办电影院，使杭城的电影
业有了较大的发展。1946年7月，上海联美公司江礼会与杭州商人彭寿龄，
合资租得"民众教育馆"礼堂（湖滨一公园），开设"美琪大戏院"，经常放
映美国好莱坞影片。同年10月，在上海、苏州、无锡拥有多家电影院的上海
电影商季固周，在后市街开设了"大光明戏院"（今前进电影院址）。1947年
1月，季固周又在英士路租用"杭州教育会"礼堂（今市总工会址），开办了

"金城大戏院"，主要放映国产影片。西湖大戏院业主陈志川又集资在教仁街（今邮电路）开办了"天香大戏院"。（解放后改名人民电影院）同年，季固周为了占领杭城的电影市场，不惜投资黄金20条，在迎紫路（今解放路）建造了有1224个席座的"太平洋大戏院"，年底开业，独家首映国产优秀故事片《一江春水向东流》，连映35天，放映了100余场，场场客满，基本收回了投资，创解放前中外影片卖座最高纪录。1948年2月，又有上海电影商集资黄金40条，在国货街购地建造了1100座的"大华大戏院"（今新华电影院）。这家电影院冬有暖气，夏堆冰山，以映美国片为主，与"太平洋"竞争观众。其间，上海电影商江礼会又与彭寿龄合资在青年路开元路口建造了"金门大戏院"（后为新中国剧院），首映美国影片《嬉春图》。1946年至1949年初，《东南日报》社员工福利会，为会员谋福利，在东南日报社三楼开办了"东南电影院"，首映国产故事片《大炮》。

自1921至1949年初，杭城先后有固定电影院17家，季节性和为开展赈灾、冬救等活动的临时放映场所九家。在28年的历程中，不少电影院（场）有的因地处偏僻上座率低，有的因房屋租赁期满，有的因流氓滋事秩序混乱而无法正常营业，有的因片源枯竭等种种原因，先后陆续停映和歇业。至解放前夕，杭城的电影行业尚有太平洋、国际、大华、西湖、金城、天香、大光明和大世界电影场等八家。解放后，这八家电影业先后由人民政府接管和收买。

《旧时杭州电影业的兴衰与变迁》

❖ 张包子俊：新光社，最早的集邮协会

1923年春天，桃红柳绿的西子湖畔，风景格外优美。在基督教青年会一楼的一间小屋里，每逢星期六下午，张包子俊、凌能夏、李弗如、陈念祖、郑汝纯、潘光震等十余位集邮爱好者，经常聚集一室，有的拿出绚丽

多姿的中外著名邮票，有的拿出名贵的实寄封，有的拿出五彩缤纷的明信片，还有各式各样的古票，聚精会神地凑在一起，津津有味地互相观摩，品评邮票价值，畅谈集邮心得，考证邮票历史，研究邮票风格，相互交换邮票，或取人所有，或谋我所缺。这个集会，取名为"新光社"，这个社还包括音乐、歌咏、棋类、乒乓球等活动，这就是我省最早的邮协雏形。一年以后，随着集邮活动的发展与扩大，张包子俊、潘光震、李弗如、郑汝纯等人商量后，划出了音乐、歌咏和乒乓球活动，成立单独的集邮组织。那时，杭州基督教青年会外籍干事伍立夫等，想利用这个群众组织，乘机划入该会，与摄影体育等小组一样，渗入宗教宣传。新光社张包子俊等人不同意，就离开青年会，于1925年，成立新光邮票研究会（简称新光邮票会）。由柴冠群任会长，凌能夏任副会长，张包子俊和钟韵玉负责出版和宣传，还有评议李公惕、莫星白、徐景孟、徐荫祺，研究卢赋梅，中文书记李弗如，英文书记陈念祖，日文书记王抱存。当时有会员近40人。并把会址迁移到杭州严衙弄八号一间60平方米的住室里。

⋯⋯⋯⋯

▷ 新光邮票会印行的会刊《新光》

1925年春节，新光邮票会在杭州基督教青年会举办邮票展览。这是我省历史上第一次邮展，也是继上海之后，在全国来说也是较早的。

这次邮展集中了我省和北京、上海、广东、江苏等外地部分会员的邮票精华，共展出珍品50余框，一组组邮票排列在美观大方的展屏上，摆满了青年会的会场。展览反映了我省集邮事业的日益发展。

这次邮展由邮票、实寄封、明信片三部分组成。邮票有晚清名士吴士鉴后代吴思浚的清朝官封邮票；张包子俊的"慈筹"纪念票各种样票；日本版四方连全新及九分对倒四方连，光复共和纪念票四方连；卢赋梅的奈太古耳1902年古票，暹罗（今泰国）票专集；张幸民的法客邮1901年加盖二分至十六分全套，1904年漏盖和倒盖票，凌能夏的商埠书信馆票专集；郑汝纯的抱犊崮邮票，陈念祖的新疆票和无齿票；钟韵玉的中外邮票等。实寄封有万灿文的全部怠工封；赵敦甫的蒙古军事邮票封；陈复祥的刘公岛实寄封等。明信片有谢鄂常的明信片专集，李弗如的客邮明信片专集和邮戳集等等。也有蔡丽生的动物、运动、旗帜、地图、人像、风景等专题邮票。此外，还有蒋伯勋的红印花例盖票正票，从我国第一套大龙邮票到1925年的普通邮票，世界上第一套纪念邮票、哥伦布发现新大陆新票等等；真是丰富多彩，珍品满目。

这次邮展，为期三天。多彩多姿，琳琅满目，一方寸之间，大千世界的精华邮票，吸引了广大集邮爱好者的注意。展出期间，每天都有数以百计的观众和专程从外地赶来参观的邮友。这次邮展，促进了杭州集邮活动的繁荣。

《"新光"邮会、邮刊、邮展琐语》

第八辑

尝一口江南的鲜清脆嫩

杭州味道·

❖ 宋宪章：杭菜味道

到民国时期，杭州的饮食业集前朝饮食业发展之大成，300余种菜肴和几十种名点小吃，在饮膳专家理论指导、名厨良庖实践改进之下，开始逐渐走向完美，形成具有既继承历史传统工艺，发扬本地花色品种丰盛，同时融汇西湖人文自然景观风采的特色，产生了中国著名的八大菜系之一的"浙菜"的主要核心组成部分——杭菜。

杭菜的基本特色，概而言之，可以用"选料严谨，制作精细，清鲜爽嫩，注重原味，品种繁多，因时制宜"这段话来说明（引自《杭州菜谱》）。就以江南地区而言，它与著名的淮扬菜（扬州菜）、姑苏菜（苏州菜）、金陵菜（南京菜）都有所不同，独树一帜而饮誉海内外。至今在香港、北京、上海等地都有正宗的杭州风味菜馆，足见其影响之深远。

民国时期之杭州菜，按其服务对象、用料、工艺制作方面的不同，大致可以分为两大流派：一是以楼外楼、天外天等西湖名胜古迹景点的著名菜馆为代表的"湖上帮"。它的主要服务对象是达官贵人、巨贾豪商、社会名流、文人墨客、四海游人。故菜馆特别注重原材料的新鲜、嫩美，并以西湖所产鲜活鱼虾和近郊的时鲜蔬菜作主要原料；工艺技术注重刀工、火候、风味特色。著名的有西湖醋鱼、龙井虾仁、醋鱼带鬤（柄）、春笋步鱼、生炒鳝片、鸡火莼菜汤、清汤鱼圆等等。二是以商贾、市民、公务人员为主要服务对象的"城里帮"。其菜肴制作原料则大多以肉类、鱼鲜、家禽、蔬菜为主，其烹饪技艺粗细结合、高雅与实惠结合，在大众化菜肴中，匠心独运，烹制出独特的杭帮风味，比较适合为数众多的市民阶层的消费需要。其菜馆的主要代表，有清河坊的王饭儿（亦称皇饭儿），湖滨一带的德胜馆、天香楼。其菜肴代表作有木郎（花鲢，即包头鱼鱼头）砂锅豆腐、盐件儿、皮儿荤素、虾子冬笋、咸肉春笋、清蒸鲥鱼、全家福等等，其中"盐件儿、木郎砂锅豆腐为本帮菜中双绝"。

民国时期的杭城，除杭帮菜馆外，还有对杭菜形成、发展起到过促进作用的三大京帮菜馆：湖滨的聚丰园、宴宾楼，城站的小有天。京帮菜馆"擅长爆、扒、溜，重视吊汤"，代表作有"生爆鳝片、爆四丁、溜松花、清扒鱼翅等"。另外，西湖四周众多的寺院，如灵隐寺、天竺上中下三寺、净慈寺的素斋以及以淮扬风味为主的湖滨素春斋菜馆的净素菜肴，也对杭菜中著名的素菜的定型、升华起到重要的影响作用。现在杭州名菜中的油焖春笋、红烧卷鸡、栗子冬菇、炒二冬、素火腿，便是这一类净素名肴。对杭菜起到影响的，还有浙东宁绍帮风味。杭州名菜中的糟青鱼干、蛤蜊汆鲫鱼、糟鸡、酱鸭等等，就是这种融汇浙东风味而产生的佳肴。由于杭城内外居住着上千名信仰伊斯兰教的回民，他们所开张的清真饮食店，也在民国时期杭州的饮食业中，占据一定地位，并对杭菜产生一定的影响。据现在尚在世的、民国时期开过清真饮食店的回族长者回忆，当时杭城的清真饮食店，大多是夫妻店、父子店，只雇用少数职工。正规的不超过10家。比较有名的有20世纪20年代吴山路的老魏记清真饮食店及延龄路（今延安路）的复兴园；20世纪30年代佑圣观巷的顺兴楼、仁和路的鸿宾楼、建国南路的顺兴园、羊坝头的羊汤饭店等等。当时供应菜肴有清炖羊肉、炸羊排、南京丸子、松肉、红焖牛肉、宫保里脊、锅烧牛肉、爆三样、生爆肚子、红烧全鱼、辣子鱼等二三十种；面点有牛肉面、羊肉面、杂碎面、光面、家常饼、馅儿饼、高庄馒头、羊肉包子、焓饼、芝麻烧饼等二三十种。各帮风味和少数民族饮食，都对杭菜的日臻完善、发展起到了锦上添花的作用。

民国时期杭州饮食业的发展有个独特的现象，一些社会名流也参加了名菜的创制和推广。如西湖醋鱼，便是久居湖上的俞曲园（俞樾）先生最早推出的。曲园先生来杭居住时，文人学士访求者络绎不绝，曲园先生常以从河南学来的"宋嫂鱼"待客。由于"中州鱼羹多用黄河鲤鱼，而江浙鲤鱼不及河鲤肥嫩，曲园先生改用西湖鲩（混）鱼，兼取宋嫂鱼和德清人

（曲园先生德清人）做鱼的方法，烧煮'西湖醋鱼'，受到宾客盛赞"。《春在堂全集》之二五六卷内载诗："宋嫂鱼羹好，城中客未尝；况谈溪与涧，何处白云乡。"诗后附注："西湖醋鱼相传宋嫂遗制，余湖楼每以供客……皆云未知有此味。"……商人就在俞楼外侧造了一座酒楼，并仿曲园先生烧煮西湖醋鱼。因酒楼位于俞楼之外，便称之为"楼外楼"。由此可见，目前独步武林的第一名菜"西湖醋鱼"，还是儒学大师俞曲园先生以宋代宋嫂鱼的特色结合德清人的烧鱼方法创制的。

…………

民国时期杭州饮食业还有一个特色，就是高雅与实惠兼备，店家注重大众化与薄利多销，兼以名菜品目繁多，制作精巧细致，曾经吸引过诸多的国内名人、社会名流、在华洋人。其中最具特色的为"门板饭"，在民国时期极得劳苦大众的赞赏。"所谓'门板饭'者，店口设一丈余桌板，沿街置一条凳如桌板长，两脚踏在门槛上，十余人比肩而食。好在全是劳动人民，日晒、风吹、雨打，习以为常。桌旁一座三眼大灶，头口锅里十锦汤菜，以猪、鸭、鸡的下脚熬汤，青菜、豆腐、粉丝……为佐，翠玉相映，热气腾腾，油珠滚滚，浓香扑鼻，每碗三个铜板，正好下饭三碗。门板饭容量不同于堂吃楼座，饭堆得像宝塔尖，第一口不能动筷，动则饭便四散，须以口吞，先把塔尖消灭，才是行家。""门板饭"的案桌上，还常有五六只红漆木盆，盛以大路肴馔，如千张包子、扎肉、鱼下脚、猪头肉炒油豆腐、豆芽菜等，每碟三五个铜板，随吃随匀。

民国时期杭州饭店的类型，除继承清末的件儿饭店、羊汤饭店、天竺饭店三种外，杭帮菜的主要经营店家，有楼外楼、天外天、德胜馆、天香楼、素春斋等。除德胜馆被淘汰外，大都成为杭城名店留存至今。与菜馆饭店争相经营的，还有颇具南宋风尚的、单一经营的个体饮食户，比较有名的，"有高乔巷郭七斤的鸡汤鱼圆，太平坊巷的纹龙酱鸭，佑圣观巷口老南安酒家的荷叶粉蒸肉，丰乐桥华光巷口的烧鹅，梅花碑赵老奶奶的盐菜卤豆腐干"。这些专业户所经营的菜肴与风味小吃，都有浓厚的杭州地方风味特色，比较受市民欢迎的，有酱鸭、荷叶粉蒸肉、盐菜卤豆腐干等，至今仍能在杭州街市上见到供应，并可以买回去吃或堂坐、摊坐品尝。另外，当时从事酱品、腐乳的景阳观（至今仍在），亦兼供应风味菜肴中的糟货如鸡汁鱼翅、五香乳鸽、美味醉蟹、翠微虾酱等等。

《民国时期杭州的饮食业》

❖ 梁实秋：难忘楼外楼的醋溜鱼

清梁晋竹《两般秋雨庵随笔》：

西湖醋溜鱼，相传是宋五嫂遗制，近则工料简涩，直不见其佳处。然名留刀匕，四远皆知。番禺方橡枰孝廉恒泰"西湖词"云：

小泊湖边五柳居，

当筵举网得鲜鱼，

▷ 杭州楼外楼

味酸最爱银刀鲙，

河鲤河鲂总不如。

　　梁晋竹是清道光时人，距今不到二百年，他已感叹当时的西湖醋溜鱼
之徒有虚名。宋五嫂的手艺，吾固不得而知，但是七十年前侍先君游杭，
在楼外楼尝到的醋溜鱼，仍惊叹其鲜美，嗣后每过西湖辄登楼一膏馋吻。
楼在湖边，凭窗可见巨篓系小舟，篓中畜鱼待烹，固不必举网得鱼。普通
选用青鱼，即草鱼，鱼长不过尺，重不逾半斤，宰割收拾过后沃以沸汤，
熟即起锅，勾芡调汁，浇在鱼上，即可上桌。

　　醋溜鱼当然是汁里加醋，但不宜加多，可以加少许酱油，亦不能多加。
汁不要多，也不要浓，更不要油，要清清淡淡，微微透明。上面可以略撒
姜末，不可加葱丝，更绝对不可加糖。如此方能保持现杀活鱼之原味。

　　现时一般餐厅，多标榜西湖醋溜鱼，与原来风味相去甚远。往往是浓
汁满溢，大量加糖，无复清淡之致。

《醋溜鱼》

❖ 陆晶清：漂泊的中秋

　　傍晚时候，我们几个要从流浪中寻求些乐趣的人到了杭州，下火车后
拍去身上的灰尘就跑向湖滨去。因为湖滨的旅馆都早已有人满之患了，于
是只好绕到里湖，在新惠中旅馆幸而谋得一间颇为幽静的房间，我们遂住
下了。

　　行装甫卸下，K太太就嚷着"游湖去"！其时K太太的妹妹"四王爷"
夫妇也找到我们了。萍姐是初次到西湖，沿途的风送桂香已把她沉醉得似
乎想一纵身跳入湖心了，当然是急切地希望尝到泛舟西湖的滋味；我和华
姐也无异议，六个人便匆匆地离开了旅馆，由西泠桥绕到公园前面，初换

老杭州_ **283**

上秋装的西湖全个地献在我们眼底了，我还能认识它是和两年前一样。

来来往往的游客真多。穿红着绿，男女老少，真是应有尽有；脸上都现着笑涡，心里自然充满了快乐，因为这正是天上人间共庆团圆中秋。

华姐们站在堤边雇船，我跑到公园门口去买瓜子、糖菱角和水果，这些是游船必备的。我凭着过去的经验忙着购办。

船雇好了，我们想到应该先去罗苑看艺术学院的两位"门罗少爷"，虽然明知他们必因等不到我们去了绍兴。绍兴之游，本来我们也是早议定参加的，只为了些摆脱不开的事牵滞着，误了约定同去的时间。果然，当着我们齐到罗苑探问时，艺术院的门房告诉说"他们于晨间走了"，自然是走到绍兴去。

我们就在罗苑旁上了船，我提议先去访三潭。K太太很高兴地坐到船头去自己摇桨，我们是吃着、笑着、唱着，看着晚阳由树梢跳到山巅，再没落下去，只露出半面了。

船到三潭印月停了，我们跳上岸跨进门沿路走上石桥，池边的衰柳梢还遗在淡黄阳光里。两年前我们一群浪漫无知的女孩拍照过的亭前，依然是蔓草没径，我纵细心地寻找，已看不到当日的足印和笑痕了。

在许多陌生的面孔的游人中，我忽然看到一个"红楼"的同学了。这是很值得惊喜的。我告诉了K太太，高声地叫出那位同学的名字。她也见到我们了，于是我们相见，热烈地握手，彼此寒暄。从她的报告中，我们得知了杭州有许多"红楼"的旧友。我们自然很愿意都能见到，就托了她代为传告我们来到西湖的消息，要大家约定个时间会聚一次。

太阳不知于什么时候躲到山后，西天的晚霞渐渐地由鲜红而紫红而灰黑，是将近黄昏了。"四王爷"提议赶到杏花村吃饭，饭后再继续摇船赏月。于是我们的船，便又由三潭印月而杏花村，回头看到大的月亮是已涌出东山了。

就在鉴湖女侠祠的前面，一棵低垂的柳树下，我们六个人围坐着吃饭。先送来的四样酒菜中，有一盘是用碗盖着的，萍姐不知是活虾，她揭开了看，虾都跳起来，满桌子地乱跳，萍姐骇得没有主意，我们都拍手大笑。

我最爱吃的是活虾、醋鱼和莼菜，对着月亮擎杯，把一杯杯黄酒，都送到肚里。K太太突然地下警告说："少喝些，醉了会掉下水去了呢。"我一笑只好把酒杯放下，大家吃完后，月亮已十分清明地高悬在天空，湖面上是洒遍了银光。

大家都带着醉意，划船到了湖心亭，又重到三潭。湖上的游船是渐渐增多了。有的船上悬挂着彩灯，有的船上的游客正曼声低唱；三个塔形的潭中的都点上了烛，游船不期地聚拢在三潭近处。我们都羡慕船上挂着彩灯的有趣。就把船划向旗下营，想去购买彩灯。船到湖心时，忽然听到三潭印月前后的笑声狂起，间杂着热烈的掌声，好奇心驱使我们又划船回到三潭前。才知是为了一只船上有人吹笛，许多船上的人都包围着他要继续地吹。在一阵狂热的笑声与掌声之后，清脆幽怨的笛声又起了，每只船上的人都屏息地听。一曲终了，笑声掌声又随着戏谑的要求起了。我从人隙里看到吹笛的人是被纠缠到头都不敢抬起来，而许多船上的人还有高嚷着："喂！同是天涯漂泊的人，好容易今夜碰在此地，不必客气呀，再吹一曲给大家听听。"但是，吹笛的人已不再允如所请了，他们终于摇船冲开了围阵，只一声"明年再见"，小船便随桨声而远去了。

《西湖莼菜》

❖ 章达庵：蝶来饭店，有中餐也有西餐

1934年春，陈小蝶在杭州西湖风景区葛岭山麓西泠桥凤林寺旁开设了蝶来饭店。

蝶来饭店的建筑形式，在当时杭州的旅馆业中是第一流的。正面是两层楼，后面依山而上，盖了三层楼，飞檐翘角，典雅古朴，走廊宽阔，庭柱粗大，漆上了朱红，一派东方建筑风格。内设32个房间，布置豪华，陈设高雅，旅客一进大门，即有清雅艳丽的感觉。这里背山面水，空气清新，

景色迷人。店内盆花满架，旅客一进房间，几疑置身仙境，远离尘寰。

蝶来饭店设有跳舞厅、酒吧间，备有汽车接送旅客，这种服务方法和高质量的服务态度，都是蝶来饭店首创的特色，压倒了老牌的新新旅馆。

蝶来饭店设有中餐、西餐两部分，请的都是上海师傅，共有40多人。做西餐的名厨有严承标、胡宇永等7人；中餐名厨有10余人，无论中餐西餐，都是色香味形俱备的，备受旅客赞赏。

陈小蝶是杭州诗词大家、小说家、名记者、实业家陈蝶仙之子。陈蝶仙名栩，字栩园，别号"天虚我生"，首创家庭工业社，发明蝴蝶牌牙粉和蝶霜，当时对抵制洋货提倡国货贡献极大。陈小蝶与其父相反，在上海搞浴室、戏院等，陈蝶仙说他走"歪门邪道"不务正业，因此父子各走自己的路。蝶来饭店开业这一天，陈小蝶请了上海的电影明星胡蝶与徐来两人来剪彩，人们这才明白饭店之名原来取自这二位影星之名，所以命名为"蝶来"。

▷ 1934年4月，徐来与胡蝶在蝶来饭店开幕礼上合影

蝶来饭店开业以后，陈小蝶又请来京剧大师梅兰芳来杭游山玩水，一住两月，诗酒流连，传为韵事。陈小蝶这么做都是在做广告。开业不久，果然佳客如云，营业鼎盛。特别是乘飞机来的中外贵宾，是该店的常客，引人注目。但陈小蝶在上海还有业务，不时来往沪杭，来杭后又常居长桥别墅，住店的日子不多，管理松弛，浪费严重，无利可图。特别是餐厅部

分，蚀耗较巨。后来就将旅社和中西餐部分别包给经理及厨师们承办。

到1937年抗战爆发，因发不出遣散费，陈小蝶把饭店的部分财产分给员工抵充。

《杭城旧事四则》

❖ 宋宪章：杭州的面点

▷ 杭州小吃摊

同杭帮菜肴一样脍炙人口的，还有杭州的面点。官巷口的老聚胜面馆，营业之盛，为武林同行之首。后来奎元馆、状元馆两馆继而兴起。两店都以宁帮风味曲点融入杭帮饮食业而出名。其中以虾爆鳝面、虾黄鱼面最为人乐道，至今仍为杭州人家喻户晓。其他有名的面，还有火（腿）鸡面、三鲜面、焖肉面、小羊面、臊子面、卤子面、冬菇笋面、素丝面以及清真风味的牛肉面、羊肉面、杂碎面等等。城隍山的吴山酥油饼，最早起源于安徽寿州名点大救驾，系宋室南下时携带而来，清代袁枚《随园食单》及吴敬梓《儒林外史》称之为"蓑衣饼"，以其酥脆蓬松而名之"蓑衣"。民国时期因在吴山出售，故称"吴山酥油饼"。它的松脆可口更是吸引不少食客，郁达夫曾多次品尝吴山酥油饼，后来他在《自传》中回忆道："酥油饼价格的贵，味道的好，和吃不饱的几种特性，也是尽人皆知的事实。"著名的点心，还有西园茶店的油包，颐香斋的桂花白糖条头糕、潮糕儿等等，都是为群众所喜爱的。另外，街头巷尾，各种应时小吃，四时不绝：冬春的鸭血汤、豆腐脑、甜酱豆腐干、油氽臭豆腐、菜卤豆腐、馄饨、沃面、阳春面、拌面、肉粽、细沙粽；夏秋的老豌豆（俗称咸豆儿）糖粥、糯米酥藕、藕粥、桂花藕粉、桂花栗子羹等等，可说极为丰富，基本同清末相似。

《民国时期杭州的饮食业》

❖ **宋宪章:** 小吃担儿

▷ 小食店

　　民国时期杭城，还有不少串街走巷叫卖的小吃担儿，夏天敲竹筒叫卖的咸豆儿（老豌豆）糖粥担；秋天叫卖的"现炒热白果"担；秋冬春三季夜间流动、敲竹筒的带炉带料的馄饨担和叫喊"火热的肉粽子"的粽子担；四季流动的甜酱豆腐干担、豆腐脑担、鸭血汤担（亦是边烧边卖的），都是极受市民们欢迎的风味小吃。特别是冬天戏院、电影院散场出来的市民，能在路旁站着吃一碗热乎乎的鲜肉馄饨，无疑是一种享受。这类小贩，都是贫困市民和郊县的农民，却非常讲究信誉。如夜间的馄饨担，专门有几只小抽斗放包好的馄饨，避免堆积一起互相粘连，影响口味；而调料除了有精盐、虾子、葱花外，尚有胡椒粉、辣粉；考究的担子，还在馄饨里增添蛋丝、紫菜、榨菜末等辅料，故味道十分鲜美可口。因此都有一批老买主，虽然本小利微，却也生意兴隆，得以维持生计。这也可以说是那时忠厚的老杭州人一种处世之道、经营之法。就饮食行业来说，这实在是值得赞颂并继承的。

《民国时期杭州的饮食业》

❖ 梁亚楠：万隆火腿和酱鸭

万隆创业于1864年（清同治三年），经营咸鲞，兼营火腿，万隆以自制的咸肉出名。店屋系双开间木结构门面，店堂内设玻璃门壁橱，陈列货物样品，商品根据时令更选。有戌腿、月腿、风腿、精制火腿。火腿有大如小牛腿，小如大汤匙（系用猪尾巴制作，专作陈列之用）者。一列木柜台，上有钩杆三四支，挂有火腿、风腿、酱鸭、酱肉、香肠等。所供应咸鲞，有醉鲫、醉瓜、油筒鲞等。柜台陈列样盆，任客挑选。有时到货充沛，用竹箸盛装，在店门口设摊，便于顾客选购。由于万隆地处闹市，备货齐，价格实，讲究服务，营业蒸蒸日上。

那时清河坊一带还是青石板铺的街道，路面狭窄。商店的遮阳帐篷，连成一片，面对面的商店帐篷相距很近。1926年某家商店不慎失火，很快殃及四邻，繁荣闹市成为一片瓦砾场，万隆也在这场火灾中被焚。当局乘此时机，拓宽路面，改建马路。万隆房屋本不宽裕，为了保持一定的店面，不惜巨金，购进贴邻蛋店房屋，建成三层楼洋房，即今日万隆店屋。店面正中上方原塑有宝塔商标。

陈国华精明能干，善动脑筋，很有威信。他聘用王根松为经理，王系海宁人，深谙腌腊业务，擅长交际，有丰富的业务经验。他主张大小生意结合，批零兼营，奉行货真价实。他与各地建立业务往来，有代销，有放账，有赊销。由于万隆灵活机动对待客户，各地同行以及南北货业皆慕名来交易，名声大振。王根松又抓住时机，因势利导，改变经营方法，扩大咸肉腌腊部分，缩小咸鲞范围。除火腿向金华方面进货外，咸肉由本店精制。选用东阳、义乌细皮白肉的上等猪肉加工，不符合规格的一概不用。腌制的咸肉如质量不好，也不出售。上海的三阳、天福、邵万生是南京路上久享盛名的老店，他们都从万隆进货。这些店家，店面虽大，堆货的栈房却很小，营业员又怕脏厌油。为此，万隆将咸肉用荷叶包装，标上红色腊光纸的招贴，写明万隆老栈家乡南肉及地址。分成1元1包或2元1包，经常送到经销店。营业员感到手续简单，顾客方便，效果很好，因而万隆咸肉在上海站住脚跟。除上海外，万隆咸肉还远销济南、天津、汉口、苏州、镇江等地。销往这些地区的咸肉，用特制的竹篓盛装打件。南肉精肥相隔，肥瘦均蓄，可口入味，质量远远超过北肉。杭州毗邻的新市、湖州、盛泽也销售万隆咸肉。销售面广，名声也愈传愈广。杭城王润兴饭店的名菜"盐件儿"，以酥香可口、糯而不腻出名，就是选用万隆咸肉，精心烹调而成的。

万隆为提高商店的知名度，于1927年春参加沪杭厂商联合举办的国货展览会。1928年12月杭州国货陈列馆新屋落成，其中亦有万隆商品陈列，在馆内吴山路一侧设店为营业点。1929年浙江省举办西湖博览会，万隆也参加展出，并在里西湖设店供应。

万隆年利盈万，同业垂涎，纷纷设店争市夺利。清河坊的金华火腿公司、和济火腿公司，清泰街的大东阳、华丰，盐桥的信丰顺等，相继开业，竞相角逐。咸肉投资设店的以东阳、义乌两帮为主，万隆兼营腌腊鱼鲞。

清河坊熙春弄口的金华火腿公司，与万隆相距很近，业务上的竞争是不言而喻的；但以火腿销售额来看，这两家都不是方裕和的对手，万隆的咸肉业务仍可列为榜首。后来金华火腿公司千方百计笼络王根松，聘王根松担任经理。万隆失去一员大将，陈国华力孤，陈希亮献策聘请汪炳炎为经理。汪炳炎在上海冠生园任营业部主任多年，熟悉上海南北货行业，他接任后，仍按陈国华意志处事，为应付群雄追逐，主张远处抓住不放，当地居民生意不能丢，提高门市供应服务质量，货物充沛，明码标价。当时上等火腿零售每斤银圆一元多，一般的每斤仅七八角，那时愈风烧1元买4瓶，所以中产阶级的人家都能经常食用火腿。万隆咸肉每斤3角多，平均日销约三四百元。咸肉、风肉、火腿都是暑热季节人们喜欢的佐膳副食品，此时销路特好。

万隆新屋落成后至抗日战争前的十几年是它的黄金时期，由于能恪守信誉，虽有同业与其逐鹿争雄，万隆业务仍不衰疲。

《万隆腌腊商店》

❖ 吴石经：王润兴的"盐件儿"和"鱼头豆腐"

到过王润兴的，谁都想吃它的"盐件儿"和"鱼头豆腐"，盐件儿几乎是王润兴的别名了。为什么王润兴独享盛名呢？归根结底，一是选料认真，二是烹调讲究。它的店堂里，挂着两块牌子，一块写着"特办上江南肉"，另一块写的是"著名包鱼豆腐"。制作盐件儿猪肉的猪身，不宜过大，选肥瘦适中的金华两头乌。它的条肉一层肥一层精，肉身较糯，切成七八斤至十数斤一块，最多不超过16斤，洗净后放入淘锅烧煮，加绍兴好酒，烧熟以后，出骨拔净毛，开成小条。第二次再放在钵内蒸过，不使冷却，吃时切成小块，这样肉味和香味都不外溢，酥香可口，糯而不腻。从生货落锅到切块供应，都是专职老师傅一手负责，所以能保持一定的特色。

鱼头豆腐也是王润兴的名菜。它选用纯黄豆特制的嫩豆腐，长年由特约农户供应活的鱼虾，制作时把包鱼头一劈为二，先起油锅煎，随加酱油、绍酒，加入豆瓣酱、姜末等佐料。连同原汤放进豆腐一同烹煮到鱼目突出（新鲜鱼会突出鱼目），豆腐也入味了。起锅时加入新鲜大蒜，其味更美。萧山沈定一先生曾是王润兴的老主顾，早年在酒酣之后，曾为王润兴写下一副对联："肚饥饭碗小，鱼美酒肠宽。"对联虽没有点明盐件儿与鱼头豆腐，然而意在其中了。

除此两菜之外，醋溜混鱼、爆鳝背也是王润兴的看家名菜。老吃客们都还记得，烩虾脑、鱼脑羹、炸响铃、清汤鱼圆、三虾豆腐、宁式鳝丝、椒盐鳝片等，都是王润兴的拿手杰作。

《王润兴饭店》

❖ 陈瑞芝：宁式面菜馆状元楼

杭州在清同治年间，面菜馆以中小型居多，顾客一般为本地各行业职工和里巷居民。经营面菜馆的店主，大多有一手特长，精于烹调技术，并十分注意服务态度，讲究服务质量，务使顾客满意。在同行之间，各展所长，相互争奇斗胜；经营管理不善的，就不免中途淘汰。当时面菜馆以宁波帮为最兴盛，有近百家之多。"状元馆"是一家中小型的面菜馆，由于面菜质优味良，对顾客招待殷勤，誉满杭城，成为面菜行业的百年老店。

状元馆的创始人是王尚荣，浙江宁波人。幼从师学艺，以烹调面菜和手工打面为专业。他在清同治十年（1871）在杭州市盐桥桥边开设"状元楼"宁式面馆，烧制各式汤面，兼营酒菜。当时下城西桥"贡院"（现杭一中地址），清时原为科举考场，考生大多来自各县，在进场前后，考生都要在附近面菜馆相聚，品尝杭州风味。王尚荣为了迎合考生求吉图名的心理，在店内专设楼座，取名"状元楼"，深得考生欢迎，营业大兴。

旧时面菜馆行业俗称"油炒米饭"。社会上有九流三教、江湖帮派，对这些人店主均须小心接待，倘有触犯，就会招来麻烦。在旧社会里经营这种行业，要做到八面玲珑，四方周到，确实不易。

　　王尚荣经营的状元楼为了招徕顾客，除精选配料、细心烹调、热忱接待外，凡附近商店行号以及墙门大户喊面叫菜，不论天雨风雪，不论营业大小，随叫随送，送货上门，不另计送力。当时的送面用具，是腰圆式有盖提篮，每篮可装八大碗，为使顾客吃到热面热菜，碗上加盖白铁盖罩，并备有胡椒筒，任客取用。上门的顾客就座后，跑堂（即服务员）首先端上热茶一杯，递上热毛巾供客擦面，然后安放杯筷，方请顾客选点面菜。他们根据顾客的不同口味和不同年龄，为顾客当好参谋。老年人咬不动虾爆鳝，建议他改吃虾黄鱼。王尚荣所经营的状元楼，由于重视面菜质量，赢得顾客的信任，经常座无虚席，营业越做越兴旺。自同治年间开设直至宣统年间，先后将近40年，始终兴盛不衰。后因王尚荣年事已高，精力不济，由他的外孙王凤春继承经营。王凤春12岁进状元楼当学徒，精通一套烹调和打面的手艺。当时正是辛亥革命前夕，盐桥附近市面渐趋冷落，营业有所下降。为此，王凤春在1911年（清宣统三年）将状元楼迁移到望仙桥直街板儿巷口营业，因新店房是平屋，没有楼座，故改名"状元馆"。

　　辛亥革命后，杭州各行各业逐渐繁荣，望仙桥一带地区，银钱业、药材行、参行、木行、茶行、运输等行业日渐兴盛，里巷墙门大户均成为状元馆的主要买主。王凤春保持以前状元楼经营的特色，做到质优味美，接待顾客时不论老少，无不殷勤周到。所谓"店小名气大，货真招远客"，业务兴盛达20余年。1937年抗日战争爆发，杭城各业停顿，居民纷纷逃难，状元馆亦被逼停业。1938年在敌伪统治之下，各行各业为争取生存，只好陆续恢复营业。其时王凤春之子王金奎，于当年10月间在清河坊新店址恢复状元馆营业，新店堂比较狭窄，座桌不满10张。王金奎经营方式，仍采用过去老店的传统特点，并加以充实完善。抗战胜利后，杭市各行业先后恢复，市面日趋繁荣。当时清河坊已成为全市商业中心，客商来往不绝。状元馆店面虽不大，但新老买主兴旺如旧。1956年参加公私合营，这家由王尚荣创始、直到王金奎为止历时近百年的老店，从此获得新生。1957年3月与原贞昌、永乐园、望仙楼等酒面馆合并，继续挂状元馆的招牌。1963年被更名为"甬江饮食店"，但一般老杭州人依旧喊它为状元馆。1983年国庆节后，恢复状元馆原名。

《状元馆面店》

❖ 宋宪章：东南独创，奎元馆里吃宁式大面

奎元馆坐落在杭城最繁华的官巷口西北首，一座淡黄色三层建筑物的门楣上有"奎元馆"三个金字。这家店开创于清代同治六年（1867），距今已有124年历史。最早是安徽人开的徽州面馆，旧址在官巷口四拐角的西南角。当时店小生意清淡，没甚名气。有一年，逢省城秋闱大比，各地秀才汇集杭城，面店老板为吸引这批穷酸读书人，动了一个脑筋，每碗面中烧进囫囵鸡蛋三个，暗含"连中三元"之意。旧时读书人讲究讨个吉利，秀才们闻讯都登门吃面，店的生意顿时兴隆起来。有一个在这里吃过三个囫囵鸡蛋的外地秀才，经乡试、会试、殿试都得第一名。连中三元是因为吃了这爿面店的面托的兆头，于是，这个秀才在衣锦还乡时，专程拜访这家小面店，并亲手题赠"魁元馆"三个字的招牌字。自此，此店声名大振，日见兴旺。后因年代久远，"魁"被写成"奎"字，遂称之为"奎元馆"，一直至今。

由于众多原因，奎元馆历史上曾先后几易其主，面的风味特色也由徽式大面改为宁式大面。民国初期，宁波人李山林经营奎元馆引进家乡风味，用水产品做面的浇头，味道鲜美可口，深得讲究口味的杭州人欢迎，奎元馆遂成为杭城著名的宁式面店。1926年，李山林以八千铜钱将店的生财盘给伙计章顺宝，后来章年事渐高，又将店务交给女婿陈秀桃经营。当时正是杭州各种风味菜点定型走名的时候，奎元馆的宁式大面此时也渐露头角，

生意越做越大，固定资产已达一千块银圆之巨。奎元馆的拳头产品——虾爆鳝面，亦逐渐蜚声海内外，成为杭城百面之冠。

南宋时，杭州的名菜中就已有黄鱼与黄鳝合做的石首鳝生，虾与鳝一起做的虾玉鳝辣羹及其他多种多样以鲜虾和黄鳝为主料的名菜（见《梦粱录》）。而宁式风味中，又更多地采用水产品制成面点，如爆鳝面、鳝丝面、黄鱼面等等。20世纪40年代初，陈家第六代店主陈桂芳掌管时，掌勺莫金生在受到传统风味的影响下，在宁式爆鳝面的基础上，加上新鲜的炒河虾仁，结果烹制出新品种"虾爆鳝面"。莫金生师傅也被同行称为"虾爆鳝大王"。

奎元馆制作虾爆鳝面，十分讲究原料的上乘与烹调技艺的合理：黄鳝买不大不小的，一斤在三四条之间，先养在缸里，不断换水，吐净泥土气，血液净化，肌肉收紧，到用时活杀拆骨现烹；虾仁要求是鲜活河虾，一斤在120只上下，挤壳在清水中漂净，保持鲜嫩可口，不用冰镇海虾。面粉用无锡产头号面粉，面条用人工擀制，要求碱性适中，软硬合适，富有韧性。烹制时鳝片用菜油或花生油爆，虾仁用猪油炒，面条烧好还要小车麻油浇。火功、佐料、时间掌握都有严格规定，鳝片要烧得柔嫩清口。再用鳝片虾仁汁滚面，让鲜味渗入面条中，而又要使面条不发涨。此面烧成后，鳝片黄亮如金，香脆爽口；虾仁洁白如玉，清鲜滑嫩；面条柔滑透鲜，味浓宜人。金黄的鳝片与玉白的虾仁辉映，色泽鲜艳，其色使人食欲为之大开；菜油爆的鳝片，猪油炒的虾仁，麻油浇的面条，把鳝、虾、面的香味完全有机地融合在一起，使人馋涎欲滴，吃在嘴里，品在舌上，鲜香脆嫩，四美兼之，其味足以让南北吃客叫绝。长条金褐色的鳝背在面周排列有致，珠形雪白的虾仁簇拥面顶中心，新鲜翠绿的蒜叶飘逸其上，再配以青花名瓷盛装，典雅且隽永。目观、鼻嗅、舌辨，都得到了舒心的享受与满足，哪能不吸引人呢？故杭州人有俗语道：到杭州不吃虾爆鳝面，等于没有到过杭州。人们把奎元馆的虾爆鳝面与杭州挂起钩来，可见此面影响之深远。

旧时，许多国内知名人士，如李济深、蔡廷锴、陈叔通、马寅初、竺可桢、梅兰芳、盖叫天、周璇、石挥、蒋经国等都曾慕名而来品尝奎元馆的面，无不誉为天下美味面食。

1945年，抗战胜利后，国民党第十九路军军长蔡廷锴偕同李济深先生来杭州，曾同往奎元馆吃有名的宁式大面虾黄鱼面。蔡蒋军高兴之余，当场挥毫写下"东南独创"四字，后制成镜框，挂在堂上，惜在十年浩劫中被毁（见阿蒙·文松《蔡廷锴与奎元馆》）。旅居西欧、日本、马来亚的归国华侨也经常来此品尝。特别是一衣带水的东邻日本的同行——东京银座亚寿多大酒楼的客人们，对虾爆鳝面的精工制作和美味赞叹不已。

奎元馆的虾爆鳝面闻名遐迩，脍炙人口，它的服务方式也有独特的一招：客人在吃面时如要喝酒，不必另外掏腰包炒菜，只要开票时说"过桥"即可，厨师便会把鳝片和虾仁增加数量爆炒，另装一小盘供吃客下酒。另用鳝片和虾仁的汁水滚面，面条仍有虾爆鳝的风味。这所谓"过桥"，就是在面与酒之间搭一座"桥"，一座便民的经济实惠的特殊的服务方式之桥。据了解，我国各地并无此种特殊的面点服务方式，仅杭州宁式面店中独有，乃饮食园圃中的一朵"奇葩"。翻阅地方志书可知，奎元馆的"过桥"服务方式，其实是杭州传统的饮食服务特色，清末民初洪如嵩著的《杭俗遗风补辑》一书中，已有明确记载，可见奎元馆善于继承优秀的历史传统，用来为民众服务。

历史上，奎元馆供应的花式面品种很多，除虾爆鳝面和片儿川面外，还按不同季节供应时鲜之面，如春天供应步鱼面、雪笋面；夏天供应虾黄鱼面；秋天供应蟹黄鱼面；冬天供应小羊面（杭州传统名面）和羊蹄面，其他还有三鲜面、虾腰面、火腿面、虾火面、肉丝面、肉丝炒面、阳春面、沃面、发皮面等等。凡店家及居民要吃面，店里即派人送面上门，可以现付，也可以记账，营业时间从早上5点开始直到深夜戏院散场，食客随到随烧，其服务方式及态度实令人赞赏不已。

《奎元馆面店》

❖ 陈惠民、娄继心：方裕和商店里的金华火腿

方裕和南北货店最大的营业额为金华火腿，年销千余件（每件50只）。1913年参加南洋劝业会获得奖状。1915年在巴拿马万国博览会上获得优质奖状，1929年参加西湖博览会又获得奖状。历来方裕和的火腿驰名中外，享有很高的盛誉。方裕和的火腿货源，一部分来自金华，大部分来自东阳蒋村。以质量言，蒋村所腌制的火腿为上品，称为"雪舫蒋腿"，色、香、味俱佳。蒋村分上蒋、下蒋两地，上蒋雪舫系蒋九峰厚记所腌制，下蒋系蒋虹巢正记所腌制，统称"雪舫蒋腿"，腿上盖有黑色印章，以区别于一般火腿。方裕和为了保持火腿特色，每只腿的分量控制在五六斤之内。蒋村所腌制的火腿，由方裕和独家承包，订有协议，不得售与别家，因此"雪舫蒋腿"为方裕和独家经营。订货办法，系预付款项，翌年交货。腌制商利用预付资金，可以增加制腿的数量。方裕和预付款的办法，很受腌制商的欢迎，预付款附利息是扣除的，所以进货价格也较为便宜。火腿登场先让方裕和挑选，其次轮到上海先施公司（原三大公司之一）南北货部，然后轮到万隆腌腊火腿店，最后才轮到一般火腿店。火腿运到店后，保管十分重要，经常整理、翻仓，做到损耗小，质量好，香味足。方裕和存放火腿的栈房（仓库）有三四处，派有专职人员管理，他们的老师傅都熟悉火腿的腌制方法：首先要选择好猪腿，需要冬腿。技术上要过三关：腌制、洗晒、发酵。还要掌握腌制的盐分，不能过咸过淡，洗晒要适时，发酵要过两个月，随时精心照料。方裕和采购的火腿都要符合这些条件与要求。腌制火腿的猪种一定要"嫡路货"，就是选用良种猪——"两头乌"的猪腿。两头乌的猪爪细，腿肉肥瘦适宜，骨骼的比重较一般猪低百分之四左右，肉质好，最适宜腌火腿。方裕和的栈房有30多个工人，经常翻、打、

挂、揩抹，剔去火腿外层的杂质。在上柜发售前还要擦油上光。柜上的刀手老师傅技术高超，能做到一刀准、一秤准、分档准。以前有位汪老师傅，虽年逾花甲，仍怀有此绝技，同业中皆叹服不止。

《方裕和南北货商店》

❖ **韩召发：**杭州年糕，宋恒兴和大吉祥

杭州的年糕业，早在18世纪末就已具备前店后场的规模，闹市区和偏僻小巷都有开设。抗日战争时期，部分小型的年糕作坊大多迁往金华、兰溪一带，抗战胜利后纷纷迁回杭城，大多开设在江干复兴街一带。经营规模有大、中、小之分。在市区最有名的两大年糕店，一是清泰街的宋恒兴，一是庆春街的大吉祥，这两家店以经营年糕为主；中的如官巷口的严德泰、庆春街的韩大兴、东街路的鼎大兴，糕团、年糕兼营；小的以生产糕团点心为主。另外还有外埠来杭赶年市的如梁湖帮，从每年的冬至前后开始，过了春节就回去。

糕团业除了在年糕供应季节集中力量生产年糕外，其余一般都供应应时糕点。正常供应的品种分为四类：青货如艾饺、饭团儿、青团子等；白货如松花团子、松花糕、水晶团子、糯米团；潮货如方糕、薄荷糕、黄条糕、荷花糕之类；糖货是麻团、条头糕、猪油糕、红糖糕等。另外还有应节的品种供应，如农历元月十五日灯节前后上市的"元宵"，落灯后的"十八年糕"；清明前后的艾饺、青团供扫墓踏青之用；立夏节的"乌饭糕"；端午节的粽子；重阳节的"重阳糕"；冬至节的"青年糕"；过年祭祀用的素五牲，祝福用的五元宝等等。

宋恒兴年糕店是本市最早开设的年糕店之一，原址在清泰街荐桥边。早在18世纪末就设场、店营业。创始人是绍兴宋家楼宋姓人。后经高姓（高义泰布店老板）、傅姓（明湖池老板）以及钱庄方面的股东参加，实力

雄厚，自己采办粳、糯米。他们进料讲究，制作精细。如制作年糕的粳米一定要去金华采购"金晚"，而且用的磨子一定是"罗山石磨"，由于严格掌握选、浸、磨、舂操作规程，他的年糕以细、软、滑的特色而出名，在行业中称为"实力派"。

大吉祥年糕店是仅次于宋恒兴的第二大店，开设在庆春街皮市巷口，创始人是朱庆帆。他原经营米业，在1933年后才转业经营糕团业。由于出身于粮食业，采购粮食比其他年糕店较为有利。资金方面有其兄朱庆堂（万源绸缎店）的支援，也有雄厚的实力。他除了重视产品质量外，在经营方式上较宋恒兴灵活，并注重宣传，如在电影院做幻灯广告。为了宣扬其号称的"西湖水磨年糕"，特地雇人用人力去西湖运水浸米，其实靠人工运水是"杯水车薪"，无济于事的，但影响和号召力却很起作用。另外，每逢年边发售年糕礼券，便于馈赠亲友。每年还来一次大放盘，给顾客优惠。因此，这两家名店在当时可以说是旗鼓相当、各具特色。其他如开设在菜市桥边的韩大兴年糕店，虽然亦具有一定实力，但较上述两店逊色，只能属中型类了。原料只在本市郊区湖墅娑婆桥、珠儿潭一带粮行进货，利用菜市桥东河码头通航之便，把自己的产品通过航船销往余杭、笕桥、临平等地。

年糕业的生产工具和操作方法，一直都是用人力，用石磨、木杵、石舂等工具。到1930年开始有了机磨（以齿轮带动石磨）。公私合营后，创制了轧糕机、轧粉机、淘米机、压榨机等等，从而提高了生产力。

《杭州年糕业概述》

❖ 阮俊才、王晓平：颐香斋的"三重"糕点

颐香斋的创始人葛锦山，苏州人氏。青年时在故乡一家南货店学手艺，后辗转来杭谋生，在清泰街现颐香斋店旁摆一个小摊，以现做现卖定胜糕

谋生。葛锦山做事一丝不苟，讲究质量，待客和气。未几结识了附近一位姓李的老主顾。李氏是个候补官。在交往中，李氏看出葛锦山虽是小本商户，却胸有大志，并通晓经营之道，绝非等闲之辈，便自愿将现在颐香斋店址的一开间门面资助葛氏开店，取名颐香斋。自此，葛锦山走上开店之路，成为颐香斋的始祖。

葛深知糕点与手艺的密切关系，因此就四出寻求名师。首先，请来苏州的油面师傅华金宝，继又请了糕点师傅曾双林，加上葛锦山本人的钻研精神，使糕点品种逐步增加。颐香斋糕点以"特色强、选料精、制作细、包装新"迎合顾客心理，适合顾客胃口，打出了牌子，生产经营逐步扩大，店面从一开间扩展到四开间，并有一个略具规模的工场。因当时清政府腐败，地方恶势力与官府勾结鱼肉人民，颐香斋也受到"青睐"。葛锦山见势不妙，只得拜朋托友打通关节，花了五百银洋，捐了一介官衔作为挡箭牌，颐香斋因此总算站稳了脚跟。

葛锦山去世后，其子葛叔安继承父业，又有开拓，将一个工场扩展到三个工场，邀请名师，增加品种。以高薪请来了天香斋的俞德泉师傅，负责鱼干、酱鸭的制作；聘请阮六三师傅专事炒货和卤味的加工；"跷脚雨泉"负责小糖制作，从而大大拓展了经营门类。颐香斋糕点的配方，扣住"三重"特色：即重色，色深不焦，香味浓郁；重油，油而不腻，入口酥松；重糖，甜味适口，绵软柔糯。因此，颐香斋常常顾客盈门，生意兴隆。颐香斋还兼营批发，众多小贩，每天凌晨就去兑货，沿街叫卖，北到拱墅，南至江干、大街小巷，到处可听到"颐香斋的方糕、黄条糕……"的叫卖声。

颐香斋的糕点，集苏、宁、徽三式之精华，又创出杭州的地方特色。自民国初期至抗战前期，是颐香斋的全盛时期。

《颐香斋食品商店》

❖ **宋宪章：** 杭州茶楼和茶点

▷ 杭州茶馆

　　民国时期的杭城，还有许多茶楼、茶馆，在市民前去喝早茶时，供应丰富的茶点，比如猪油烧饼、葱油烧饼、椒盐烧饼、油包、条头糕、鲜肉包子、细沙包子、油炸脍儿（油条）、糯米饭团、糯米烧卖、葱煎包子等等。当时比较有名的有丰乐桥五开间门面的悦来阁茶馆，湖滨的西园茶店、三雅园茶馆、雅园茶楼、喜雨台茶楼等。悦来阁茶馆是三教九流聚会之处，社会帮会藏污纳垢之地。至于西湖四周名胜古迹区及城区街头巷尾的大大小小的茶楼、茶馆，则多不胜举。早起坐茶馆、喝早茶、吃早点，可说是杭州市民饮食生活中由来已久的一种风尚，这在民国时期特别流行。这大约与当时社会从封闭走向开放，人们爱打听时新事儿、结交朋友、寻求消遣等有关。

《民国时期杭州的饮食业》

❖ 倪锡英：杭州食与茶

在衣食住三项生活要素中，杭州人最讲究的是"食"，因此，杭州著名的食品也特别多。单就佐膳的菜蔬来说，名目就很多。在春季里有各山新出的嫩笋，合上初出水的塘鲤鱼炒起来，真够味儿。还有一种醋溜鱼，也是著名的食品，把鲜鱼和上酱醋藕粉同煮，鲜嫩可口。醋溜鱼做得最好的要推杏花村。此外还有一种家乡肉，一种蒋腿，可以说是肉类中的上品。素食出名的有一种莼菜，产在三潭印月，样子很像一张张极小的荷叶，吃到嘴里去腻滑滑的，但是味道很鲜美，市上有装着绿瓶子出卖的，专门售给茹素的香客们。

小吃的种类也很多，最著名的如藕粉、山核桃、卤橄榄等。藕粉是用开水调着吃的，用花盒子装着，游杭州的人都要买许多回去送人，其实杭州并不产藕，所谓藕粉，只是一种菱粉和山薯粉的替代品。山核桃像小桂圆般大，此胡桃的味儿还清香。橄榄是甜的卤的都有，以清和坊方裕和南货店的出品为最佳。

杭州还有一种最著名的东西，专供一般人饮料用的，便是茶叶，茶叶的品类，有狮、龙、云、虎之别。"狮"是狮子峰，"龙"是龙井，"云"是五云山，"虎"是虎跑，因为产地的不同，品质也各异。中间以狮子峰和龙井的茶为最佳，每年除供给杭州本地人饮用外，销到外埠和海外去的数量也很多。

《杭州》

▷ 杭州的茶场

▷ 老龙井

❖ 吴乐勤：杭州的茶

我国产茶区域辽阔，品种繁多，不胜枚举，从生产来分类有红茶、绿茶、黄茶、青茶、白茶、黑茶六类。

杭州的茶叶分红茶、绿茶、花茶、乌龙茶、紧压茶五类。绿茶分龙井、旗枪、大方、烘青、炒青等。西湖龙井全国闻名，以狮峰、龙井村、翁家山三处为最佳。旗枪以上泗、转塘、留下、桐坞所产为最佳，余杭闲林埠的茶略次。大方以安徽歙县老竹岭生产的最好。天台体顶名茶耳，茶质醇厚，惜有烟味，可谓美中不足。红茶首推安徽祁门，次则杭州浮山的九曲和云南滇红，浙江芦茨红亦佳，但外形毛糙条索不紧。西湖红和江西红，质量不及祁红和滇红，但销路大，年销最高达一万二千担。解放后越红（包括浦红、诸暨红）产量很大。岩顶炒青、东坑烘青质地极好，产量不多。东阳烘青为杭嘉湖茶叶店所乐意采购。每年的销路相当可观，最高年份达一万担。洞庭碧螺、黄山毛峰、六安瓜片、云南普洱属于全国名茶之列。

花茶有茉莉、珠兰、玉兰、玳瑁、珠子、玫瑰等之分，其中以茉莉花茶销路最大。珠兰花茶比较名贵，杭州产销不多。歙县的珠兰窨入黄山毛峰或街源烘青，花味清香，茶味醇和，行销于江苏南通、山东青岛、东北营口等地。茉莉花茶以前销路极微，因为当时的客邦采购安徽的黄山毛峰、街源烘青、浙江淳安的鸠坑烘青，运往福建窨制后，再运华北、东北、西北和山东等地自销。杭州茉莉花茶的兴起是在抗日战争以后。玳瑁花茶运销武汉，玉兰、珠子花茶销于北方，为数甚少。

《浅谈茶叶》

第九辑

屦痕处处·
来过便不曾忘记

❖ 汤匡淞：杭州一宿

笕桥一过，杭城早在望中。乘客纷纷打点行李，预备分手，情形有点儿凄惨，好好的一列列车，为什么不能向前开去，我的目的地还没有到呢，又要我重新赶路。车厢，你这蠢笨的家伙！天天喘息奔波于道路中，旧去新来，岁月如流，你也漠然于衷。

我有两件行囊，累得我要死，排队出城站，我是最末了一个。警察看见我这重重的东西，他问我是什么？我说是被褥衣着，他不信，说：

"哪有这么重的被褥？"

"东西倒不重，实在我拿不动。"

他摸了一摸，也就挥手示去。

由黄包车夫替我找到一家小得很的客栈——杭州虽有亲戚故旧可找，打算起来，不犯着去烦劳他们，何况明天一天亮我就要动身赶路，住客栈比较自由。我还要利用这三两个钟头的时间，领略些湖山的清气，一酬我阔别十二年前的相思。

西湖圣地，得我佛庇佑，破残的痕迹，还不十分显著。离沪前我在南市打旅行证，一堆堆的瓦砾，已不知路名了，从前熟悉的街道，情形也已模糊，仿佛走进了威尔基的"五十年后的新世界"，所幸我凭着方向走到陆家浜的警察总局。

由鼓楼一直走到湖滨公园，三冬靠一春的杭州市面，全恃香市来维持的，在从前尚不至如此冷落，萧条得可怜。一般百年老店，除为了支持门面外，实在没有起色，新兴的商店，大都由绍兴人来支持。我想以绍兴人经营的手腕，不久将垄断杭州的经济。本来杭州的语言，在城圈内因宋室南渡，由河南的官话与本地的土音混合而成的，所以不包括在吴越方言的范围以内的，现在到处可闻绍兴人的口音了，将来必有一种转变。

　　走到湖滨公园，已经疲惫得很，坐在草地上，闲看湖山，波光摇影，风蝉晚唱，夕阳已隐。湖山如此，我细细地凝视，静静地闲眺，找不出一点嘘唏的残痕，当筵的舞袖，不得不强装欢颜，笑靥迎人了。湖滨的游人，举石担的举石担，钓鱼的钓鱼，闲谈的闲谈，默坐的默坐，几个小贩，跑来跑去地叫卖。西湖的画舫，本来就不高明，现在更加破落，已成了小划艇的储藏所。《洛阳名园考》中所说："园林的盛衰，可以观历代的兴废。"（大意如此）画舫小事，难道它的影响所及，不仅仅关系于它本身的破败吗？

▷　西湖垂钓

　　西湖的圣美，毋用我的赘述，苏东坡以之比女人，"若把西湖比西子，淡妆浓抹总相宜"。至若"接天莲叶无穷碧"，"长堤十里风翻荷"，等等，已写尽了西湖的秾艳了，西湖的可爱，骤见之下，也没有什么奇峰怪峦，可以引人入胜，骇人心魄；不过久处的结果，便觉蕴藉无限，青山可枕，绿水就抱。等到你离去时，更感到依恋不尽，山山水水，随处都是醉人的善酿。我坐在草地上，靠了一块石块，几次想回去，可又有些儿舍不得，好容易盼望到今朝，不多留一刻，后会又是遥遥。

清波门已经打了烊，湖面上已没有小艇往来，水平得像镜子一面，别有一种风趣。

老年的船夫收拾起他的船具，卷好了篷帐，预备回家，只有一个卖包子的女孩子，"大馒头，菜馒头"的苦苦叫卖，她和我一样的还要寻求归宿，那凄婉的叫声连南北两高峰也叫得饥饿了，何况我的肚子呢？

回到小客栈，在暗黄的灯光下写了一封信，告诉了别离了七年的父母，我已平安地到了杭州。这消息将喜煞了母亲，她每天倚了门口在等候呢，白发临风，眼睛也花了，看见远来的行人，将误认自己的儿子回来吧？

杭州的臭虫，我是知道的，所以事先曾买好了臭虫药粉。今天既已受了一天的奔波，还有连续几天的颠沛生活，要想早点困觉，蚊子早搅得你够苦了；刚有点迷迷糊糊入睡的状态，臭虫又大举进袭——大概臭虫药因年久失了效用——我寻着一根小针，把吃得个个肥头胖脸的讨厌的东西一连刺死了十几个，心中很为惬意。

将近12点钟，隔房又轰起了男女的笑声，唱"的笃板"的嵊县腔，杀鸡杀鸭似的胡琴。仅隔开一层薄薄的板壁，等于大家哄在一块儿。他们兴高采烈地嬉笑、胡调，硬拖着我开着眼睛陪他们受罪，恨不得放一把野火，大家都烧个干净。

心中有事，东渡钱塘等不到天亮就醒了，夏季时间还只有4点钟不到，蚊子正鸣鸣的响朝市，这时正是贪睡的时候，看看时光还早，不觉又瞌了一眻，忽被茶房的敲门声叫醒：

"客人，你是过江还是到上海的？渡江的要赶快动身。"

我回说要过江，他又去叩另外的房门了。此等小客栈，都是小贩与经济的客人，总是耽搁了一夜就要赶路的，所以敲门问讯，也是他们的常例了。

现在出门，不想讨便宜就得吃亏。我早到站，排队排在前面，不料后来的人，个个乘隙而入，他们有同党呼应，叼光不少。虽然有警察的呼喝，但是因为平常玩笑惯了，行人对他没有什么敬惧之心，赶去东边又到西边，所以本来在前，后来越排越后。从5点钟排队等起，等到8点45分的车子，好容易爬上了车，不到一分钟，汽笛就昂昂地乱叫，在我后面的人，恐怕乘不着这辆车子了——好在留在后面的人，所剩无几了。

轧队的时候，认识了一位姓刘的先生，他到义乌去，沿路得到了同伴，放胆不少。车子是没边没顶的货车，据说上去的车子，不见得比此地好。这辆跳动的火车一直往闸口开去。

钱塘江上，最使人怀念的当然是那座桥梁，牺牲了多少的性命才换来的一个巨大的工程。在浙赣路最初通车的时候，据曾孟甫先生的报告，一次因江流湍急，将驳渡工人的船只冲翻，整整断送了700余人；兴筑桥墩工程的时候，也丧失了许多人的性命。

弃车登舟，我们横渡钱塘江去。极目骋驰，兔山赪山，缥缈在水天云影中，这波澜深阔的江水，使我有多少眷恋。江水！你从上流来，曾见一个白发的老妇，每日临水思念，她托你带个信儿否？

钱塘江的南岸，古称於越，今称绍兴，是勾践沼（灭）吴的根基地，於越的居民，具有"文身断发，披草莱以为邑"的那种苦干的精神，所以张炎夫也敢肆意大言，搬出了先民的美德，增重自己的操守。

《浙上行》

❖ **徐志摩：中秋游西湖**

八月十五那天，原来约定到适之那里去赏月的，后来因为去得太晚了，又同着绎义，所以不曾到烟霞去。那晚的湖上也玩得很畅，虽则月儿只是若隐若现的。我们在路上的时候，满天堆紧了乌云，密层层的，不见中秋的些微消息。我那时很动了感兴——我想起了去年印度洋上的中秋！一年的差别！我心酸得比哭更难过。一天的乌云，是的，什么光明的消息都莫有！

我们在清华开了房间以后，立即坐车到楼外楼去。吃得很饱，喝得很畅。桂花栗子已经过时，香味与糯性都没有了。到九点模样，她到底从云阵里奋战了出来。满身挂着胜利的霞彩，我在楼窗上靠出去望见湖光渐渐地由黑转青，青中透白，东南角上已经开朗，喜得我大叫起来。我的欢喜不仅是为月出，最使我痛快的，是在于这失望中的满意。满天的乌云，我原来已经抵拼拿雨来换月，拿抑塞来换光明，我抵拼喝他一个醉，回头到梦里去访中秋，寻团圆——梦里是什么都有的。

我们站在白堤上看月望湖，月有三大圈的彩晕，大概这就算是月华的了。月出来不到一点钟又被乌云吞没了，但我却盼望，她还有扫荡廓清的能力，盼望她能在一半个时辰内，把掩盖住青天的妖魔，一齐赶到天的那边去，盼望她能尽量的开放她的清辉，给我们爱月的一个尽量的陶醉——那时我便在三个印月潭和一座雷峰塔的媚影中做一个小鬼，做一个永远不上岸的小鬼，都情愿，都愿意。

"贼相"不在家，末了抓到了蛮子仲坚，高兴中买了许多好吃的东西——有广东夹沙月饼——雇了船，一直望湖心里进发。

三潭印月上岸买栗子吃，买莲子吃；坐在九曲桥上谈天，讲起湖上的对联，骂了康圣人一顿。后来走过去在桥上发现有三个人坐着谈话，几上放有茶碗。我正想对仲坚说他们倒有意思，那位老翁涩重的语音听来很熟，定睛看时，原来他就是康大圣人！

下一天我们起身已不早，绎义同意到烟霞洞去，路上我们逛了雷峰塔，我从不曾去过，这塔的形与色与地位，真有说不出的神秘的庄严与美。塔里面四大根砖柱已被拆成倒置圆锥体形，看看危险极了。轿夫说："白状元的坟就在塔前的湖边，左首草丛里也有一个坟，前面一个石碣，说是白娘娘的坟。"我想过去，不料满径都是荆棘，过不去。雷峰塔的下面，有七八个鹄形鸠面的丐僧，见了我们一齐张起他们的破袈裟，念佛要钱。这倒颇有诗意。

我们要上桥时，有个人手里握着一条一丈余长的蛇，叫着放生，说是小青蛇。我忽然动心，出了两角钱，看他把那蛇扔在下面的荷花池里，我就怕等不到夜它又落在他的手里了。

▷　六和塔与钱塘江大桥

▷　西湖边的游人

进石屋洞初闻桂子香——这香味好几年不闻到了。

到烟霞洞时上门不见土地，适之和高梦旦他们一早游花坞去了。我们只喝了一碗茶，捡了几张大红叶——疑是香樟——就急急地下山。香蕉月饼代饭。

到龙井，看了看泉水就走。

前天在车里想起雷峰塔做了一首诗用杭白。

那首是白娘娘的古墓，
（划船的手指着蔓草深处）
客人，你知道西湖上的佳话，
白娘娘是个多情的妖魔。
她为了多情，反而受苦——
爱了个没出息的许仙，她的情夫；
他听信一个和尚，一时的糊涂，
拿一个钵盂，把他妻子的原形罩住。
到今朝已有千把年的光景，
可怜她被镇压在雷峰塔底——
一座残败的古塔，凄凉地，
庄严地，独自在南屏的晚钟声里！

《西湖记》

❖ 郁达夫：西溪的晴雨

西北风未起，蟹也不曾肥，我原晓得芦花总还没有白，前两星期，源宁来看了西湖，说他倒觉得有点失望，因为湖光山色，太整齐，太小巧，不够味儿，他开来的一张节目上，原有西溪的一项；恰巧第二天又下了微雨，秋原和我就主张微雨里下西溪，好叫源宁去尝一尝这西湖近旁的野趣。

天色是阴阴漠漠的一层，湿风吹来，有点儿冷，也有点儿香，香的是野草花的气息。车过方井旁边，自然又下车来，去看了一下那座天主圣教修士们的古墓。从墓门望进去，只是黑沉沉、冷冰冰的一个大洞，什么也看不见，鼻子里却闻吸到了一种霉灰的阴气。

把鼻子掀了两掀，耸了一耸肩膀，大家都说，可惜忘记带了电筒，但在下意识里，自然也有一种恐怖、不安和畏缩的心意，在那里作恶，直到了花坞的溪旁，走进窗明几净的静莲庵堂去坐下，喝了两碗清茶，这一些鬼胎，方才洗涤了个空空脱脱。

游西溪，本来是以松木场下船，带了酒盒行厨，慢慢儿地向西摇去为正宗。像我们那么高坐了汽车，飞鸣而过古荡、东岳，一个钟头要走百来里路的旅客，终于是难度的俗物，但是俗物也有俗益，你若坐在汽车里，引颈而向西向北一望，直到湖州，只见一派空明，遥盖在淡绿成阴的斜平海上；这中间不见水，不见山，当然也不见人，只是渺渺茫茫，青青绿绿，远无岸，近亦无田园村落的一个大斜坡，过秦亭山后，一直到留下为止的那一条沿山大道上的景色，好处就在这里，尤其是当微雨朦胧，江南草长的春或秋的半中间。

从留下下船，回环曲折，一路向西向北，只在芦花浅水里打圈圈；圆桥茅舍，桑树蓼花，是本地的风光，还不足道；最古怪的，是剩在背后的一带湖上的青山，不知不觉，忽而又会得移上你的面前来，和你点一点头，又匆匆的别了。

摇船的少女，也总好算是西溪的一景；一个站在船尾把摇橹，一个坐在船头上使桨，身体一伸一俯，一往一来，和橹声的咿呀，水波的起落，凑合成一大又圆又曲的进行软调；游人到此，自然会想起瘦西湖边，竹西歌吹的闲情，而源宁昨天在漪园月下老人祠里求得的那支灵签，仿佛是完全的应了，签诗的语文，是《鄘风·桑中》章末后的三句，叫作"期我乎桑中，要我乎上宫，送我乎淇之上矣"。

此后便到了交芦庵，上了弹指楼，因为是在雨里，带水拖泥，终于也感不到什么的大趣，但这一天向晚回来，在湖滨酒楼上放谈之下，源宁却一本正经地说："今天的西溪，却比昨日的西湖，要好三倍。"

▷ 郁达夫（1896—1945）

前天星期假日，日暖风和，并且在报上也曾看到了芦花怒放的消息，午后日斜，老龙夫妇，又来约去西溪，去的时候，太晚了一点，所以只在秋雪庵的弹指楼上，消磨了半日之半。一片斜阳，反照在芦花浅渚的高头，花也并未怒放，树叶也不曾凋落，原不见秋，更不见雪，只是一味的晴明浩荡，飘飘然，浑浑然，洞贯了我们的肠腑，老僧无相，烧了面，泡了茶，更送来了酒，末后还拿出了纸和墨，我们看看日影下的北高峰，看看庵旁边的芦花荡，就问无相，花要几时才能全白？老僧操着缓慢的楚国口音，微笑着说："总要到阴历十月的中间；若有月亮，更为出色。"说后，还提出了一个交换的条件，要我们到那时候，再去一玩，他当预备些精馔相待，聊当作润笔，可是今天的字，却非写不可，老龙写了"一剑横飞破六合，万家憔悴哭三吴"的十四个字，我也附和着抄了一副不知在哪里见过的联语："春梦有时来枕畔，夕阳依旧上帘钩。"

喝得酒醉醺醺，走下楼来，小河里起了晚烟，船中间满载了黑暗，龙妇又逸兴遄飞，不知上哪里去摸出了一枝洞箫来吹着。"其声呜呜然，如怨如慕，如泣如诉，余音袅袅，不绝如缕"，倒真有点像是七月既望，和东坡在赤壁的夜游。

原载于《东南日报·沙发》，1935年10月24日

❖ 郁达夫：超山的梅花

凡到杭州来游的人，因为交通的便利，和时间的经济的关系，总只在西湖一带，登山望水，漫游两三日，便买些土产，如竹篮纸伞之类，匆匆回去；以为雅兴已尽，尘土已经涤去，杭州的山水佳处，都曾享受过了。所以古往今来，一般人只知道三竺六桥，九溪十八涧，或西湖十景，苏小岳王；而离杭城三五十里稍东偏北的一带山水，现在简直是很少有人去玩，并且也不大有人提起的样子。

在古代可不同；至少至少，在清朝的乾嘉道光，去今百余年前，杭州人的好游的，总没有一个不留恋西溪，也没有一个不披蓑戴笠去看半山（即皋亭山）的桃花，超山的香雪的。原因是因为那时候杭州和外埠的交通，所取的路径都是水道；从嘉兴上海等处来往杭州，运河是必经之路。舟入塘栖，两岸就看得到山影；到这里，自杭州去他处的人，渐有离乡去国之感，自外埠到杭州来的人，方看得到山明水秀的一个外廓；因而塘栖镇，和超山、独山等处，便成了一般旅游之人对杭州的记忆的中心。

超山是在塘栖镇南，旧日仁和县（现在并入杭县了）东北六十里的永和乡的，据说高有五十余丈，周二十里（咸淳《临安志》作三十七丈），因其山超然出于皋亭、黄鹤之外，故名。

从前去游超山，是要从湖墅或拱宸桥下船，向东向北向西向南，曲折回环，冲破菱荇水藻而去的；现在汽车路已经开通，自清泰门向东直驶，至乔司站落北更向西，抄过临平镇，由临平山西北再驰十余里，就可以到了；"小红唱曲我吹箫"的船行雅处，现在虽则要被汽车的机器油破坏得丝缕无余，但坐船和坐汽车的时间的比例，却有五与一的大差。

汽车走过的临平镇，是以释道潜的一首"风蒲猎猎弄轻柔，欲立蜻蜓不自由。五月临平山下路，藕花无数满汀洲"的绝句出名；而超山北面的塘栖镇，又以南宋的隐士，明末清初的田园别墅出名；介于塘栖与超山之间的丁山湖，更以水光山色，鱼虾果木出名；也无怪乎从前的文人骚客，都要向杭州的东面跑。而超山皋亭山的名字每散见于诸名士的歌咏里了。

　　超山脚下，塘栖附近的居民，因为住近水乡，阡陌不广之故，所靠以谋生的完全是果木的栽培。自春历夏，以及秋冬，梅子、樱桃、枇杷、杏子、甘蔗之类的出产，一年总有百万元内外。所以超山一带的梅林，成千成万；由我们过路的外乡人看来，只以为是乡民趣味的高尚，个个都能在学林和靖的终身不娶，殊不知实际上他们却是正在靠此而养活妻孥的哩？

　　超山的梅花，向来是开在立春前后的：梅干极粗极大，枝叉离披四散，五步一丛，十步一坂，每个梅林，总有千株内外，一株的花朵，又有万颗左右；故而开的时候，香气远传到十里之外的临平山麓，登高而远望下来，自然自成一个雪海；近年来虽说梅株减少了一点，但我想比到罗浮的仙境，总也只有过之，不会不及。

　　从杭州到超山去的汽车路上，过临平山后，两旁已经有一处一处的梅林在迎送了，而汇聚得最多，游人所必到的看梅胜地，大抵总在汽车站西南，超山东北麓，报慈寺大明堂（亦称大明寺）前头，梅花丛里有一个周梦坡筑的宋梅亭在那里的周围五六里地的一圈地方。

　　报慈寺里的大殿（大约就是大明堂了罢？）前几年被寺的仇人毁坏了，当时还烧死了一位当家和尚在殿东一块石碑之下。但殿后的一块刻有吴道子画的大士像的石碑，还好好地镶在壁里，丝毫也没有动。去年我去的时候，寺僧刚在募化重修大殿；殿外面的东头，并且已经盖好了三间厢房在作客室。后面高一段的三间后殿，火烧时也不曾烧去，和尚手指着立在殿后壁里的那一块石刻大士像碑说："这都是这位大慈大悲救苦救难广大灵感观世音菩萨的福佑！"

在何春渚删成的《塘栖志略》里，说大明寺前有一口井，井水甘洌！旁树石碣，刻有"一人堂堂，二曜重光，泉深尺一，点去冰旁；二人相连，不欠一边，三梁四柱烈火燃，添却双钩两日全"之碑铭，不识何意等语。但我去大明堂（寺）的时候，却既不见井，也不见碑；而这条碑铭，我从前是曾在一部笔记叫作《桂苑丛谈》的书里看到过一次的。这书记载着："令狐相公出镇淮海日，支使班蒙，与从事诸人，俱游大明寺之西廊，忽睹前壁，题有此铭，诸宾皆莫能辨，独班支使曰：'得非大明寺水，天下无比八字乎？'众皆恍然。"从此看来，《塘栖志略》里所说的大明寺井碑，应是抄来的文章，而编者所谓不识何意者，还是他在故弄玄虚。当然，寺在山麓，地又近水，寺前寺后，井是当然有一口的；井里的泉，也当然是清洌的；不过此碑此铭，却总有点儿可疑。

大明寺前的所谓宋梅，是一棵曲屈苍老，根脚边只剩了两条树皮围拱，中间空心，上面枝干四叉的梅树。因为怕有人折，树外面全部是用一铁线网罩住的。树当然是一株老树，起码也要比我的年纪大一两倍，但究竟是不是宋梅，我却不敢断定。去年秋天，曾在天台山国清寺的伽蓝殿前，看见过一株所谓隋梅；前年冬天，也曾在临平山下安隐寺里看见过一枝所谓唐梅。但所谓隋，所谓唐，所谓宋等等，我想也不过"所谓"见而已，究竟如何，还得去问问植物考古的专家才行。

出大明堂，从梅花林里穿过，西面从吴昌硕的坟旁一条石砌路上攀登上去，是上超山顶去的大路了。一路上有许多同梦也似的疏林，一株两株如被遗忘了似的红白梅花，不少的坟园，在招你上山，到了半山的竹林边的真武殿（俗称中圣殿）外，超山之所以为超，就有点感觉得到了；从这里向东西北的三面望去，是汪洋的湖水，曲折的河身，无数的果树，不断的低岗，还有塘的两面点点的人家；这便算是塘栖一带的水乡全景的鸟瞰。

从中圣殿再沿石级上去，走过黑龙潭，更走二里，就可以到山顶，第一要使你骇一跳的，是没有到上圣殿之先的那一座天然石筑的天门。到了这里，你才晓得超山的奇特，才晓得志上所说的"山有石鱼石笋等，他石多异形，如人兽状。"诸记载的不虚。实实在在，超山的好处，是在山头一堆石，山下万梅花，至若东瞻大海，南眺钱江，田畴如井，河道如肠，桑麻遍地，云树连天等形容词，则凡在杭州东面的高处，如临平山黄鹤峰上都用得着的，并非是超山独一无二的绝景。

你若到了超山之后，则北去超山七里地外的塘栖镇上，不可不去一到。在那些河流里坐坐船，果树下跑跑路，趣味实在是好不过。两岸人家，中夹一水；走过丁山湖时，向西面看看独山，向东首看看马鞍龟背，想象想象南宋垂亡，福王在庄（至今其地还叫作福王庄）上所过的醉生梦死脂香粉腻的生涯，以及明清之际，诸大老的园亭别墅，台榭楼堂，或康熙乾隆等数度的临幸，包管你会起一种像读《芜城赋》似的感慨。

又说到了南宋，关于塘栖，还有好几宗故事，值得一提。第一，卓氏家乘《唐栖考》里说："唐栖者，唐隐士所栖也；隐士名珏，字玉潜，宋末会稽人。少孤，以明经教授乡里子弟而养其母。至元戊寅，浮图总统杨连真伽，利宋攒宫金玉，故为妖言惑主听，发掘之。珏怀愤，乃货家具，召诸恶少，收他骨易遗骸，瘗兰亭山后，而树冬青树识焉。珏后隐居唐栖，人义之，遂名其地为唐栖。"这镇名的来历说，原是人各不同的，但这也岂不是一件极有趣的故实么？还有塘栖西龙河圩，相传有宋宫人墓；昔有士子，秋夜凭栏对月，忽闻有环佩之声，不寐听之，歌一绝云："淡淡春山抹未浓，偶然还记旧行踪。自从一入朱门去，便隔人间几万重。"闻之酸鼻。这当然也是一篇凄绝哀艳的鬼国文章。

塘栖镇跨在一条水的两岸，水南属杭州，水北属德清；商市的繁盛，酒家的众多，虽说只是一个小小的镇集，但比起有些县城来，怕还要闹热几分。所以游过超山，不愿在山上吃冷豆腐黄米饭的人，尽可以上塘栖镇上去痛饮大嚼；从山脚卜走回汽车路去坐汽车上塘栖，原也很便，但这一段路，总以走走路坐坐船更为合适。

原载于《新小说》，1935 年 2 月 15 日

❖ 俞平伯：河坊街，徘徊笑语留微痕

这儿名说是谈清河坊，实则包括北自羊坝头，南至清河坊这一条长街。中间的段落各有专名，不烦枚举。看官如住过杭州的，看到这儿早已恍然；若没到过，多说也还是不懂。杭州的热闹市街不止一条，何以独取清河坊呢？我因它逼窄得好，竟铺石板不修马路亦好；认它为typical杭州街。

我们雅步街头，则矻磴矻磴地石板怪响，而大嚷"欠来！欠来！"的洋车，或前或后冲过来了。若不躲闪，竟许老实不客气被车夫推搡一下，而你自然不得不肃然退避了。天晴还算好，落雨的时候，那更须激起石板洼隙的积水溅上你的衣裳，这真糟心！这和被北京的汽车轮子溅了一身泥浆是仿佛的。虽然发江南热的我觉得北京的汽车是老虎，（非彼老虎也！）而杭州的车夫毕竟是人。你拦阻他的去路，他至多大喊两声，推你一把，不至于如北京的高轩哀嘶长喉地过去，似将要你的一条穷命。

那怕它十分喧阗，悠悠然的闲适总归消除不了。我所经历的江南内地，都有这种可爱的空气；这真有点儿古色古香。

我在伦敦纽约虽住得不久，却已嗅得欧美名都的忙空气；若以彼例此，则貌乎小矣。杭州清河坊的闹热，无事忙耳。他们越忙，我越觉得他们是真闲散。忙且如此，不忙可知。——非闲散而何？

我们雅步街头，虽时时留意来往的车子，然终不失为雅步。走过店窗，看看杂七杂八的货色，一点没有Show Window的规范，但我不讨厌它们。我们常常去买东西，还好意思摔什么"洋腔"呢？

我俩和娴小姐同走这条街的次数最多，她们常因配置些零星而去，我则瞎跑而已。有几家较熟的店铺差不多没有不认识我们的。有时候她们先到，我从别处跑了去，一打听便知道，我终于会把她们追着的。大约除掉

药品书报糖食以外，我再不花什么钱，而她们所买绝然不同，都大包小裹的带回了家，挨到上灯的时分。若今天买的东西少，时候又早，天气又好，往往雇车到旗下营去，从繁热的人笑里，闲看湖滨的暮霭与斜阳。"微阳已是无多恋，更苦遥青着意遮。"我时时看见这诗句自己的影子。

清河坊中，小孩子的油酥饺是佩弦以诗作保证的。我所以时常去买来吃。叫她们吃，她们以在路上吃为不雅而不吃；常被我一个人吃完了。油酥饺冰冷的，您想不得味罢。然而我竟常买来吃，且一顿便吃完了。您不以为诧异吗？不知佩弦读至此如何想？他不会得说："这是我一首诗的力啊！"

我收集花果的本领真太差，有些新鲜的果子，藏在怀中几年之后，不但香色无复从前，并且连这些果子的名目、形态、影儿都一起丢了。这真是所谓"抚空怀而自惋"了。譬如提到清河坊，似有层层叠叠感触的张本在那边，然细按下去，便觉洞然无物。即使不是真的洞然，也总是说它不出。在实际上，"说不出"与"洞然"的差别，真是太小了。

在这狭的长街上，不知曾经留下我们多少的踪迹。可是坚且滑的石板上，使我们的肉眼怎能辨别呢？况且，江南的风虽小，雨却豪纵惯了的。暮色苍然下，飒飒的细点儿，渐转成牵丝的"长脚雨"，早把这一天走过的千千人的脚迹，不论男的女的老的少的村的俏的，洗刷个干净。一日且如此，何论旬日；兼旬既如此，何论经年呢！明日的人儿等着哩，今日的你怎能不去！不看见吗？水上之波如此，天上之云如斯；云水无心，"人"却多了一种荒唐的眷恋，非自寻烦恼吗？若依颉刚的名理推之，烦恼是应当自己寻的：这却又无以难他。

我由不得发两句照例的牢骚了。天下惟有盛年可贵，这是自己证明的真实。梦阑酒醒，还算个什么呢，千金一刻是正在醉梦之中央。我们的脚步踏在土泥或石上，我们的语笑颤荡在空气中，这是何等的切实可喜。直到一切已黯淡渺茫，回首有凄怆的颜色，那时候的想头才最没有出息。一方面要追挽已逝的芳香，一方面妒羡他人的好梦。去了的谁挽得住，剩一双空空的素手；妒羡引得人人笑，我们终被拉下了。这真觉得有点犯不着，然而没出息的念头，我可是最多。

匆匆一年之后，我们先后北来了。为爱这风尘来吗？还是逃避江南的孽梦呢？娴小姐平日最爱说"窝逸"。破烂的大街，荒寒的小胡同，时闻瑟缩的枯叶打抖，尖厉的担儿吆喝，沉吟的车骨碌的话语，一灯初上，四座无言；她仍然会说"窝逸"吗？或者陡然猛省，这是寂寞长征的一尖站呢？我毕竟想不出她应当怎样着想方好。

我们再同步于北京的巷陌，定会觉得异样；脚下的尘土，比棉花还软得多哩。在这样的软尘中，留下的踪迹更加靠不住了，不待言。将来万一，娴小姐重去江南，许我谈到北平的梦，还能如今日谈杭州清河坊巷这样的洒脱吗？"人到来年忆此年。"想到这里，心渐渐地低沉下去。另有一幅飘零的图画影子，烟也似的晃荡在我眼下。

话说回来，干脆了当！若我们未曾在那边徘徊，未曾在那边笑语，或者即有徘徊笑语的微痕而不曾想到去珍惜它们，则莫说区区清河坊，即十百倍的胜迹亦久不在话下了。我爱诵父亲的诗句："只缘曾系乌篷艇，野水无情亦耐看。"

《清河坊》

❖ 倪锡英：西湖的胜景

西湖的胜景，名称也很多。在历史上，有许多高人雅士都喜欢替西湖的景色命个名儿，在宋宣和年间，画院里的待诏祝穆和马远，开始给题了"西湖十景"的名目。到元朝时有所谓钱塘十景，这十景的名目是："两峰白云""西湖夜月""六桥烟柳""九里云松""灵石樵歌""冷泉猿啸""葛岭朝墩""孤山霁雪""北关夜市""浙江秋涛"。

到清圣祖南幸西湖的时候，便把祝穆、马远所题的西湖十景，全部抄袭下来，御笔题上朱红的大字，凿起石碑来，树立在西湖各处，这便是现在一般人所习记着的西湖十景，这十景是："苏堤春晓""平湖秋月""花港观鱼""柳浪闻莺""双峰插云""三潭印月""雷峰夕照""南屏晚钟""断桥残雪""曲院风荷"。

这十景，非但是辞藻用得好，而且在形式上，也好像五副很工整的对联。在清圣祖南巡时，浙闽总督李卫，在修葺西湖之后，又增修了十八景，这十八景的名称是："湖山春社""功德崇坊""玉带晴虹""海霞西爽""梅林归鹤""鱼沼秋蓉""莲池松舍""宝石凤亭""亭湾骑射""蕉石鸣琴""玉泉观鱼""凤岭松涛""湖光平眺""吴山大观""天竺香市""云楼梵径""韬光观海""西溪探梅"。传至今世，这十景或十八景的名目，已经包罗不尽西湖所有的景色，清圣祖所立十景的碑石虽然存在，而有的已经毁圮，有的已经荒落，有的虽然景色如旧，然而已较逊色，这因为西湖是在不停地建设中，新的西湖的景色，也在不断地产生出来。因为时间上的变迁，把空间上的景物改造了。所以，在前期所认作的胜景，到今世已变成了古迹。但是无论古迹也好，胜景也好，总之，西湖的景色，绝不是十个或十八个抽象的名词所能表现的，除非你要亲自投向她的怀抱中去，你才会觉到西湖到处都是风景，才能体味出西湖的真美来。

《杭州》

❖ 郁达夫：杭州的八月

杭州的废历八月，也是一个极热闹的月份。自七月半起，就有桂花栗子上市了，一入八月，栗子更多，而满觉陇南高峰翁家山一带的桂花，更开得来香气醉人。八月之名桂月，要身入到满觉陇去过一次后，才领会得到这名字的相称。

除了这八月里的桂花，和中国一般的八月半的中秋佳节之外，在杭州还有一个八月十八的钱塘江的潮汛。

钱塘的秋潮，老早就有名了，传说就以为是吴王夫差杀伍子胥沉之于江，子胥不平，鬼在作怪之故。《论衡》里有一段文章，驳斥这事，说得很有理由："儒书言，'吴王夫差杀伍子胥，煮之于镬，盛于囊，投之于江，子胥恚恨，临水为涛，溺杀人。'夫言吴王杀伍子胥，投之于江，实也，言其恨恚，临水为涛者，虚也。且卫菹子路，而汉烹彭越，子胥勇猛，不过子路彭越，然二子不能发怒于鼎镬之中，子胥亦然，自先入鼎镬，后乃入江，在镬之时其神岂怯而勇于江水哉？何其怒气前后不相副也？"可是《论衡》的理由虽则充足，但传说的力量，究竟十分伟大，至今不但是钱塘江头，就是庐州城内泚河岸边，以及江苏福建等滨海傍湖之处，仍旧还看得见塑着白马素车的伍大夫庙。

钱塘江的潮，在古代一定比现时还要来得大。这从高僧传唐灵隐寺释宝达，诵咒咒之，江潮方不至激射湖上诸山的一点，以及南宋高宗看潮，只在江干候潮门外搭高台的一点看来，就可以明白。现在则非要东去海宁，或五堡八堡，才看得见银海潮头一线来了。这事情从阮元的《揅经室集·浙江图考》里，也可以看得到一些理由，而江身沙涨，总之是潮不远上的一个最大原因。

还有梁开平四年，钱武肃王为筑捍海塘，而命强弩数百射涛头，也只在候潮通江门外。至今海宁江边一带的铁牛镇铸，显然是师武肃王的遗意，后人造作的东西。（我记得铁牛铸成的年份，是在清顺治年间，牛身上印在那里的文字，还隐约辨得出来。）

沧桑的变革，实在厉害得很，可是杭州的住民，直到现在，在靠这一次秋潮而发点小财，做些买卖的，为数却还不少哩！

原载于《申报·自由谈》，1933 年 9 月 27 日

❖ 张恨水：西湖十可厌

予游西湖三次，未尝为文记之。以杭州景致国人耳熟能详，无烦为之记也。此次游杭归申，本计雄翁一再嘱为一文，雅意似未可却，姑作十厌，以志所感，所望雅人来主是湖，有以正之。

两堤如带，有马嘶芳草人醉玉楼之概，今一为柏油路，一为石子路，芳草尽除、桥平如砥，岳王庙若在五父衢头，苏小坟绝无碧波细草，可厌者一；湖中一水门汀纪念塔，点缀湖山拟不于伦，平湖秋月，在依栏小坐，平视波心，今亦封榭一塔，令游人作面壁之维摩，煮鹤焚琴，莫过于是，可厌者二；沿里湖葛岭之麓，洋楼叠起，久碍观瞻，近更电炬通明，一切月岭星波之胜，荡然无存，可厌者三；三潭印月之后，宜望汪洋，只余三影，今则水中立电杆一排，树丫水面，如镜而锯无数长钉，可厌者四；庙中知客和尚，见游人苦作笑脸，絮絮问贵客公干，殷勤招待，出簿化缘，若作贸易，可厌者五；苏堤头有常春恒一洋楼，全屋作手枪式，唐突西施，莫此为甚，可厌者六；沿湖随处有人家私墓，封碑巨石，大夫孺人字样，触目皆是，可厌者七；孤山独立水中，古梅老石，境须清幽，今则前为马路，后列长桥，草坡易为巨石码头，曲径改为柏油小路，楼阁叠起，空疏尽塞，可厌者八；各处名胜，皆有野鸡照相师，见有客至，苦苦追随，絮聒不休，可厌者九；尚有其一，愚不欲尽言之，留他人随作感想补之可也。

原载于《晶报》，1934 年 2 月 24 日

▷ 岳王庙

▷ 白堤

❖ 田汉：杭州拍戏所见

第二天一早在街上吃了一点点心便到清泰第二旅馆。时间还早，云卫还没有起来，应夫人程慕莲女士和她的男女公子们来招待，他们是昨日晚车来的，只预备玩一天就回去。二小姐萱萱，前次曾和我们来看外景的，这次也和其他许多小姐一样化装了一位采茶女。苏绘成了须发皤然的刘毅夫，去徐楔云的冯喆殷勤地替我们冲了昨天刚从九溪买来的好茶，还叫了几客有名的汤包。冯喆的令尊和洪深先生同过学，交谊甚深，所以冯君特别亲切。

出发时将近七时半。我们坐上云卫雇的小包车，沿湖滨公园经苏堤、岳庙，直到玉泉。洪太太是第一次到杭州的，我们未免替她指点湖山。那时晨雾未消，清露犹滴，湖波如镜，游艇两三，她们初游者的兴奋可以想象。

在玉泉，她们想引动五色鱼而苦不得面包、爆米之类为饵。洪先生又领他太太和女公子去看廊下小池，在石上一跺脚便有一颗珠子喷上来，这比起我们在云南安宁温泉所见的珍珠泉相差太远。但洪先生的理论是风景亦如戏剧，要以外行的天真的眼光去欣赏，才能enjoy（享受），否则嫌格太高，难得有满足的时候。在这里他买了友人巨赞法师所著的《灵隐小识》。

经岳坟入白堤，必过名伶常春恒故宅。洪深先生特为介绍：

"你瞧，这房子造得像不像一把手枪？宅主是常春恒。起好这房子不久，他被暗杀了。"

于是大家紧张地观察了一下这道旁的凶宅。

"现在租给好几家人家住了，却也没有什么。"司机同志说。我们过虎跑寺没有上去，车子一直开六和塔，大家很兴奋地回望钱塘大桥，洪太太们非常叹美。

"抗战开始炸毁过的，于今修复了。比这长的桥虽有，但汽车火车两用的，在中国这算第一了。"

到九溪十八涧会合处的茶场，择定的山坡已布置好了，雇来的真正的采茶女们也陆续背着小茶篓到达指定地点了，甚至山下茶座里已等好了许多看热闹的游客了。

地点选得很好。经敌人八年来的破坏，九溪十八涧树木多被砍伐一尽，而这里在千万点茶丛后面，却有一带茂密的竹林，竹枝迎着风，天日晴朗，白云成堆移动，正是摄影的理想时空。

他们在云卫的指挥下很快地开始工作了。唱《采茶歌》一场戏因声带已在上海收好，这里只用把声带放出（机器在山下茶室而用很长的线把播送器置到半山茶树下），演员随着播音器一面唱一面做表情即得。方法确比从前更进步了。摄影师周诗穆先生对每一镜头都能细意安排，不怕麻烦，很是可敬。周璇女士表演也用功，虽在烈日下，不辞反复练习。唱《好个王小姐》的那一段戏拍完，洪深先生不觉拍手称赏。

"哟，洪先生，您还拍手哩，请多多指教。"

周小姐很惶恐地说。这态度是好的。

正午，顶光不能拍戏，一位钱先生约我们在山下"山外山"酒馆吃一鸡五味。洪深先生在这里无意中重遇了一位老友赵琛。以前他是在明星公司演小生的，扮过洪先生写的"冯大少爷"，于今已是霜雪满头的老生了。

在山上茶室休息中，周小姐躺在竹床上用两顶草帽盖着头，我和洪先生也在那儿喝茶。看热闹的游客来得可太多了。大都是之大、浙大的同学，他们包围着周小姐要听她唱歌，否则不肯解围。经云卫立在凳上说好说歹，终于把扩音器摆在高处，周小姐跟着唱了一段《采茶歌》，大学生们才皆大欢喜，反帮着维持秩序。洪先生虽曾连带陷入重围，但并没有成为包围的对象。后来某报杭州电报说群众误认洪先生为影星尤光照，经洪先生取出身份证乃知非是云云。

洪先生看了报，生气说：

"我这太悲哀了，为什么不说人家误认影星尤光照为洪深，而说错认洪深为尤光照呢！"

尤光照据说是一位身体很胖的滑稽演员。想起了我们在无锡看《丽人行》时，洪先生被观众误认为梅兰芳，几乎全场站起来看他，他却误以为大家是对这戏的导演先生致敬的，赶忙站起来点头致谢。那个喜剧场面也曾使洪先生哭笑不得。

"美国管影迷叫fan，起先我不知道此语来源，现在才知道是fanatic（疯狂）的省文。"洪先生说。实在那天那些影迷的疯狂劲儿使你感到非常麻烦，但又决不能对他们板面孔。

许多外国的观光者也拥到茶山拍照，他们问这戏叫什么名字，云卫一时说不出《哀江南》的译名，请洪先生代拟，洪先生想了许久，写出来的：

"Lament for Kiangnan home。"

《和洪深游杭州》

❖ 梁得所：西湖的冬天

最近有一位朋友在杭州筑了一座房子，两次来信邀我去小住。我答应践约之期，当在"孤山蜡梅盛开之后，断桥残雪未消之前"，因为一则目前决计不离上海，二则想看看冬天的西湖。

我想，冬天的西湖必定有一种笔墨所难形容的情调，这种情调倘若必要形容出来，大概好比一个青年，他所爱的人儿已经逝去。而他所辜负的又在别人爱护之卜得了归宿。这样一个青年的心情，必定感伤而又安慰，就像湖畔之冬，一辈子肃穆、宁静。

为了对于冬天表示赞美，某君竟喟然叹道我从此完了。大概他见我近来起居有定时，不像从前通宵达旦参加都会生活，以为这样的态度缺乏朝气。为我过虑是我所感谢的，然而寄语某君，冰雪盖着的富士山里面燃着不灭之火，叶子暂脱的枝芽藏着明年春天新生命的萌芽。正是：

> 绸缪无计且徘徊，得见天心意未灰。
> 霜草有情招野鹤，雪花无语寄寒梅。
> 实生一觉重啼笑，执着都除任去来，
> 已是严冬春不远，伫看雷雨洗黄埃！

《忆西湖》

❖ 黄炎培: 杭州湖楼话雨

杭州到了。在一大堆迎接人们中间，夹着吾的儿子敬武，刚才吾妻送我，看见妻的时候，子在那里？看见了子，妻又在那里？忽然想起老杜诗句："却看妻，子愁何在？"吾得了这句的新读法了。

雨越发大了。天冷得不堪。时间已过午后三点钟了。还有一两个钟头，怎样使过去呢？总得消遣一下才好。林语堂、潘光旦等都在那里嚷。吾说：吾们到西泠印社去。

一到了西泠印社，登四照阁，把三面窗子打开了一望，湖里的水，和环湖的山峰，抹成一种颜色，就是灰色。山脚下还有几十株桃，花开得不少了。在那灰色的云雾里，哭不出、笑不出地挣扎着。

话匣打开了。在座光旦、语堂，还有全增嘏。你发一句，我接一句，敬武在旁边听。说些什么问题呢？说：吾们中国的先圣昔贤，历来是提倡中和的。提倡中和，就是反对极端。这点影响于民族性很不小。自古以来，产生不出很大的大英雄，就是很大的大奸恶也没有。像那西洋的亚历山大、恺撒、拿破仑、林肯，连那东方的成吉思汗等等，且不论他们好和坏，吾们汉族中哪一个及得上。就因为一种主张，才倾向这边。便有人拉到那边去；才倾向那边，又便有人拉到这边来。永远不会到极端，就永远不会有极端好和极端坏，就永远不会有极端厉害的人。

▷ 　西泠印社四照阁

这时四照阁里散坐吃茶，不假思索、随随便便的闲谈，要使文人或画家描写起来，倒是一场很风雅的"湖楼话雨"。

依吾想来，虽似近乎嚼蛆，其中却有些道理。吾们汉族的崇拜中和，倒是很古的。一部《虞书》，至少总可以说是代表三千年以前思想的了。皋陶和禹讲到用人的难处，提出"九德"做标准，就是"宽而栗，柔而立，愿而恭，乱而敬，扰而毅，直而温，简而廉，刚而塞，强而义"，意思是既要宽大，又要精密；既要和平，又要强硬；既要……又要……料不到那时候就有这般复杂的心理。吾们汉族思想成熟得这般早呀；孔老先生称赞舜的政治手腕"执其两端，用其中于民"，这不都是三千年以前很早提倡中和的证据么？

还有一个有力的证据，孟子说："杨子取为我，拔一毛而利天下，不为也。墨子兼爱，摩顶放踵利天下，为之。子莫执中。"杨墨二人，各走极端，不必说了。子莫执中，总算好了么？孟子还以为不对。他说："执中为近之，执中无权，犹执一也。"孟子的意思，执定了中心不动，还是不行。须得或左或右或中，随时移动才行。孟子的反对极端论，真正尖锐化。

魏晋以后，释道两家竞争很烈。斗法的把戏，不一而足。但不久就有顾欢出来，著一篇《夷夏论》，明僧绍著一篇《二教论》，孟景翼著一篇《正一论》，张融著一篇《门律》，他们都说，两教各有各的妙用。张融更妙哩，临死的时候，左手拿着一本《孝经》和一本《老子》，右手拿着一本小品《法华经》，表示他一生努力于三教调和工作。在两种学说对抗的时候，立刻产生出调和论来，因此永不会有极端精深的贡献。这也是一例罢。

天公真无赖，归途忽然下起雪来。那一夜，浙江建设厅假西湖边上中行别业招餐。建厅秘书汪英宾代表建厅说明浙江、江苏、江西、安徽、福建合组一个东南五省交通周览会，不久要成立；先请诸位分组去游览游览赐吾们一点作品；又说了许多欢迎的话。大众推我致答词。吾就把奉宪游山，怕不会有好作品贡献，并且天气来得坏，照这样子，怕写生摄影，任何英雄都没有用武之地，应先切实声明，免致失望等话说了一下。接下来，众推林语堂，他立刻拿出幽默家的风度，说：浙江建设厅招待吾们好，吾们说些好话；要使招待得不好，吾们骂他一顿。惹得哄堂大笑。大家又推郁达夫讲，到底没有肯。

《之东》

❖ **倪锡英：苏小小墓**

苏小小墓，在白堤另一端与湖滨相接处，适当西泠桥北堍的一个拐角上。相传是南齐时名妓苏小小的埋骨处，《古乐府》上载有《西陵苏小小诗》上说：

妾乘油壁车，郎跨青骢马。
何处结同心，西陵松柏下。

▷ 苏小小墓

苏小小是南齐时一个绝色的美人，年纪很轻时便死了。葬在西泠桥畔，坟墓外表现在已用水泥封固，上面盖着一座六角式的小亭，亭边有绿树掩映，遥对湖山一角，风景幽寂。游西湖而经过西泠桥的人，一定会在苏小小墓亭前停下来，摩挲着碑脊，幻想这位年轻的美人。近人康白情有题苏小墓的诗说：

踏遍西泠寻艳迹，长松何处柳条新。
荒凉莫道余坏土，万古湖山一美人。

在苏小小墓北面、恰当环湖马路的交叉角上，还有一座坟墓般的塔，这是清末松风上人的埋骨处。

《杭州》

❖ **夏丏尊：** 一个追忆

这是四五年前的事。

钱塘江心忽然长起了一条长长的土埂，有三四里路阔，把江面划分为二。杭州与西兴之间，往来的人要摆两次渡，先渡到土埂，更走三四里路，或坐三四里路的黄包车，到土埂尽头，再上渡船到彼岸去。这情形继续了大半年，据说是百年来从未有过的奇观。

不会忘记：那是废历九月十八的一天。我从白马湖到上海来，因为杭州方面有点事情，就不走宁波，打杭州转。在曹娥到西兴的长途中，有许多人谈起钱塘江中的土埂，什么"世界两样了，西湖搬进了城里，钱塘江有了两条了"咧，"据说长毛以前，江里也起过块，不过没有这样长久，怪不得现在世界又不太平"咧。我已有许久不渡钱塘江了，只是有趣味地听着。

到西兴江边已下午四时光景，果然望见江心有土埂突出在那里，还有许多行人和黄包车在跑动。下渡船后，忽然记得今天是九月十八，依照从前八月十八看潮的经验，下午四五时之间是有潮的。"如果不凑巧，在土埂上行走着的当儿碰见潮来，将怎样呢？"不觉暗自担心起来。旅客之中也有几个人提起潮的。大家相约："看情形再说，如果潮要来了，就不上土埂，停在渡船里。待潮过了再走。"

渡船到土埂时，几十个黄包车夫来兜生意，说"潮快来了，快坐车子去！"大部分的旅客都跳上了岸，方才相约慢走的几位也一个个地管自乘车去了。渡船中除我以外，只剩了二三个人。四五部黄包车向我们总攻击，他们打着萧山话，有的说"拉到渡船头尚来得及"，有的说"这几天即使有潮也是小小的。我们日日在这里，难道不晓得？"我和留着的几位结果也都身不由主地上了黄包车。

坐在黄包车上担心着遇见潮，恨不得快到前方的渡头。哪里知道拉到一半路程的时候，前方的渡船已把跳板抽起要开行了。江心的设渡是临时的，只有渡船没有趸船。前方已没有船可乘，四边有人喊"潮要到了！"没有坐人的黄包车都在远远地向浅滩逃奔，土埂上只剩了我们三四部有人的车子，结果只有向后转，回至方才来的原渡船去。幸而那只渡船载着从杭州到西兴去的旅客，还未开行。

四周寂无人声，隆隆的潮声已听到了。车夫一面飞奔，一面喊"救命！"我们也喊"救命！""放下跳板来！"

逃上跳板的时候，潮头已望得见。船上的旅客们把跳板再放下一块，拼得阔阔地，协力将黄包车也拉了上来。潮头就到船下了，潮意外地大，船一高一低地颠簸得很凶，可是我在这瞬间却忘了波涛的险恶，深深地感到生命的欢喜和人间的同情。

潮过以后，船开到西兴去。我们这几个人好像学校落第生似地再从西兴重新渡到杭州，天已快晚，隐约中望得见隔江的灯火。潮水把土埂涨没，钱塘江已化零为整，船可直驶杭州渡头，不必再在江心坐黄包车了。船行到江心土埂的时候。我们患难之交中有一位走到船头，把篙子插到水里去看有多深，谁知一篙子还不到底。

"险啊！如果浸在潮里，我们现在不知怎样了！"他放好篙子说。把舌头伸出得长长地。

"想不得了，还是不去想他好。"一个患难之交说。

我觉得他们的话都有道理。

原载《中学生》，1934 年 9 月

❖ **周作人：** 杭州的初恋

那时我十四岁，她大约是十三岁罢。我跟着祖父的妾宋姨太太寄寓在杭州的花牌楼，间壁住着一家姚姓，她便是那家的女儿。

伊本姓杨，住在清波门头，大约因为行三，人家都称她作三姑娘。姚家老夫妇没有子女，便认她做十女儿，一个月里有二十多天住在他们家里，宋姨太太和远邻的羊肉店石家的媳妇虽然说得来，与姚宅的老妇却感情很坏，彼此都不交口，但是三姑娘并不管这些事，仍旧推进门来游嬉。她大抵先到楼上去，同宋姨太太搭讪一回，随后走下楼来，站在我同仆人阮升公用的一张板桌旁边，抱着名叫"三花"的一只大猫，看我映写陆润庠的木刻的字帖。

我不曾和她谈过一句话，也不曾仔细地看过她的面貌与姿态。大约我在那时已经很是近视，但是还有一层缘故，虽然非意识的对于她很是感到亲近，一面却似乎为她的光辉所掩，开不起眼来去端详她了。在此刻回想起来，仿佛是一个尖面庞，乌眼睛，瘦小身材，而且有尖小的脚的少女，并没有什么殊胜的地方，但在我的性的生活里总是第一个人，使我于自己以外感到对于别人的爱着，引起我没有明了的性的概念的对于异性的恋慕的第一个人了。

我在那时候当然是"丑小鸭"，自己也是知道的，但是终不以此而减灭我的热情。每逢她抱着猫来看我写字，我便不自觉地振作起来，用了平常所无的努力去映写，感着一种无所希求迷蒙的喜乐。并不问她是否爱我，或者也还不知道自己是爱着她，总之对于她的存在感到亲近喜悦，并且愿为她有所尽力，这是当时实在的心情，也是她所给我的赐物了。在她是怎样不能知道，自己的情绪大约只是淡淡的一种恋慕，始终没有想到男女夫妇的问题。有一天晚上，宋姨太太忽然又发表对于姚姓的憎恨，末了说道：

"阿三那小东西，也不是好东西，将来总要流落到拱宸桥去做婊子的。"

我不很明白做婊子这些是什么事情，但当时听了心里想道：

"她如果真是流落做了婊子，我必定去救她出来。"

大半年的光阴这样的消费过去了。到了七八月里因为母亲生病，我便离开杭州回家去了。

一个月以后，阮升告假回去，顺便到我家里，说起花牌楼的事情，说道：

"杨家的三姑娘患霍乱死了。"

我那时也很觉得不快，想象她的悲惨的死相，但同时却又似乎很是安静，仿佛心里有一块大石头已经放下了。

《初恋》

图书在版编目（CIP）数据

老杭州 /《老城记》编辑组编 . — 北京：中国
文史出版社，2019.1

ISBN 978-7-5205-0570-3

Ⅰ.①老… Ⅱ.①老… Ⅲ.①随笔—作品集—中国—
现代 Ⅳ.①I266.1

中国版本图书馆CIP数据核字（2018）第226420号

责任编辑：牛梦岳

出版发行：中国文史出版社

社　　址：北京市海淀区西八里庄69号院　　邮编：100142

电　　话：010-81136606　81136602　81136603（发行部）

传　　真：010-81136655

印　　装：北京地大彩印有限公司

经　　销：全国新华书店

开　　本：710mm×1010mm　1/16

印　　张：21.75　　字数：290千字

版　　次：2019年1月第1版

印　　次：2019年1月第1次印刷

定　　价：62.80元